COMETAS EN EL CIELO

Sobre el autor

Khaled Hosseini nació en Kabul, Afganistán, y se trasladó a Estados Unidos en 1980. Estudió Medicina en la Universidad de California y mientras ejercía como médico empezó a escribir *Cometas en el cielo*. En 2006 fue nombrado embajador de buena voluntad del ACNUR (Alto Comisionado de Naciones Unidas para los Refugiados). Tanto su primera novela como la posterior, *Mil soles espléndidos*, se convirtieron pronto en superventas internacionales y han sido publicadas en más de setenta países. En 2007, Khaled puso en marcha la Fundación Khaled Hosseini, destinada a proporcionar ayuda humanitaria al pueblo de Afganistán para intentar aliviar su sufrimiento y contribuir a crear comunidades prósperas. Actualmente vive en el norte de California. Más información en www.khaledhosseini-foundation.org y www.khaledhosseini.com.

Títulos publicados

Cometas en el cielo - Mil soles espléndidos
Y las montañas hablaron - Súplica a la mar

Khaled Hosseini

COMETAS EN EL CIELO

Traducción del inglés de
Isabel Murillo Fort

Título original: *The Kite Runner*
Copyright © TKR Publications, LLC, 2003
Publicado por acuerdo con Chandler Crawford Agency, Inc
and International Editors' Co.
Copyright de la edición en castellano © Ediciones Salamandra, 2003
Ediciones Salamandra
www.salamandra.info

Este libro está dedicado a Haris y Farah, noor *de mis ojos,
y a los niños de Afganistán.*

1

Diciembre de 2001

Me convertí en lo que hoy soy a los doce años. Era un frío y encapotado día de invierno de 1975. Recuerdo el momento exacto: estaba agazapado detrás de una pared de adobe desmoronada, observando a hurtadillas el callejón próximo al riachuelo helado. De eso hace muchos años, pero con el tiempo he descubierto que lo que dicen del pasado, que es posible enterrarlo, no es cierto. Porque el pasado se abre paso a zarpazos. Ahora que lo recuerdo, me doy cuenta de que llevo los últimos veintiséis años observando a hurtadillas ese callejón desierto.

Mi amigo Rahim Kan me llamó desde Pakistán un día del verano pasado para pedirme que fuera a verlo. De pie en la cocina, con el auricular pegado al oído, yo sabía que no era sólo Rahim Kan quien estaba al otro lado de la línea. Era mi pasado de pecados no expiados. En cuanto colgué, salí a dar un paseo por Spreckels Lake, en la zona norte de Golden Gate Park. El sol de primera hora de la tarde centelleaba en el agua, donde docenas de barcos diminutos navegaban empujados por una brisa vivificante. Levanté la vista y vi un par de cometas rojas con largas colas azules que se elevaban hacia el cielo. Bailaban por encima de los árboles del extremo oeste del parque, por encima de los molinos de viento. Flotaban la una junto a la otra, como un par de ojos que observaran San Francisco, la ciudad que ahora denomino «hogar». De repente, la voz de Hassan me susurró al oído: «Por ti lo haría mil veces más.» Hassan, el volador de cometas de labio leporino.

Me senté junto a un sauce en un banco del parque y pensé en lo que me había dicho Rahim Kan justo antes de colgar, como si se tratara de una ocurrencia de última hora. «Hay una forma de volver a ser bueno.» Alcé de nuevo la vista en dirección a las cometas gemelas. Pensé en Hassan. Pensé en Baba. En Alí. En Kabul. En la vida que había vivido hasta que llegó el invierno de 1975 y lo cambió todo. Y me convirtió en lo que hoy soy.

2

De pequeños, Hassan y yo solíamos trepar a los álamos que flanqueaban el camino de entrada a la casa de mi padre para molestar desde allí a los vecinos colando la luz del sol en el interior de sus casas con la ayuda de un trozo de espejo. Nos sentábamos el uno frente al otro en un par de ramas altas, con los pies desnudos colgando y los bolsillos de los pantalones llenos de moras secas y de nueces. Nos turnábamos con el espejo mientras nos comíamos las moras, nos las lanzábamos, jugábamos y nos reíamos. Todavía veo a Hassan encaramado a aquel árbol, con la luz del sol parpadeando a través de las hojas e iluminando su cara casi perfectamente redonda, una cara parecida a la de una muñeca china tallada en madera: tenía la nariz ancha y chata; sus ojos eran rasgados e inclinados, semejantes a las hojas del bambú, unos ojos que, según les diera la luz, parecían dorados, verdes e incluso de color zafiro. Todavía veo sus diminutas orejas bajas y la protuberancia puntiaguda de su barbilla, un apéndice carnoso que parecía como añadido en el último momento. Y el labio partido, a medio terminar, como si al fabricante de muñecas chinas se le hubiera escurrido el instrumento de la mano o, simplemente, se hubiera cansado y hubiera abandonado su obra.

A veces, subido en aquellos árboles, convencía a Hassan de que disparara nueces con el tirachinas al pastor alemán tuerto del vecino. Hassan no quería, pero si yo se lo pedía, se lo pedía de verdad, era incapaz de negarse. Hassan nunca me negaba nada.

Y con el tirachinas era infalible. Alí, el padre de Hassan, siempre nos pillaba y se ponía furioso, todo lo furioso que puede ponerse alguien tan bondadoso como él. Agitaba la mano y nos hacía señales para que bajáramos del árbol. Luego nos quitaba el espejo y nos decía lo mismo que su madre le había dicho a él, que el demonio también jugaba con espejos, concretamente para distraer a los musulmanes en el momento de la oración.

—Y cuando lo hace, se ríe —añadía luego, regañando a su hijo.

—Sí, padre —musitaba Hassan, mirándose los pies. Pero nunca me delató. Nunca dijo que tanto el espejo como lo de disparar nueces al perro del vecino eran ideas mías.

Los álamos bordeaban el camino adoquinado con ladrillo rojo que conducía hasta un par de verjas de hierro forjado que daban paso a la finca de mi padre. La casa se alzaba a la izquierda del camino. El jardín estaba al fondo.

Todo el mundo decía que mi padre, mi Baba, había construido la casa más bonita de Wazir Akbar Kan, un barrio nuevo y opulento situado en la zona norte de Kabul. Algunos aseguraban incluso que era la casa más hermosa de todo Kabul. Una ancha entrada, flanqueada por rosales, daba acceso a la amplia casa de suelos de mármol y enormes ventanales. Los suelos de los cuatro baños estaban enlosados con intrincados azulejos escogidos personalmente por Baba en Isfahán. Las paredes estaban cubiertas de tapices tejidos en oro que Baba había adquirido en Calcuta, y del techo abovedado colgaba una araña de cristal.

En la planta superior estaba mi dormitorio, la habitación de Baba y su despacho, conocido también como «el salón de fumadores», que olía permanentemente a tabaco y canela. Baba y sus amigos se recostaban allí, en los sillones de cuero negro, después de que Alí les sirviera la cena. Rellenaban sus pipas (lo que Baba llamaba «engordar la pipa») y discutían de sus tres temas favoritos: política, negocios y fútbol. A veces le preguntaba a Baba si podía sentarme con ellos, pero él, aferrado al marco de la puerta, me contestaba:

—No digas bobadas. Éstas no son horas. ¿Por qué no lees un libro?

Luego cerraba la puerta y me dejaba allí, preguntándome por qué para él nunca «eran horas». Yo me quedaba sentado junto a la puerta, con las rodillas pegadas al pecho, a veces una hora, a veces dos, escuchando sus conversaciones y sus carcajadas.

El salón, situado en la planta baja, tenía una pared curva con unas vitrinas hechas a medida donde se veían expuestas diversas fotografías de familia: una foto vieja y granulada de mi abuelo con el sha Nadir, tomada en 1931, dos años antes del asesinato del rey; están de pie junto a un ciervo muerto, con botas que les llegan hasta las rodillas y un rifle cruzado sobre los hombros. Había también una foto de la noche de bodas de mis padres. Baba vestía un traje oscuro, y mi madre, que parecía una joven princesa sonriente, iba de blanco. En otra se veía a Baba y a su socio y mejor amigo, Rahim Kan, en la puerta de casa; ninguno de los dos sonríe. En otra aparezco yo, de muy pequeño, en brazos de Baba, que está serio y con aspecto de cansado. Mis dedos agarran el dedo meñique de Rahim Kan.

Al otro lado de la pared curva estaba el comedor, en cuyo centro había una mesa de caoba capaz de acomodar sin problemas a treinta invitados. Y con la inclinación que mi padre sentía por las fiestas extravagantes, así era prácticamente cada semana. En el extremo opuesto a la entrada había una alta chimenea de mármol que en invierno estaba siempre iluminada por el resplandor anaranjado del fuego.

Una gran puerta corredera de cristal daba acceso a una terraza semicircular que dominaba casi una hectárea de jardín e hileras de cerezos. Baba y Alí habían plantado un pequeño huerto junto a la pared occidental: tomates, menta, pimientos y una fila de maíz que nunca acabó de granar. Hassan y yo la llamábamos «la pared del maíz enfermo».

En la parte sur del jardín, bajo las sombras de un níspero, se encontraba la vivienda de los criados, una modesta cabaña de adobe donde vivía Hassan con su padre.

13

Fue en aquella pequeña choza donde nació Hassan en el invierno de 1964, justo un año después de que mi madre muriera al darme a luz.

En los dieciocho años que viví en aquella casa, podrían contarse con los dedos de una mano las veces que entré en el hogar de Hassan y Alí. Hassan y yo tomábamos caminos distintos cuando el sol se ponía detrás de las colinas y dábamos por finalizados los juegos de la jornada. Yo pasaba junto a los rosales en dirección a la mansión de Baba, y Hassan se dirigía a la choza de adobe donde había nacido y donde vivía. Recuerdo que era sobria y limpia y estaba tenuemente iluminada por un par de lámparas de queroseno. Había dos colchones situados a ambos lados de la estancia y, entre ellos, una gastada alfombra de Herat con los bordes deshilachados. El mobiliario consistía en un taburete de tres patas y una mesa de madera colocada en un rincón, donde dibujaba Hassan. Las paredes estaban desnudas, salvo por un tapiz con unas cuentas cosidas que formaban las palabras «*Allah-u-akbar*». Baba se lo había comprado a Alí en uno de sus viajes a Mashad.

Fue en aquella pequeña choza donde la madre de Hassan, Sanaubar, dio a luz un frío día de invierno de 1964. Mientras que mi madre sufrió una hemorragia en el mismo parto que le provocó la muerte, Hassan perdió a la suya una semana después de nacer. La perdió de una forma que la mayoría de los afganos consideraba mucho peor que la muerte: se escapó con un grupo de cantantes y bailarines ambulantes.

Hassan nunca hablaba de su madre. Era como si no hubiese existido. Yo me preguntaba si soñaría con ella, cómo sería, dónde estaría. Me preguntaba si Hassan albergaría esperanzas de encontrarla algún día. ¿Suspiraría por ella como lo hacía yo por la mía? Un día nos dirigíamos a pie desde la casa de mi padre hacia el cine Zainab para ver una nueva película iraní y, como solíamos hacer, tomamos el atajo que cruzaba por los barracones militares que había instalados cerca de la escuela de enseñanza media de Istiqlal (Baba nos tenía prohibido tomar ese atajo, pero aquel día se encontraba en Pakistán con Rahim Kan).

Saltamos la valla que rodeaba los barracones, atravesamos a brincos el pequeño riachuelo e irrumpimos en el polvoriento campo donde había unos cuantos tanques viejos y abandonados. Un grupo de soldados, sentados en cuclillas a la sombra de uno de los tanques, fumaban y jugaban a las cartas. Uno de ellos alzó la vista, le dio un codazo al que tenía a su lado y llamó a Hassan.

—¡Eh, tú! —dijo—. Yo a ti te conozco...

Nunca lo habíamos visto. Era uno de los hombres que estaban agachados. Tenía la cabeza afeitada y una incipiente barba negra. Su maliciosa manera de sonreírnos me espantó.

—Sigue andando —le murmuré a Hassan.

—¡Tú! ¡El hazara! ¡Mírame cuando te hablo! —ladró el soldado. Le pasó el cigarrillo al tipo que estaba a su lado y formó un círculo con los dedos pulgar e índice de una mano. Luego introdujo el dedo medio de la otra mano en el círculo y lo sacó. Hacia dentro y hacia fuera. Hacia dentro y hacia fuera—. Conocí a tu madre, ¿lo sabías? La conocí muy bien. Le di por atrás junto a ese riachuelo. —Los soldados se echaron a reír. Uno de ellos emitió un sonido de protesta. Le dije a Hassan que siguiera caminando—. ¡Vaya coñito prieto y dulce que tenía! —decía el soldado a la vez que cogía las manos de sus compañeros y sonreía.

Más tarde, en la penumbra del cine, escuché a Hassan, que mascullaba. Las lágrimas le rodaban por las mejillas. Me removí en mi asiento, lo rodeé con el brazo y lo empujé hacia mí. Él descansó la cabeza en mi hombro.

—Te ha confundido con otro —susurré—. Te ha confundido con otro.

Por lo que yo había oído decir, la huida de Sanaubar no había cogido a nadie por sorpresa. Cuando Alí, un hombre que se sabía el Corán de memoria, se casó con Sanaubar, diecinueve años más joven que él, una muchacha hermosa y sin escrúpulos que vivía en consonancia con su deshonrosa reputación, todo el mundo puso el grito en el cielo. Igual que Alí, Sanaubar era musulmana chiíta de la etnia de los hazaras y, además, prima hermana suya; por tanto, una elección de esposa muy normal. Pero más allá de esas similitudes, Alí y Sanaubar no tenían nada en común, sobre todo en lo que al aspecto se refería. Mientras que los deslumbrantes ojos verdes y el pícaro rostro de Sanaubar habían tentado a incontables hombres hasta hacerlos caer en el pecado, Alí sufría una parálisis congénita de los músculos faciales inferiores, una enfermedad que le impedía sonreír y le confería una expresión eternamente sombría. Era muy raro ver en la cara de piedra de Alí algún matiz de felicidad o tristeza; sólo sus oscuros ojos rasgados centelleaban con una sonrisa o se llenaban de dolor. Dicen que los ojos son las ventanas del alma. Pues bien, nunca esta afirmación fue tan cierta como en el caso de Alí, a quien únicamente se le podía ver a través de los ojos.

La gente decía que los andares sugerentes y el contoneo de caderas de Sanaubar provocaban en los hombres sueños de infidelidad. Por el contrario, a Alí la polio lo había dejado con la pierna derecha torcida y atrofiada, y una piel cetrina sobre el hueso que cubría una capa de músculo fina como el papel. Recuerdo un día —yo tenía entonces ocho años— que Alí me llevó al bazar a comprar *naan*. Yo caminaba detrás de él, canturreando e intentando imitar sus andares. Su pierna esquelética describía un amplio arco y todo su cuerpo se ladeaba de forma imposible hacia la derecha cuando apoyaba el pie de ese lado. Era un milagro que no se cayera a cada paso que daba. Cada vez que yo lo intentaba estaba a punto de caerme en la cuneta. No podía parar de reír. De pronto, Alí se volvió y me pescó imitándolo. No dijo nada. Ni en aquel momento ni en ningún otro. Se limitó a seguir caminando.

La cara de Alí y sus andares asustaban a los niños pequeños del vecindario. Pero el auténtico problema eran los niños mayores. Éstos lo perseguían por la calle y se burlaban de él cuando pasaba cojeando a su lado. Lo llamaban Babalu, el coco.

—Hola, Babalu, ¿a quién te has comido hoy? —le espetaban entre un coro de carcajadas—. ¿A quién te has comido, Babalu, nariz chata?

Lo llamaban «nariz chata» porque tenía las típicas facciones mongolas de los hazaras, lo mismo que Hassan. Durante años, eso fue lo único que supe de los hazaras, que eran descendientes de los mongoles y que se parecían mucho a los chinos. Los libros de texto apenas hablaban de ellos y sólo de forma muy superficial hacían referencia a sus antepasados. Un día estaba yo en el despacho de Baba hurgando en sus cosas, cuando encontré un viejo libro de historia de mi madre. Estaba escrito por un iraní llamado Korami. Soplé para quitarle el polvo y esa noche me lo llevé furtivamente a la cama. Me quedé asombrado cuando descubrí que había un capítulo entero dedicado a la historia de los hazaras. ¡Un capítulo entero dedicado al pueblo de Hassan! Allí leí que mi pueblo, los pastunes, había perseguido y oprimido a los hazaras, que éstos habían intentado liberarse una y otra vez a lo largo de los siglos, pero que los pastunes habían «sofocado sus intentos de rebelión con una violencia indescriptible». El libro decía que mi pueblo había matado a los hazaras, los había torturado, prendido fuego a sus hogares y vendido a sus mujeres; que la razón por la que los pastunes habían masacrado a los hazaras era, en parte, porque aquéllos eran musulmanes sunnitas, mientras que éstos eran chiítas. El libro decía muchas cosas que yo no sabía, cosas que mis profesores jamás habían mencionado, y Baba tampoco. Decía también algunas cosas que yo sí sabía, como que la gente llamaba a los hazaras «comedores de ratas, narices chatas, burros de carga». Había oído a algunos niños del vecindario llamarle todo eso a Hassan.

Un día de la semana siguiente, después de clase, le enseñé el libro a mi maestro y llamé su atención sobre el capítulo dedicado a los hazaras. Hojeó un par de páginas, rió disimuladamente y me devolvió el libro.

—Es lo único que saben hacer los chiítas —dijo, recogiendo sus papeles—, hacerse los mártires. —Cuando pronunció la palabra «chiíta» arrugó la nariz, como si de una enfermedad se tratase.

A pesar de compartir la herencia étnica y la sangre de la familia, Sanaubar se unió a los niños del barrio en las burlas destinadas a Alí. En una ocasión oí decir que no era un secreto para nadie el desprecio que sentía por el aspecto de su marido.

—¿Es esto un esposo? —decía con sarcasmo—. He visto asnos viejos mejor dotados para eso.

Al final todo el mundo comentaba que el matrimonio había sido acordado entre Alí y su tío, el padre de Sanaubar. Decían que Alí se había casado con su prima para restaurar de algún modo el honor mancillado de su tío.

Alí nunca tomaba represalias contra sus acosadores, imagino que en parte porque sabía que jamás podría alcanzarlos con aquella pierna torcida que arrastraba tras él, pero sobre todo porque era inmune a los insultos: había descubierto su alegría, su antídoto, cuando Sanaubar dio a luz a Hassan. Había sido un parto sin complicaciones. Nada de ginecólogos, anestesistas o monitores sofisticados. Simplemente Sanaubar, acostada en un colchón sucio, con Alí y una matrona para ayudarla. Aunque la verdad es que no necesitó mucha ayuda, pues, incluso en el momento de nacer, Hassan se mostró conforme a su naturaleza: era incapaz de hacerle daño a nadie. Unos cuantos quejidos, un par de empujones y apareció Hassan, sonriendo.

Según la locuaz matrona confió al criado de un vecino, quien a su vez se lo contó a todo aquel que quiso escucharlo, Sanaubar se limitó a echarle una ojeada al bebé que Alí sujetaba en brazos, vio el labio hendido y explotó en una amarga carcajada.

—Ya está —dijo—. ¡Ya tienes un hijo idiota que sonría por ti! —No quiso ni coger a Hassan entre sus brazos, y, cinco días después, se marchó.

Baba contrató a la nodriza que me había criado a mí para que hiciera lo propio con Hassan. Alí nos explicó que era una mujer hazara de ojos azules procedente de Bamiyan, la ciudad donde estaban las estatuas gigantes de Buda.

—Tiene una voz dulce y cantarina —nos decía.

A pesar de saberlo de sobra, Hassan y yo le preguntábamos qué cantaba... Alí nos lo había contado centenares de veces. Pero queríamos oírlo cantar.

Entonces se aclaraba la garganta y entonaba:

Yo estaba en una alta montaña
y grité el nombre de Alí, León de Dios.
Oh, Alí, León de Dios, Rey de los Hombres,
trae alegría a nuestros apenados corazones.

A continuación nos recordaba que entre las personas que se habían criado del mismo pecho existían unos lazos de hermandad que ni el tiempo podía romper.

Hassan y yo nos amamantamos de los mismos pechos. Dimos nuestros primeros pasos en el mismo césped del mismo jardín. Y bajo el mismo techo articulamos nuestras primeras palabras.

La mía fue «Baba».

La suya fue «Amir». Mi nombre.

Al recordarlo ahora, creo que la base de lo que sucedió en aquel invierno de 1975, y de todo lo que siguió después, quedó establecido en aquellas primeras palabras.

3

La tradición local cuenta que, una vez, mi padre luchó en Baluchistán contra un oso negro sin la ayuda de ningún tipo de arma. De haber sido cualquier otro el protagonista de la historia, habría sido desestimada por *laaf*, la tendencia afgana a la exageración; por desgracia, una enfermedad nacional. Cuando alguien alardeaba de que su hijo era médico, lo más probable era que el muchacho se hubiese limitado a aprobar algún examen de biología en la escuela superior. Sin embargo, nadie ponía en duda la autenticidad de cualquier historia relacionada con Baba. Y si alguien la cuestionaba, bueno, Baba tenía aquellas tres cicatrices que descendían por su espalda en un sinuoso recorrido. Me he imaginado muchas veces a Baba librando esa batalla, incluso he soñado con ello. Y en esos sueños nunca soy capaz de distinguir a Baba del oso.

Fue Rahim Kan quien utilizó por vez primera el que finalmente acabaría convirtiéndose en el famoso apodo de Baba, *Toophan agha*, señor Huracán. Un apodo muy apropiado. Mi padre era la fuerza misma de la naturaleza, un imponente ejemplar de pastún; barba poblada, cabello de color castaño, rizado e ingobernable como él mismo; sus manos parecían poder arrancar un sauce de raíz. Tenía una mirada oscura, «capaz de hacer caer al diablo de rodillas suplicando piedad», como decía Rahim Kan. En las fiestas, cuando su metro noventa y cinco de altura irrumpía en la estancia, las miradas se volvían hacia él como girasoles hacia el sol.

Era imposible no sentir la presencia de Baba, ni siquiera cuando dormía. Yo me ponía bolitas de algodón en los oídos y me tapaba la cabeza con la manta, pero aun así sus ronquidos, un sonido semejante al retumbar del motor de un camión, seguían traspasando las paredes. Y eso que mi dormitorio estaba situado en el lado opuesto del pasillo. Para mí es un misterio que mi madre pudiera dormir en la misma habitación: es una más de la larga lista de preguntas que le habría formulado si la hubiera conocido.

A finales de los sesenta, tendría yo cinco años, Baba decidió construir un orfanato. Fue Rahim Kan quien me contó la historia. Me explicó que Baba había dibujado personalmente los planos, aun sin tener ningún tipo de experiencia en el campo de la arquitectura. Los más escépticos le aconsejaron que se dejara de locuras y que contratara a un arquitecto. Baba se negó, por supuesto, a pesar de que todos criticaban su obstinación. Sin embargo, salió airoso del proyecto y todo el mundo dio muestras de aprobación ante su triunfo. Baba pagó con su dinero la construcción del edificio de dos plantas que albergaba el orfanato, justo en el extremo de Jadeh Maywand, al sur del río Kabul. Rahim Kan me contó que Baba financió la totalidad del proyecto, desde ingenieros, electricistas, fontaneros y obreros, hasta los funcionarios del ayuntamiento, cuyos «bigotes necesitaban un engrase».

La construcción del orfanato se prolongó durante tres años. Cuando finalizó, yo tenía ocho. Recuerdo que el día anterior a la inauguración Baba me llevó al lago Ghargha, que estaba a unos pocos kilómetros al norte de Kabul. Me pidió que fuera a buscar a Hassan para que viniera con nosotros, pero le mentí y le dije que Hassan tenía cosas que hacer. Quería a Baba todo para mí. Además, en una ocasión que habíamos estado en el lago Ghargha, recuerdo que Hassan y yo jugamos a hacer cabrillas en el agua con piedras y Hassan consiguió que su piedra rebotara ocho veces. Lo máximo que yo logré fueron cinco. Baba, que nos miraba, le dio una palmadita en la espalda. Incluso le pasó el brazo por el hombro.

Nos sentamos en una mesa de picnic a orillas del lago, solos Baba y yo, y comimos huevos cocidos con bocadillos de *kofta*, albóndigas de carne y encurtidos enrollados en *naan*. El agua era de un color azul intenso y la luz del sol se reflejaba sobre su superficie transparente. Los viernes el lago se llenaba de familias bulliciosas que salían para disfrutar del sol. Sin embargo, aquél era un día de entre semana y estábamos sólo Baba y yo y una pareja de turistas barbudos y de pelo largo... Hippies, había oído que los llamaban. Estaban sentados en el muelle, chapoteando con los pies en el agua y con cañas de pescar en la mano. Le pregunté a Baba por qué se dejaban el pelo largo, pero Baba se limitó a gruñir y no me respondió. Estaba concentrado en la preparación del discurso que debía pronunciar al día siguiente. Hojeaba un montón de folios escritos a mano y escribía notas aquí y allá con un lápiz. Le di un mordisco al huevo y le pregunté si era cierto lo que me había contado un niño del colegio, que si te comías un trozo de cáscara de huevo lo expulsabas por la orina. Baba volvió a gruñir.

Le di otro mordisco al bocadillo. Uno de los turistas rubios se echó a reír y le dio un golpe al otro en la espalda. A lo lejos, en el lado opuesto del lago, un camión ascendía pesadamente montaña arriba. La luz del sol parpadeó en el retrovisor lateral.

—Creo que tengo *saratan* —dije. Cáncer. Baba levantó la vista de las hojas de papel que la brisa agitaba. Me dijo que yo mismo podía servirme el refresco, bastaba con que fuese a buscarlo al maletero del coche.

Al día siguiente, en el patio del orfanato, no hubo sillas suficientes para todos. Mucha gente se vio obligada a presenciar de pie la ceremonia inaugural. Era un día ventoso. Yo tomé asiento en el pequeño podio que habían colocado junto a la entrada principal del nuevo edificio. Baba iba vestido con un traje de color verde y un sombrero de piel de cordero caracul. A mitad del discurso, el viento se lo arrancó y todo el mundo se echó a reír. Me indicó con un gesto que le guardara el sombrero y me sentí feliz por ello, pues así todos comprobarían que era mi padre, mi Baba. Regresó al micrófono y dijo que esperaba que el edificio fuera más sólido que su sombrero, y todos se echaron a reír de nuevo. Cuando Baba finalizó su discurso, la gente se puso en pie y lo vitoreó. Estuvieron aplaudiéndolo mucho rato. Después, muchos se acercaron a estrecharle la mano. Algunos me alborotaban el pelo y me la estrechaban también a mí. Me sentía muy orgulloso de Baba, de nosotros.

Pero, a pesar de los éxitos de Baba, la gente siempre lo cuestionaba. Le decían que lo de dirigir negocios no lo llevaba en la sangre y que debía estudiar leyes como su padre. Así que Baba les demostró a todos lo equivocados que estaban al dirigir no sólo su propio negocio, sino al convertirse además en uno de los comerciantes más ricos de Kabul. Baba y Rahim Kan establecieron un negocio de exportación de alfombras tremendamente exitoso y eran propietarios de dos farmacias y un restaurante.

La gente se mofaba de Baba y le decía que nunca haría un buen matrimonio (al fin y al cabo, no era de sangre real), pero acabó casándose con mi madre, Sofia Akrami, una mujer muy culta y considerada por todo el mundo como una de las damas más respetadas, bellas y virtuosas de Kabul. No sólo daba clases de literatura farsi en la universidad, sino que además era descendiente de la familia real, un hecho que mi padre restregaba alegremente por la cara a los escépticos refiriéndose a ella como «mi princesa».

Mi padre consiguió moldear a su gusto el mundo que lo rodeaba, siendo yo la manifiesta excepción. El problema, naturalmente, era que Baba veía el mundo en blanco y negro. Y era él quien decidía qué era blanco y qué era negro. Es imposible amar a una persona así sin tenerle también miedo, tal vez incluso sin odiarlo un poco.

Cuando estaba en quinto en la vieja escuela de enseñanza media de Istiqlal, teníamos un *mullah* que nos daba clases sobre el Islam. Se llamaba Mullah Fatiullah Kan. Era un hombre bajito y rechoncho con la cara marcada por el acné y que hablaba con voz ronca. Nos explicaba las virtudes del *zakat* y el deber de *hadj*, nos enseñaba las complejidades de rezar las cinco oraciones diarias *namaz* y nos obligaba a memorizar los versículos del Corán, y, a pesar de que nunca nos traducía el significado de las palabras extrañas que utilizaba, exigía, a veces con la ayuda de una rama de sauce, que pronunciáramos correctamente las palabras árabes para que Dios nos escuchara mejor. Un día nos explicó que el Islam consideraba la bebida un pecado terrible; los que bebían responderían de sus pecados el día de *Qiyamat*, el Día del Juicio. Por aquella época en Kabul era normal beber; nadie te lo reprochaba públicamente. Sin embargo, los afganos que bebían lo hacían en privado, por respeto. La gente compraba whisky escocés en determinadas «farmacias» como «medicamento» y se llevaban las botellas en bolsas de papel marrón. Cuando salían del establecimiento, trataban de ocultar la bolsa de la vista del público, lanzando miradas furtivas y desaprobadoras a aquellos que conocían la reputación de la tienda en cuanto a ese tipo de transacciones se refería.

Nos encontrábamos en la planta de arriba, en el despacho de Baba, el salón de fumadores, cuando le comenté lo que el *mullah* Fatiullah Kan nos había explicado en clase. Baba se sirvió un whisky del bar que había en una esquina de la habitación. Me escuchó, hizo un gesto de asentimiento con la cabeza y dio un trago. Luego se acomodó en el sofá de cuero, dejó la copa y me hizo una seña indicándome que me sentara en sus piernas. Era como sentarse sobre un par de troncos. Respiró hondo y exhaló el aire a través de la nariz, que siguió silbando entre el bigote durante lo que me pareció una eternidad. Del miedo que sentía, no sabía si quería abrazarlo o saltar y huir de su regazo.

—Creo que estás confundiendo las enseñanzas del colegio con la verdadera educación —dijo con su voz profunda.

—Pero si lo que el *mullah* dice es cierto, eso te convierte en un pecador, Baba.

—Humm. —Baba hizo crujir un cubito de hielo entre los dientes—. ¿Quieres saber lo que piensa tu padre sobre el pecado?

—Sí.

—Entonces te lo explicaré, pero primero tienes que entender lo que te voy a decir, y tienes que entenderlo ahora, Amir: jamás aprenderás nada valioso de esos idiotas barbudos.

—¿Te refieres al *mullah* Fatiullah Kan?

Baba hizo un movimiento con el vaso. El hielo tintineó.

—Me refiero a todos ellos. Me meo en la barba de todos esos monos santurrones. —Me eché a reír. La imagen de Baba meándose en la barba de un mono, fuera santurrón o no, era demasiado—. No hacen nada, excepto sobarse las barbas de predicador y recitar un libro escrito en un idioma que ni siquiera comprenden. —Dio un sorbo—. Que Dios nos asista si Afganistán llega a caer en sus manos algún día.

—Pero el *mullah* Fatiullah Kan parece una persona agradable —conseguí decir entre mis ataques de risa.

—También lo parecía Genghis Kan —dijo Baba—. Pero ya basta. Me has preguntado sobre el pecado y quiero explicártelo. ¿Estás dispuesto a escuchar?

—Sí —contesté, cerrando la boca con fuerza. Pero a pesar de ello se me escapó una risa por la nariz que me provocó un estornudo, lo que hizo que me riera de nuevo.

La pétrea mirada de Baba se clavó en la mía y, en un abrir y cerrar de ojos, dejé de reír.

—Quiero decir... dispuesto a escuchar como un hombre, a hablar de hombre a hombre. ¿Te crees capaz de lograrlo por una vez?

—Sí, Baba *jan* —murmuré, maravillándome, y no por vez primera, de cómo Baba era capaz de herirme con tan sólo unas palabras.

Habíamos disfrutado de un efímero buen momento (no eran tantas las veces que Baba hablaba conmigo, y mucho menos teniéndome sentado sobre sus piernas) y había sido idiota al desperdiciarlo.

—Bueno —dijo Baba, apartando la mirada—, por mucho que predique el *mullah*, sólo existe un pecado, sólo uno. Y es el robo. Cualquier otro pecado es una variante del robo. ¿Lo comprendes?

—No, Baba *jan* —respondí, deseando con desesperación haberlo comprendido. No quería volver a defraudarlo.

Baba soltó un suspiro de impaciencia. Eso también hería, porque él no era un hombre impaciente. Recordaba todas las veces que no llegaba hasta muy entrada la noche, todas las veces que yo cenaba solo. Yo le preguntaba a Alí dónde estaba Baba, cuándo regresaría a casa, aunque sabía perfectamente que se encontraba en la obra, controlando esto y supervisando aquello. ¿No se requería paciencia para eso? Yo odiaba a los niños para los que construía el orfanato; a veces deseaba que hubieran muerto todos junto con sus padres.

—Cuando matas a un hombre, le robas la vida —dijo Baba—, robas el marido a una esposa y el padre a unos hijos. Cuando mientes, le robas al otro el derecho a la verdad. Cuando engañas, robas el derecho a la equidad. ¿Comprendes?

Sí. Cuando Baba tenía seis años, un ladrón entró en la casa de mi abuelo en plena noche. Mi abuelo, un respetado juez, le plantó cara y el ladrón le dio una puñalada en la garganta, provocándole la muerte instantánea... y robándole un padre a Baba. Un grupo de ciudadanos capturó al día siguiente al asesino, que resultó ser un vagabundo de la región de Kunduz. Cuando todavía faltaban dos horas para la oración de la tarde, lo colgaron de la rama de un roble. Fue Rahim Kan, no Baba, quien me explicó esa historia. Siempre me enteraba a través de otras personas de las cosas relacionadas con Baba.

—No existe acto más miserable que el robo —dijo Baba—. El hombre que toma lo que no es suyo, sea una vida o una rebanada de *naan*..., maldito sea. Y si alguna vez se cruza en mi camino, que Dios lo ayude. ¿Me entiendes?

La idea de que Baba le propinara una paliza al ladrón me resultaba tan estimulante como increíblemente aterradora.

—Sí, Baba.

—Si existe un Dios, espero que tenga cosas más importantes que hacer que ocuparse de que yo beba whisky o coma cerdo. Y ahora vete. Tanto hablar me ha dado sed.

Observé cómo llenaba el vaso en el bar. Mientras, me preguntaba cuánto tiempo transcurriría hasta que habláramos de nuevo como acabábamos de hacerlo. Porque la verdad era que sentía como si Baba me odiara un poco. Y no era de extrañar. Al fin y al cabo, era yo quien había matado a su amada esposa, a su hermosa princesa, ¿no? Lo menos que podía haber hecho era haber tenido la decencia de salir algo más a él. Pero no había salido a él. En absoluto.

En el colegio solíamos jugar a un juego llamado *Sherjangi*, o «batalla de los poemas». El profesor de farsi actuaba de moderador y la cosa funcionaba más o menos así: tú recitabas un verso de un poema y tu contrincante disponía de sesenta segundos para responder con otro que empezara con la misma letra con que acababa el tuyo. Todos los de la clase me querían en su equipo porque a los once años era capaz de recitar docenas de versos de Khayyam, Hafez o el famoso *Masnawi* de Rumi. En una ocasión, competí contra toda la clase y gané. Se lo conté a Baba esa misma noche y se limitó a asentir con la cabeza y murmurar: «Bien.»

Así fue como escapé del distanciamiento de mi padre, con los libros de mi madre muerta. Con ellos y con Hassan, por supuesto. Lo leía todo, Rumi, Afees, Saadi, Victor Hugo, Julio Verne, Mark Twain, Ian Fleming. Cuando acabé con los libros de mi madre (no con los aburridos libros de Historia, pues ésos nunca me gustaron mucho, sino con las novelas, los poemas), empecé a gastar mi paga en libros. Todas las semanas compraba un ejemplar en la librería que había cerca del Cinema Park, y en cuanto me quedé sin espacio en las estanterías, comencé a almacenarlos en cajas de cartón.

Naturalmente, una cosa era estar casado con una poetisa..., pero ser padre de un hijo que prefería enterrar la cara en libros de poesía a ir de caza... Supongo que no era ésa la idea que se había hecho Baba. Los hombres de verdad no leían poesía ¡y Dios prohibía incluso que la escribieran! Los hombres de verdad, los muchachos de verdad, jugaban a fútbol, igual que había hecho Baba de joven. Y en aquellos momentos el fútbol era algo por lo que apasionarse. En 1970, Baba decidió darse un descanso en la construcción del orfanato y volar hasta Teherán con el fin de instalarse un mes entero para ver el Mundial por televisión, ya que en aquella época aún no había tele en Afganistán. Me apuntó a diversos equipos de fútbol para encender mi pasión por ese deporte. Pero yo era muy malo, un estorbo continuo para mi equipo, siempre interceptando buenos pases dirigidos a otros u obstaculizando sin querer la carrera de algún compañero. Me arrastraba por el campo con mis piernas flacuchas y gritaba para que me pasaran el balón, que nunca llegaba. Y cuanto más lo intentaba y sacudía frenéticamente los brazos por encima de la cabeza y berreaba «¡Estoy solo! ¡Estoy solo!», más me ignoraban. Pero Baba no se daba por vencido. Cuando resultó evidente que yo no había heredado ni una pizca de su talento deportivo, se propuso convertirme en un espectador apasionado. La verdad es que podía haberlo hecho..., ¿no? Yo fingí interés todo el tiempo que pude. Me unía a sus vítores cuando el equipo de Kabul marcaba un gol contra el Kandahar e insultaba al árbitro cuando señalaba un penalti contra nuestro equipo. Pero Baba intuyó mi falta de afición real y se resignó a la cruda realidad de que su hijo nunca jugaría ni vería el fútbol con interés.

A los nueve años, Baba me llevó al torneo anual de *Buzkashi*, que tenía lugar el primer día de primavera, el día de Año Nuevo. El *Buzkashi* era, y sigue siendo, la pasión nacional de Afganistán. Un *chapandaz*, un jinete tremendamente habilidoso, patrocinado normalmente por ricos aficionados, debe conseguir arrebatarle una cabra o el esqueleto de una res a una *melé*, cargar con el esqueleto, dar una vuelta completa al estadio a todo galope y lanzarlo en un círculo de puntuación. Mientras, un equipo compuesto por otros *chapandaz* lo persigue y echa mano de todos los recursos (patadas, arañazos, latigazos, golpes) para arrebatarle el esqueleto. Recuerdo de aquel día los gritos excitados de la multitud mientras los jinetes del campo vociferaban sus consignas de guerra y luchaban a brazo partido por el cadáver envueltos en una nube de polvo. El estrépito de los cascos hacía temblar el suelo. Desde las gradas superiores observábamos a los jinetes correr a todo galope, protestando y gritando. Los caballos echaban espuma por la boca.

En un momento dado, Baba señaló a alguien.

—Amir, ¿ves a aquel hombre que está sentado en medio de ese corro?

Lo veía.

—Es Henry Kissinger.

—Oh —dije.

No sabía quién era Henry Kissinger, y debía haberlo preguntado. Pero lo que yo miraba en aquel instante era un *chapandaz* que caía de la silla y rodaba de un lado a otro bajo una veintena de cascos como si fuese una muñeca de trapo. Finalmente, cuando la *melé* pasó de largo, el cuerpo dejó de dar vueltas. Se retorció una vez más y se quedó inmóvil. Tenía las piernas dobladas en ángulos antinaturales y un charco de sangre empapaba la arena.

Me eché a llorar.

Lloré durante todo el camino de vuelta a casa. Recuerdo a Baba apretando con fuerza el volante. Apretándolo y soltándolo. Sobre todo, nunca olvidaré sus denodados esfuerzos por esconder su expresión de disgusto mientras conducía en silencio.

Esa noche, a última hora, pasé junto al despacho de mi padre y oí que hablaba con Rahim Kan. Presioné el oído contra la puerta cerrada.

— ... agradecido de que está sano —decía Rahim Kan.

—Lo sé, lo sé. Pero siempre está enterrado entre esos libros o dando vueltas por la casa como si estuviese perdido en algún sueño.

—¿Y?

—Yo no era así. —Baba parecía frustrado, casi enfadado.

Rahim Kan se echó a reír.

—Los niños no son cuadernos para colorear. No los puedes pintar con tus colores favoritos.

—Te lo aseguro —dijo Baba—, yo no era así en absoluto, ni tampoco ninguno de los niños junto a los que me crié.

—¿Sabes? A veces pienso que eres el hombre más egocéntrico que conozco —replicó Rahim Kan. Era la única persona que yo conocía capaz de decirle algo así a Baba.

—No tiene nada que ver con eso.

—¿No?

—No.

—¿Entonces con qué?

Oí que el sofá de piel de Baba crujía cuando cambió de posición. Cerré los ojos y presioné la oreja con más fuerza contra la puerta; por una parte quería escuchar, por otra no.

—A veces miro por esta ventana y lo veo jugar en la calle con los niños del vecindario. Lo empujan, le quitan los juguetes, le dan codazos, golpes... ¿Y sabes? Nunca se defiende. Nunca. Se limita a..., agacha la cabeza y...

—Por lo tanto, no es violento —dijo Rahim Kan.

—No me refiero a eso, Rahim, y lo sabes —contraatacó Baba—. A ese chico le falta algo.

—Sí, una vena de maldad.

—La defensa propia no tiene nada que ver con la maldad. ¿Sabes qué sucede cuando los chicos del vecindario se ríen de él? Que sale Hassan y los echa a todos. Lo he visto con mis propios ojos. Y cuando regresan a casa, le pregunto: «¿Cómo es que Hassan lleva ese arañazo en la cara?» Y él me dice: «Se ha caído.» De verdad, Rahim, a ese chico le falta algo.

—Tienes que dejar que encuentre su camino —sugirió Rahim Kan.

—¿Y hacia dónde dirigirá sus pasos? Un muchacho que no sabe defenderse por sí mismo acaba por convertirse en un hombre que no sabe hacer frente a nada.

—Simplificas en exceso, como siempre.

—No lo creo.

—¿No será que lo que te preocupa en realidad es que no se haga cargo de tus negocios?

—¿Quién es el que simplifica ahora en exceso? Mira, sé que entre vosotros dos existe un afecto y eso hace que me sienta feliz. Envidioso, pero feliz. De verdad. Necesita alguien que... que lo comprenda, porque Dios bien sabe que yo no puedo. Pero hay algo en Amir que me preocupa de un modo que no sé expresar. Es como... —Podía verlo buscando, eligiendo las palabras adecuadas. Bajó la voz, pero lo oía de todos modos—. Si no hubiese visto con mis propios ojos cómo el médico lo extraía del cuerpo de mi esposa, jamás hubiese creído que es mi hijo.

A la mañana siguiente, mientras me preparaba el desayuno, Hassan me preguntó si me preocupaba algo. Le hice callar y le dije que se ocupara de sus asuntos.

Rahim Kan se había equivocado con respecto a lo de la vena de maldad.

4

En 1933, el año en que nació Baba y en el que el sha Zahir inició su cuadragésimoctavo año de reinado en Afganistán, dos hermanos jóvenes de una acaudalada y respetable familia de Kabul se sentaron al volante del Ford Roaster de su padre. Cargados de hachís y *mast* de vino francés, atropellaron y mataron a un matrimonio de hazaras en la carretera de Paghman. La policía llevó ante mi abuelo, un juez muy respetado y un hombre de una reputación impecable, a los relativamente arrepentidos jóvenes y al huérfano de la pareja fallecida, de cinco años de edad. Después de escuchar el relato de los hermanos y la solicitud de clemencia por parte de su padre, mi abuelo ordenó a los jóvenes que se dirigieran de inmediato a Kandahar y se enrolaran en el ejército durante un año, a pesar de que su familia se las había arreglado en su momento para librarlos del servicio militar. El padre discutió la sentencia, aunque no con excesiva convicción, y al final todos coincidieron en que el castigo había sido tal vez severo, pero justo. Por lo que respecta al huérfano, mi abuelo lo adoptó para que viviera en su casa y pidió a los criados que se hicieran cargo de él y lo trataran con cariño. Ese niño era Alí.

Alí y Baba crecieron juntos como compañeros de juegos (al menos hasta que la polio se cebó en la pierna de Alí), igual que crecimos juntos Hassan y yo una generación más tarde. Baba nos contaba a veces las travesuras que hacían él y Alí, y éste sacudía la cabeza y decía: «Pero diles, *agha Sahib*, quién era el arquitecto de las travesuras y quién el pobre obrero.» Baba se echaba a reír y pasaba el brazo por encima del hombro de Alí.

Sin embargo, en ninguna de esas historias Baba se refería a Alí como a un amigo.

Lo curioso era que yo tampoco pensé nunca en Hassan como en un amigo. Al menos, no en el sentido normal. A pesar de habernos enseñado mutuamente a montar en bicicleta sin manos o de haber construido juntos con una caja de cartón una cámara casera que funcionaba perfectamente. A pesar de haber pasado inviernos enteros volando cometas juntos y corriendo tras ellas. A pesar de que, para mí, la cara de Afganistán sea la de un chico de aspecto frágil, con la cabeza rasurada y las orejas bajas, un muchacho con cara de muñeca china iluminada eternamente por una sonrisa partida.

A pesar de todo ello. Porque la historia no es fácil de superar. Ni la religión. De hecho, yo era un pastún y él un hazara, yo era sunnita y él chiíta, y eso nada podría cambiarlo nunca. Nada.

Pero éramos niños que habíamos aprendido a gatear juntos, y eso tampoco iba a cambiarlo ninguna historia, etnia, sociedad o religión. Pasé la mayor parte de mis primeros doce años de vida jugando con Hassan. A veces, toda mi infancia me parece un largo e indolente día de verano en compañía de Hassan, persiguiéndonos el uno al otro entre los laberintos de árboles del jardín de mi padre, jugando al escondite, a policías y ladrones, a indios y vaqueros, a torturar insectos..., juego en el que, innegablemente, nuestra gesta suprema era el momento en que teníamos el valor de despojar a una abeja de su aguijón y atarle a la pobre un cordón del que tirábamos cada vez que intentaba emprender el vuelo.

Perseguíamos a los kochi, los nómadas que pasaban por Kabul de camino hacia las montañas del norte. Oíamos las caravanas cuando se aproximaban al barrio, los lloriqueos de las ovejas, los balidos de las cabras, el tintineo de las campanas que los camellos llevaban sujetas al cuello. Salíamos para contemplar el desfile de la caravana por nuestra calle, hombres con caras polvorientas y curtidas por vivir a la intemperie y mujeres vestidas con mantos largos de colores y con las muñecas y los tobillos adornados con abalorios de cuentas y argollas de plata. Arrojábamos piedras a las cabras. Les echábamos agua a las mulas con unas jeringas grandes. Yo obligaba a Hassan a sentarse en «la pared del maíz enfermo» y a disparar con su tirachinas a las ancas de los camellos.

Vimos juntos nuestra primera película del Oeste, *Río Bravo*, con John Wayne, en el Cinema Park, situado en la acera opuesta de donde se encontraba mi librería favorita. Recuerdo haberle suplicado a Baba que nos llevara a Irán para conocer a John Wayne. Baba explotó entonces en una de sus profundas carcajadas, que parecían un vendaval (un sonido bastante similar al del motor de un camión acelerando), y cuando fue capaz de hablar de nuevo, nos explicó el concepto de «doblaje». Hassan y yo nos quedamos pasmados. Aturdidos. ¡John Wayne no hablaba farsi ni era iraní! Era norteamericano, igual que esos hombres y mujeres amables, perezosos y melenudos, que veíamos siempre rondando por Kabul, vestidos con camisas andrajosas de colorines. Vimos tres veces *Río Bravo*, pero *Los siete magníficos*, nuestra película del Oeste favorita, la vimos trece veces. Y cada vez que la veíamos, llorábamos al final, cuando los niños mexicanos enterraban a Charles Bronson, quien también resultó que no era iraní.

Dábamos paseos por los bazares con olor a rancio del barrio de Shar-e-nau de Kabul, o por la «Ciudad nueva», al oeste del barrio de Wazir Akbar Kan. Comentábamos la película que acabáramos de ver y caminábamos entre la bulliciosa multitud de *bazarris*. Serpenteábamos entre porteadores, mendigos y carretillas, deambulábamos por estrechos pasillos atiborrados de hileras de diminutos puestos llenos de cosas. Baba nos daba a cada uno una paga semanal de diez afganis que gastábamos en Coca-Cola fría y helado de agua de rosas cubierto de pistachos crujientes.

Durante el curso escolar, seguíamos una rutina diaria. Cuando yo conseguía salir a rastras de la cama y avanzar a duras penas hasta el baño, Hassan ya se había lavado, rezado su *namaz* matutino con Alí y preparado mi desayuno: té negro caliente con tres terrones de azúcar y una rebanada de *naan* tostado y untado con mi mermelada de cerezas preferida, todo ello cuidadosamente dispuesto sobre la mesa del comedor. Mientras yo desayunaba y me quejaba de los deberes, Hassan hacía mi cama, lustraba mis zapatos, planchaba la ropa que iba a ponerme y preparaba la cartera con mis libros y mis lápices. Mientras planchaba, yo le oía canturrear con su voz nasal antiguas canciones hazara. Luego, Baba y yo marchábamos a bordo de su Ford Mustang negro, un coche que levantaba miradas de envidia por donde quiera que pasase, pues era el mismo coche que Steve McQueen conducía en *Bullit*, una película que estuvo en cartel durante seis meses. Hassan se quedaba en casa y ayudaba a Alí en las tareas diarias: lavar a mano la ropa sucia y tenderla en el jardín, barrer los suelos, comprar *naan* del día en el bazar, adobar la carne para la cena y regar el césped.

Después del colegio, Hassan y yo nos reuníamos. Yo cogía un libro y subíamos a una colina achaparrada que estaba en la zona norte de la propiedad de mi padre en Wazir Akbar Kan. En la cima había un viejo cementerio abandonado con hileras irregulares de lápidas anónimas y malas hierbas que inundaban los caminos de paso. Las muchas temporadas de nieve y lluvia habían oxidado la verja de hierro y desmoronado parte de los blancos muros de piedra del cementerio, en cuya entrada había un granado. Un día de verano, grabé en él nuestros nombres con un cuchillo de cocina de Alí: «Amir y Hassan, sultanes de Kabul.» Aquellas palabras servían para formalizarlo: el árbol era nuestro. Después del colegio, Hassan y yo trepábamos por las ramas y arrancábamos las granadas de color rojo sangre. Luego nos comíamos la fruta, nos limpiábamos las manos en la hierba y yo leía para Hassan.

Él, sentado en el suelo y con la luz del sol, que se filtraba entre las hojas del granado, bailando en su cara, arrancaba con expresión ausente briznas de hierba mientras yo le leía historias que él no podía leer por sí solo. Que Hassan fuera analfabeto como Alí y la mayoría de los hazaras era algo que estaba decidido desde el mismo momento de su nacimiento, tal vez incluso en el mismo instante en que había sido concebido en el ingrato seno de Sanaubar. Al fin y al cabo, ¿qué necesidad tenía de la palabra escrita un criado? Pero a pesar de su analfabetismo, o tal vez debido a él, Hassan se sentía arrastrado por el misterio de las palabras, seducido por aquel mundo secreto que le estaba prohibido. Le leía poemas y relatos, y alguna vez adivinanzas, aunque dejé de hacerlo en cuanto constaté que él era mucho mejor que yo solucionándolas. Así que le leía cosas incuestionables, como las desventuras del inepto *mullah* Nasruddin y su asno. Pasábamos horas sentados bajo aquel árbol, hasta que el sol se ponía por el oeste, y aun entonces Hassan insistía en que quedaba suficiente luz para un relato mas, o un capítulo más.

Lo que más me gustaba de las sesiones de lectura era cuando nos encontrábamos con alguna palabra que él desconocía. Yo le tomaba el pelo y ponía en evidencia su ignorancia. En una ocasión, estaba leyéndole un cuento del *mullah* Nasruddin cuando él me interrumpió.

—¿Qué significa esa palabra?

—¿Cuál?

—Imbécil.

—¿No sabes lo que significa? —le pregunté, sonriendo.

—No, Amir *agha*.

—Pero ¡si es una palabra muy normal!

—Ya, pero no la sé. —Si alguna vez se percataba de mis burlas, su cara sonriente no lo demostraba.

—En mi colegio todo el mundo sabe lo que significa. Veamos. «Imbécil» significa listo, inteligente. Te pondré un ejemplo para que lo veas. «En lo que se refiere a palabras, Hassan es un imbécil.»

—Aaah —dijo, con un movimiento afirmativo de cabeza.

Después me sentía culpable de haberlo hecho. Así que intentaba arreglarlo regalándole una de mis camisas viejas o un juguete roto. Me decía a mí mismo que aquello era compensación suficiente para una broma sin mala intención.

Con mucho, el libro favorito de Hassan era el *Shahnamah*, el relato épico del siglo X sobre los antiguos héroes persas. Le gustaban todas esas historias, los shas de la antigüedad, Feridun, Zal y Rudabeh. Pero su cuento favorito, y el mío, era el de Rostam y Sohrab, el del gran guerrero Rostam y *Rakhsh*, su caballo alado. Rostam hiere mortalmente en batalla a su valiente enemigo Sohrab, y descubre entonces que Sohrab es su hijo, que había desaparecido mucho tiempo atrás. Destrozado por el dolor, Rostam escucha las palabras de su hijo moribundo: «Si en realidad sois mi padre, habéis teñido entonces vuestra espada con la sangre de vida de vuestro hijo. Y lo habéis hecho con gran aplicación. He intentado convertiros en amor y he implorado de vos vuestro nombre, incluso he creído contemplar en vos los recuerdos relatados por mi madre. Pero he apelado en vano a vuestro corazón, y ahora el momento de nuestra reunión ha finalizado...»

—Vuelve a leerlo, por favor, Amir *agha* —decía Hassan.

A veces, cuando le leía ese pasaje, sus ojos se inundaban de lágrimas y yo siempre me preguntaba por quién lloraba, si por Rostam, que, destrozado por el dolor, se arrancaba las vestiduras y se cubría la cabeza con cenizas, o por el moribundo Sohrab, que sólo anhelaba el amor de su padre. Yo, personalmente, no veía la tragedia del destino de Rostam. ¿Acaso no era cierto que todos los padres albergaban en el corazón el secreto deseo de matar a sus hijos?

Un día de julio de 1973 le gasté otra broma a Hassan. Estaba leyéndole y, de repente, me aparté del relato escrito. Simulé que seguía leyendo del libro, volvía las páginas con regularidad, pero había abandonado por completo el texto, había tomado posesión de la historia y estaba creando una de mi propia invención. Hassan, por supuesto, no se daba cuenta de lo que sucedía. Para él, las palabras de las páginas no eran más que un amasijo de códigos, indescifrables y misteriosos. Las palabras eran puertas secretas y yo tenía las llaves de todas ellas. Después, cuando con un nudo en la garganta provocado por la risa le pregunté si le gustaba el relato, Hassan empezó a aplaudir.

—¿Qué haces? —dije.

—Es la mejor historia que me has leído en mucho tiempo —contestó sin dejar de aplaudir.

Yo me eché a reír.

—¿De verdad?

—De verdad.

—Es fascinante —murmuré. Yo también lo creía. Aquello era... totalmente inesperado—. ¿Estás seguro, Hassan?

Él seguía aplaudiendo.

—Ha sido estupendo, Amir *agha*. ¿Me leerás más mañana?

—Realmente fascinante —repetí, casi falto de aliento, sintiéndome como quien descubre un tesoro enterrado en su jardín. Colina abajo, las ideas estallaban en mi cabeza como los fuegos artificiales de *Chaman*. «Es la mejor historia que me has leído en mucho tiempo», había dicho. Y le había leído muchas historias... Hassan estaba preguntándome algo en aquel instante.

—¿Qué? —inquirí.

—¿Qué significa «fascinante»? —Me eché a reír. Lo estrujé en un abrazo y le planté un beso en la mejilla—. ¿A qué viene todo esto? —me preguntó sorprendido, sonrojándose.

Le di un empujoncito amistoso y sonreí.

—Eres un príncipe, Hassan. Eres un príncipe y te quiero.

Aquella misma noche escribí mi primer relato. Me llevó media hora. Se trataba de un cuento sobre un hombre que encontraba una taza mágica y descubría que si lloraba en su interior, las lágrimas se convertían en perlas. Sin embargo, a pesar de haber sido siempre pobre, era un hombre feliz y raramente soltaba una lágrima. Entonces buscó y encontró maneras de entristecerse para que de ese modo sus lágrimas le hicieran rico. A medida que aumentaban las perlas, aumentaba también su avaricia. La historia terminaba con el hombre sentado encima de una montaña de perlas, cuchillo en mano, llorando en vano en el interior de la taza y con el cuerpo inerte de su amada esposa entre sus brazos.

Aquella noche subí las escaleras y entré en la sala de fumadores de Baba, armado con los dos folios de papel donde había garabateado mi relato. Cuando hice mi entrada, Baba y Rahim Kan estaban fumando en pipa y bebiendo coñac.

—¿Qué sucede, Amir? —me preguntó Baba, recostándose en el sofá y entrelazando las manos por detrás de la cabeza.

Su cara aparecía envuelta en una nube de humo de color azul. Su mirada me dejó la garganta seca. Tosí para aclarármela y le dije que había escrito un cuento.

Baba asintió con la cabeza y me ofreció una leve sonrisa que transmitía poco más que un fingido interés.

—Bueno, eso está muy bien, ¿verdad?

Y nada más. Se limitó a mirarme a través de la nube de humo.

Seguramente permanecí allí durante menos de un minuto, pero, hasta ahora, ése ha sido uno de los minutos más largos de mi vida. Cayeron los segundos, cada uno de ellos separado del siguiente por una eternidad. El ambiente era cada vez más pesado, húmedo, casi sólido. Yo respiraba con mucha dificultad. Baba seguía mirándome fijamente y sin ofrecerse a leerlo.

Como siempre, fue Rahim Kan quien acudió en mi rescate. Me tendió la mano y me regaló una sonrisa que no tenía nada de fingido.

—¿Me lo dejas, Amir *jan*? Me gustaría mucho leerlo. —Baba casi nunca utilizaba la palabra cariñosa «jan» para dirigirse a mí.

Baba se encogió de hombros y se puso en pie. Parecía aliviado, como si también acabaran de rescatarlo a él.

—Sí, dáselo a Kaka Rahim. Voy arriba a cambiarme.

Y abandonó la estancia. Yo reverenciaba a Baba con una intensidad cercana a la religión, pero en aquel preciso momento deseé haber podido abrirme las venas y extraer de mi cuerpo toda su maldita sangre.

Una hora más tarde, cuando el cielo del atardecer estaba ya oscuro, ambos partieron en el coche de mi padre para asistir a una fiesta. Antes de salir, Rahim Kan se puso en cuclillas delante de mí y me devolvió el cuento junto con otra hoja de papel doblada. Me sonrió y me guiñó un ojo.

—Para ti. Léelo después.

Entonces hizo una pausa y añadió una única palabra que me dio más ánimos para seguir escribiendo que cualquier cumplido que cualquier editor me haya hecho jamás. Esa palabra fue «Bravo».

Después de que se marcharan, me senté en la cama y deseé que Rahim Kan hubiese sido mi padre. A continuación pensé en Baba y en su estupendo y enorme pecho y en lo bien que me sentía allí cuando me apoyaba en él, en el olor a colonia que desprendía por las mañanas y en cómo me rascaba su barba en la cara. Entonces me vi abrumado por un sentimiento de culpa tal que corrí hasta el baño y vomité en el lavabo.

Más tarde, aquella misma noche, me acurruqué en la cama y leí una y otra vez la nota de Rahim Kan. Decía lo siguiente:

Amir jan:

Me ha gustado mucho tu historia. Mashallah, Dios te ha otorgado un talento especial. Tu deber ahora es afinar ese talento, porque la persona que desperdicia los talentos que Dios le ha dado es un burro. Tu historia está escrita con una gramática correcta y un estilo interesante. Pero lo más impresionante de tu historia es su ironía. Tal vez ni siquiera sepas qué significa esta palabra. Pero algún día lo sabrás. Es algo que algunos escritores persiguen a lo largo de toda su vida y que nunca consiguen. Tú, sin embargo, lo has conseguido en tu primer relato.

Mi puerta está y estará siempre abierta para ti, Amir jan. Escucharé cualquier historia que quieras contarme. Bravo.

Tu amigo,

Rahim

Alentado por la nota de Rahim Kan, cogí las hojas y me precipité escaleras abajo hacia el vestíbulo, donde Alí y Hassan dormían en un colchón. Únicamente dormían en la casa cuando Baba no estaba y Alí tenía que cuidar de mí. Sacudí a Hassan para despertarlo y le pregunté si quería que le contase un cuento.

Se frotó los ojos soñolientos y se desperezó.

—¿Ahora? ¿Qué hora es?

—No importa la hora. Este cuento es especial. Lo he escrito yo —susurré, esperando no despertar a Alí. La cara de Hassan se iluminó.

Se lo leí en el salón, junto a la chimenea de mármol. Aquella vez sin juegos esporádicos con las palabras; aquella vez era yo. Hassan era el público perfecto en muchos sentidos. Se sumergía totalmente en el cuento y alteraba las facciones en consonancia con los tonos cambiantes del relato. Cuando leí la última frase, hizo con las manos un aplauso mudo.

—*Mashallah*, Amir *agha*. ¡Bravo! —Estaba radiante.

—¿Te ha gustado? —le pregunté, saboreando así por segunda vez la dulzura de un nuevo juicio positivo.

—Algún día, *Inshallah*, serás un gran escritor —dijo Hassan—. Y la gente de todo el mundo leerá tus cuentos.

—Exageras, Hassan —repliqué, queriéndolo por lo que había dicho.

—No. Serás grande y famoso —insistió. Luego hizo una pausa, como si estuviese a punto de añadir algo. Sopesó sus palabras y tosió para aclararse la garganta—. Pero ¿me permites que te haga una pregunta sobre tu historia? —dijo tímidamente.

—Por supuesto.

—Bueno... —empezó, y se cortó.

—Dime, Hassan —dije. Sonreí, aunque de pronto el escritor inseguro que vivía dentro de mí no estuviera muy convencido de desear oírlo.

—Bueno, ya que me lo permites..., ¿por qué el hombre mató a su mujer? ¿Y por qué siempre tenía que sentirse triste para llorar? ¿No podía haber partido una cebolla?

Me quedé pasmado. No se me había ocurrido pensar en ese detalle. Era tan evidente que resultaba estúpido. Moví los labios sin decir palabra. Resultaba que en el transcurso de la misma noche había descubierto la existencia de la ironía, uno de los objetivos de la escritura, y también me habían presentado una de sus trampas: el fallo en el argumento. Y de entre todo el mundo, me lo había enseñado Hassan. Hassan, que no sabía leer y que no había escrito una sola palabra en toda su vida. Una voz, fría y oscura, me susurró de repente al oído: «Pero ¿qué sabe este hazara analfabeto? Nunca será más que un cocinero. ¿Cómo se atreve a criticarme?»

—Bueno... —empecé. Pero nunca conseguí terminar la frase.

Porque, de repente, Afganistán cambió para siempre.

5

Algo rugió como un trueno. La tierra se sacudió ligeramente y escuchamos el ra-ta-tá del tiroteo.

—¡Padre! —exclamó Hassan. Nos pusimos en pie de un brinco y salimos corriendo del salón. Nos encontramos con Alí, que cruzaba el vestíbulo cojeando frenéticamente—. ¡Padre! ¿Qué es ese ruido? —gritó Hassan, tendiendo los brazos hacia Alí, que nos abrazó a los dos.

En ese momento centelleó una luz blanca que iluminó el cielo de plata. Después centelleó de nuevo, seguida por el repiqueteo de un tiroteo.

—Están cazando patos —dijo Alí con voz ronca—. Cazan patos de noche, ya lo sabéis. No tengáis miedo.

El sonido de una sirena se desvanecía a lo lejos. En algún lugar se hizo añicos un cristal y alguien gritó. En la calle se oía gente que, despertada del sueño, seguramente iría en pijama, con el pelo alborotado y los ojos hinchados. Hassan lloraba. Alí lo colocó a su lado y lo abrazó con ternura. Más tarde me diría a mí mismo que no había sentido envidia de Hassan. En absoluto.

Permanecimos apretujados de aquella manera hasta primera hora de la mañana. Los disparos y las explosiones habían durado menos de una hora, pero nos habían asustado mucho porque ninguno de nosotros había oído nunca disparos en las calles. Entonces eran sonidos desconocidos para nosotros. La generación de niños afganos cuyos oídos no conocerían otra cosa que no fueran los sonidos de las bombas y los tiroteos no había nacido aún. Acurrucados en el comedor y a la espera de la salida del sol, ninguno de nosotros tenía la menor idea de que acababa de finalizar una forma de vida. Nuestra forma de vida. Aunque sin serlo del todo, aquello fue, como mínimo, el principio del fin. El fin, el fin oficial, llegaría primero en abril de 1978, con el golpe de estado comunista, y luego en diciembre de 1979, cuando los tanques rusos se hicieron dueños de las mismas calles donde Hassan y yo jugábamos, provocando con ello la muerte del Afganistán que yo conocía y marcando el principio de una época de carnicería que todavía hoy continúa.

Poco antes del amanecer, el coche de Baba irrumpió a toda velocidad por el camino de acceso. Oímos la puerta que se cerraba de un portazo y pasos que subían con prisa las escaleras. Apareció entonces en el umbral de la puerta y vi algo en su cara. Algo que no reconocí al principio porque nunca lo había visto: miedo.

—¡Amir! ¡Hassan! —exclamó, corriendo hacia nosotros con los brazos abiertos—. Han bloqueado todas las carreteras y el teléfono no funcionaba. ¡Estaba muy preocupado!

Nos dejamos cobijar entre sus brazos y, por un breve momento de locura, me alegré de lo que había pasado aquella noche.

Al final resultó que no estaban disparando a los patos. Aquella noche del 17 de julio de 1973 no dispararon en realidad a mucha cosa. Kabul se despertó a la mañana siguiente y descubrió que la monarquía era cosa del pasado. El rey, el sha Zahir, se encontraba de viaje por Italia. Aprovechando su ausencia, su primo, Daoud Kan, había dado por finalizados los cuarenta años de reinado del sha con un golpe de estado incruento.

Recuerdo que Hassan y yo estábamos acurrucados aquella misma mañana junto a la puerta del despacho de mi padre, mientras Baba y Rahim Kan bebían té negro y escuchaban las noticias del golpe que emitía Radio Kabul.

—¿Amir *agha*? —susurró Hassan.

—¿Qué?

—¿Qué es una república?

Me encogí de hombros.

—No lo sé. —En la radio de Baba, repetían esa palabra una y otra vez.

—¿Amir *agha*?

—¿Qué?

—¿República significa que mi padre y yo tendremos que irnos?

—No lo creo —murmuré como respuesta.

Hassan reflexionó sobre aquello.

—¿Amir *agha*?

—¿Qué?

—No quiero que nos obliguen a marcharnos a mi padre y a mí.

Sonreí.

—*Bas*, eres un burro. Nadie va a echaros.

—¿Amir *agha*?

—¿Qué?

—¿Quieres que vayamos a trepar a nuestro árbol?

Mi sonrisa se hizo más grande. Ésa era otra cosa buena que tenía Hassan. Siempre sabía cuándo decir la palabra adecuada... En ese caso, porque las noticias de la radio eran cada vez más aburridas. Hassan fue a su choza a prepararse y yo corrí arriba a buscar un libro. Luego me dirigí a la cocina, me llené los bolsillos de piñones y salí de casa. Hassan me esperaba. Atravesamos corriendo las verjas delanteras y nos encaminamos hacia la colina.

Cruzamos la calle residencial y avanzábamos a toda prisa por un descampado que llevaba hacia la colina cuando, de repente, Hassan recibió una pedrada en la espalda. Al volvernos se me detuvo el corazón. Se aproximaban Assef y dos de sus amigos, Wali y Kamal.

Assef era hijo de un amigo de mi padre, Mahmood, piloto de aviación. Su familia vivía unas cuantas calles más al sur de nuestra casa, en una propiedad lujosa rodeada de muros altos y poblada de palmeras. Cualquier niño que viviera en el barrio de Wazir Akbar Kan de Kabul conocía, con un poco de suerte no por experiencia propia, a Assef y su famosa manopla de acero inoxidable. Nacido de madre alemana y padre afgano, Assef, rubio y con ojos azules, era mucho más alto que los demás niños. Su bien ganada reputación de salvaje le precedía allá por donde iba. Flanqueado por sus obedientes amigos, deambulaba por el vecindario como un kan paseándose por su territorio con su séquito, dispuesto a complacerle en todo momento. Su palabra era ley y aquella manopla de acero era la herramienta de enseñanza idónea para todo aquel que necesitara un poco de educación legal. En una ocasión le vi utilizar esa manopla contra un niño del barrio de Karteh-Char. Jamás olvidaré los ojos azules de Assef, que brillaban con un resplandor de locura, ni su sonrisa mientras apalizaba al pobre niño hasta dejarlo inconsciente. Algunos muchachos de Wazir Akbar Kan le habían puesto el mote de Assef *Goshkhor*, «el devorador de orejas». Naturalmente, ninguno de ellos se atrevía a decirlo delante de él, a menos que desease sufrir el mismo destino que el pobre niño que, sin quererlo, inspiró el mote de Assef cuando se peleó con él por una cometa y acabó recogiendo su oreja derecha en un desagüe enfangado. Años después aprendí una palabra que definía el tipo de criatura que era Assef, una palabra que no tenía un buen equivalente en el idioma farsi: sociópata.

De todos los chicos del vecindario que acosaban a Alí, Assef era de lejos el más despiadado. De hecho, había sido él el creador de la mofa de Babalu: «Hola, Babalu, ¿a quién te has comido hoy? ¿Huh? ¡Venga, Babalu, regálanos una sonrisa!» Y los días en que se sentía especialmente inspirado salpimentaba un poco más su acoso: «Hola, Babalu, chato, ¿a quién te has comido hoy? ¡Dínoslo, burro de ojos rasgados!»

Y en ese momento era él, Assef, quien se dirigía hacia nosotros con las manos en las caderas y entre las pequeñas nubes de polvo que levantaban sus zapatillas de deporte.

—¡Buenos días, *kuni*! —exclamó Assef, saludando con la mano. *Kuni*, «maricón», otro de sus insultos favoritos.

Viendo que se acercaban tres chicos mayores, Hassan se colocó inmediatamente detrás de mí. Se plantaron delante de nosotros, tres tipejos altos, vestidos con pantalones vaqueros y camiseta. Assef, que sobresalía por encima de todos, se cruzó de brazos y esbozó una especie de sonrisa salvaje. No era la primera vez que pensaba que Assef no estaba del todo cuerdo. Y también pensé en lo afortunado que era yo por tener a Baba de padre, la única razón, creo, por la que Assef se había refrenado de incordiarme.

Apuntó con la barbilla hacia Hassan.

—Hola, chato —dijo—. ¿Cómo está Babalu? —Hassan no respondió—. ¿Os habéis enterado, chicos? —añadió Assef sin perder la sonrisa ni un instante—. El rey se ha ido. Que se largue con viento fresco. ¡Larga vida al presidente! Mi padre conoce a Daoud Kan, ¿sabías eso, Amir?

—Y mi padre también —dije. En realidad, no sabía si aquello era o no verdad.

—Y mi padre también... —me imitó Assef con un hilillo de voz. Kamal y Wali cacarearon al unísono. Deseé que Baba estuviese allí—. Daoud Kan cenó en mi casa el año pasado —prosiguió Assef—. ¿Qué te parece eso, Amir? —Me preguntaba si alguien podría escucharnos gritar desde aquel terreno tan alejado. La casa de Baba estaba a un kilómetro de distancia. Ojalá nos hubiésemos quedado allí—. ¿Sabes lo que le diré a Daoud Kan la próxima vez que venga a casa a cenar? —siguió Assef—. Tendré una pequeña charla con él, de hombre a hombre, de *mard* a *mard*. Le diré lo que le dije a mi madre. Sobre Hitler. Había una vez un líder. Un gran líder. Un hombre con visión. Le diré a Daoud Kan que recuerde que si hubieran dejado que Hitler acabara lo que había empezado, el mundo sería ahora un lugar mucho mejor.

—Baba dice que Hitler estaba loco, que ordenó el asesinato de muchos inocentes —me oí decir, y me tapé inmediatamente la boca con la mano.

Assef se rió con disimulo.

—Parece mi madre, y eso que ella es alemana. Veo que no quieren que conozcas la verdad. —No sabía a quiénes se refería o qué verdad estaban ocultándome, y tampoco me apetecía averiguarlo. Deseé no haber dicho nada. Deseé levantar la vista y ver a Baba acercándose a la colina—. Pero para eso tienes que leer libros que no nos dan en el colegio —dijo Assef—. Yo los tengo. Y me han abierto los ojos. Ahora tengo una visión y voy a compartirla con nuestro nuevo presidente. ¿Sabes cuál es?

Sacudí la cabeza. Aunque iba a decírmela igualmente; Assef respondía siempre a sus propias preguntas.

Sus ojos azules centellearon en dirección a Hassan.

—Afganistán es la tierra de los pastunes. Siempre lo ha sido y siempre lo será. Nosotros somos los verdaderos afganos, los afganos puros, no este nariz chata de aquí. Su gente contamina nuestra tierra, nuestro *watan*. Ensucian nuestra sangre. —Realizó un gesto ostentoso con las manos, barriéndolo todo—. Afganistán es de los pastunes. Ésa es mi visión de las cosas. —Assef me miraba de nuevo a mí. Parecía alguien que acabara de despertar de un sueño—. Demasiado tarde para Hitler —dijo—, pero no para nosotros. —Buscó algo en el bolsillo trasero de sus vaqueros—. Le pediré al presidente que haga lo que el rey no tuvo el *quwat* de hacer. Liberar a Afganistán de todos los sucios y *kasseef* hazaras.

—Déjanos marchar —dije, odiando el temblor de mi voz—. Nosotros no te estamos molestando.

—Oh, claro que me molestáis —silbó entre dientes Assef. Y vi, con el corazón encogido, lo que acababa de extraer del bolsillo. Por supuesto. Su manopla de acero inoxidable centelleaba al sol—. Me molestáis mucho. De hecho, tú me molestas más que este hazara de aquí. ¿Cómo puedes hablarle, jugar con él, permitir que te toque? —dijo, cada vez en un tono más asqueado. Wali y Kamal asintieron con la cabeza y gruñeron para dar su conformidad. Assef entrecerró los ojos, sacudió la cabeza y, cuando volvió a hablar, lo hizo de una forma tan extraña como la expresión que tenía—. ¿Cómo puedes llamarlo amigo?

«Pero ¡si no es mi amigo! —casi dejé escapar impulsivamente—. ¡Es mi criado!» ¿Lo había pensado realmente? Por supuesto que no. No. Trataba a Hassan casi como a un amigo, mejor incluso, más bien como a un hermano. Pero si era así, ¿por qué cuando iban a visitarnos los amigos de Baba con sus hijos nunca incluía a Hassan en nuestros juegos? ¿Por qué jugaba yo con Hassan sólo cuando no nos veía nadie más?

Assef se puso la manopla de acero y me lanzó una gélida mirada.

—Tú eres parte del problema, Amir. Si los idiotas como tu padre y tú no hubiesen acogido a esta gente, a estas alturas ya nos habríamos librado de ellos. Estarían pudriéndose todos en Hazarajat, adonde pertenecen. Eres una desgracia para Afganistán.

Observé sus ojos de loco y me di cuenta de que hablaba en serio. Quería hacerme daño de verdad. Assef levantó el puño y fue a por mí.

Entonces se produjo un vertiginoso movimiento a mis espaldas. Por el rabillo del ojo vi a Hassan, que se agachaba y se ponía de nuevo en pie. Los ojos de Assef se trasladaron rápidamente hacia algo que había detrás de mí y se abrieron sorprendidos. Observé la misma mirada de asombro en la cara de Kamal y Wali cuando también se percataron de lo que había sucedido detrás de mí.

Me volví y me topé de frente con el tirachinas de Hassan. Hassan había tensado hacia atrás la banda elástica, que estaba cargada con una piedra del tamaño de una nuez. Hassan apuntaba directamente a la cara de Assef. La mano le temblaba y el sudor le caía a chorros por la frente.

—Déjanos tranquilos, por favor, *agha* —dijo Hassan intentando aparentar tranquilidad.

Acababa de referirse a Assef como *agha*, y me pregunté por un instante cómo debía de ser vivir con un sentimiento tan arraigado del lugar que se ocupa en una jerarquía.

Assef apretó los dientes y replicó:

—Suelta eso, hazara sin madre.

—Por favor, déjanos solos, *agha* —dijo Hassan.

Assef sonrió.

—Tal vez no te hayas dado cuenta, pero nosotros somos tres y vosotros dos.

Hassan se encogió de hombros. Para los ojos de un espectador cualquiera, no parecía asustado. Pero la cara de Hassan era mi primer recuerdo y conocía sus matices más sutiles, conocía

51

todas y cada una de las contracciones y vacilaciones que la cruzaban. Y veía que estaba asustado. Estaba muy asustado.

—Tienes razón, *agha*. Pero tal vez no te hayas dado cuenta de que el que sujeta el tirachinas soy yo. Si haces el más mínimo movimiento, tendrán que cambiarte el mote de Assef *el devorador de orejas* por el de Assef *el tuerto*, porque estoy apuntándote con esta piedra al ojo izquierdo. —Lo dijo tan llanamente que incluso yo tuve que esforzarme para detectar el miedo que sabía que ocultaba bajo aquel tono de voz tan calmado.

La boca de Assef se crispó. Wali y Kamal observaban aquel diálogo con algo parecido a la fascinación. Alguien había desafiado a su dios. Lo había humillado. Y, lo peor de todo, ese alguien era un escuálido hazara. La mirada de Assef iba de la piedra a Hassan, cuyo rostro observaba fijamente. Lo que debió de encontrar en él pareció convencerlo de la seriedad de las intenciones de Hassan, puesto que bajó el puño.

—Te diré una cosa de mí, hazara —dijo Assef con voz grave—. Soy una persona paciente. Esto no tiene por qué acabar hoy, créeme. —Se volvió hacia mí—. Y tampoco es el final para ti, Amir. Algún día conseguiré enfrentarme contigo cara a cara. —Assef dio un paso atrás y sus discípulos lo siguieron—. Tu hazara ha cometido hoy un grave error, Amir —añadió.

Luego dieron media vuelta y se marcharon. Los vi descender colina abajo y desaparecer detrás de un muro.

Hassan intentaba guardar el tirachinas en la cintura con las manos temblorosas. En la boca esbozaba lo que quería ser una sonrisa tranquilizadora. Necesitó cinco intentos para anudar el cordón de los pantalones. Ninguno de los dos dijo mucho durante el camino de vuelta a casa, turbados como estábamos, temerosos de que Assef y sus amigos fueran a tendernos una emboscada en cada esquina. No lo hicieron, y eso debería habernos consolado un poco. Pero no fue así. En absoluto.

Durante los dos años siguientes, expresiones como «desarrollo económico» y «reforma» bailaron en boca de las gentes de Kabul.

El anticuado sistema monárquico había quedado abolido para ser sustituido por una república moderna, dirigida por un presidente. La totalidad del país se veía sacudida por una sensación de rejuvenecimiento y determinación. La gente hablaba de los derechos de la mujer y de la tecnología moderna.

Sin embargo, a pesar de que el Arg, el palacio real de Kabul, estaba ocupado por otro inquilino, la vida continuaba igual que antes. La gente trabajaba de sábado a jueves y los viernes iba a merendar a los parques, a orillas del lago Ghargha o a los jardines de Paghman. Las estrechas calles de Kabul estaban transitadas por autobuses y camiones multicolores llenos de pasajeros, dirigidos por los gritos constantes de los ayudantes del conductor, que iban apoyados sobre los parachoques traseros de los vehículos vociferándole intrucciones con su marcado acento de Kabul. Para el *Eid*, la celebración de tres días que seguía al mes sagrado del ramadán, los habitantes de Kabul se vestían con sus mejores y más nuevas galas e iban a visitar a la familia. La gente se abrazaba, se besaba y se saludaba con la frase «*Eid Munbarak*». Feliz Eid. Los niños abrían regalos y jugaban con huevos duros pintados.

A comienzos del invierno de 1974, estábamos Hassan y yo en el jardín construyendo una fortaleza de nieve cuando Alí lo llamó para que entrara en la casa.

—¡Hassan, el *agha Sahib* quiere hablar contigo! —Estaba en el umbral de la puerta de entrada, vestido de blanco y con las manos escondidas bajo las axilas. Al respirar le salía vaho por la boca.

Hassan y yo intercambiamos una sonrisa. Llevábamos todo el día esperando la llamada: era el cumpleaños de Hassan.

—¿Qué es, padre, lo sabes? ¿Me lo dices? —le preguntó Hassan, a quien le brillaban los ojos.

Alí se encogió de hombros.

—El *agha Sahib* no me lo ha dicho.

—Venga, Alí, dínoslo —le presioné yo—. ¿Es un cuaderno de dibujo? ¿Tal vez una pistola nueva?

Igual que Hassan, Alí era incapaz de mentir. Siempre fingía no saber lo que Baba nos había comprado a Hassan o a mí con motivo de nuestros cumpleaños. Y siempre sus ojos le traicionaban y le sonsacábamos qué era. Esa vez, sin embargo, parecía decir la verdad.

Baba jamás se olvidaba del cumpleaños de Hassan. Al principio solía preguntarle a Hassan qué quería, pero luego dejó de hacerlo porque Hassan era excesivamente modesto para pedirle nada. De manera que todos los inviernos Baba elegía personalmente el regalo. Un año le compró un camión de juguete japonés, otro, una locomotora eléctrica con vías de tren. En su último aniversario, Baba lo había sorprendido con un sombrero vaquero de cuero como el que llevaba Clint Eastwood en *El bueno, el feo y el malo*, que había desbancado a *Los siete magníficos* como nuestra película del Oeste favorita. Durante todo aquel invierno, Hassan y yo nos turnamos para llevar el sombrero mientras tarareábamos a grito pelado la famosa melodía de la película, escalábamos montones de nieve y nos matábamos a tiros.

Al llegar a la puerta nos despojamos de los guantes y de las botas llenas de nieve. Cuando entramos en el vestíbulo, nos encontramos a Baba, sentado junto a la estufa de hierro fundido en compañía de un hombre hindú bajito y medio calvo, vestido con traje marrón y corbata roja.

—Hassan —dijo Baba, sonriendo tímidamente—, te presento a tu regalo de cumpleaños.

Hassan y yo cruzamos miradas de incomprensión. No se veía por ninguna parte ningún paquete envuelto en papel de regalo. Ninguna bolsa. Ningún juguete. Sólo estaban Alí, de pie detrás de nosotros, y Baba con aquel delgado hindú que recordaba a un profesor de matemáticas.

El hindú del traje marrón sonrió y le tendió la mano a Hassan.

—Soy el doctor Kumar —dijo—. Encantado de conocerte. —Hablaba farsi con un marcado y arrastrado acento hindi.

—*Salaam alaykum* —dijo Hassan poco seguro.

Inclinó educadamente la cabeza, aunque su mirada buscaba a su padre, que seguía detrás de él. Alí se acercó y puso las manos sobre el hombro de Hassan.

Baba se encontró con la mirada cautelosa y perpleja de Hassan.

—He hecho venir al doctor Kumar de Nueva Delhi. El doctor Kumar es cirujano plástico.

—¿Sabes lo que es? —le preguntó el hombre hindú..., el doctor Kumar.

Hassan sacudió la cabeza. Me miró en busca de ayuda, pero yo me encogí de hombros. Lo único que yo sabía era que el cirujano era el médico al que se visitaba para curar una apendicitis. Lo sabía porque uno de mis compañeros de clase había muerto de eso el año anterior y el maestro nos había explicado que habían tardado demasiado en llevarlo a un cirujano. Ambos miramos a Alí, aunque con él nunca se sabía. Mostraba la cara impasible de siempre, a pesar de que en su mirada se traslucía un toque de embriaguez.

—Bueno —dijo el doctor Kumar—, mi trabajo consiste en arreglar cosas del cuerpo de la gente. A veces también de la cara.

—¡Oh! —exclamó Hassan. Miró primero al doctor Kumar y luego a Baba y a Alí. A continuación, se acarició el labio superior y le dio golpecitos—. ¡Oh! —dijo de nuevo.

—Ya sé que se trata de un regalo fuera de lo común —intervino Baba—. Y supongo que no era lo que tú tenías en mente, pero es un regalo que te durará toda la vida.

—Oh —repitió Hassan. Se pasó la lengua por los labios y se aclaró la garganta—. *Agha Sahib*, ¿me hará... me hará...?

—Nada de nada —terció el doctor Kumar con una sonrisa amable—. No te dolerá ni una pizca. Te daré una medicina y no sentirás nada.

—Oh —dijo otra vez Hassan, quien devolvió la sonrisa al médico, aliviado. Aunque sentía poco alivio, de cualquier modo—. No estoy asustado, *agha Sahib*, sólo que...

Puede que a Hassan le engañaran, pero a mí no. Sabía que cuando los médicos decían que no dolería querían decir que sí. Con horror, recordé la circuncisión que me habían realizado el año anterior. El médico me había soltado el mismo argumento, tranquilizándome y asegurándome que no me dolería ni una pizca. Pero cuando a última hora de la noche desapareció el efecto de la anestesia, sentí como si me hubiesen puesto carbón caliente en la entrepierna. Por qué Baba esperó hasta que yo cumpliera diez años para hacerme la circuncisión era algo que iba más allá de mi comprensión y una de las cosas por las que jamás lo olvidaré.

—Feliz cumpleaños —dijo Baba, acariciando la cabeza afeitada de Hassan.

De pronto, Alí tomó las manos de Baba entre las suyas, les estampó un beso y hundió su cara en ellas.

El doctor Kumar se había quedado en un segundo plano y los observaba con una sonrisa cortés.

Yo sonreía, como los demás, aunque deseaba haber tenido también algún tipo de cicatriz que hubiera despertado la simpatía de Baba. No era justo. Hassan no había hecho nada para ganarse el afecto de Baba; se había limitado a nacer con ese estúpido labio leporino.

La operación fue bien. Cuando le retiraron los vendajes, todos nos quedamos un poco sorprendidos, pero mantuvimos la sonrisa, siguiendo las instrucciones del doctor Kumar. No era fácil, porque el labio superior de Hassan era un pedazo grotesco de tejido inflamado y en carne viva. Yo esperaba que Hassan gritara horrorizado cuando la enfermera le entregó el espejo. Alí le mantenía cogida la mano mientras Hassan inspeccionaba prolongada y detalladamente el resultado. Murmuró alguna cosa que no comprendí. Acerqué mi oreja a su boca y volvió a susurrar.

—*Tashakor.* Gracias.

Entonces su boca se curvó, y esa vez supe lo que hacía. Estaba sonriendo. Igual que había hecho al salir del seno materno.

La inflamación desapareció y la herida cicatrizó con el tiempo, convirtiéndose en una línea rosa irregular que recorría el labio. Para el invierno siguiente, se había reducido a una discreta cicatriz. Una ironía. Porque ése fue el invierno en que Hassan dejó de sonreír.

6

Invierno.

Todos los años, el primer día de nevada, hago lo mismo: salgo de casa temprano, todavía en pijama, y me abrazo al frío. Descubro el camino de entrada, el coche de mi padre, las paredes, los árboles, los tejados y los montes enterrados bajo treinta centímetros de nieve. Sonrío. El cielo es azul, sin una nube. La nieve es tan blanca que me arden los ojos. Me introduzco un puñado de nieve fresca en la boca y escucho el silencio amortiguado, roto únicamente por el graznido de los cuervos. Desciendo descalzo la escalinata delantera y llamo a Hassan para que salga a verlo.

El invierno era la estación favorita de los niños de Kabul, al menos de aquellos cuyos padres podían permitirse comprar una buena estufa de hierro. La razón era muy sencilla: los colegios cerraban durante la temporada de nieve. Para mí el invierno significaba el final de las interminables divisiones y de tener que aprenderme el nombre de la capital de Bulgaria; también era el comienzo de un período de tres meses de jugar a las cartas con Hassan junto a la estufa, de películas rusas gratuitas los martes por la mañana en el Cinema Park y del dulce *qurma* de nabos con arroz que nos preparaban para comer después de una mañana dedicada a hacer un muñeco de nieve.

Y de las cometas, naturalmente. De volar cometas.

Para unos pocos niños desgraciados, el invierno no equivalía al final del año escolar. Existían los llamados cursos de invierno «voluntarios». Yo no conocía a ningún niño que hubiera asistido voluntariamente a dichos cursos; naturalmente, eran los padres quienes los convertían en voluntarios. Por suerte para mí, Baba no era uno de ellos. Recuerdo a un niño, Abdullah, que vivía al otro lado de la calle. Creo que su padre era médico especializado en algo. Abdullah sufría epilepsia; siempre llevaba un traje de lana y gafas gruesas con montura negra. Era una de las víctimas habituales de Assef. Muchas mañanas observaba desde la ventana de mi dormitorio cómo su criado hazara retiraba la nieve del camino de acceso a su casa y lo despejaba para que pasara el Opel negro. Yo veía a Abdullah y a su padre subir al coche, Abdullah con su traje de lana, su abrigo de invierno y la cartera escolar llena de libros y lápices. Yo esperaba hasta que arrancaban y daban la vuelta a la esquina; luego me deslizaba de nuevo en la cama con mi pijama de franela, me subía la manta hasta la barbilla y contemplaba a través de la ventana las montañas del norte con las cumbres nevadas. Hasta que volvía a dormirme.

Me encantaba el invierno en Kabul. Me gustaba por el suave tamborileo que producía la nieve contra mi ventana por la noche, por cómo la nieve recién caída crujía bajo mis botas de caucho negras, por el calor de la estufa de hierro fundido cuando el viento azotaba los patios y las calles. Pero, sobre todo, porque mientras los árboles se helaban y el hielo cubría las calles, el hielo que había entre Baba y yo se fundía un poco. Y la razón de que fuera así eran las cometas. Baba y yo vivíamos en la misma casa, pero en distintas esferas. Las cometas eran la única intersección, fina como el papel, entre ellas.

Todos los inviernos, en los diversos barrios de Kabul se celebraba un concurso de lucha de cometas. Para cualquier niño que viviese en Kabul, el día del concurso era sin lugar a dudas el punto álgido de la estación fría. La noche anterior al concurso yo nunca conseguía dormir. Daba vueltas de un lado a otro, hacía sombras chinescas en la pared e incluso salía a la terraza en plena noche envuelto en una manta. Me sentía como el soldado que intenta conciliar el sueño en la trinchera la noche anterior a una batalla importante. Y lo cierto es que no difería mucho. En Kabul, las luchas de cometas eran un poco como ir a la guerra.

Como en cualquier guerra, era necesario prepararse para la lucha. Hassan y yo estuvimos construyendo nuestras propias cometas durante una buena temporada. Ahorrábamos la paga semanal a lo largo del otoño y guardábamos el dinero en el interior de un pequeño caballo de porcelana que Baba nos había traído en una ocasión de Herat. Cuando empezaban a soplar los vientos invernales y a caer nieve, abríamos el cierre situado bajo la panza del caballo. Luego íbamos al bazar y comprábamos bambú, cola, hilo y papel. Pasábamos muchas horas del día dedicados a pulir el bambú de las vergas centrales, a cortar el fino tejido de papel que facilitaba las caídas en picado y el remonte. Y, por supuesto, fabricábamos nosotros mismos nuestro propio hilo, o *tar*. Si la cometa era la pistola, el *tar* era la bala guardada en la recámara. Salíamos al jardín y sumergíamos hasta ciento cincuenta metros de hilo en una mezcla de vidrio y cola. Luego tendíamos el hilo entre los árboles y lo dejábamos secar. Al día siguiente enrollábamos el hilo, listo ya para la batalla, en un carrete de madera. Antes de que la nieve se fundiera e hicieran su aparición las lluvias primaverales, todos los niños de Kabul lucían en los dedos reveladores cortes horizontales resultado de un invierno entero de luchas con cometas. Recuerdo cómo nos apretujábamos mis compañeros y yo el primer día de clase para comparar nuestras heridas de guerra. Los cortes escocían y tardaban un par de semanas en cicatrizar; pero no importaba, eran el recordatorio de una estación adorada que, una vez más, había transcurrido con excesiva rapidez. Entonces el capitán de la clase hacía sonar el silbato y desfilábamos hacia las aulas, deseando desde ese mismo instante la llegada del nuevo invierno, y tristes ante la expectativa del nuevo y largo curso escolar.

Pronto resultó evidente que Hassan y yo éramos mejores voladores de cometas que fabricantes. Siempre había un fallo u otro en el diseño que nos arruinaba la cometa. Así que Baba empezó a acompañarnos al establecimiento de Saifo para comprar allí las cometas. Saifo era un anciano prácticamente ciego, *moochi* de profesión, zapatero, pero también el fabricante de cometas más famoso de la ciudad y dueño de un taller localizado en un diminuto tugurio de una de las calles principales de Kabul, Jadeh Maywand, al sur de las fangosas orillas del río Kabul. Recuerdo que para entrar en la tienda, que tenía el tamaño de una celda, era necesario agacharse y luego levantar una trampilla que daba acceso a un tramo de escaleras de madera que descendían hasta el húmedo y malsano sótano donde Saifo almacenaba sus codiciadas cometas. Baba nos compraba a cada uno tres idénticas y un carrete de hilo recubierto de vidrio. Si yo cambiaba de idea y pedía una cometa más grande y lujosa, Baba me la compraba..., pero también se la compraba a Hassan. A veces deseaba que no actuara de esa manera, que me permitiera por una vez ser el favorito.

Las luchas de cometas eran una antigua tradición de invierno en Afganistán. El concurso comenzaba a primera hora de la mañana y no terminaba hasta que una única cometa volaba en el cielo, la ganadora (recuerdo que un año el concurso se prolongó hasta la noche). La gente se congregaba en las aceras y en las azoteas para animar a los niños. Las calles se llenaban de luchadores de cometas que empujaban y tiraban de los hilos, entornando los ojos hacia el cielo en su intento de ganar la posición y conseguir cortar el hilo del contrincante. Cada luchador de cometas tenía su ayudante (en mi caso, el fiel Hassan), que era el encargado de sujetar el carrete y soltar el hilo.

En una ocasión, un mocoso hindú que acababa de trasladarse al barrio nos explicó que en la India las luchas de cometas seguían reglas muy estrictas. «Se juega en un recinto cerrado y debes permanecer en todo momento formando el ángulo correcto con el viento —decía orgulloso—. Y está prohibido utilizar aluminio para fabricar el hilo de vidrio.» Hassan y yo nos miramos y nos abalanzamos sobre él. El niño hindú aprendería muy pronto lo que los británicos descubrieron a principios de siglo y los rusos a finales de la década de los ochenta: que los afganos son un pueblo independiente. Los afganos cuidan y protegen las costumbres, pero aborrecen las reglas. Y así sucedía con las luchas de cometas. Las reglas eran sencillas: nada de reglas. Vuela tu cometa. Corta los hilos de las de los contrincantes. Buena suerte.

Pero la cosa no acababa ahí. La verdadera diversión comenzaba en el momento en que se cortaba una cometa. Era entonces cuando los voladores de cometas entraban en acción, niños que perseguían la cometa, que volaba a la deriva, a merced del viento, por las alturas hasta que empezaba a dar trompos y caía en el jardín de alguna casa, en un árbol o en una azotea. La persecución era intensa; hordas de voladores de cometas hormigueaban por las calles, abriéndose paso a empujones, igual, según he leído, que esa gente loca de España que corre delante de los toros. Un año, un uzbeko trepó a un pino para coger una cometa. La rama se partió bajo su peso y cayó desde una altura de nueve metros. El muchacho se rompió la columna y nunca volvió a caminar. Pero cayó con la cometa entre las manos. Y cuando un volador de cometas tenía una cometa en las manos, nadie podía usurpársela. No era una regla. Era una tradición.

El premio más codiciado por los voladores de cometas era la última cometa que caía en los concursos de invierno. Era un trofeo de honor, algo que se mostraba sobre un manto para que lo admiraran los invitados. Cuando el cielo se despejaba de cometas y sólo quedaban las dos últimas, todos los voladores se preparaban para conseguir ese trofeo. Se colocaban en el punto donde juzgaban que podían tener cierta ventaja inicial, con los músculos tensos y preparados para rendir al máximo. El cuello estirado. Los ojos entrecerrados. Luego se declaraba la lucha. Y en el instante en que se cortaba la última cometa, se desataba un infierno.

Con los años he visto volar muchas cometas a muchos chicos. Pero Hassan era, de lejos, el mejor que he visto en mi vida. Siempre estaba en el punto exacto donde aterrizaba la cometa. Era un verdadero misterio, como si poseyera una especie de brújula interna.

Recuerdo un día encapotado de invierno en que Hassan y yo volábamos una cometa. Yo lo seguía por los diferentes barrios, esquivando arroyos y serpenteando por calles estrechas. Aunque yo era un año mayor que él, Hassan corría más y yo empezaba a quedarme atrás.

—¡Hassan! ¡Espera! —le grité, sofocado, con la respiración entrecortada.

Él se volvió y me hizo una señal con la mano.

—¡Por aquí! —dijo antes de doblar otra esquina. Levanté la vista y vi que corríamos en dirección contraria a la que seguía la cometa, que volaba a la deriva.

—¡La perdemos! ¡Vamos en la dirección equivocada! —chillé.

—¡Confía en mí! —oí que decía.

Cuando llegué a la esquina, vi que Hassan salía disparado, sin levantar la cabeza, sin tan siquiera mirar al cielo, con la espalda de la camisa mojada de sudor. Yo tropecé con una piedra y caí al suelo... No sólo era más lento que Hassan, sino también más torpe; siempre había envidiado sus facultades físicas. Cuando conseguí ponerme en pie, vi de reojo que Hassan desaparecía por una bocacalle. Fui cojeando tras él, mientras unas punzadas de dolor flagelaban mis rodillas magulladas.

Salimos a un sendero de tierra, muy cerca de la escuela de enseñanza media de Isteqlal. A un lado había un campo donde en verano crecían lechugas, y al otro, una hilera de cerezos. Encontré a Hassan sentado al pie de un árbol, con las piernas cruzadas, comiendo un puñado de moras secas.

—¿Qué hacemos aquí? —le pregunté jadeando. El estómago se me salía por la boca.

Él sonrió.

—Siéntate conmigo, Amir *agha*.

Me arrojé a su lado y caí, casi sin aire, sobre una fina capa de nieve.

—Estamos perdiendo el tiempo. Iba en dirección opuesta, ¿no lo has visto?

Hassan lanzó una mora al interior de su boca.

—Ya vendrá —dijo. Yo apenas podía respirar y él ni tan siquiera parecía cansado.

—¿Cómo lo sabes?

—Lo sé.

—¿Cómo puedes saberlo?

Se volvió hacia mí. De su cabeza rapada caían algunas gotas de sudor.

—¿Crees que yo te mentiría, Amir *agha*?

De pronto decidí jugar un poco con él.

—No lo sé. ¿Lo harías?

—Antes comería tierra —respondió con una mirada de indignación.

—¿De verdad? ¿Lo harías?

Me miró perplejo.

—¿Hacer qué?

—Comer tierra si te lo pidiese —dije.

Sabía que estaba siendo cruel, como cuando me burlaba de él porque no conocía el significado de alguna palabra. Pero burlarme de Hassan tenía algo de fascinante, aunque en el mal sentido. Algo parecido a cuando jugábamos a torturar insectos, excepto que el insecto era él, y yo quien sujetaba la lupa.

Me examinó la cara durante un largo rato. Estábamos allí sentados, dos muchachos debajo de un cerezo, de repente mirándonos de verdad el uno al otro.... y sucedió de nuevo: la cara de Hassan cambió. No es que cambiara realmente, pero tuve la sensación de que estaba viendo dos caras al mismo tiempo, la que conocía, la que era mi primer recuerdo, y otra, una segunda que estaba escondida bajo la superficie. Me había sucedido otras veces, y siempre me sorprendía. Esa otra cara aparecía durante una fracción de segundo, el tiempo suficiente para dejarme con la perturbadora sensación de que la había visto en algún sitio. Entonces Hassan parpadeó y volvió a ser él. Sólo Hassan.

—Lo haría si me lo pidieses —dijo por fin, mirándome fijamente. Bajé la vista. Hasta el día de hoy, me resulta complicado mirar directamente a gente como Hassan, gente que cree cada palabra que dice—. Pero me pregunto —añadió— si tú me pedirías que hiciese una cosa así, Amir *agha*.

Y así, de ese modo, me lanzaba él su pequeña prueba. Si yo estaba dispuesto a jugar con él y a desafiar su lealtad, él jugaría conmigo y pondría a prueba mi integridad.

En ese momento deseé no haber iniciado la conversación y forcé una sonrisa.

—No seas estúpido, Hassan. Sabes que no lo haría.

Hassan me devolvió la sonrisa. La suya no parecía forzada.

—Lo sé —afirmó. Es lo que le ocurre a la gente que cree lo que dice. Que piensa que a los demás les sucede lo mismo—. Ahí viene —anunció Hassan señalando el cielo.

Se puso en pie y dio unos cuantos pasos hacia la izquierda. Levanté la vista y vi la cometa, que caía en picado hacia nosotros. Oí pisadas, gritos, una marabunta de voladores de cometas que se aproximaban. Pero perdían el tiempo, porque Hassan estaba ya con los brazos abiertos, sonriente, a la espera. Y que Dios, si existe, me deje ciego de golpe si la cometa no cayó justo entre sus brazos abiertos.

Fue en invierno de 1975 cuando vi a Hassan volar una cometa por última vez.

Normalmente cada barrio celebraba su propia competición. Sin embargo, aquel año, el concurso iba a celebrarse en el mío, Wazir Akbar Kan, y habían sido invitados otros distritos: Karteh-Char, Karteh-Parwan, Mekro-Rayan y Koteh-Sangi. No se podía ir a ningún lado sin oír hablar del siguiente concurso. Se rumoreaba que iba a ser la mejor competición de los últimos veinticinco años.

Una noche de aquel invierno, cuando sólo quedaban cuatro días para el gran concurso, Baba y yo nos sentamos en los confortables sofás de cuero de su despacho junto al resplandor de la chimenea. Tomamos el té y charlamos. Alí nos dejó servida la cena (patatas, coliflor y arroz con curry) y se retiró con Hassan. Mientras Baba «engordaba» su pipa, le pedí que me contara la historia de aquel invierno en que una manada de lobos descendió desde las montañas a Herat y todo el mundo tuvo que permanecer encerrado durante una semana. Baba encendió una cerilla y dijo con aire de indiferencia:

—Creo que este año puedes ser tú quien gane el concurso. ¿Qué opinas?

Yo no sabía qué pensar. Ni qué decir. ¿Era lo que me suponía? ¿Acababa de entregarme la llave para abrir nuestra relación? Yo era un buen luchador de cometas. Muy bueno, en realidad. Había estado varias veces a punto de ganar el torneo... En una ocasión incluso había sido uno de los tres finalistas. Pero estar cerca no era lo mismo que ganar. Baba no se había acercado. Había ganado, porque los ganadores ganaban y los demás se limitaban a volver a casa. Baba estaba acostumbrado a ganar en todo. ¿No tenía derecho a esperar lo mismo por parte de su hijo? Sólo de imaginármelo... Si ganase...

Baba fumaba en pipa y hablaba. Yo fingía que escuchaba. Pero no podía escuchar, me resultaba imposible, porque el casual comentario de Baba acababa de plantar una semilla en mi cabeza: la decisión de que aquel invierno iba a ganar el concurso. Ganaría. No existía otra alternativa posible. Ganaría y volaría esa última cometa. Luego la llevaría a casa y se la enseñaría a Baba. Le enseñaría de una vez por todas lo que valía su hijo. Y entonces, tal vez, mi vida como fantasma en aquella casa finalizaría. Me permití soñar: imaginaba la conversación y las risas durante la cena, en lugar del silencio únicamente interrumpido por el sonido metálico de los cubiertos y algún que otro gruñido. Nos imaginaba un viernes, en el coche de Baba de camino a Paghman, haciendo una parada en el lago de Ghargha para comer trucha frita con patatas. Iríamos al zoo para ver a *Marjan*, el león, y tal vez Baba no bostezaría ni miraría de reojo constantemente el reloj. Tal vez Baba leería uno de mis cuentos. Entonces le escribiría un centenar de ellos. Tal vez me llamaría Amir *jan*, como hacía Rahim Kan. Y tal vez..., sólo tal vez..., me perdonaría finalmente haber matado a mi madre.

Baba hablaba sobre aquella ocasión en que cortó catorce cometas en un solo día. Yo sonreía, asentía con la cabeza, reía en el momento oportuno, pero apenas oía una palabra de lo que decía. Tenía una misión. Y no le fallaría a Baba. Aquella vez no.

• • •

La noche anterior al torneo nevó con mucha fuerza. Hassan y yo nos sentamos bajo el *kursi* y jugamos al *panjpar* mientras las ramas de los árboles, azotadas por el viento, golpeaban la ventana. A primera hora de la mañana le había pedido a Alí que nos preparara el *kursi*, que era básicamente un calefactor eléctrico que se colocaba debajo de una mesa camilla con faldas de un tejido grueso y acolchado. Alrededor de la mesa dispuso cojines para que pudieran sentarse allí un mínimo de veinte personas y meter los pies dentro. Hassan y yo solíamos pasar jornadas enteras de nieve al calor del *kursi*, jugando al ajedrez y a las cartas..., sobre todo al *panjpar*.

Le había matado el diez de diamantes a Hassan y le jugué dos jotas y un seis. En la puerta contigua, la del despacho, Baba y Rahim Kan hablaban de negocios con un par de hombres (reconocí a uno de ellos como el padre de Assef). A través de la pared, se oía el sonido regular de las noticias que emitía Radio Kabul.

Hassan me mató el seis y se llevó las jotas. En la radio, Daoud Kan anunciaba algo relacionado con inversiones extranjeras.

—Dice que algún día tendremos televisión en Kabul —afirmé.

—¿Quién?

—Daoud Kan, tonto, el presidente.

Hassan se rió.

—He oído decir que en Irán ya tienen —comentó.

Entonces suspiré y repliqué:

—Esos iraníes...

Para muchos hazaras, Irán representaba una especie de santuario, supongo que porque, como los hazara, la mayoría de los iraníes eran musulmanes chiítas. Y recordé una cosa que mi maestro había comentado aquel verano sobre los iraníes, que eran unos engatusadores, que con una mano te daban la palmadita en la espalda y con la otra te robaban lo que tuvieras en el bolsillo. Se lo conté a Baba y dijo que mi maestro era uno de los muchos afganos que estaban celosos de ellos, porque Irán era un poder en alza en Asia, mientras que casi nadie en el mundo era capaz ni tan siquiera de encontrar Afganistán en un mapamundi. «Duele decirlo —aseguró, encogiéndose de hombros—. Pero es mejor resultar herido por la verdad que consolarse con una mentira.»

—Un día te compraré uno —dije.

La cara de Hassan se iluminó.

—¿Un televisor? ¿De verdad?

—Seguro. Y no de esos en blanco y negro. Probablemente, para entonces, ya seremos mayores. Compraré dos. Uno para ti y otro para mí.

—Lo pondré en mi mesa, donde guardo los dibujos —dijo Hassan.

Ese comentario me entristeció. Me entristeció pensar quién era Hassan y dónde vivía, constatar cómo aceptaba el hecho de que envejecería en aquella cabaña de adobe del patio, igual que había hecho su padre. Robé la última carta y jugué un par de reinas y un diez.

Hassan cogió las reinas.

—¿Sabes? Creo que mañana *agha Sahib* estará muy orgulloso de ti.

—¿Eso crees?

—*Inshallah* —dijo.

—*Inshallah* —repetí, a pesar de que la expresión de «Así lo quiera Dios» no sonó en mi boca tan sincera como en la suya. Hassan era así. Era tan malditamente puro que a su lado te sentías siempre como un falso.

Le maté el rey y le jugué mi última carta, el as de picas. Él tenía que cogerlo. Había ganado yo, pero mientras barajaba para iniciar un nuevo juego, tuve la clara sospecha de que Hassan me había dejado ganar.

—¿Amir *agha*?

—¿Qué?

—¿Sabes? Me gusta dónde vivo. —Lo hacía siempre, leerme los pensamientos—. Es mi hogar.

—Lo que tú quieras. Anda, prepárate para perder otra vez.

7

A la mañana siguiente, mientras preparaba el té negro para el desayuno, Hassan me dijo que había tenido un sueño.

—Estábamos en el lago Ghargha, tú, yo, mi padre, *agha Sahib*, Rahim Kan y miles de personas más —dijo—. Hacía calor y lucía el sol. El lago estaba transparente como un espejo, pero nadie nadaba porque decían que había un monstruo. Que estaba en las profundidades, a la espera. —Hassan me sirvió una taza, le puse azúcar, soplé unas cuantas veces y la coloqué delante de mí—. Así que todos tenían miedo de entrar en el agua, y de pronto tú te quitabas los zapatos, Amir *agha*, y la camisa. «No hay ningún monstruo. Os lo demostraré a todos», decías. Y antes de que nadie pudiera detenerte, te lanzabas al agua y empezabas a nadar. Yo te seguía y nadábamos los dos.

—Pero si tú no sabes nadar...

Hassan se echó a reír.

—En los sueños, Amir *agha*, puedes hacer cualquier cosa. Bueno, el caso es que todo el mundo comenzó a gritar: «¡Salid! ¡Salid!», pero nosotros seguíamos nadando en el agua fría. Nos dirigimos hasta el centro del lago y, una vez allí, dejamos de nadar, nos volvimos hacia la orilla y saludamos a la gente con la mano. Parecían pequeños como hormigas, pero podíamos oír sus aplausos. Comprendían que no había ningún monstruo, sólo agua. Después de aquello, cambiaban el nombre del lago y lo llamaban «el lago de Amir y Hassan, sultanes de Kabul» y cobrábamos dinero a la gente que quería nadar en él.

—¿Y qué significado tiene todo eso?

Unté mi *naan* con mermelada y lo puse en un plato.

—No lo sé. Esperaba que me lo dijeses tú.

—Es un sueño tonto. No ocurre nada.

—Mi padre dice que los sueños siempre significan algo.

Le di un sorbo al té.

—¿Entonces por qué no se lo preguntas a él, si es tan inteligente? —repliqué con mayor brusquedad de la que pretendía.

No había dormido en toda la noche. Sentía el cuello y la espalda como muelles enroscados y me escocían los ojos. Había sido mezquino con Hassan. Estuve a punto de pedirle perdón, pero no lo hice. Hassan comprendía que lo único que me sucedía era que estaba nervioso. Él comprendía siempre lo que me sucedía.

En la planta de arriba se oía un grifo abierto en el baño de Baba.

Las calles brillaban con la nevada recién caída y el cielo era de un azul inmaculado. La nieve blanqueaba los tejados y sobrecargaba las ramas de las moreras enanas que flanqueaban la calle. En el transcurso de la noche, la nieve se había posado sobre cada grieta y cada cuneta. Hassan y yo salimos por la puerta de hierro forjado y entorné los ojos porque el resplandor me cegaba. Alí cerró la verja detrás de nosotros. Le oí murmurar una oración en voz baja... Siempre que su hijo salía de casa rezaba una oración.

Jamás había visto tanta gente en nuestra calle. Los niños se lanzaban bolas de nieve, se peleaban, se perseguían, reían. Los luchadores de cometas se apretujaban junto a sus ayudantes, los encargados de sujetar el carrete, y llevaban a cabo los preparativos de última hora. En las calles adyacentes se oían risas y conversaciones. Las azoteas estaban ya abarrotadas de espectadores acomodados en sillas de jardín, con termos de té caliente humeantes y la música de Ahmad Zahir sonando con fuerza en los casetes. El inmensamente popular Ahmad Zahir había revolucionado la música afgana y escandalizado a los puristas añadiendo guitarras eléctricas, percusión e instrumentos de viento a la *tabla* y el armonio tradicionales; en el escenario, rehuía la postura austera y casi taciturna de los antiguos cantantes y, a veces, incluso sonreía a las mujeres cuando cantaba. Me volví para mirar nuestra azotea y descubrí a Baba y Rahim Kan sentados en un banco, pertrechados ambos con abrigos de lana y bebiendo té. Baba movió una mano para saludar. Era imposible adivinar si me saludaba a mí o a Hassan.

—Deberíamos darnos prisa —dijo éste.

Llevaba las botas de nieve de caucho negro, un *chapan* de color verde chillón sobre un jersey grueso y pantalones de pana descoloridos. Más que nunca, parecía una muñeca china sin terminar. El sol le daba en la cara y se veía lo bien que le había cicatrizado la herida rosada del labio.

De repente quise retirarme. Guardarlo todo y volver a casa. ¿En qué estaba pensando? ¿Por qué me había metido en aquello si conocía de antemano el resultado? Baba estaba en la azotea, observándome. Sentía su mirada sobre mí como el calor del sol ardiente. Sería un fracaso a gran escala.

—No estoy muy seguro de querer volar hoy la cometa —dije.

—Hace un día precioso —replicó Hassan.

Cambié el peso de mi cuerpo al otro pie. Intentaba apartar la mirada de nuestra azotea.

—No sé. Tal vez deberíamos regresar a casa.

Entonces dio un paso hacia mí y me dijo en voz baja algo que me asustó un poco.

—Recuerda, Amir *agha*. No hay ningún monstruo, sólo un día precioso.

¿Cómo podía ser yo para él como un libro abierto, cuando, la mitad de las veces, yo no tenía ni idea de lo que maquinaba su cabeza? Yo era el que iba a la escuela, el que era capaz de leer y escribir. Yo era el inteligente. Hassan no podía ni leer un libro de párvulos y, sin embargo, me leía a mí. Estar con alguien que siempre sabía lo que necesitaba resultaba un poco inquietante, aunque también reconfortante.

—Ningún monstruo —repetí, sintiéndome, ante mi sorpresa, algo mejor.

Sonrió.

—Ningún monstruo.

—¿Estás seguro? —Cerró los ojos y asintió con la cabeza. Miré a los niños que corrían por la calle huyendo de las bolas de nieve—. Un día precioso, ¿verdad?

—A volar —dijo él.

Se me ocurrió pensar que tal vez Hassan se hubiese inventado el sueño. ¿Sería posible? Decidí que no. Hassan no era tan inteligente. Yo no era tan inteligente. Inventado o no, aquel sueño absurdo me había liberado un poco de la ansiedad. Tal vez debía despojarme de la camisa y darme un baño en el lago. ¿Por qué no?

—Vamos —dije.

La cara de Hassan se iluminó.

—Bien —dijo.

Luego levantó nuestra cometa, que era roja y con los bordes amarillos, y que estaba marcada con la firma inequívoca de Saifo justo debajo de donde se unían la vara central con las transversales. Se chupó un dedo, lo mantuvo en alto para verificar el viento y echó a correr en la dirección que soplaba (en las raras ocasiones en que volábamos cometas en verano, daba una patada a la tierra para que se levantase el polvo y comprobar así la dirección del viento). El carrete rodó entre mis manos hasta que Hassan se detuvo, a unos quince metros de distancia. Sostenía la cometa por encima de la cabeza, como un atleta olímpico que muestra su medalla de oro. Di dos tirones al hilo, nuestra señal habitual, y Hassan lanzó la cometa al aire.

Entre las ideas de Baba y las de los *mullahs* del colegio, no me había hecho todavía mi propia idea sobre Dios. Sin embargo, recité en voz baja un *ayat* del Corán que había aprendido en clase de *diniyat*. Respiré hondo, expulsé todo el aire y tiré del hilo. En un instante, mi cometa salió propulsada hacia el cielo. Emitía un sonido parecido al de una pajarita de papel batiendo las alas. Hassan aplaudió, silbó y corrió hacia mí. Le entregué el carrete sin dejar de sujetar el hilo y él lo hizo girar rápidamente para enrollar el hilo sobrante.

Un mínimo de dos docenas de cometas surcaban ya el cielo. Eran como tiburones de papel en busca de su presa. En cuestión de una hora, la cantidad se dobló y el cielo se pobló de brillantes cometas rojas, azules y amarillas. Una fresca brisa revoloteaba en mi cabello. El viento era perfecto para volar, soplaba con la fuerza justa para sustentar la cometa arriba y facilitar los barridos. A mi lado, Hassan sujetaba el carrete, con las manos ensangrentadas ya por el hilo.

Pronto empezaron los cortes y las primeras cometas derrotadas giraron en remolino fuera de control. Caían del cielo como estrellas fugaces de colas brillantes y rizadas, lloviendo sobre los barrios y convirtiéndose en premios para los voladores de cometas, que vociferaban mientras se precipitaban por las calles. Alguien informaba a gritos sobre una lucha que estaba teniendo lugar dos calles más abajo.

Yo seguía lanzando miradas furtivas a Baba, que continuaba sentado en la azotea en compañía de Rahim Kan, y me preguntaba en qué estaría pensando. ¿Me animaría? ¿O una parte de él disfrutaría viéndome fracasar? En eso consistía volar cometas; en dejar que tu cabeza volara junto a ella.

Por todas partes caían cometas, y yo seguía volando. Seguía volando. Mis ojos observaban de vez en cuando a Baba, envuelto en su abrigo de lana. ¿Estaría sorprendido de que durara tanto? «Si no mantienes la mirada fija en el cielo, no durarás mucho.» Fijé nuevamente los ojos en el cielo. Se acercaba una cometa roja..., la pillaría a tiempo. Me enredé un poco con ella, pero acabé superándola cuando su portador se impacientó y trató de cortarme desde abajo.

Por todas las esquinas aparecían voladores que regresaban triunfantes sosteniendo en alto las cometas capturadas. Se las mostraban a sus padres, a sus amigos. Aunque todos sabían que la mejor estaba todavía por llegar. El premio mayor seguía volando. Partí una cometa de color amarillo chillón que terminaba en una cola blanca en serpentín. Me costó un nuevo corte en el dedo índice y más sangre que siguió resbalando por la mano. Le pasé el hilo a Hassan para que lo sujetase mientras me secaba y me limpiaba el dedo en los pantalones vaqueros.

Al cabo de una hora, el número de cometas supervivientes menguó de las aproximadamente cincuenta iniciales a una docena. Yo era uno de los voladores que resistían. Había conseguido llegar a la última docena. Sabía que el concurso se prolongaría durante un buen rato porque los chicos que llegaban hasta allí eran buenos... No caerían fácilmente en trampas sencillas como el viejo truco de «sustentarse en el aire y caer en picado», el favorito de Hassan.

Hacia las tres de la tarde, aparecieron unos nubarrones y el sol se escondió tras ellos. Las sombras empezaban a prolongarse. Los espectadores de las azoteas se enrollaban en bufandas y gruesos abrigos. Quedábamos media docena y yo seguía volando. Me dolían las piernas; tenía el cuello rígido. Pero con cada cometa derrotada, la esperanza crecía en mi corazón como la nieve que se apila sobre un muro, copo tras copo.

Mi mirada volvía una y otra vez hacia una cometa azul que había causado estragos durante la última hora.

—¿Cuántas ha cortado? —pregunté.

—He contado once —respondió Hassan.

—¿Sabes de quién es?

Hassan chasqueó la lengua y levantó la barbilla. Uno de sus gestos típicos, que significaba que no tenía ni idea. La cometa azul partió otra morada de gran tamaño y barrió dos veces trazando enormes rizos. Diez minutos más tarde había cortado otras dos, enviando tras ellas a una multitud de voladores.

Media hora después quedaban únicamente cuatro cometas. Y yo seguía volando. Me resultaba realmente difícil equivocarme en los movimientos, era como si todas las ráfagas de viento soplaran a mi favor. Jamás me había sentido dominando la situación de aquella manera, tan afortunado. Resultaba embriagador. No me atrevía a apartar los ojos del cielo. Tenía que concentrarme, actuar con inteligencia. Quince minutos más y lo que aquella mañana parecía un sueño irrisorio se convertiría en realidad: sólo quedábamos yo y el otro chico. La cometa azul.

La tensión era tan cortante como el hilo de vidrio del que tiraban mis ensangrentadas manos. La gente se ponía en pie, aplaudía, silbaba, cantaba: «*Boboresh! Boboresh!* ¡Córtala! ¡Córtala!» Me preguntaba si la voz de Baba sería una de ellas. Empezó la música. El aroma de *mantu* estofado y *pakora* frita salía en desorden de azoteas y puertas abiertas.

Pero lo único que yo escuchaba, lo único que me permitía escuchar, era el ruido sordo de la sangre en mi cabeza. Lo único que veía era la cometa azul. Lo único que olía era la victoria. Salvación. Redención. Si Baba estaba equivocado y, como decían en la escuela, existía un dios, Él me permitiría ganar. No sabía cuáles eran las intenciones del otro chico, tal vez sólo fuera un fanfarrón. En fin, el caso es que allí estaba mi única oportunidad de convertirme en alguien a quien miraran, no sólo vieran, a quien escucharan, no sólo oyeran. Si había un dios, guiaría los vientos, haría que soplasen para mí de manera que, con un tirón de mi hilo, pudiera liberar mi dolor, mi anhelo. Había soportado demasiado y llegado demasiado lejos. Y de pronto, así, sin más, la esperanza se convirtió en plena conciencia. Iba a ganar. Sólo era cuestión de cuándo.

Y resultó que fue más temprano que tarde. Una ráfaga de viento levantó mi cometa y gané ventaja. Solté hilo, tiré. Mi cometa dibujó un rizo hasta colocarse por encima de la azul. Mantuve la posición. El volador de la cometa azul sabía que se encontraba en una situación problemática. Intentaba desesperadamente maniobrar para salirse de la trampa, pero no la dejé marchar. Mantuve la posición. La multitud intuía que el final estaba muy cerca. El coro de voces gritaba cada vez con más fuerza: «¡Córtala!, ¡córtala», como romanos animando a los gladiadores: «¡Mátalo!, ¡mátalo!»

—¡Casi lo tienes, Amir *agha*! —exclamó Hassan.

Entonces llegó el momento. Cerré los ojos y relajé la mano que sujetaba el hilo, el cual volvió a cortarme los dedos cuando el viento tiró de él. Y entonces... no necesité oír el rugido de la multitud para saberlo. Tampoco necesitaba verlo. Hassan gritaba y me rodeaba el cuello con el brazo.

—¡Bravo! ¡Bravo, Amir *agha*!

Abrí los ojos y vi la cometa azul, que daba vueltas salvajemente, como una rueda que sale disparada de un coche en marcha. Pestañeé e intenté decir algo, pero no me salía nada. De repente estaba suspendido en el aire, mirándome a mí mismo desde arriba. Abrigo de piel negra, bufanda roja y vaqueros descoloridos. Era un chico delgado, un poco cetrino y algo pequeño para sus doce años. Tenía los hombros estrechos y un atisbo de ojeras alrededor de unos ojos de color avellana. La brisa alborotaba su cabello castaño. Miró hacia arriba y nos sonreímos.

Entonces me encontré gritando. Todo era color y sonido, todo tenía vida y estaba bien. Abrazaba a Hassan con el brazo que me quedaba libre y saltábamos arriba y abajo. Los dos reíamos y llorábamos a un tiempo.

—¡Has ganado, Amir *agha*! ¡Has ganado!

—¡Hemos ganado! ¡Hemos ganado! —Era lo único que podía decir.

Aquello no estaba sucediendo en realidad. En un instante, abriría los ojos y me despertaría de aquel bello sueño, saltaría de la cama e iría a la cocina para desayunar sin otro con quien hablar que no fuese Hassan. Me vestiría, esperaría a Baba y finalmente abandonaría y regresaría a mi vieja vida. Entonces vi a Baba en nuestra azotea. Estaba de pie en un extremo, apretando con fuerza ambas manos, voceando y aplaudiendo. Ése fue el más grande y mejor momento de mis doce años de vida, ver a Baba en la azotea por fin orgulloso de mí.

Pero entonces hizo algo, movía las manos con prisas. Entonces lo comprendí.

—Hassan, nosotros...

—Lo sé —dijo, rompiendo el abrazo—. *Inshallah*, lo celebraremos más tarde. Ahora tengo que volar esa cometa azul para ti —añadió. Lanzó el carrete al suelo y salió disparado, arrastrando el dobladillo del *chapan* verde sobre la nieve.

—¡Hassan! —grité—. ¡Vuelve con ella!

Estaba ya doblando la esquina de la calle cuando se detuvo y se volvió. Entonces ahuecó las manos junto a la boca y exclamó:

—¡Por ti lo haría mil veces más!

Luego sonrió y desapareció por la esquina. La siguiente ocasión en que lo vi sonreír tan descaradamente como aquella vez fue veintiséis años más tarde, en una descolorida fotografía hecha con una cámara Polaroid.

Empecé a tirar de la cometa mientras los vecinos se acercaban a felicitarme. Les estrechaba las manos y daba las gracias. Los niños más pequeños me miraban parpadeando de asombro; era un héroe. Por todas partes surgían manos que me daban palmaditas en la espalda y otras que me alborotaban el pelo. Yo tiraba del hilo y devolvía las sonrisas, pero tenía la cabeza en la cometa azul.

Finalmente recuperé mi cometa. Enrollé en el carrete el hilo sobrante que había reunido a mis pies, estreché unas cuantas manos más y partí corriendo a casa. Cuando llegué a las verjas de hierro, Alí me esperaba al otro lado. Pasó la mano por entre los barrotes y dijo:

—Felicidades.

Le entregué mi cometa y el carrete y le estreché la mano.

—*Tashakor*, Alí *jan*.

—He estado rezando por vosotros todo el rato.

—Entonces sigue rezando. Aún no hemos terminado.

Me precipité de nuevo a la calle. No le pregunté a Alí por Baba. Todavía no quería verlo. Lo tenía todo planificado en mi cabeza: haría una entrada grandiosa, como un héroe, con el preciado trofeo en mis manos ensangrentadas. Se volverían las cabezas y las miradas se clavarían en mí. Rostam y Sohrab midiéndose el uno al otro. Un momento dramático de silencio. Entonces el viejo guerrero se acercaría al más joven, lo abrazaría y reconocería su valía.

Vindicación. Salvación. Redención. ¿Y luego? Bueno..., después felicidad para siempre, por supuesto.

Las calles de Wazir Akbar Kan estaban numeradas y se cruzaban entre sí formando ángulos rectos, como una red. Entonces era un barrio nuevo, aún en desarrollo, con solares vacíos; en todas las calles había casas a medio construir en recintos rodeados por muros de dos metros y medio de altura. Recorrí de arriba abajo todas las calles en busca de Hassan. Por todas partes la gente andaba atareada recogiendo sillas y empaquetando comida y utensilios después de una larga jornada de fiesta. Los que seguían sentados en las azoteas me felicitaban a gritos.

Cuatro calles más al sur de la nuestra vi a Omar, el hijo de un ingeniero amigo de Baba. Jugaba al fútbol con su hermano en el césped de delante de su casa. Omar era un buen chico. Habíamos sido compañeros de clase en cuarto y en una ocasión me había regalado una estilográfica de las que se cargaban con un cartucho.

—Me han dicho que has ganado, Amir —dijo—. Felicidades.

—Gracias. ¿Has visto a Hassan?

—¿Tu hazara? —Asentí con la cabeza. Omar cabeceó el balón hacia su hermano—. He oído decir que es un volador de cometas asombroso. —Su hermano le devolvió el balón con otro golpe de cabeza. Omar lo cogió y jugueteó con él, lanzándolo y cogiéndolo—. Aunque siempre me he preguntado cómo lo hace. Me refiero a cómo es capaz de ver algo con esos ojos tan pequeños y rasgados.

Su hermano se echó a reír, con una carcajada breve, y reclamó el balón. Omar lo ignoró.

—¿Lo has visto? —le pregunté.

Omar indicó con el pulgar por encima del hombro en dirección al suroeste.

—Lo he visto hace un rato corriendo hacia el bazar.

—Gracias —dije, y huí precipitadamente.

Cuando llegué al mercado, el sol casi se había puesto por detrás de las montañas y la oscuridad había pintado el cielo de rosa y morado. A unas cuantas manzanas de distancia, en la mezquita Haji Yaghoub, el *mullah* vociferaba el *azan*, que invitaba a los fieles a extender sus alfombras e inclinar la cabeza hacia el este para la oración. Hassan no se perdía jamás ninguna de las cinco oraciones diarias. Incluso si estábamos fuera jugando, se disculpaba, sacaba agua del pozo del patio, se lavaba y desaparecía en la choza. Luego, en cuestión de minutos, volvía sonriente hasta donde yo lo esperaba, sentado contra una pared o encaramado en un árbol. Sin embargo, aquella noche se perdería la oración por mi culpa.

El bazar estaba vaciándose rápidamente. Los comerciantes daban por finalizados los regateos del día. Troté por el barro entre hileras de puestos en los que había de todo: en uno de ellos era posible adquirir un faisán recién sacrificado, y en el vecino, una calculadora. Me abrí camino entre una muchedumbre que iba menguando: mendigos lisiados y vestidos con capas hechas jirones, vendedores que cargaban alfombras a la espalda, comerciantes de tejidos y carniceros que cerraban el negocio por aquel día. Pero no encontré ni rastro de Hassan.

Me detuve ante un puesto de frutos secos y describí a Hassan al anciano comerciante que cargaba su mula con cestas de piñones y pasas. Llevaba un turbante de color azul claro.

Se detuvo a contemplarme durante un buen rato antes de responder.

—Puede que lo haya visto.

—¿Hacia dónde ha ido?

Me miró de arriba abajo.

—Pero dime, ¿qué hace un chico como tú buscando a un hazara a estas horas?

Su mirada repasó con admiración mi abrigo de piel y mis pantalones vaqueros..., pantalones de *cowboy*, los llamábamos. En Afganistán, ser propietario de algo norteamericano, sobre todo si no era de segunda mano, era signo de riqueza.

—Necesito encontrarlo, *agha*.

—¿Qué significa para ti? —me preguntó. No le encontraba sentido a la pregunta, pero me recordé que la impaciencia no serviría para que me dijera cualquier cosa más rápidamente.

—Es el hijo de nuestro criado —contesté.

El anciano arqueó una ceja canosa.

—¿Sí? Sin duda se trata de un hazara afortunado por tener un amo que se preocupa tanto por él. Su padre debería caer de rodillas y barrer el polvo de tus pies con sus pestañas.

—¿Vas a decírmelo o no?

Descansó un brazo en el lomo del mulo y señaló hacia el sur.

—Creo haber visto al niño que me describes corriendo hacia allí. Llevaba una cometa en la mano. Era azul.

—¿Sí? —dije.

«Por ti lo haría mil veces más», me había prometido. El bueno de Hassan. El bueno y fiel Hassan. Había cumplido su promesa y volado para mí la última cometa.

—Sí, seguramente a estas alturas ya lo habrán pillado —comentó el anciano comerciante con un gruñido mientras cargaba otra caja a lomos del mulo.

—¿Quién?

—Los otros muchachos. Los que lo perseguían. Iban vestidos como tú. —Miró hacia el cielo y suspiró—. Ahora vete corriendo, estás retrasándome para el *namaz*.

Pero yo ya corría a trompicones calle abajo.

Durante los minutos que siguieron registré en vano todo el bazar. Tal vez los viejos ojos del comerciante lo hubieran traicionado. Pero había visto la cometa azul. La idea de poner mis manos en esa cometa... Asomé la cabeza en todos los callejones, en todas las tiendas. Ni rastro de Hassan.

Empezaba a preocuparme la idea de que cayera la noche antes de lograr dar con Hassan, cuando escuché voces por delante de mí. Había llegado a una calle apartada y llena de barro. Corría perpendicular a la calle principal que dividía el bazar en dos partes. Me adentré en aquel callejón repleto de baches y seguí las voces. A cada paso que daba, mis botas se hundían en el barro y mi aliento se transformaba en nubes blancas que me precedían. El estrecho camino corría paralelo a un barranco lleno de nieve que en primavera debía de estar surcado por un arroyo. Al otro lado estaba flanqueado por hileras de cipreses cubiertos de nieve que asomaban entre casas de adobe de tejado plano (en la mayoría de los casos, poco más que chozas) separadas por estrechos callejones.

Volví a oír las voces, más fuertes esa vez. Procedían de uno de los callejones. Contuve la respiración y asomé la cabeza por la esquina para mirar.

Hassan se encontraba en el extremo sin salida del callejón y mostraba una postura desafiante: tenía los puños apretados y las piernas ligeramente separadas. Detrás de él, sobre un montón de escombros y desperdicios, estaba la cometa azul. Mi llave para abrir el corazón de Baba.

Tres chicos bloqueaban la salida del callejón, los mismos que se nos habían acercado en la colina el día siguiente al golpe de Daoud Kan, cuando Hassan nos salvó con el tirachinas. En un lado estaba Wali, Kamal en el otro y Assef en medio de los dos. Sentí que el cuerpo se me agarrotaba y que algo frío me recorría la espalda. Assef parecía relajado, confiado, y jugueteaba con su manopla de acero. Los otros dos parecían nerviosos, cambiaban el peso del cuerpo de una a otra pierna, y miraban alternativamente a Assef y a Hassan, como si hubiesen acorralado a una especie de animal salvaje que sólo Assef pudiera amansar.

—¿Dónde tienes el tirachinas, hazara? —le preguntó Assef, jugueteando con la manopla de acero—. ¿Cómo era aquello que dijiste? «Tendrán que llamarte Assef *el tuerto*.» Está bien eso. Assef *el tuerto*. Inteligente. Realmente inteligente. Por supuesto, es fácil ser inteligente con un arma cargada en la mano.

Me di cuenta de que me había quedado sin respiración durante todo aquel rato. Solté el aire lentamente, sin hacer ruido. Me sentía paralizado. Vi cómo se acercaban al muchacho con quien me había criado y cuya cara de labio leporino era mi primer recuerdo.

—Hoy es tu día de suerte, hazara —dijo Assef. A pesar de que estaba de espaldas a mí, habría apostado cualquier cosa a que estaba riéndose—. Me siento con ganas de perdonar. ¿Qué os parece a vosotros, chicos?

—Muy generoso —dejó escapar impulsivamente Kamal—. Sobre todo teniendo en cuenta los modales tan groseros que este crío nos demostró la última vez.

Intentaba hablar como Assef, pero había un temblor en su voz. Entonces lo comprendí: no tenía miedo de Hassan, no. Tenía miedo porque no sabía lo que le estaba pasando a Assef por la cabeza en aquel momento.

Assef hizo un ademán con la mano, como dando a entender que no se tomaba la cosa en serio.

—*Bakhshida*. Perdonado. Ya está. —Bajó un poco el tono de voz—. Naturalmente, nada es gratis en este mundo, y mi perdón tiene un pequeño precio que pagar.

—Muy justo —dijo Kamal.

—No hay nada gratis —añadió Wali.

—Eres un hazara con suerte —dijo Assef, acercándose hacia Hassan—. Porque hoy sólo va a costarte esa cometa azul. Un trato justo, ¿no es así, chicos?

—Más que justo —coincidió Kamal.

Incluso desde mi punto de observación se veía cómo el miedo se apoderaba de los ojos de Hassan, pero, aun así, sacudió la cabeza negativamente.

—Amir *agha* ha ganado el torneo y he volado esta cometa para él. La he volado honradamente. Esta cometa es suya.

—Un hazara fiel. Fiel como un perro —dijo Assef. Kamal se echó a reír produciendo un sonido estridente y nervioso—. Antes de sacrificarte por él, piensa una cosa: ¿haría él lo mismo por ti? ¿Te has preguntado alguna vez por qué nunca te incluye en sus juegos cuando tiene invitados? ¿Por qué sólo juega contigo cuando no tiene a nadie más? Te diré por qué, hazara. Porque para él no eres más que una mascota fea. Algo con lo que puede jugar cuando se aburre, algo a lo que puede darle una patada en cuanto se enfada. No te engañes nunca pensando que eres algo más.

—Amir *agha* y yo somos amigos —replicó Hassan, que estaba sofocado.

—¿Amigos? —dijo Assef, riendo—. ¡Eres un idiota patético! Algún día te despertarás de tu sueño y te darás cuenta de lo buen amigo que es. ¡Bueno, ya basta! Danos esa cometa. —Hassan se inclinó y cogió una piedra. Assef se arredró—. Como tú quieras.

Assef se desabrochó el abrigo, se despojó de él, lo dobló lenta y deliberadamente y lo colocó junto al muro.

Yo abrí la boca y casi dije algo. Casi. El resto de mi vida habría sido distinto si lo hubiera dicho. Pero no lo hice. Me limité a observar. Paralizado.

Assef hizo un gesto con la mano y los otros dos se separaron hasta formar un semicírculo y atraparon a Hassan.

—He cambiado de idea —dijo Assef—. Te permito que te quedes con tu cometa, hazara. Permitiré que te la quedes para que de este modo te recuerde siempre lo que estoy a punto de hacer.

Entonces movió una mano y Hassan le arrojó la piedra, acertándole en la frente. Assef dio un grito al tiempo que se abalanzaba sobre Hassan y lo tiraba al suelo. Wali y Kamal lo siguieron.

Yo me mordí un puño y cerré los ojos.

Un recuerdo:

¿Sabías que Hassan y tú os criasteis del mismo pecho? ¿Lo sabías, Amir agha? Sakina, se llamaba. Era una mujer hazara de piel blanca y ojos azules de Bamiyan. Os cantaba antiguas canciones de boda. Dicen que entre las personas que se crían del mismo pecho existen lazos de hermandad. ¿Lo sabías?

Un recuerdo:

«Una rupia cada uno, niños. Sólo una rupia cada uno y abriré la cortina de la verdad.» El anciano está sentado junto a un muro de adobe. Sus ojos sin vista son como plata fundida incrustada en cráteres profundos, gemelos. Encorvado sobre el bastón, el adivino se acaricia con la mano nudosa la superficie de sus hundidos pómulos y luego la extiende hacia nosotros pidiendo dinero. «Es poco a cambio de la verdad, sólo una rupia cada uno.» Hassan deposita una moneda en la curtida mano. Yo también deposito la mía. «En el nombre de Alá, el más benéfico, el más piadoso», musita el adivino. Toma primero la mano de Hassan, le acaricia la palma con una uña que parece un cuerno y traza círculos y más círculos. Luego el dedo corre hacia el rostro de Hassan y emite un sonido seco y áspero cuando repasa lentamente la redondez de sus

mejillas y el perfil de sus orejas. *Sus dedos callosos rozan los ojos de Hassan. La mano se detiene ahí. Una sombra oscura cruza la cara del anciano. Hassan y yo intercambiamos una mirada. El anciano coge la mano de Hassan y le devuelve la rupia. A continuación, se vuelve hacia mí. «¿Y tú, joven amigo?», dice. Un gallo canta al otro lado del muro. El anciano me coge la mano y yo la retiro.*

Un sueño:

Estoy perdido en una tormenta de nieve. El viento chilla y dispara sábanas blancas hacia mis ojos ardientes. Avanzo tambaleante entre capas de blanco cambiante. Pido ayuda, pero el viento engulle mis gritos. Caigo y me quedo jadeando en la nieve. Perdido en la blancura, el viento zumba en mis oídos. Veo la nieve, que borra la huella de mis pisadas. «Me he convertido en un fantasma —pienso—, en un fantasma sin huellas.» Vuelvo a gritar, la esperanza se desvanece igual que mis huellas. Pero esta vez recibo una respuesta amortiguada. Me protejo los ojos y consigo sentarme. Más allá del balanceo de las cortinas de nieve, un atisbo de movimiento, una ráfaga de color. Una forma familiar se materializa. Me tiende una mano. En la palma se ven cortes paralelos y profundos. La sangre gotea y tiñe la nieve. Cojo la mano y, de repente, la nieve ha desaparecido. Nos encontramos en un campo de hierba de color verde manzana con suaves jirones de nubes. Levanto la vista y veo el cielo limpio y lleno de cometas, verdes, amarillas, rojas, naranjas. Resplandecen a la luz del atardecer.

El callejón era un caos de escombros y desperdicios. Ruedas viejas de bicicleta, botellas con las etiquetas despegadas, revistas con hojas arrancadas y periódicos amarillentos, todo disperso entre una pila de ladrillos y bloques de cemento. Apoyada en la pared había una estufa oxidada de hierro forjado con un boquete abierto en un lado. Entre toda aquella basura había dos cosas que no podía dejar de mirar: una era la cometa azul recostada contra la pared, cerca de la estufa de hierro forjado; la otra eran los pantalones de pana marrones de Hassan tirados sobre un montón de ladrillos rotos.

—No sé —decía Wali—. Mi padre dice que es pecado.

Parecía inseguro, excitado, asustado, todo a la vez. Hassan estaba tendido con el pecho contra el suelo. Kamal y Wali le apretaban ambos brazos, doblados por el codo, contra la espalda. Assef permanecía de pie, aplastándole la nuca con la suela de sus botas de nieve.

—Tu padre no se enterará —repuso Assef—. Y darle una lección a un burro irrespetuoso no es pecado.

—No lo sé... —murmuró Wali.

—Haz lo que te dé la gana —dijo Assef. Se dirigió entonces a Kamal—. ¿Y tú qué?

—Por mí...

—No es más que un hazara —apuntó Assef. Pero Kamal seguía apartando la vista—. De acuerdo —espetó Assef—. Lo único que quiero que hagáis, cobardicas, es sujetarlo. ¿Podréis?

Wali y Kamal hicieron un gesto afirmativo con la cabeza. Parecían aliviados.

Assef se arrodilló detrás de Hassan, colocó ambas manos sobre las caderas de su víctima y levantó sus nalgas desnudas. Luego apoyó una mano en la espalda de Hassan mientras con la otra se desabrochaba la hebilla del cinturón. Se bajó la cremallera de los vaqueros, luego los calzoncillos y se puso justo detrás de Hassan. Éste no ofreció resistencia. Ni siquiera se quejó. Movió ligeramente la cabeza y le vi la cara de refilón. Vi su resignación. Era una mirada que ya había visto antes. La mirada del cordero.

El día siguiente es el décimo de *Dhul-Hijjah* —el último mes del calendario musulmán— y el primero de los tres días de *Eid Al-Adha*, o *Eid-e-Qorban*, como lo denominan los afganos, cuando se conmemora el día en que el profeta Ibrahim estuvo a punto de sacrificar a Dios a su propio hijo. Baba ha vuelto a escoger personalmente el cordero para este año, uno blanco como el talco, con orejas negras y torcidas.

Estamos todos en el jardín trasero, Hassan, Alí, Baba y yo. El *mullah* recita la oración y se acaricia la barba. Baba murmura para sus adentros: «Acaba ya.» Parece molesto con la interminable oración, el ritual que transforma la carne en *halal*. Baba se burla de toda la simbología que hay detrás de este *Eid*, igual que se mofa de todo lo que tenga que ver con la religión. Pero respeta la tradición del *Eid-e-Qorban*. La tradición manda dividir la carne en tercios, uno para la familia, otro para los amigos y otro para los pobres. Baba la entrega siempre entera a los pobres. Dice que los ricos ya están bastante gordos.

El *mullah* da por finalizada la oración. *Ameen*. Coge el cuchillo de cocina más grande y afilado. La tradición exige que el cordero no vea el cuchillo. Alí le da al animal un terrón de azúcar..., otra costumbre, para que la muerte sea más dulce. El cordero patalea, pero no mucho. El *mullah* lo ciñe por debajo de la mandíbula y acerca la hoja del cuchillo al cuello. Miro los ojos del cordero sólo una fracción de segundo antes de que el *mullah* le abra la garganta con un movimiento experto. Es una mirada que turbará mis sueños durante semanas. No sé por qué siempre contemplo ese ritual anual que tiene lugar en nuestro jardín trasero; mis pesadillas persisten hasta mucho después de que hayan desaparecido las manchas de sangre en la hierba. Pero siempre lo veo. Me atrae esa expresión resignada que reflejan los ojos del animal. Por absurdo que parezca, me imagino que el animal lo nota, que sabe que su fallecimiento inminente sirve a un propósito elevado. Es la mirada...

Aparté la vista y me alejé del callejón. Algo caliente resbalaba por mis muñecas. Pestañeé y vi que seguía mordiéndome el puño con fuerza, lo bastante fuerte como para que empezaran a sangrarme los nudillos. Me di cuenta de algo más. Estaba llorando.

Desde la esquina escuchaba los gruñidos rápidos y rítmicos de Assef.

Tenía una última oportunidad para tomar una decisión. Una oportunidad final para decidir quién iba a ser yo. Podía irrumpir en ese callejón, dar la cara por Hassan igual que él había hecho por mí tantas veces en el pasado y aceptar lo que pudiera sucederme. O podía correr.

Al final corrí.

Corrí porque era un cobarde. Tenía miedo de Assef y de lo que pudiera hacerme. Tenía miedo de que me hiciese daño. Eso fue lo que me dije en cuanto volví la espalda al callejón, a Hassan. Eso fue lo que me obligué a creer. En realidad anhelaba acobardarme, porque la alternativa, el verdadero motivo por el que corría, era que Assef tenía razón: en este mundo no hay nada gratis. Tal vez Hassan fuera el precio que yo debía pagar, el cordero que yo tenía que sacrificar para ganar a Baba. ¿Era un precio justo? La respuesta flotaba en mi mente sin que yo pudiera impedirlo: era sólo un hazara, ¿no?

Deshice corriendo el camino por donde había ido. Recorrí a toda velocidad el bazar desierto. Me acerqué dando tumbos a un puesto y me agaché junto a las puertas basculantes cerradas con candado. Permanecí allí, jadeante, sudando, deseando que las cosas hubieran sido de cualquier otra manera.

Unos quince minutos más tarde, oí voces y pisadas que se acercaban corriendo. Me agazapé detrás del puesto y vi pasar a toda prisa a Assef y a los otros dos, que se reían mientras bajaban por la calle desierta. Me obligué a esperar diez minutos más. Regresé entonces hacia el camino lleno de baches que corría paralelo al barranco nevado. Entorné los ojos y forcé la vista en la oscuridad hasta que divisé a Hassan, que se acercaba lentamente hacia mí. Nos encontramos junto a un abedul deshojado que había al borde del barranco.

Llevaba la cometa azul, eso fue lo primero que vi. Y no puedo mentir ahora y decir que mis ojos no la repasaron en busca de algún desgarrón. Su *chapan* estaba manchado de barro por delante y llevaba la camisa rasgada por debajo del cuello. Se detuvo. Se balanceó como si fuera a caerse. Luego se enderezó y me entregó la cometa.

—¿Dónde estabas? He estado buscándote por todas partes —le dije. Decir aquello era como morder una piedra.

Hassan se pasó la manga por la cara para limpiarse los mocos y las lágrimas. Esperé a que dijera algo, pero permaneció en silencio, en la penumbra. Agradecí aquellas primeras sombras del anochecer que caían sobre el rostro de Hassan y ocultaban el mío. Me alegré de no tener siquiera que devolverle la mirada. ¿Sabría él que yo lo sabía? Y de saberlo, ¿qué vería si le miraba a los ojos? ¿Culpa? ¿Indignación? O, que Dios me perdonara, lo qué más temía, ¿candorosa devoción? Eso, por encima de todo, era lo que no soportaría ver.

Empezó a hablar, pero le falló la voz. Cerró la boca, la abrió y volvió a cerrarla. Retrocedió un paso. Se secó la cara. Y eso fue lo más cerca que estuvimos nunca Hassan y yo de hablar de lo sucedido en el callejón. Creía que iba a echarse a llorar, pero, para mi alivio, no fue así y yo simulé no haber oído cómo le fallaba la voz. Igual que simulé no haber visto la mancha oscura que había en la parte de atrás de sus pantalones, ni aquellas gotas diminutas que le caían entre las piernas y teñían de negro la nieve.

—*Agha Sahib* estará preocupado —fue todo lo que logró decir. Me dio la espalda y partió cojeando.

Sucedió tal y como me lo había imaginado. Abrí la puerta del despacho lleno de humo e hice mi entrada. Baba y Rahim Kan estaban tomando el té y escuchando las noticias de la radio. Volvieron la cabeza y una sonrisa se dibujó en la boca de mi padre. Abrió los brazos. Dejé la cometa en el suelo y me encaminé hacia sus velludos brazos. Hundí la cara en el calor de su pecho y lloré. Baba me abrazó y me acunó de un lado a otro. Entre sus brazos olvidé lo que había hecho. Y eso fue bueno.

8

Apenas vi a Hassan en una semana. Cuando me levantaba, encontraba la mesa preparada con el pan tostado, té recién hecho y un huevo duro. Mi ropa aparecía planchada y doblada en la silla de mimbre del vestíbulo donde Hassan planchaba habitualmente. Él solía esperar a que me sentara a desayunar y luego se ponía a planchar, pues de ese modo podíamos charlar. También solía cantar, elevaba la voz por encima del silbido de la plancha y cantaba viejas canciones hazara sobre campos de tulipanes. Pero aquellos días lo único que me recibía era la ropa doblada. Eso, y un desayuno que casi nunca volví a terminar.

Una mañana nublada, mientras me dedicaba a empujar el huevo duro para que diera vueltas por el plato, entró Alí cargado con un montón de leña cortada y le pregunté dónde estaba Hassan.

—Ha vuelto a acostarse —dijo Alí, arrodillándose frente a la estufa. Tiró para abrir la puertecita cuadrada.

¿Podría jugar aquel día Hassan?

Alí se detuvo con un tronco en una mano. Una mirada de preocupación atravesó su semblante.

—Últimamente parece que sólo quiere dormir. Hace sus tareas, por supuesto, pero luego lo único que quiere es meterse debajo de la manta. ¿Puedo preguntarte una cosa?

—¿Qué quieres saber?

—Después del concurso de cometas llegó a casa sangrando un poco y con la camisa rota. Le pregunté qué había sucedido y me dijo que nada, que había tenido una pequeña pelea con otros niños por la cometa. —No dije nada. Me limité a seguir empujando el huevo en el plato—. ¿Le sucedió algo, Amir *agha*? ¿Algo que no me cuenta?

Me encogí de hombros.

—¿Por qué tendría yo que saberlo?

—Tú me lo dirías, si le hubiese sucedido algo, ¿verdad?

—¿Y por qué tendría yo que saber qué le pasa? Tal vez esté enfermo. La gente se pone enferma, Alí. Y ahora, ¿piensas matarme de frío o vas a encender la estufa de una vez?

Aquella noche le pregunté a Baba si podíamos ir a Jalalabad el viernes. Él se columpiaba en el sillón basculante de piel situado detrás de su escritorio mientras leía un periódico iraní. Lo dejó sobre la mesa y depositó también las gafas de lectura que tanto me disgustaban... Baba no era viejo, en absoluto; aún le quedaban muchos años por delante. ¿Por qué, entonces, tenía que ponerse esas gafas absurdas?

—¡Y por qué no! —exclamó. Últimamente, Baba me concedía todo lo que le pedía. Incluso hacía dos noches me había dicho si quería ver *El Cid*, con Charlton Heston, en el cine Aryana—. ¿Quieres que le digamos a Hassan que venga con nosotros?

¿Por qué tenía que estropearlo Baba con eso?

—Está *mareez* —respondí—. No se encuentra bien.

—¿De verdad? —Baba dejó de columpiarse en su asiento—. ¿Qué le ocurre?

Me encogí de hombros y me hundí en el sofá, junto a la chimenea.

—Se ha resfriado o algo así. Alí dice que está guardando cama.

—Sí..., no he visto mucho a Hassan en estos últimos días... Entonces ¿no es más que eso, un resfriado? —No pude evitar odiar la forma en que frunció el entrecejo para mostrar su preocupación.

—Sí, sólo un resfriado. ¿Vamos el viernes, Baba?

—Sí, sí —respondió Baba alejándose de la mesa—. Lo siento por Hassan. Pensé que te divertirías más si viniese él.

—También podemos divertirnos nosotros dos —dije.

Baba sonrió y me guiñó un ojo.

—Abrígate —me ordenó.

Deberíamos haber ido sólo los dos, como me apetecía a mí, pero el miércoles por la noche Baba se las había apañado para invitar a dos docenas más de personas. Había llamado a su primo Homayoun —en realidad, primo segundo—, y le había comentado que el viernes íbamos a Jalalabad, y Homayoun, que había estudiado ingeniería en Francia y que poseía una casa en Jalalabad, dijo que le gustaría que fuéramos allí, que iría él también con sus hijos, sus dos esposas y que, de paso, le diría a su prima Shafiqa y a su familia, que vivían en Herat pero que en ese momento estaban de visita, que se nos unieran también, y ya que estaba instalada en Kabul en casa de su primo Nader, invitaría también a la familia de éste —aunque Homayoun y Nader estaban peleados—, y que si invitaba a Nader, también debía invitar a su hermano Faruq, pues de lo contrario se sentiría ofendido y podría ser que no los invitara a la boda de su hermana, que iba a tener lugar el mes siguiente y...

Llenamos tres minibuses. Yo fui con Baba, Rahim Kan, Kaka Homayoun (desde muy pequeño, Baba me había enseñado a llamar *kaka*, tío, a todo hombre mayor, y *khala*, tía, a toda mujer de edad). Las dos esposas de Kaka Homayoun iban también con nosotros (la mayor tenía la cara pálida y las manos llenas de verrugas, y la joven olía a perfume y bailaba con los ojos cerrados), así como las dos hijas gemelas de Kaka Homayoun. Yo tomé asiento en la fila de atrás, constantemente mareado y convertido en bocadillo entre las dos gemelas, de siete años de edad, que no paraban de pasar por encima de mí para pelearse entre ellas. El viaje hasta Jalalabad es un trayecto de dos horas por una carretera de montaña que serpentea al borde de un abrupto precipicio, y el estómago se me subía a la boca a cada curva que dábamos. Todos hablaban en voz alta y a la vez, casi gritando, que es la forma de hablar habitual de los afganos. Le pedí a una de las gemelas (a Fazila o a Karima, siempre fui incapaz de distinguir quién era quien) que me cambiara el sitio para estar junto a la ventanilla y recibir un poco de aire fresco. Pero ella me sacó la lengua y me contestó que no. Le dije que no pasaba nada, aunque no me hacía responsable si vomitaba sobre su vestido nuevo. Un minuto después, estaba sacando la cabeza por la ventana. Observé cómo subía y bajaba la carretera llena de agujeros, cómo serpenteaba su cola a lo largo de la montaña, y conté los camiones multicolores que avanzaban pesadamente cargados de pasajeros. Cerré los ojos y dejé que el viento me azotara las mejillas. Luego abrí la boca para engullir aire fresco. Seguía sin sentirme mejor. Noté un dedo clavado en el costado. Se trataba de Fazila/Karima.

—¿Qué quieres? —le pregunté.

—Estaba contándoles a todos lo del concurso —dijo Baba, sentado al volante. Kaka Homayoun y sus esposas me sonreían desde los asientos de la fila intermedia—. ¿Cuántas cometas habría en el cielo aquel día? ¿Un centenar?

—Supongo —musité.

—Un centenar de cometas, Homayoun *jan*. Nada de *laaf*. Y la única que seguía volando al final de la jornada era la de Amir. Tiene en casa la última cometa, una preciosa cometa azul. Hassan y Amir la corrieron juntos.

—Felicidades —dijo Kaka Homayoun.

Su primera esposa, la de las verrugas, aplaudió y comentó:

—¡Caramba, Amir *jan*, estamos muy orgullosos de ti!

La esposa joven se sumó al aplauso. En un momento estaban todos aplaudiendo, gritando alabanzas, explicándome lo orgullosos que estaban todos. Sólo Rahim Kan, que estaba sentado junto a Baba, permanecía en silencio. Me miraba de una manera extraña.

—Detente un momento, por favor, Baba —le pedí.

—¿Qué?

—Me estoy mareando —murmuré, tumbándome en el asiento y apretándome contra las hijas de Kaka Homayoun.

A Fazila/Karima les cambió la cara.

—¡Para, Kaka! ¡Se ha puesto amarillo! ¡No quiero que devuelva sobre mi vestido nuevo! —vociferó una.

Baba inició la maniobra para parar a un lado de la carretera, pero no pude evitarlo. Unos minutos más tarde me encontraba sentado sobre una roca junto a la carretera mientras los demás se dedicaban a ventilar el minibús. Baba fumaba en compañía de Kaka Homayoun, quien le decía a Fazila/Karima que dejase de llorar, que ya le compraría otro vestido en Jalalabad. Cerré los ojos y volví la cara hacia el sol. Detrás de mis párpados se crearon pequeñas formas, como manos proyectando sombras en una pared. Se doblaban y se fundían hasta formar una sola imagen: los pantalones de pana de Hassan abandonados en el callejón sobre un montón de ladrillos viejos.

La casa que Kaka Homayoun poseía en Jalalabad era de dos pisos y tenía un balcón desde el que se dominaba un extenso jardín con manzanos y caquis rodeado por un muro. En verano, el jardinero recortaba los setos, dándoles formas de animales, y había una piscina con losetas de color esmeralda. Me senté con los pies colgando al borde de la piscina, vacía excepto por la capa de nieve a medio derretir que había depositada en el fondo. Los hijos de Kaka Homayoun jugaban al escondite en el otro extremo del jardín. Las mujeres cocinaban y se olía el aroma de las cebollas que estaban friendo, se oía el silbido de la olla a presión, la música, las risas. Baba, Rahim Kan, Kaka Homayoun y Kaka Nader estaban sentados en el balcón, fumando. Kaka Homayoun les explicaba que había traído el proyector para enseñarles las diapositivas de Francia. Hacía diez años que había regresado de París y aún seguía pasando esas estúpidas diapositivas.

Pero daba igual. Baba y yo éramos finalmente amigos. Habíamos ido juntos al zoo unos días antes, habíamos visto al león *Marjan* y le habíamos arrojado una piedrecita al oso cuando nadie nos miraba. Después habíamos ido al restaurante de Dadkhoda Kabob, que estaba enfrente del Cinema Park, y habíamos comido *kabob* de cordero con *naan* recién salido del *tandoor*. Baba me había contado historias de sus viajes a la India y a Rusia, de la gente que había conocido, como la pareja de Bombay sin brazos ni piernas que llevaban casados cuarenta y siete años y habían sacado once hijos adelante. Fue divertido pasar el día con Baba escuchando sus historias. Finalmente tenía todo lo que había querido durante tantos años. Y, sin embargo, me sentía tan vacío como la piscina descuidada sobre la que colgaban mis pies.

Al anochecer, las esposas y las hijas sirvieron la cena: arroz, *kofta* y *qurma* de pollo. Cenamos al estilo tradicional, sentados en cojines repartidos por toda la habitación, con el mantel extendido en el suelo, utilizando las manos y compartiendo bandejas comunes entre grupos de cuatro o cinco personas. Yo no tenía hambre, pero me senté igualmente a comer junto a Baba, Kaka Faruq y los dos chicos de Kaka Homayoun. Baba, que se había tomado unos cuantos whiskys antes de la cena, seguía vociferando sobre el concurso de cometas, sobre cómo los había superado a todos y había llegado a casa con la última cometa. Su voz de trueno dominaba la estancia. La gente levantaba la cabeza del plato para proclamar sus felicitaciones. Kaka Faruq me dio unos golpecitos en la espalda con la mano limpia. Yo me sentía como si me estuviesen clavando un cuchillo en un ojo.

Más tarde, bien pasada la medianoche, después de unas cuantas horas de póquer entre Baba y sus primos, los hombres se acostaron en colchones dispuestos en paralelo en la misma habitación donde habíamos cenado. Las mujeres subieron al piso de arriba. Pasada una hora, yo seguía sin poder conciliar el sueño. Daba vueltas de un lado a otro mientras mis parientes gruñían, resoplaban y roncaban. Me senté. Un rayo de luna entraba por la ventana.

—Vi cómo violaban a Hassan —le dije a la nada.

Baba se estiró en medio del sueño. Kaka Homayoun refunfuñó. Una parte de mí esperaba que alguien se despertara y me escuchase para de ese modo no tener que continuar viviendo con aquella mentira. Pero nadie se despertó, y, durante el silencio que siguió, comprendí la naturaleza de mi nueva maldición: debería vivir con aquella culpa.

Pensé en el sueño de Hassan, aquel en el que los dos nadábamos en el lago. «No hay ningún monstruo —había dicho—, sólo agua.» Pero se había equivocado. En el lago había un monstruo. Había agarrado a Hassan por los tobillos y lo había arrastrado hasta el fondo tenebroso. Y ese monstruo era yo.

Aquella noche me convertí en insomne.

No hablé con Hassan hasta mediados de la semana siguiente. Yo había comido con pocas ganas y Hassan estaba lavando los platos. Me disponía a ir a mi habitación cuando Hassan me preguntó sí quería subir a la montaña. Le dije que estaba cansado. Hassan también parecía cansado... Había adelgazado, tenía los ojos hinchados y mostraba oscuras ojeras. Sin embargo, cuando volvió a preguntármelo, acepté a regañadientes.

Subimos a la montaña. Las botas se nos hundían en la nieve fangosa. Ninguno de los dos abrió la boca. Nos sentamos bajo nuestro granado, consciente yo de que había cometido un error. No debía haber subido a la montaña. Aquellas palabras que había escrito en el tronco del árbol con el cuchillo de cocina de Alí: «Amir y Hassan, sultanes de Kabul»... No soportaba mirarlas.

Me pidió que le leyera el *Shahnamah* y le dije que había cambiado de idea, que quería regresar y encerrarme en mi habitación. Él apartó la vista y se encogió de hombros. Bajamos por donde habíamos subido en silencio. Y por primera vez en mi vida, me sentí impaciente ante la llegada de la primavera.

Mis recuerdos del resto de aquel invierno de 1975 son bastante vagos. Recuerdo que me sentía feliz cuando Baba estaba en casa. Comíamos juntos, íbamos al cine, visitábamos a Kaka Homayoun o a Kaka Faruq. A veces venía a vernos Rahim Kan y Baba permitía que me sentara con ellos en el despacho a tomar el té. Incluso me pidió que leyera alguno de mis cuentos. Yo creía que aquella situación duraría. Y creo que Baba también lo creía. Ambos deberíamos haber sido menos ingenuos. Durante los meses posteriores al concurso de cometas, Baba y yo nos sumergimos en una dulce ilusión, nos veíamos el uno al otro como nunca nos habíamos visto y como nunca volveríamos a vernos. En realidad, nos habíamos engañado creyendo que un juguete hecho de papel de seda, cola y bambú podía salvar el abismo que nos separaba.

Cuando Baba viajaba, y viajaba mucho, yo me encerraba en mi habitación. Leía un libro cada dos días, escribía cuentos, aprendía a dibujar caballos. Oía a Hassan trasteando en la cocina por las mañanas, el tintineo de los cubiertos, el silbido de la tetera..., esperaba a oír que se cerrara la puerta y, sólo entonces, bajaba a comer. Tracé un círculo en el calendario en torno a la fecha del primer día de colegio e inicié una cuenta atrás.

Para mi consternación, Hassan seguía intentando reavivar las cosas entre nosotros. Recuerdo la última vez. Yo me encontraba en mi dormitorio, leyendo una traducción abreviada al farsi de *Ivanhoe*, cuando llamó a la puerta.

—¿Quién es?

—Voy a la panadería a comprar *naan* —dijo desde el otro lado—. Me preguntaba si tú..., si querrías venir conmigo.

—Creo que me quedaré leyendo —respondí acariciándome las sienes. En los últimos tiempos, cada vez que veía a Hassan me entraba dolor de cabeza.

—Hace un día muy soleado —replicó.

—Ya lo veo.

—Nos divertiríamos dando un paseo.

—Ve tú.

—Me gustaría que vinieses —dijo, e hizo una pausa. Algo golpeó contra la puerta, tal vez su frente—. No sé qué he hecho, Amir *agha*. Me gustaría que me lo dijeses. No sé por qué ya no jugamos.

—No has hecho nada, Hassan. Vete y ya está.

—Dímelo y dejaré de hacerlo.

Hundí la cabeza en mi regazo y presioné las sienes entre las rodillas, como un torno.

—Te diré lo que quiero que dejes de hacer —dije, cerrando los ojos con fuerza.

—Cualquier cosa.

—Quiero que dejes de acosarme. Quiero que te marches —le espeté.

Deseaba que me hubiese respondido, que hubiese dado un portazo, que me hubiese echado una bronca... Habría facilitado las cosas, las habría mejorado. Pero no hizo nada de eso, y cuando al cabo de unos minutos abrí la puerta, no estaba allí. Me arrojé sobre la cama, enterré la cabeza bajo la almohada y me eché a llorar.

Después de aquello, Hassan se movió por la periferia de mi vida. Me aseguré de que nuestros caminos se cruzaran lo menos posible y planificaba mi jornada para que así fuera. Porque cuando él estaba cerca de mí, el oxígeno desaparecía de la estancia. Sentía una presión en el pecho y me faltaba el aire; permanecía inmóvil y luchaba por respirar en mi pequeña burbuja de atmósfera sin aire. Pero, incluso sin estar físicamente, él estaba siempre allí. Estaba en la ropa lavada y planchada que me dejaba todas las mañanas sobre la silla de mimbre, en las zapatillas calientes que me encontraba en la puerta de mi habitación, en la madera que ardía en la estufa cuando yo bajaba a desayunar. Por dondequiera que mirara encontraba signos de su fidelidad, de su maldita e inquebrantable fidelidad.

A principios de aquella primavera, unos días antes de que empezara el nuevo año escolar, Baba y yo nos dedicamos a plantar tulipanes en el jardín. La nieve se había fundido en su mayor parte y las montañas del norte aparecían ya salpicadas de manchas de hierba verde. Era una mañana fría y gris. Baba estaba agachado a mi lado, cavando la tierra y plantando los bulbos que yo le pasaba. Estaba diciéndome que la mayoría de la gente pensaba que era mejor plantar los tulipanes en otoño, pero que no era así, cuando de pronto lo interrumpí.

—Baba, ¿has pensado alguna vez en cambiar de criados?

Soltó el bulbo de tulipán y enterró el plantador en la tierra. Se quitó los guantes de jardinero. Lo había sorprendido.

—*Chi?* ¿Qué has dicho?

—Sólo estaba preguntándomelo, eso es todo.

—¿Por qué querría hacerlo? —dijo Baba secamente.

—No lo harías, me imagino. Era únicamente una pregunta —añadí con un susurro. Sentía haberlo dicho.

—¿Es por algo que pasa entre Hassan y tú? Sé que os pasa algo, pero, sea lo que sea, eres tú quien debe solucionarlo, no yo. Yo permanezco al margen.

—Lo siento, Baba.

Volvió a ponerse los guantes.

—Yo me crié con Alí —dijo entre dientes—. Fue mi padre quien lo trajo aquí. Él lo quería como a un hijo. Alí lleva cuarenta años con mi familia. Cuarenta malditos años. ¿Y piensas que voy a echarlo? —Se volvió hacia mí con una cara tan roja como los tulipanes—. Jamás te he puesto la mano encima, Amir, pero si vuelves a decirlo... —Apartó la vista, sacudiendo la cabeza—. Me avergüenzas. Hassan... Hassan no se irá a ningún lado, ¿me has entendido? —Bajé la vista, cogí un puñado de tierra y lo dejé escapar entre los dedos—. He dicho si me has entendido —rugió Baba.

Me encogí de miedo.

—Sí, Baba.

—Hassan no se irá a ninguna parte —me espetó Baba. Cavó un nuevo hoyo, con más fuerza de la necesaria—. Se quedará aquí, con nosotros, en el lugar al que pertenece. Su hogar es éste y nosotros somos su familia. ¡Nunca vuelvas a hacerme esa pregunta!

—No lo haré, Baba. Lo siento.

Plantamos en silencio el resto de los tulipanes.

Me sentí muy aliviado cuando las clases empezaron a la semana siguiente. Estudiantes armados con libretas nuevas y lápices afilados paseaban sin prisas por el patio, levantando polvo, charlando en corrillos, esperando los silbidos de los delegados. Baba me llevó en coche por el camino de tierra que conducía hasta la entrada de la escuela de enseñanza media Istiqlal. El colegio era un edificio de dos plantas con ventanas rotas y tenebrosos pasadizos adoquinados. Retazos de la pintura amarilla original asomaban por debajo de los trozos de yeso desprendidos. La mayoría de los niños iban al colegio a pie, y el Mustang negro de Baba levantaba más de una mirada de envidia. Debí haber sonreído orgulloso al bajar del coche (mi antiguo yo lo habría hecho), pero lo único que conseguí fue esgrimir un gesto de incomodidad. Eso y vacío. Baba se fue sin decirme adiós.

No me reuní con los demás para la acostumbrada comparación de las cicatrices que nos había dejado la lucha de cometas y esperé solo a que nos llamaran a formar. Finalmente sonó el timbre y nos dirigimos al aula en dos filas. Me senté al fondo. Mientras el profesor de farsi nos entregaba los libros de texto, recé para que me pusieran muchísimos deberes.

El colegio me ofrecía una excusa para permanecer encerrado en mi habitación durante horas interminables. Y, por un rato, alejaba de mi cabeza lo que había sucedido aquel invierno, lo que yo había permitido que sucediera. Durante unas cuantas semanas anduve enfrascado en la gravedad y la aceleración, los átomos y las células, las guerras anglo-afganas, en lugar de pensar en Hassan y lo que le había sucedido. Pero, siempre, mi cabeza acababa regresando al callejón. A los pantalones de pana marrones sobre los ladrillos. A las gotas de sangre que teñían la nieve de rojo oscuro, casi negro.

Una tarde aburrida y brumosa de aquel verano le pedí a Hassan que subiera a la montaña conmigo. Le dije que quería leerle un nuevo cuento que había escrito. Él estaba tendiendo la ropa en el patio y la precipitación con que terminó su tarea hizo que me percatara de su impaciencia.

Trepamos por la montaña hablando de tonterías. Me preguntó por la escuela, por lo que estaba aprendiendo, y yo le hablé de los profesores, sobre todo del malvado profesor de matemáticas que castigaba a los alumnos que hablaban colocándoles una vara plana de metal entre los dedos y luego apretándoselos. Hassan puso mala cara ante mis explicaciones y dijo que esperaba que yo nunca tuviera que pasar por esa experiencia. Yo le respondí que hasta aquel momento había tenido suerte, aunque yo sabía bien que la suerte no tenía nada que ver con aquello. Yo también hablaba en clase, pero mi padre era rico y conocido por todo el mundo, de modo que quedaba perdonado del tratamiento con la vara de metal.

Nos sentamos junto al muro del cementerio, a la sombra del granado. En cuestión de un mes o dos, la ladera quedaría alfombrada por hierbas amarillentas quemadas por el sol; sin embargo, aquel año las lluvias de primavera habían durado más de lo habitual, prolongándose hasta principios de verano, y la hierba seguía verde, salpicada por pequeños grupos de flores silvestres. Por debajo de donde nos encontrábamos, las casas blancas de tejado plano de Wazir Akbar Kan brillaban a la luz del sol. En los patios, las coladas colgadas en los tendederos bailaban como mariposas, animadas por la brisa del mar.

Habíamos cogido del árbol una docena de granadas. Saqué el libro que había elegido, lo abrí por la primera página y lo dejé en el suelo. Me puse en pie y cogí una granada madura que había caído del árbol.

—¿Qué harías si la lanzara contra ti? —le pregunté, jugueteando arriba y abajo con la fruta.

La sonrisa de Hassan se debilitó. Parecía mayor de lo que yo recordaba. No, no mayor de lo que recordaba, simplemente mayor. ¿Era posible? Su rostro bronceado aparecía surcado por líneas y su boca y sus ojos estaban rodeados de arrugas.

—¿Qué harías? —repetí.

Se quedó blanco. En el suelo, a su lado, la brisa levantaba las hojas grapadas con el cuento que había prometido leerle. Le lancé la granada al pecho y la pulpa roja explotó salpicándolo todo. El grito de Hassan estuvo cargado de sorpresa y dolor.

—¡Dame ahora a mí! —le grité. Hassan observó la mancha en su pecho y luego a mí—. ¡Levántate! ¡Dame!

Hassan se levantó, pero no hizo nada. Estaba aturdido, como alguien que se ve arrastrado hacia las profundidades del mar por una gran ola cuando, sólo unos momentos antes, se encontraba disfrutando de un agradable paseo por la playa.

Le lancé otra granada, al hombro esta vez. El jugo le salpicó en la cara.

—¡Dame a mí! —exclamé—. ¡Venga, dame, maldito seas!

Deseaba que lo hiciese. Deseaba que me diera el castigo que me merecía para así poder dormir por las noches. Tal vez entonces las cosas volvieran a ser como siempre habían sido entre nosotros. Pero Hassan no hizo nada, a pesar de que yo le daba una y otra vez.

—¡Eres un cobarde! —dije—. ¡No eres más que un condenado cobarde!

No sé cuántas veces le di. Lo único que sé es que, cuando finalmente paré, agotado y jadeante, Hassan estaba teñido de rojo como si le hubiera disparado un batallón. Caí de rodillas, cansado, acabado, frustrado.

Entonces Hassan cogió una granada y se acercó a mí, la abrió y se la aplastó contra la frente.

—Así —murmuró, mientras el jugo se deslizaba por su cara como la sangre—. ¿Estás satisfecho? ¿Te sientes mejor?

Y se volvió y descendió por la colina.

Dejé que las lágrimas rodaran libremente y me quedé allí, balanceándome sobre las rodillas.

—¿Qué voy a hacer contigo, Hassan? ¿Qué voy a hacer contigo?

En cuanto las lágrimas se secaron y me arrastré colina abajo, ya sabía la respuesta a esa pregunta.

Aquel verano de 1976, el último de paz y anonimato de Afganistán, cumplí trece años. La relación entre Baba y yo había vuelto a enfriarse. Creo que la causa fue el estúpido comentario sobre tener criados nuevos que hice el día que plantábamos tulipanes. Me arrepentía de haberlo dicho, de verdad, pero creo que, de cualquier modo, nuestro feliz y breve interludio habría llegado a su fin. Tal vez no tan pronto, pero habría llegado. Hacia finales de verano, los rasguños del cuchillo y el tenedor contra el plato habían sustituido a las charlas de la cena y Baba había retomado la costumbre de retirarse al despacho después de cenar. Y de cerrar la puerta. Yo había vuelto a manosear los versos de Hafez y Khayyam, a morderme las uñas hasta la cutícula y a escribir cuentos que guardaba amontonados debajo de la cama; por si acaso, aunque dudaba que Baba volviera a pedirme que se los leyera.

La consigna de Baba con respecto a las fiestas que organizaba en casa era la siguiente: o se invitaba a todo el mundo o no había fiesta. Recuerdo haber examinado más de una vez la lista de invitados una semana antes de mi fiesta de cumpleaños y no reconocer a las tres cuartas partes de los más de cuatrocientos *kakas* y *khalas* que iban a traerme regalos y a felicitarme por haber vivido hasta los trece. Después me di cuenta de que en realidad no venían por mí. Era mi cumpleaños, pero sabía quién era la verdadera estrella del espectáculo.

Durante días, la casa se vio invadida de gente que había contratado Baba. Estaba Salahuddin, el carnicero, que apareció remolcando un ternero y dos corderos y se negó a cobrar ninguno de los tres. Él, personalmente, sacrificó a los animales en el jardín a la sombra de un álamo. «La sangre es buena para el árbol», recuerdo que decía a medida que la hierba que rodeaba el álamo se empapaba de sangre. Hombres que yo no conocía trepaban a los robles con carretes de pequeñas bombillas y metros de cable. Otros preparaban docenas de mesas en el jardín y las cubrían luego con manteles. La noche anterior a la gran fiesta, un amigo de Baba, Del-Muhammad, propietario de un restaurante de *kabob* en Shar-e-nau, llegó a casa con un cargamento de especias. Igual que el carnicero, Del-Muhammad (Dello, como lo llamaba Baba) se negó a cobrar por sus servicios. Decía que Baba ya había hecho bastante por su familia. Fue Rahim Kan quien me contó al oído, mientras Dello adobaba la carne, que Baba le había prestado a Dello dinero para abrir el restaurante. Baba se había negado a recuperar el préstamo hasta el día en que Dello apareció en casa montado en un Benz e insistió en que no se iría hasta que Baba cogiera el dinero.

Me imagino que en muchos aspectos, al menos en los aspectos que se tienen en cuenta para juzgar una fiesta, mi *bash* de cumpleaños fue un éxito descomunal. Nunca había visto la casa tan llena. Invitados con copas en la mano charlaban por los pasillos, fumaban en las escaleras y se recostaban en los umbrales de las puertas. Se sentaban donde encontraban un rincón para hacerlo, en las mesas de la cocina, en el vestíbulo, incluso debajo de la escalera. En el jardín se confundían bajo el resplandor de las luces, azules, rojas y verdes, que centelleaban en los árboles. Sus caras se veían iluminadas por la luz de las lámparas de queroseno que había repartidas por todas partes. Baba había ordenado que se levantara en la terraza un escenario que dominaba todo el jardín y había sembrado el lugar de altavoces. Ahmad Zahir estaba allí, tocando el acordeón y cantando por encima de una masa de cuerpos danzantes.

Yo tuve que saludar personalmente a todos los invitados... Baba se encargó de ello. Nadie diría al día siguiente que su hijo no había aprendido modales. Besé centenares de mejillas, abracé a completos desconocidos y agradecí sus regalos. Me dolía la cara de tanto forzar aquella falsa sonrisa.

Me encontraba con Baba en el jardín cerca del bar cuando alguien dijo:

—Feliz cumpleaños, Amir.

Era Assef, con sus padres. El padre de Assef, Mahmood, era un hombre bajito y desmadejado, de piel oscura y cara pequeña. Su madre, Tanya, era una mujer menuda y nerviosa que sonreía y tenía muchos tics. Assef estaba entre los dos, sonriente. Los sobrepasaba a ambos en altura y les pasaba el brazo por encima de los hombros. Los condujo hasta nosotros, como si fuese él quien los había llevado allí. Como si él fuese el padre y ellos sus hijos. Me sacudió una sensación de vértigo. Baba les dio las gracias por su presencia.

—He elegido personalmente tu regalo —dijo Assef.

La cara de Tanya se contrajo y sus ojos volaron rápidamente desde Assef hasta mí. Sonrió, poco convencida, y parpadeó. Me pregunté si Baba lo habría advertido.

—¿Sigues jugando a fútbol, Assef *jan*? —le preguntó Baba, que siempre había querido que trabase amistad con Assef.

Éste sonrió. Era horripilante lo dulce que podía parecer.

—Naturalmente, *Kaka jan.*

—Extremo derecho, si no recuerdo mal.

—Este año juego de delantero centro —dijo Assef—. En esa posición se meten más goles. La semana próxima jugamos contra el equipo de Mekro-Rayan. Será un buen encuentro. Tienen buenos jugadores.

Baba hizo un gesto afirmativo con la cabeza.

—De joven yo también jugaba de delantero centro.

—Apuesto a que aún podría, si quisiera —comentó Assef, y honró a Baba con un guiño de simpatía.

Baba se lo devolvió.

—Veo que tu padre te ha transmitido sus modales aduladores, mundialmente famosos...

Le dio un codazo al padre de Assef y a punto estuvo de tirarlo al suelo. La carcajada de Mahmood fue casi tan convincente como la sonrisa de Tanya y de pronto me pregunté si quizá, de algún modo, su hijo los tendría asustados. Intenté fingir una sonrisa, pero no conseguí más que una débil inclinación de las comisuras de los labios. Se me revolvía el estómago de ver a mi padre haciendo migas con Assef.

Assef me miró entonces.

—Wali y Kamal también han venido. No querían perderse tu cumpleaños por nada del mundo —dijo, con una carcajada a punto de aflorar de su boca. Yo asentí en silencio—. Mañana vamos a jugar un pequeño partido de voleibol en mi casa —anunció—. Tal vez te apetecería venir. Trae contigo a Hassan, si quieres.

—Eso suena divertido —replicó Baba gritando—. ¿Qué opinas, Amir?

—No me gusta el voleibol —murmuré.

Vi el débil pestañeo de Baba y siguió entonces un silencio incómodo.

—Lo siento, Assef *jan* —dijo Baba encogiéndose de hombros. Eso dolía, él disculpándose por mí...

—No pasa nada —repuso Assef—. Pero la invitación sigue en pie, Amir *jan*. Bueno, es igual. Como sé que te gusta mucho leer, te he comprado un libo. Uno de mis favoritos. —Me entregó un paquete envuelto en papel de regalo—. Feliz cumpleaños.

Vestía una camisa de algodón y pantalones azules, corbata de seda roja y mocasines negros relucientes. Olía a colonia y llevaba el pelo rubio repeinado hacia atrás. Superficialmente, era el sueño de cualquier padre hecho realidad: un chico fuerte, alto, bien vestido y de buenos modales, con talento y aspecto impresionantes, sin mencionar su habilidad para bromear con los adultos. Pero en mi opinión, sus ojos lo traicionaban. Cuando yo los miraba, la fachada se derrumbaba y revelaba el centelleo de locura que se ocultaba tras ellos.

—¿No vas a aceptarlo, Amir? —me dijo Baba en ese momento.

—¿Qué?

—Tu regalo —contestó irritado—. Assef *jan* está ofreciéndote un regalo.

—Oh —dije. Cogí el paquete de Assef y bajé la vista. En ese instante deseaba poder estar solo en mi habitación, con mis libros, lejos de aquella gente.

—¿Y bien? —añadió Baba.

—¿Qué?

Baba hablaba en voz baja, el tono que adoptaba cuando yo lo avergonzaba en público.

—¿No piensas darle las gracias a Assef *jan*? Ha sido todo un detalle por su parte.

Ojalá Baba hubiera dejado de llamar a Assef de aquella manera. ¿En cuántas ocasiones me llamaba a mí Amir *jan*?

—Gracias —dije. La madre de Assef me miró como si quisiese decir algo, pero no lo hizo. Fue entonces cuando me percaté de que ninguno de los progenitores de Assef había pronunciado palabra. Antes de que la situación se pusiera más tensa entre Baba y yo, y sobre todo para escapar de Assef y su sonrisa, me alejé de ellos—. Gracias por haber venido —apunté, y a continuación me abrí camino entre la multitud de invitados y me deslicé entre las verjas de hierro forjado.

Dos casas más abajo de la nuestra había un terreno grande y sin cultivar. Había oído a Baba explicarle a Rahim Kan que lo había comprado un juez y que había un arquitecto trabajando en el proyecto. De momento, el solar seguía vacío, excepto por un gran cubo de basura que Alí guardaba en la esquina sur. Cada dos semanas, Alí, ayudado por otros dos hombres, cargaba el cubo en un camión y lo llevaba al vertedero de la ciudad.

Arranqué el papel del regalo de Assef y la cubierta del libro brilló a la luz de la luna. Se trataba de una biografía de Hitler. Lo tiré a la basura.

Me agaché junto a la pared del vecino y me dejé caer al suelo. Permanecí un rato sentado allí a oscuras, con las rodillas contra el pecho, contemplando las estrellas, a la espera de que finalizara la noche.

—¿No deberías estar atendiendo a los invitados? —preguntó una voz familiar. Rahim Kan se acercaba a mí pegado a la pared.

—No me necesitan. Baba está allí, ¿no? —respondí. Rahim Kan se sentó a mi lado y el hielo de su copa tintineó—. No sabía que bebieras.

—Pues sí —dijo, y me dio un codazo en plan de guasa—, aunque sólo en las ocasiones importantes.

Sonreí.

—Gracias.

Dirigió la copa hacia mí en señal de brindis y dio un trago. Encendió un cigarrillo, uno de esos cigarrillos paquistaníes sin filtro que siempre fumaban él y Baba.

—¿Te he contado alguna vez que estuve a punto de casarme?

—¿De verdad? —dije con una ligera sonrisa imaginándome a Rahim Kan a punto de casarse.

Siempre lo había considerado como el álter ego de Baba, mi mentor literario, mi colega, el que nunca se olvidaba de traerme un recuerdo, un *saughat*, cuando regresaba de un viaje al extranjero. Pero ¿un marido? ¿Un padre?

Hizo un gesto afirmativo con la cabeza.

—Es verdad. Yo tenía dieciocho años. Ella se llamaba Homaira. Era hazara, hija de los criados de nuestro vecino. Bonita como un *pari*, melena castaña, grandes ojos avellana... Y aquella sonrisa..., aún la oigo reír a veces. —Agitó la copa—. Nos veíamos en secreto en los pomares de mi padre, siempre después de medianoche, cuando todo el mundo se había ido a dormir. Paseábamos bajo los árboles de la mano... ¿Te incomodo, Amir *jan*?

—Un poco —dije.

—Bueno, podrás soportarlo —replicó dando una nueva calada—. Nosotros teníamos la ilusión de celebrar una boda estupenda a la que invitaríamos a todos los familiares y amigos desde Kabul a Kandahar. Yo construiría una gran casa para nosotros, con un patio cubierto de azulejos y amplios ventanales. En el jardín plantaríamos árboles frutales y todo tipo de flores. También tendríamos césped para que jugaran los niños. Los viernes, después del *namaz* en la mezquita, todo el mundo se reuniría en casa para comer en el jardín, bajo los cerezos, y beberíamos agua fresca del pozo. Después tomaríamos el té con dulces viendo cómo nuestros hijos jugaban con sus primos... —Dio un trago largo al whisky. Tosió—. Deberías haber visto la mirada de mi padre cuando se lo conté. Y mi madre se desmayó. Mis hermanas tuvieron que mojarle la cara con agua fresca. Mientras la abanicaban, me miraban como si acabara de rebanarle el cuello. Mi hermano Jalal se disponía a ir a por su escopeta de caza y mi padre lo detuvo. —Rahim Kan soltó una amarga carcajada—. Éramos Homaira y yo contra el mundo. Y te lo digo, Amir *jan*: al final, siempre acaba ganando el mundo. Así son las cosas.

—¿Y qué pasó?

—Aquel mismo día, mi padre puso a Homaira y a su familia en un camión y los expulsó de Hazarajat. Nunca volví a verla.

—Lo siento —dije.

—Probablemente fue lo mejor —repuso Rahim Kan encogiéndose de hombros—. Habría sufrido. Mi familia nunca la habría aceptado como a una igual. Es imposible ordenarle un día a alguien que te lustre los zapatos y al siguiente llamarlo hermano. —Me miró—. Ya lo sabes, Amir, puedes contarme todo lo que quieras. En cualquier momento.

—Lo sé —dije, inseguro.

Estuvo observádome mucho rato, como si estuviese esperando algo. Sus insondables ojos negros buscaban un secreto impronunciable entre nosotros. Estuve a punto de explicárselo, de explicárselo todo, pero ¿qué habría pensado de mí? Me habría odiado, y con razón.

—Ten. —Me entregó una cosa—. Casi se me olvida. Feliz cumpleaños. —Era un cuaderno con las tapas de piel marrón. Repasé con los dedos las puntadas doradas de los bordes. Aspiré el aroma de la piel—. Para tus historias —dijo. Iba a darle las gracias cuando se produjo una explosión y unas luces iluminaron el cielo.

—¡Fuegos artificiales!

Regresamos corriendo a casa y encontramos a todos los invitados congregados en el patio, mirando hacia el cielo. Los niños reían y gritaban con cada nueva explosión. La gente estallaba en aplausos cada vez que los cohetes silbaban y estallaban formando racimos de fuego. Cada pocos segundos el jardín quedaba iluminado por repentinas ráfagas de rojo, verde y amarillo.

Entonces, en uno de aquellos breves estallidos de luz, vi algo que jamás olvidaré: Hassan, con una bandeja de plata, sirviendo refrescos a Assef y Wali. La luz parpadeó, se produjo un silbido y una explosión, y luego un nuevo resplandor de luz anaranjada: Assef sonreía y le daba a Hassan un golpecito en el pecho con el nudillo.

Después, por suerte, la oscuridad.

9

A la mañana siguiente, sentado en el suelo de mi habitación, me dediqué a abrir, caja tras caja, los regalos. No sé por qué me molesté en hacerlo, pues me limitaba a echarles una ojeada indiferente y a lanzarlos a un rincón. El montón iba creciendo: una cámara Polaroid, una radio, un sofisticado tren eléctrico... y varios sobres cerrados con dinero en metálico. Sabía que nunca gastaría ese dinero ni escucharía la radio, y que el tren eléctrico nunca correría por sus vías en mi habitación. No quería nada de aquello, todo era dinero manchado de sangre. Además, Baba jamás me habría preparado una fiesta como aquélla si no hubiese ganado el concurso.

Baba me hizo dos regalos. Uno de ellos lo tenía todo para convertirse en la envidia de los niños del vecindario: una Schwinn Stingray, la reina de las bicicletas. Sólo un puñado de niños de Kabul tenían una Stingray nueva, y yo era ya uno de ellos. Tenía el manillar elevado, con las empuñaduras de cuero negro y su famoso sillín en forma de banana. Los radios eran dorados, y el cuadro de color rojo, como una manzana de caramelo. O como la sangre. Otro niño habría saltado de inmediato sobre la bicicleta y se habría ido a dar una vuelta derrapando. Yo habría hecho lo mismo unos meses atrás.

—¿Te gusta? —me preguntó Baba, asomando la cabeza por la puerta de mi dormitorio.

Le sonreí con timidez y le di rápidamente las gracias. Deseaba haber podido mostrarme más efusivo.

—Podríamos salir a dar una vuelta —dijo Baba. Una invitación, aunque poco entusiasta.

—Tal vez más tarde. Estoy un poco cansado —repliqué.

—Bien —dijo Baba.

—¿Baba?

—¿Sí?

—Gracias por los fuegos artificiales —dije. Agradecimiento, pero poco entusiasta.

—Descansa un poco —dijo Baba encaminándose hacia su habitación.

El otro regalo de Baba, y esta vez no se quedó a esperar a que lo abriese, era un reloj. Tenía la esfera azul y manecillas doradas en forma de saetas luminosas. Ni siquiera me lo probé. Lo dejé entre los juguetes del rincón. El único regalo que no arrojé al montón fue el cuaderno con tapas de piel de Rahim Kan. Lo tenía en mi vestidor. Eso era lo único que no me parecía dinero manchado de sangre.

Me senté en el borde de la cama con el cuaderno entre las manos, pensando en lo que Rahim Kan me había contado sobre Homaira y en su convicción de que lo que había hecho su padre había sido acertado. «Habría sufrido.» Igual que sucedía cuando el proyector de Kaka Homayoun se quedaba atascado en una misma diapositiva, esa misma imagen seguía centelleando en mi cabeza una y otra vez: Hassan, con la cabeza gacha, sirviendo refrescos a Assef y Wali. Tal vez fuera lo mejor. Reducir su sufrimiento. Y también el mío. Fuera como fuera, estaba claro: uno de los dos tenía que marcharse.

A última hora de la tarde cogí la Schwinn para derrapar con ella por primera y última vez. Di dos vueltas a la manzana y regresé a casa. Cuando llegué al camino de acceso al jardín trasero, vi a Hassan y a Alí atareados limpiando los restos de la fiesta de la noche anterior. El jardín estaba inundado de vasos de papel, servilletas arrugadas y botellas vacías de refresco. Alí plegaba las sillas y las colocaba junto a la pared. Me vio y me saludó.

—*Salaam*, Alí —dije, devolviéndole el saludo.

Levantó un dedo para pedirme que esperase y se dirigió a su vivienda. Un instante después, salió de nuevo con algo en las manos.

—Anoche ni Hassan ni yo tuvimos la oportunidad de darte esto —dijo, entregándome un paquete—. Es modesto y no es digno de ti, Amir *agha*. Pero esperamos que te guste. Feliz cumpleaños.

Se me hizo un nudo en la garganta.

—Gracias, Alí —contesté. Deseaba que no me hubiesen comprado nada. Abrí el paquete y me encontré con un *Shahnamah* nuevo, una edición de tapa dura con ilustraciones en color. Allí estaba Ferangis contemplando a su hijo recién nacido, Kai Khosrau. Y Afrasiyab, montado a lomos de su caballo, al frente de su ejército, armado con la espada. Y naturalmente, Rostam, inflingiendo la herida mortal a su hijo, el guerrero Sohrab—. Es bonito —añadí.

—Hassan dijo que el que tenías estaba viejo y roto y que le faltaban algunas páginas. Éste tiene todos los dibujos hechos a mano, con pluma y tinta —me explicó orgulloso, hojeando el libro que ni él ni su hijo podían leer.

—Es precioso —comenté. Y lo era. Y, me imaginaba, nada barato. Quería decirle a Alí que no era el libro, sino yo, el que no era digno. Salté de nuevo a la bicicleta—. Dale las gracias a Hassan de mi parte.

Acabé sumando el libro a la pila de regalos del rincón de mi dormitorio. Pero mi mirada volvía a él una y otra vez, así que lo enterré en el fondo. Aquella noche, antes de acostarme, le pregunté a Baba si había visto por algún lado mi reloj nuevo.

A la mañana siguiente esperé en mi habitación a que Alí despejara la mesa del desayuno en la cocina. Esperé a que lavara los platos y limpiara las encimeras. Me aposté en la ventana del dormitorio y esperé a que Alí y Hassan saliesen a hacer las compras al bazar empujando sus carritos vacíos.

Entonces fui al montón de regalos, cogí el reloj y un par de los sobres que contenían dinero y salí de puntillas. Al pasar por delante del despacho de Baba me detuve a escuchar. Había estado toda la mañana allí encerrado, haciendo llamadas. En esos momentos hablaba con alguien sobre un cargamento de alfombras que debía llegar la semana siguiente. Bajé las escaleras, atravesé el jardín y entré en la vivienda de Alí y Hassan, que estaba situada junto al níspero. Levanté el colchón de Hassan y deposité allí mi reloj nuevo y un puñado de billetes afganos.

Esperé media hora más. Pasado ese tiempo, llamé a la puerta del despacho de Baba y le conté la que esperaba que fuese la última de una larga lista de mentiras vergonzosas.

A través de la ventana de mi habitación, vi que Alí y Hassan llegaban por el camino de entrada empujando las carretillas cargadas de carne, *naan*, fruta y verduras. Vi a Baba salir de casa y encaminarse hacia Alí. Sus bocas articulaban palabras que yo no podía oír. Baba señaló en dirección a la casa y Alí asintió. Se separaron. Baba entró de nuevo en casa y Alí siguió a Hassan hacia el interior de su choza.

Unos instantes después, Baba llamaba a mi puerta.

—Ven a mi despacho —dijo—. Vamos a sentarnos todos y a solucionar este tema.

Entré en el despacho de Baba y tomé asiento en uno de los sofás de piel. Hassan y Alí tardaron media hora o más en llegar.

Habían estado llorando los dos; era fácil de adivinar, porque llegaron con los ojos rojos e hinchados. Se colocaron frente a Baba, cogidos de la mano, y me pregunté cómo era posible que yo hubiera sido capaz de provocar un dolor como aquél.

Baba se adelantó y preguntó:

—Hassan, ¿has robado ese dinero? ¿Has robado también el reloj de Amir?

La respuesta de Hassan fue una única palabra, pronunciada con voz ronca y débil:

—Sí.

Me encogí, como si acabaran de darme un bofetón. Me dio un vuelco el corazón y a punto estuve de soltar la verdad. Entonces lo comprendí: se trataba del sacrificio final que Hassan hacía por mí. De haber respondido que no, Baba le hubiese creído porque todos sabíamos que Hassan no mentía nunca. Y si Baba lo creía, entonces el acusado sería yo; tendría que explicarlo y saldría a la luz lo que yo era en realidad. Baba jamás me perdonaría. Y eso llevaba a otra conclusión: Hassan lo sabía. Sabía que yo lo había visto todo en el callejón y que me había quedado allí sin hacer nada. Sabía que lo había traicionado y a pesar de ello me rescataba una vez más, quizá la última. En ese momento lo quería, lo quería más que nunca querría a nadie, y deseaba decirles a todos que yo era la serpiente en la hierba, el monstruo en el lago. No merecía su sacrificio; yo era un mentiroso, un tramposo y un ladrón. Y lo habría dicho, pero una parte de mí se alegraba. Se alegraba de que todo aquello fuera a acabar pronto. Baba los despediría, habría un poco de sufrimiento, pero la vida continuaría. Y eso quería yo, continuar, olvidar, hacer borrón y cuenta nueva. Quería poder respirar de nuevo.

Pero Baba me sorprendió cuando dijo:

—Te perdono.

¿Perdonar? Pero si el robo era el pecado imperdonable, el denominador común de todos los pecados. «Cuando matas a un hombre, le robas la vida. Le robas el marido a una esposa y el padre a unos hijos. Cuando mientes, robas al otro el derecho a la verdad. Cuando engañas, robas el derecho a la equidad. No existe acto más miserable que el robo.» ¿No me había sentado Baba en sus rodillas y me había dicho esas palabras? Entonces, ¿cómo podía perdonar a Hassan? Y si Baba podía perdonar aquello, entonces ¿por qué no podía perdonarme a mí por no ser el hijo que siempre había querido? ¿Por qué...?

—Nos vamos, *agha Sahib* —dijo Alí.

—¿Qué? —dijo Baba. El color le desapareció de la cara.

—No podemos seguir viviendo aquí —contestó Alí.

—Pero lo he perdonado, Alí, ¿no lo has oído? —dijo Baba.

—La vida aquí resulta imposible para nosotros, *agha Sahib*. Nos vamos.

Alí arrastró a Hassan hacia él y lo rodeó por el hombro. Era un gesto de protección y yo sabía de quién estaba protegiéndolo. Alí me miró y en su mirada fría e implacable vi que Hassan se lo había contado. Se lo había contado todo, lo que Assef y sus amigos le habían hecho, lo de la cometa, lo mío. Por extraño que parezca, me alegraba de que alguien supiese lo que yo era realmente; estaba cansado de disimular.

—No me importan ni el dinero ni el reloj —dijo Baba con los brazos abiertos y las palmas de las manos hacia arriba—. No comprendo por qué... ¿Qué quieres decir con eso de imposible?

—Lo siento, *agha Sahib*, pero ya hemos hecho las maletas. Hemos tomado una decisión.

Baba se puso en pie. El dolor ensombrecía su semblante.

—Alí, ¿no te he proporcionado siempre todo lo que has necesitado? ¿No he sido bueno contigo y con Hassan? Eres el hermano que nunca tuve, Alí, lo sabes. No te vayas, por favor.

—No hagas esto más difícil de lo que ya es, *agha Sahib* —dijo Alí.

Ladeó la boca y, por un instante, creí ver una mueca. En ese momento comprendí la profundidad del sufrimiento que yo había provocado, la oscuridad del dolor que yo había acarreado a todo el mundo, un pesar tan grande que ni la cara paralizada de Alí podía enmascarar. Me obligué a mirar a Hassan, pero tenía la cabeza agachada, los hombros hundidos y se enroscaba en el dedo un hilo que colgaba del dobladillo de su camisa.

Baba suplicaba.

—Dime al menos por qué. ¡Necesito saberlo!

Alí no se lo dijo a Baba, igual que no protestó cuando Hassan confesó el robo. Nunca sabré por qué, pero podía imaginármelos a los dos en la penumbra de su pequeña choza, llorando, y a Hassan suplicándole que no me delatara. Resulta difícil imaginar el control que debió de necesitar Alí para mantener la promesa.

—¿Nos llevarás hasta la estación de autobuses?

—¡Te prohíbo que te vayas! —vociferó Baba—. ¿Me has oído? ¡Te lo prohíbo!

—Con todos mis respetos, no puedes prohibirme nada, *agha Sahib* —dijo Alí—. Ya no trabajamos para ti.

—¿Adónde iréis? —le preguntó Baba con la voz rota.

—A Hazarajat.

—¿Con tu primo?

—Sí. ¿Nos llevarás a la estación de autobuses, *agha Sahib*?

Entonces vi a Baba hacer algo que nunca le había visto hacer: lloró. Me asustó un poco ver sollozar a un hombre adulto. Se suponía que los padres no lloraban.

—Por favor —dijo Baba, pero Alí se encaminaba hacia la puerta y Hassan seguía sus pasos.

Nunca olvidaré la forma en que Baba pronunció aquellas palabras, el dolor de su súplica, el miedo.

Era muy excepcional que lloviese en Kabul en verano. El cielo azul se mantenía allá a lo lejos y el sol era como un hierro candente que te abrasaba la nuca. Los riachuelos donde Hassan y yo jugábamos a tirar piedras durante la primavera se habían secado y los cochecitos de transporte tirados por hombres o muchachos levantaban polvo a su paso. La gente acudía a las mezquitas al mediodía para rezar sus diez *rakats* y luego se retiraba al cobijo de cualquier sombra para sestear a la espera de la llegada del frescor del atardecer. El verano significaba largas jornadas de colegio sudando en el interior de aulas llenas y poco ventiladas, aprendiendo a recitar *ayats* del Corán y luchando contra esas palabras árabes tan extrañas que te hacían retorcer la lengua. Significaba cazar moscas con la mano mientras el *mullah* hablaba con monotonía y una brisa caliente traía el olor a excrementos procedente del cobertizo que había en un extremo del patio y levantaba el polvo junto al desvencijado y solitario aro de baloncesto.

Pero la tarde en que Baba acompañó a Alí y Hassan a la estación llovía y rugían los truenos. En cuestión de minutos, la lluvia empezó a descargar con fuerza. El sonido constante del agua inflamaba mis oídos.

Baba se ofreció a llevarlos personalmente hasta Bamiyan, pero Alí se negó. A través de la ventana empañada de mi habitación, observé a Alí cargando en el coche de Baba, que aguardaba en el exterior, junto a la verja, una solitaria maleta donde cabían todas sus pertenencias. Hassan llevaba a la espalda su colchón, bien enrollado y atado con una cuerda. Había dejado sus juguetes en la cabaña vacía... Los descubrí al día siguiente, amontonados en un rincón igual que los regalos de cumpleaños en mi habitación.

Las gotas de lluvia se deslizaban por los cristales de la ventana. Vi a Baba cerrar de un portazo el maletero. Empapado, se dirigió al lado del conductor. Se inclinó y le dijo algo a Alí, que iba sentado en el asiento de atrás. Tal vez estuviera quemando el último cartucho para tratar de que cambiara de idea. Estuvieron un rato hablando mientras Baba, encorvado y con un brazo sobre el techo del vehículo, se empapaba. Cuando se enderezó, adiviné por la línea de sus hombros hundidos que la vida que yo había conocido hasta entonces se había acabado. Baba entró en el coche. Las luces delanteras se encendieron y recortaron en la lluvia dos halos gemelos de luz. Como si de una de esas películas hindúes que Hassan y yo solíamos ver se tratara, ésa era la parte donde yo debía salir corriendo, chapoteando con los pies desnudos en el agua. Perseguiría el coche dando gritos para que se detuviese. Sacaría a Hassan del asiento de atrás y, con unas lágrimas que se confundirían con la lluvia, le diría que lo sentía mucho y los dos nos abrazaríamos bajo el aguacero. Pero aquello no era una película hindú. Lo sentía, pero ni lloré ni salí corriendo. Contemplé el coche de Baba tomando la curva y llevándose con él a la persona cuya primera palabra no fue otra que mi nombre. Antes de que Baba girara hacia la izquierda en la esquina donde tantas veces habíamos jugado a las canicas, capté una imagen final y borrosa de Hassan hundido en el asiento de atrás.

Retrocedí y lo único que vi ya fueron las gotas de lluvia en los cristales de las ventanas, que parecían plata fundida.

10

Marzo de 1981

Enfrente de nosotros había sentada una mujer joven. Llevaba un vestido de color verde oliva y un chal negro en la cabeza para protegerse del frío de la noche. Cada vez que el camión daba una sacudida o tropezaba con un bache, se ponía a rezar. Su «*Bismillah!*» resonaba a cada salto o movimiento brusco del camión. Su marido, un hombre corpulento vestido con bombachos y tocado con un turbante azul celeste, acunaba a un bebé en un brazo mientras con la mano libre pasaba las cuentas de un rosario. Sus labios recitaban en silencio una oración. Había más personas, una docena en total, incluyéndonos a Baba y a mí, que íbamos sentados a horcajadas sobre nuestras maletas, apretujados contra desconocidos en la caja cubierta por una lona de un viejo camión ruso.

Yo tenía las tripas revueltas desde que habíamos salido de Kabul a las dos de la mañana. Baba nunca me lo mencionó, pero yo sabía que consideraba mis mareos en coche otra de mis muchas debilidades. Lo vi reflejado en su cara las dos veces en que mi estómago se cerró de tal manera que no me quedó más remedio que devolver. Cuando el tipo corpulento (el marido de la mujer que rezaba) me preguntó si estaba mareándome, le respondí que tal vez sí. Baba apartó la vista. El hombre levantó la esquina de la lona y le gritó al conductor que parara. Pero el conductor, Karim, un escuálido hombre de piel oscura con facciones que recordaban las de un gavilán y un bigote tan fino que parecía dibujado a lápiz, sacudió la cabeza negativamente.

—Estamos demasiado cerca de Kabul —gritó a modo de respuesta—. Dile que se aguante.

Baba gruñó algo entre dientes. Me habría gustado decirle que lo sentía, pero de repente me di cuenta de que empezaba a salivar, que notaba el típico sabor a bilis. Me volví, levanté el toldo y vomité sobre el lateral del camión en marcha. Detrás de mí, Baba se disculpaba con los demás pasajeros. Como si marearse fuera un crimen. Como si uno no pudiera marearse a los dieciocho años. Devolví dos veces más hasta que Karim decidió detenerse, principalmente para que no le manchara el vehículo, su medio de vida. Karim era contrabandista de personas, un negocio lucrativo en aquel entonces que consistía en transportar a gente desde el Kabul ocupado por los *shorawi* hasta la seguridad relativa que ofrecía Pakistán. Nos dirigíamos a Jalalabad, a ciento setenta kilómetros al sudeste de Kabul, donde nos esperaba su hermano, Toor, que disponía de un camión más grande, ocupado ya por un segundo convoy de refugiados y que nos conduciría por el paso de Khyber hasta Peshawar.

Cuando Karim se detuvo a un lado de la carretera, nos encontrábamos a pocos kilómetros al oeste de las cataratas de Mahipar. Mahipar, que significa «pez volador», era una cima elevada con un precipicio que dominaba la planta hidroeléctrica que los alemanes habían construido para Afganistán en 1967. Baba y yo habíamos subido en coche hasta la cima en incontables ocasiones de camino a Jalalabad, la ciudad de los cipreses y los campos de caña de azúcar donde los afganos pasaban las vacaciones de invierno.

Salté por la parte trasera del camión y fui dando tumbos por el terraplén que había junto a la carretera. Tenía la boca llena de saliva, un aviso de lo que estaba a punto de producirse. Avancé dando tumbos hasta un lugar desde el cual se veía un profundo valle que en aquel momento estaba sumido en la oscuridad. Me encorvé, apoyé las manos en las rodillas y esperé a que llegara la bilis. Una rama se partió en algún lugar y ululó una lechuza. El viento, suave y frío, chasqueaba entre las ramas y agitaba los arbustos que salpicaban la loma. Abajo se oía el débil sonido del agua deslizándose por el valle.

En el arcén de aquella carretera pensé en cómo habíamos abandonado la casa donde había vivido toda mi vida, como si nos marcháramos un momento: los platos manchados de *kofta*, apilados en el fregadero de la cocina; la colada, en la cesta de mimbre del vestíbulo; las camas por hacer; los trajes de Baba, colgados en el armario. Los tapices cubriendo las paredes del salón y los libros de mi madre abarrotando las estanterías del despacho de Baba. Los signos de nuestra fuga eran sutiles: había desaparecido la fotografía de la boda de mis padres, así como la fotografía borrosa de mi abuelo y el sha Nader junto al ciervo muerto. En los armarios faltaban unas pocas prendas. También había desaparecido el cuaderno con tapas de piel que me había regalado Rahim Kan cinco años atrás.

Por la mañana, Jalaluddin (nuestro séptimo criado en cinco años) pensaría seguramente que habíamos salido a dar un paseo a pie o en coche. No se lo habíamos dicho. En Kabul ya no se podía confiar en nadie. A cambio de dinero, o bajo la presión de las amenazas, la gente se delataba entre sí, el vecino al vecino, el hijo al padre, el hermano al hermano, el criado al amo, el amigo al amigo. Pensé en el cantante Ahmad Zahir, que había tocado el acordeón en la fiesta de mi decimotercer cumpleaños. Salió a dar una vuelta en coche con unos amigos y después encontraron su cuerpo arrojado en una cuneta con una bala en la nuca. Los *rafiqs*, los camaradas, estaban por todas partes y habían dividido Kabul en dos grupos: los que escuchaban a escondidas y los que no. Lo malo era que nadie sabía quién pertenecía a cuál. Un comentario casual al sastre mientras te tomaba medidas para cortarte un traje podía hacerte aterrizar en las mazmorras de Poleh-Charkhi. Una queja al carnicero sobre el toque de queda, y en un abrir y cerrar de ojos te encontrabas entre rejas y con los ojos clavados en la boca de un Kalashnikov. Incluso en la intimidad de sus casas, la gente hablaba de manera calculada. Los *rafiqs* se encontraban también en las aulas; habían enseñado a los niños a espiar a sus padres, qué escuchar y a quién contárselo.

¿Qué hacía yo en aquella carretera en plena noche? Debía estar acostado, bajo mis sábanas, con un libro de páginas manoseadas a mi lado. Aquello tenía que ser un sueño. Tenía que serlo. Al día siguiente por la mañana me levantaría y me asomaría a la ventana: nada de soldados rusos malhumorados patrullando por las aceras, nada de tanques circulando arriba y abajo por las calles de mi ciudad, con sus torretas girando como dedos acusadores; nada de cascotes, nada de toques de queda, nada de vehículos de transporte de tropas rusas zigzagueando por los bazares. Entonces, detrás de mí, escuché a Baba y a Karim discutiendo sobre el plan para cuando llegáramos a Jalalabad mientras fumaban un cigarrillo. Karim tranquilizaba a Baba diciéndole que su hermano tenía un camión grande de «primera calidad» y que la caminata hasta Peshawar sería un paseo. «Podría llevaros hasta allí con los ojos cerrados», dijo Karim. Escuché por encima cómo le explicaba a Baba que él y su hermano conocían a los soldados rusos y afganos que estaban apostados en los puestos de control y que habían llegado a un acuerdo «provechoso para ambas partes». Aquello no era un sueño. A modo de indicación, nos sobrevoló de repente un Mig. Karim arrojó el cigarrillo y sacó una pistola del cinturón. Apuntó hacia el cielo y, simulando que disparaba, escupió y maldijo al Mig.

Me pregunté dónde estaría Hassan. Luego lo inevitable. Vomité sobre una maraña de malas hierbas. Las náuseas y los ruidos de las arcadas quedaron amortiguados por el rugido ensordecedor del Mig.

Veinte minutos después nos deteníamos en el puesto de control de Mahipar. El conductor dejó el camión en punto muerto y saltó del vehículo para saludar a las voces que se aproximaban. La gravilla crujía bajo sus pies. Se produjo un intercambio de palabras, breve y en voz baja. Un encendedor parpadeó.

—*Spasseba*.

Otro parpadeo de encendedor. Alguien rió, y el sonido estridente de aquella risotada me hizo pegar un salto. La mano de

Baba me sujetó la pierna con firmeza. El hombre que reía se puso a cantar, con un marcado acento ruso, una versión calumniosa y desentonada de una antigua canción de boda afgana. *«Ahesta boro, Mah-e-man, ahesta boro»*, ve despacio, encantadora luna, ve despacio.

Un taconeo de botas en el asfalto. Alguien abrió la cubierta de lona por la parte trasera del camión y asomaron tres caras. Una era la de Karim; los otros dos eran de soldados, uno afgano y el otro un ruso sonriente con cara de bulldog y un cigarrillo en la comisura de la boca. Tras ellos se veía una luna color hueso en el cielo. Karim y el soldado afgano intercambiaron brevemente unas palabras en pastún. Pude entender algo de lo que decían... Hablaban sobre Toor y su mala suerte. El soldado ruso introdujo la cabeza en la parte trasera del camión. Era él quien tarareaba la canción de boda y seguía el ritmo golpeando con un dedo el filo de la portezuela. Incluso bajo la tenue luz de la luna fui capaz de ver el brillo vidrioso de sus ojos mientras examinaba a todos los pasajeros. El sudor le resbalaba por las cejas, a pesar del frío. Su mirada se detuvo en la mujer joven del chal negro. Se dirigió en ruso a Karim sin quitarle a ella los ojos de encima. Karim le respondió lacónicamente y el soldado le replicó de una manera más lacónica aún. El soldado afgano dijo también algo en voz baja y conciliadora. Pero el soldado ruso gritó algo que hizo que los otros dos se encogieran. Yo notaba cómo Baba, a mi lado, iba poniéndose tenso. Karim tosió para aclararse la garganta y bajó la cabeza. Dijo que el soldado quería pasar media hora con la mujer en la parte trasera del camión.

La joven se tapó la cara con el chal y rompió a llorar. El pequeño, sentado en el regazo de su marido, rompió a llorar también. La cara del marido estaba tan pálida como la luna en el cielo. Le dijo a Karim que le pidiera al «señor soldado *sahib*» que tuviera un poco de piedad, que tal vez tuviera una hermana o una madre, que tal vez tuviera también una esposa. El ruso escuchó a Karim y escupió una retahíla de palabras.

—Es su precio por dejarnos pasar —dijo Karim. No se atrevía a mirar al esposo a los ojos.

—El precio lo hemos pagado. Él recibe ya un buen dinero —replicó el marido. Karim y el soldado ruso volvieron a hablar.

—Dice..., dice que cualquier precio tiene su impuesto.

Ahí fue cuando Baba se puso en pie. Era mi turno de sujetarle con firmeza la pierna, pero Baba se soltó enseguida y la apartó. Al levantarse, eclipsó la luna.

—Quiero preguntarle una cosa a este hombre —dijo Baba. Se lo dijo a Karim, pero tenía la mirada fija en el soldado ruso—. Pregúntale dónde tiene la vergüenza.

Hablaron.

—Dice que esto es la guerra. Que en la guerra no hay vergüenza.

—Dile que se equivoca. Que la guerra no niega la decencia. Que la exige, más incluso que en tiempos de paz.

«¿Tienes que ser siempre el héroe? —pensé con el corazón palpitante—. ¿No puedes dejarlo correr aunque sea sólo por una vez?» Pero sabía que no podía..., era su forma de ser. El problema era que su forma de ser iba a acabar con todos nosotros.

El soldado ruso le dijo algo a Karim esbozando una sonrisa.

—*Agha Sahib* —dijo Karim—, estos *roussi* no son como nosotros. No comprenden nada sobre el respeto y el honor.

—¿Qué ha dicho?

—Dice que metiéndote una bala disfrutará casi tanto como...

Karim se interrumpió, pero hizo un gesto con la cabeza en dirección a la mujer que había encandilado al guardia. El soldado apagó el cigarrillo sin terminarlo y desenfundó su pistola.

«O sea, que aquí es cuando muere Baba —pensé—. Así es como va a suceder.» Recité mentalmente una oración que había aprendido en el colegio.

—Dile que me llevaré un millar de sus balas antes que permitir que se produzca esta indecencia —dijo Baba.

Mi mente regresó a aquel invierno de hacía seis años. Yo observaba el callejón desde la esquina. Kamal y Wali sujetaban a Hassan. Los músculos de las nalgas de Assef se tensaban y se destensaban, sus caderas se movían hacia delante y hacia atrás. Vaya héroe había sido yo, preocupándome por la cometa. A veces, también yo me preguntaba si era realmente hijo de Baba.

El ruso con cara de bulldog levantó el arma.

—Baba, siéntate, por favor —dije, tirándole de la manga—. Creo que piensa dispararte en serio.

Baba me apartó la mano.

—¿Es que no te he enseñado nada? —me espetó, y se volvió hacia el sonriente soldado—. Dile que es mejor que me mate al primer disparo. Porque, si no caigo, lo voy a hacer pedazos. ¡Maldito sea su padre!

Mientras escuchaba la traducción, la sonrisa del soldado ruso no se desvaneció en ningún momento. Desactivó el dispositivo de seguridad de la pistola y apuntó hacia el pecho de Baba. Sentía que el corazón me golpeaba en la garganta. Me tapé la cara con las manos.

La pistola rugió.

«Ya está hecho. Tengo dieciocho años y estoy solo. No tengo a nadie en el mundo. Baba ha muerto y ahora tengo que enterrarlo. ¿Dónde lo entierro? ¿Adónde voy después?»

Pero el torbellino de pensamientos que rodaba en mi cabeza se detuvo repentinamente cuando abrí los ojos y vi a Baba todavía allí. Vi también a un oficial ruso que se había unido al grupo. Del cañón de su pistola vuelta hacia arriba salía humo. El soldado que pretendía matar a Baba había enfundado su arma y caminaba arrastrando los pies. Nunca había sentido con más fuerza la sensación de querer reír y llorar a la vez.

El oficial ruso, robusto y de pelo canoso, se dirigió a nosotros, expresándose en un mal farsi, y pidió disculpas por el comportamiento de su camarada.

—Los envían aquí a luchar —dijo—, pero no son más que niños y, cuando llegan aquí, descubren el placer de las drogas. —Dirigió al joven soldado la mirada arrepentida de un padre exasperado por el mal comportamiento de su hijo—. Éste se ha enganchado a la droga. Yo intento evitarlo, pero... —añadió, y luego hizo un gesto a modo de despedida.

Instantes después nos marchábamos. Oí una carcajada y luego la voz del soldado, calumniosa y desentonada, cantando la antigua canción de boda.

Avanzamos en silencio durante unos quince minutos antes de que el marido de la mujer joven se pusiera repentinamente en pie e hiciera algo que había visto hacer a muchos otros antes que a él: besar la mano de Baba.

La mala suerte de Toor. ¿No había oído hablar de eso en un retazo de conversación allí en Mahipar?

Entramos en Jalalabad una hora antes de que amaneciera. Karim nos hizo bajar rápidamente del camión y entramos en una casa de una planta situada en el cruce de dos caminos de tierra flanqueados por casas bajas, acacias y tiendas cerradas. Me subí el cuello del abrigo para protegerme del frío y arrastramos nuestras pertenencias al interior. Por algún motivo, recuerdo el olor a rábanos.

Una vez dentro de un salón vacío y escasamente iluminado, Karim cerró con llave la puerta principal y corrió las sábanas andrajosas que pasaban por cortinas. Luego respiró hondo y nos dio las malas noticias: su hermano Toor no podía llevarnos a Peshawar. Según nos explicó, la semana anterior se le había quemado el motor del camión y todavía estaba esperando que llegaran las piezas de recambio.

—¡La semana pasada! —exclamó alguien—. Si lo sabías, ¿por qué nos has traído hasta aquí?

Capté por el rabillo del ojo un movimiento nervioso. Luego vi algo borroso que atravesaba la habitación como un rayo y lo siguiente que vi fue a Karim aplastado contra la pared, con los pies y sus correspondientes sandalias colgando a medio metro de altura del suelo. Alrededor de su cuello, las manos de Baba.

—Te diré por qué —dijo Baba—. Porque así él se ha sacado su tajada del viaje. Eso es lo único que le importa.

Karim articulaba sonidos guturales. Un reguero de saliva le caía por la comisura de la boca.

—Suéltelo, *agha*, está matándolo —dijo uno de los pasajeros.

—Eso es lo que pretendo hacer —replicó Baba.

Lo que ninguno de los presentes sabía era que Baba no bromeaba. Karim estaba poniéndose rojo y daba patadas. Baba siguió asfixiándolo hasta que la joven madre, la que le había gustado al soldado ruso, le suplicó que parase.

Cuando Baba finalmente lo soltó, Karim cayó al suelo dando vueltas en busca de aire. La estancia se quedó en silencio. Hacía menos de dos horas que Baba se había ofrecido voluntario para recibir una bala por salvar la honra de una mujer que ni siquiera conocía, y ahora estrangulaba a un hombre hasta casi producirle la muerte. Y lo habría hecho de no haber sido por las súplicas de esa misma mujer.

Alguien empezó a dar golpes en la puerta. No, no en la puerta, abajo.

—¿Qué es eso? —preguntó alguien.

—Los otros —jadeó Karim, recuperando la respiración—. Están en el sótano.

—¿Cuánto llevan esperando? —dijo Baba, abalanzándose sobre Karim.

—Dos semanas.

—Creí que habías dicho que el camión se estropeó la semana pasada.

Karim se frotó el cuello.

—Puede que fuera la semana anterior —musitó.

—¿Cuánto tiempo tardarán?

—¿Qué?

—¿Cuánto tiempo tardarán en llegar los recambios? —rugió Baba.

Karim se encogió, pero no dijo nada. Me alegré de que estuviera oscuro. No deseaba ver la mirada asesina en la cara de Baba.

. . .

Un hedor a humedad y a moho me subió a la nariz cuando Karim abrió la puerta que conducía al sótano por medio de una inestable escalera. Bajamos en fila. Los peldaños crujían bajo el peso de Baba. En el frío sótano me sentí observado por ojos que centelleaban en la oscuridad. Vi formas acurrucadas por toda la habitación, sus siluetas perfiladas en las paredes por la tenue luz de un par de lámparas de queroseno. Un murmullo recorrió el sótano. Por encima de él, se oía el débil sonido de gotas de agua que caían en algún lugar, y algo más, un sonido chirriante.

Baba suspiró detrás de mí y dejó caer las bolsas.

Karim nos dijo que en un par de días el camión estaría arreglado. Que entonces emprenderíamos camino hacia Peshawar. Hacia la libertad. Hacia la seguridad.

El sótano fue nuestro hogar durante la semana siguiente y a la tercera noche descubrí el origen de los sonidos chirriantes. Ratas.

En cuanto mis ojos se acostumbraron a la oscuridad, conté en el sótano unos treinta refugiados. Nos sentamos hombro con hombro junto a la pared, comimos galletas, pan con dátiles y manzanas. Aquella primera noche todos los hombres rezaron juntos. Uno de los refugiados le preguntó a Baba por qué no se unía a ellos.

—Dios nos salvará. ¿Por qué no le rezas?

Baba aspiró una pizca de rapé y estiró las piernas.

—Lo que nos salvará son ocho cilindros y un buen carburador. —Eso los silenció a todos por lo que al tema de Dios se refiere.

Fue a última hora de aquella primera noche cuando descubrí que dos de las personas que se escondían con nosotros eran Kamal y su padre. Fue impresionante ver a Kamal sentado en el sótano a escasos metros de donde yo estaba. Pero cuando él y su padre se aproximaron a donde nos encontrábamos nosotros y vi su cara, lo vi de verdad...

Se había marchitado..., no había otra palabra para describirlo. Sus ojos me lanzaron una mirada vacía, sin reconocerme en absoluto. Tenía los hombros encorvados y las mejillas hundidas, como si estuvieran demasiado agotadas para permanecer unidas al hueso que había debajo de ellas. Su padre, que había sido propietario de un cine en Kabul, le explicaba a Baba cómo, tres meses antes, una bala perdida le había dado en la sien a su esposa acabando con su vida. Luego le explicó a Baba lo de Kamal. Sólo pude escucharlo a trozos: «Nunca debería haber dejado que fuera solo... Un muchacho tan guapo, ya sabes... Eran cuatro..., intentó defenderse... Dios..., lo cogieron... Sangrando por allí... Los pantalones... No ha hablado más... Siempre está con la mirada fija...»

No habría camión, nos explicó Karim después de permanecer una semana encerrados en aquel sótano infestado de ratas. El camión no podía repararse.

—Pero hay otra posibilidad —dijo Karim, levantando la voz por encima de las quejas. Su primo disponía de un camión cisterna y lo había utilizado en un par de ocasiones para realizar contrabando de personas. Se encontraba en Jalalabad y seguramente cabríamos todos.

Todos decidieron ir excepto una pareja mayor.

Partimos aquella misma noche, Baba y yo, Kamal y su padre y los demás. Karim y su primo, un hombre calvo de cara cuadrada llamado Aziz, nos ayudaron a entrar en el camión cisterna. Uno a uno, subimos a la parte trasera del camión en marcha, subimos por la escalera de acceso y nos deslizamos en el interior de la cisterna. Recuerdo que cuando Baba había subido la mitad de la escalera, saltó de nuevo abajo y sacó la caja de rapé que llevaba en el bolsillo. La vació y cogió un puñado de tierra del camino sin pavimentar. Besó la tierra, la depositó en la caja y guardó ésta en el bolsillo interior de la chaqueta, junto a su corazón.

. . .

Pánico.

Abres la boca. La abres tanto que incluso te crujen las mandíbulas. Ordenas a los pulmones que cojan aire, ahora, necesitas aire, lo necesitas ahora. Pero tus vías respiratorias te ignoran. Se colapsan, se estrechan, se aprietan, y de repente te encuentras respirando a través de una pajita de refresco. La boca se cierra y frunces los labios, y lo único que consigues articular es un grito ahogado. Las manos se agitan y tiemblan. En algún lugar se ha roto una presa y el sudor frío te inunda, empapa tu cuerpo. Quieres gritar. Lo harías si pudieses. Pero para gritar necesitas respirar.

Pánico.

El sótano era oscuro. La cisterna era negra como el carbón. Miré a derecha e izquierda, arriba y abajo, moví las manos ante mis ojos, ni un atisbo de movimiento. Parpadeé, parpadeé de nuevo. Nada. El aire estaba cargado, demasiado espeso, era casi sólido. El aire no es un sólido. Deseaba cogerlo con las manos, romperlo en pequeños pedazos, introducirlos en mi tráquea. Y el olor a gasolina... Me escocían los ojos debido a los vapores, como si alguien me hubiese arrancado los párpados y los hubiese frotado con un limón. Cada vez que respiraba me ardía la nariz. Pensé que en un lugar como ése era fácil morir. Me llegaba un grito. Llegaba, llegaba...

Y entonces un pequeño milagro. Baba me tiró de la manga y en la oscuridad apareció un resplandor verde. ¡Luz! El reloj de Baba. Mantuve los ojos pegados a aquellas manos de color verde fluorescente. Tenía tanto miedo de perderlas que no me atrevía ni a pestañear.

Poco a poco empecé a tomar conciencia de lo que me rodeaba. Oía gemidos y murmullos de oraciones. Oí el llanto de un bebé y el mudo consuelo de su madre. Alguien vomitó. Otro maldijo a los *shorawi*. El camión se balanceaba de un lado a otro, hacia arriba y hacia abajo. Las cabezas golpeaban contra el metal.

—Piensa en algo bueno —me dijo Baba al oído—. En algo feliz.

Algo bueno. Algo feliz. Dejé vagar la mente. Dejé que el recuerdo me invadiera:

Viernes por la tarde en Paghman. Un campo de hierba de color verde manzana salpicado por moreras con el fruto maduro. Estamos Hassan y yo. La hierba nos llega hasta los tobillos. El carrete da vueltas en las manos callosas de Hassan. Nuestros ojos contemplan la cometa en el cielo. No intercambiamos ni una palabra; no porque no tengamos nada que decir, sino porque no es necesario decir nada... Eso es lo que sucede entre personas que mutuamente son su primer recuerdo, entre personas criadas por el mismo pecho. La brisa agita la hierba y Hassan deja rodar el carrete. La cometa da vueltas, baja en picado, se endereza. Nuestras sombras gemelas bailan en la hierba rizada. Más allá del muro de adobe, en el otro extremo del campo, oímos voces y risas y el gorgoteo de una fuente. Y música, algo viejo y conocido, creo que se trata de *Ya Mowlah* tocado al *rubab*. Alguien nos llama desde detrás del muro, dice que es la hora del té y las pastas.

No recordaba muy bien qué mes era, ni siquiera el año. Lo único que sabía era que el recuerdo estaba vivo en mí, un fragmento perfectamente encapsulado de un pasado bueno, una pincelada de color sobre el lienzo gris y árido en que se habían convertido nuestras vidas.

El resto del viaje son retazos dispares de recuerdos que van y vienen, en su mayoría sonidos y olores: aviones Mig rugiendo por encima de nuestras cabezas, el tableteo de las ametralladoras, un asno rebuznando cerca de nosotros, el tintineo de los cencerros y los balidos de las ovejas, la gravilla aplastada bajo las ruedas del camión, un bebé protestando en la oscuridad, el hedor a gasolina, vómitos y mierda...

Lo que recuerdo a continuación es la luz cegadora de primera hora de la mañana al salir de la cisterna de gasolina. Recuerdo volver la cara en dirección al cielo, entornar los ojos y respirar como si el mundo estuviera quedándose sin aire. Me tumbé en un margen del camino de tierra junto a una zanja llena de piedras, miré hacia el cielo gris, dando gracias por aquel aire, dando gracias por aquella luz, dando gracias por estar vivo.

—Estamos en Pakistán, Amir —afirmó Baba. Estaba de pie a mi lado—. Dice Karim que llamará a un autobús para que nos lleve hasta Peshawar.

Me puse bocabajo, sin levantarme del frío suelo, y vi nuestras maletas a ambos lados de los pies de Baba. A través de la uve invertida que formaban sus piernas, vi el camión parado junto a la carretera y a los demás refugiados, que descendían por la escalera trasera. Más allá, la carretera de tierra se deslizaba entre campos que eran como sábanas plomizas bajo el cielo gris hasta que desaparecía detrás de una cadena de montañas sinuosas. El camino pasaba a lo lejos por un pequeño pueblo que se extendía a lo largo de una loma reseca por el sol. Ya echaba de menos Afganistán.

Mi mirada regresó a las maletas. Me producían tristeza, y era por Baba. Después de todo lo que había construido, planificado, de todas las cosas por las que había luchado, se había inquietado, soñado. Ése era el compendio de su vida: un hijo decepcionante y dos maletas.

Alguien gritaba. No, no gritaba. Gemía. Vi a los pasajeros congregados en círculo y escuché la impaciencia de sus voces. Alguien pronunció la palabra «vapores». Alguien la repitió. El gemido se convirtió en un chillido hiriente.

Baba y yo corrimos hacia el montón de mirones y nos abrimos paso entre ellos. El padre de Kamal estaba sentado en medio del círculo con las piernas cruzadas, balanceándose de un lado a otro y besando la cara cenicienta de su hijo.

—¡No respira! ¡Mi hijo no respira! —lloraba. El cuerpo sin vida de Kamal yacía en el regazo de su padre. Su mano derecha, abierta y flácida, se movía al ritmo de los sollozos de su padre—. ¡Mi hijo! ¡No respira! ¡Alá, ayúdalo a respirar!

Baba se arrodilló a su lado y le pasó un brazo por el hombro. Pero el padre de Kamal lo apartó y arremetió contra Karim, que estaba entre el grupo con su primo. Lo que sucedió a continuación fue demasiado rápido y breve para poder calificarlo de pelea. Karim pegó un grito de sorpresa y retrocedió. Vi un brazo que se movía y una pierna que daba una patada. Un instante después, el padre de Kamal tenía en sus manos la pistola de Karim.

—¡No me dispares! —chilló éste.

Pero antes de que cualquiera de nosotros pudiera decir o hacer nada, el padre de Kamal se introdujo el cañón en la boca. Nunca olvidaré el eco de aquel disparo. Ni el destello de luz, ni cómo quedó todo rociado de rojo.

Me encorvé de nuevo y vomité bilis en la cuneta.

11

Fremont, California. Década de los ochenta

A mi padre le encantaba la idea de América.

Y fue la vida en América lo que le provocó la úlcera.

Nos recuerdo a los dos, paseando en Fremont por Lake Elizabeth Park, unas cuantas calles más abajo de donde se encontraba nuestro apartamento, observando cómo los niños jugaban con bates y las niñas reían en los columpios. Durante aquellos paseos, Baba me instruía en política con sus interminables disertaciones.

—En este mundo, Amir, sólo hay tres hombres de verdad —decía. Los contaba con los dedos: América, el salvador inculto, Gran Bretaña e Israel—. El resto... —solía mover la mano y emitir un sonido como «ffft»— son como viejas cotillas.

Lo de Israel levantaba la ira de los afganos de Fremont, que lo acusaban de projudío y, en consecuencia, de antiislámico. Baba se reunía con ellos en el parque para tomar el té con pastel de *rowt* y los volvía locos con su visión política.

—Lo que no comprenden —me dijo en cierta ocasión— es que la religión no tiene nada que ver con todo esto. —Desde el punto de vista de Baba, Israel era una isla de «hombres de verdad» en un océano de árabes demasiado ocupados en engordar a base del petróleo para preocuparse de nada más—. Israel hace esto, Israel hace aquello —decía Baba, empleando en broma un marcado acento árabe—. ¡Entonces haced algo al respecto! Poneos en acción. ¡Vosotros, árabes, ayudad entonces a los palestinos!

Aborrecía a Jimmy Carter, a quien calificaba de «cretino de dientes grandes». En 1980, cuando todavía estábamos en Kabul, Estados Unidos había anunciado su boicot a los Juegos Olímpicos de Moscú.

—¡Caramba! —exclamó, disgustado, Baba—. Breznev está masacrando a los afganos y lo único que sabe decir ese devorador de cacahuetes es que no piensa ir a nadar a su piscina. —Baba creía que, sin quererlo, Carter había hecho más por el comunismo que el mismo Leónidas Breznev—. No está capacitado para gobernar este país. Es como poner a un niño que no sabe montar en bicicleta a seguir la rueda de un Cadillac recién estrenado.

Lo que Estados Unidos y el mundo necesitaban era un hombre duro. Un hombre que se hiciera respetar, alguien que entrara en acción en lugar de lavarse las manos. Ese alguien llegó en la forma de Ronald Reagan. Y cuando Reagan salió en la televisión y calificó a los *shorawi* como «el imperio del mal», Baba salió de inmediato a comprar una fotografía del presidente, sonriendo y con el pulgar hacia arriba indicando que todo iba bien. Enmarcó la fotografía y la colgó en el vestíbulo de casa, justo al lado de la vieja fotografía en blanco y negro en la que aparecía él con su corbata fina estrechándole la mano al sha Zahir. Nuestros vecinos en Fremont eran conductores de autobús, policías, empleados de gasolineras y madres solteras que vivían de la beneficencia, exactamente el tipo de obreros que pronto ahogarían bajo la almohada toda la «reaganomanía» que les pasaban por la cara. Baba era el único republicano del edificio.

Pero la niebla de Bay Area le provocaba escozor en los ojos; el ruido del tráfico, dolor de cabeza; y el polen, tos. La fruta nunca era lo bastante dulce, el agua nunca lo bastante limpia ¿y dónde estaban los árboles y los campos? Estuve dos años intentando que Baba se apuntase a clases para mejorar su mal inglés. Pero se burlaba de la idea.

—Tal vez, cuando supiera pronunciar «gato», el profesor me daría una estrellita brillante para poder correr a casa a enseñártela —murmuraba.

Un domingo de primavera de 1983, entré en una pequeña librería de viejo que había al lado de un cine donde ponían películas hindúes, al oeste del punto donde las vías de Amtrak cruzan Fremont Boulevard. Le dije a Baba que tardaría cinco minutos y se encogió de hombros. Él trabajaba en una gasolinera de Fremont y tenía el día libre. Lo vi desfilar por Fremont Boulevard y entrar en Fast & Easy, una pequeña tienda de ultramarinos regentada por una pareja de vietnamitas ancianos, el señor y la señora Nguyen. Eran personas amables; ella tenía Parkinson y a él lo habían operado de la cadera para ponerle un implante. «Ahora es el hombre de los seis millones de dólares», solía decir ella, con su sonrisa desdentada. «¿Te acuerdas del hombre de los seis millones de dólares, Amir?» Entonces el señor Nguyen fruncía el entrecejo como Lee Majors y fingía que corría a cámara lenta.

Me encontraba hojeando un ejemplar de una novela de misterio de Mike Hammer cuando oí gritos y cristales rotos. Solté el libro y salí precipitadamente a la calle. Vi a los Nguyen detrás del mostrador, pálidos. El señor Nguyen abrazaba a su esposa. En el suelo: naranjas, una estantería de revistas, un bote de cecina de buey roto y fragmentos de cristal a los pies de Baba.

Luego resultó que Baba no llevaba dinero encima para pagar las naranjas. Le hizo un talón al señor Nguyen y éste le pidió un documento de identificación.

—Quiere ver mi documentación —gritó Baba en farsi—. ¡Llevo casi dos años comprándole su condenada fruta y poniéndole dinero en el bolsillo, y el hijo de perra ahora quiere ver mi documentación!

—Baba, no es nada personal —dije, sonriendo a los Nguyen—. Es lógico que quiera verla.

—No lo quiero aquí —dijo el señor Nguyen, dando un paso al frente y protegiendo a su esposa. Apuntaba a Baba con su bastón. Se volvió hacia mí—. Tú eres un joven amable, pero tu padre está loco. Ya no es bienvenido.

—¿Me tiene por un ladrón? —le preguntó Baba, levantando la voz. Se había congregado gente en el exterior para ver qué ocurría—. ¿Qué tipo de país es éste? ¡Nadie confía en nadie!

—Llamaré a la policía —anunció la señora Nguyen asomando la cabeza—. O sale o llamo a la policía.

—Por favor, señora Nguyen, no llame a la policía. Me lo llevaré a casa. No llame a la policía, ¿de acuerdo? Por favor.

—Sí, llévatelo a casa. Buena idea —dijo el señor Nguyen, cuyos ojos, detrás de las gafas bifocales de montura metálica, no se despegaban de Baba.

Acompañé a Baba hacia la puerta. Por el camino le pegó una patada a una revista. Después de hacerle prometer que nunca volvería a entrar allí, volví a la tienda y me disculpé con los Nguyen. Les dije que mi padre estaba pasando por momentos difíciles. Le di a la señora Nguyen nuestro teléfono y nuestra dirección y le dije que evaluara los daños causados.

—Por favor, llámeme en cuanto lo sepan. Lo pagaré todo, señora Nguyen. Lo siento mucho.

La señora Nguyen cogió la hoja de papel y asintió con la cabeza. Vi que le temblaban las manos más de lo normal y eso hizo que me sintiera enfadado con Baba, por conseguir que una anciana temblase de aquella forma.

—Mi padre todavía está adaptándose a la vida en América —añadí a modo de explicación.

Quería decirles que en Kabul utilizábamos una vara como tarjeta de crédito. Hassan y yo íbamos al panadero con la varita. Él hacía una marca con el cuchillo por cada barra de *naan* que apartaba para nosotros de las llamas del *tandoor*. A final de mes, mi padre le pagaba según las marcas que hubiera en la vara. Así de simple. Sin preguntas. Sin documentación.

Pero no lo dije. Le di las gracias al señor Nguyen por no haber llamado a la policía y llevé a Baba a casa. Se fue, de mal humor, a fumar al balcón, mientras yo preparaba arroz con estofado de cuellos de pollo. Había pasado año y medio desde que descendimos del Boeing procedente de Peshawar, y Baba aún estaba adaptándose.

Aquella noche cenamos en silencio. Después de un par de mordiscos, Baba retiró el plato.

Lo miré desde el otro lado de la mesa: tenía las uñas desconchadas y negras por el aceite de motor, y los nudillos pelados, y los olores de la gasolinera (polvo, sudor y combustible) impregnaban su ropa. Baba era como el viudo que vuelve a casarse, pero es incapaz de olvidarse de su esposa muerta. Añoraba los campos de caña de azúcar de Jalalabad y los jardines de Paghman. Añoraba a la gente entrando y saliendo de su casa, añoraba pasear por los bulliciosos callejones del Shor Bazaar y saludar a la gente que le conocía a él y había conocido a su padre, que había conocido a su abuelo, gente que compartía antepasados con él, cuyas vidas se entrelazaban con la suya.

Para mí, América era un lugar donde enterrar mis recuerdos.

Para Baba, un lugar donde llorar los suyos.

—Tal vez deberíamos regresar a Peshawar —dije, con la mirada fija en el cubito de hielo que flotaba en mi vaso de agua. Habíamos pasado seis meses en Peshawar a la espera de que el INS, el Servicio de Inmigración y Naturalización, dependiente del gobierno de Estados Unidos, emitiera nuestros visados. El tenebroso apartamento de un solo dormitorio apestaba a calcetines sucios y excrementos de gato, pero estábamos rodeados de gente que conocíamos... Al menos gente que Baba conocía. Había invitado a cenar a todo el pasillo de vecinos, en su mayoría afganos a la espera de recibir sus visados. Inevitablemente, alguno de ellos llegaría con un conjunto de *tabla* y alguno que otro con un armonio. Prepararían el té y alguien con una voz aceptable cantaría hasta que el sol se pusiera y los mosquitos dejasen de molestar, y aplaudirían hasta que les doliesen las manos.

—Allí eras más feliz, Baba. Era más como estar en casa —dije.

—Peshawar estaba bien para mí. No para ti.

—Aquí trabajas mucho.

—Ahora no estoy tan mal —replicó, refiriéndose a que se había convertido en jefe del turno de día de la gasolinera. Pero yo había observado la mala cara que tenía y cómo se frotaba las muñecas los días húmedos. Y el sudor de su frente cuando después de comer buscaba el bote de los antiácidos—. Además, no vinimos aquí por mí, ¿no?

Estiré un brazo por encima de la mesa y le cogí la mano. Mi mano de estudiante, limpia y suave, sobre su mano de trabajador, áspera y callosa. Pensé en todos los camiones, trenes y bicicletas que me había comprado en Kabul. Y luego América. El último regalo para Amir.

Un mes después de llegar a Estados Unidos, Baba encontró trabajo en Washington Boulevard como empleado en la gasolinera de un conocido afgano (había empezado a buscar trabajo a la semana de nuestra llegada). Seis días a la semana, Baba realizaba turnos de doce horas llenando depósitos de gasolina, encargándose de la caja registradora, cambiando aceite y limpiando parabrisas. A veces, cuando le llevaba la comida, lo encontraba buscando un paquete de tabaco en alguna estantería, ojeroso y pálido bajo la luz de los fluorescentes, y con un cliente esperando en el lado opuesto de aquel mostrador manchado de aceite. El timbre de la puerta sonaba a mi entrada y Baba miraba por encima del hombro, me saludaba con la mano y me sonreía. Tenía los ojos humedecidos por el cansancio.

El mismo día en que lo contrataron, Baba y yo acudimos a nuestra asistente social en San Jose, la señora Dobbins. Se trataba de una mujer obesa, de raza negra. Tenía una mirada risueña y se le formaban hoyuelos al sonreír. Una vez me dijo que cantaba en la iglesia, y yo le creí, pues poseía una voz que me evocaba la leche caliente con miel. Baba depositó el talón de cupones para comida sobre su escritorio.

—Gracias, pero no los quiero —dijo Baba—. Yo siempre trabajo. En Afganistán trabajo, en América trabajo. Muchas gracias, señora Dobbins, pero no me gusta el dinero gratis.

La señora Dobbins pestañeó. Cogió los cupones y nos miró, primero a mí y luego a Baba, como si estuviéramos tramando una travesura o «tendiéndole una trampa», como solía decir Hassan.

—Llevo quince años en este trabajo y nadie había hecho esto —dijo.

Y así fue como Baba acabó con la humillación que le provocaban los cupones de comida al llegar a la caja registradora; de esa manera se deshizo de uno de sus mayores temores: que un afgano lo viera comprando comida con dinero de la beneficencia. Baba salió de aquella oficina como quien ha sido curado de un tumor.

Aquel verano de 1983 me gradué en la escuela superior. Tenía veinte años y, de entre los que aquel día lanzaron el birrete al aire en el campo de fútbol, sin duda era el mayor. Recuerdo que perdí a Baba entre el enjambre de familias, cámaras de fotos y togas azules. Lo encontré cerca de la línea de las veinte yardas, con las manos hundidas en los bolsillos y la cámara colgando sobre el pecho. Aparecía y desaparecía detrás de la multitud que se agitaba entre nosotros: chicas histéricas vestidas de azul que gritaban y lloraban, chicos que presumían entre ellos de sus padres. La barba de Baba empezaba a encanecer y su cabello a clarear en las sienes. ¿No era más alto en Kabul?... Llevaba el traje marrón (su único traje, el que utilizaba para asistir a las bodas y los funerales afganos) y la corbata roja que le había regalado aquel mismo año con motivo de su cincuenta cumpleaños. Entonces me vio y me saludó con la mano. Sonrió. Me hizo señas para que me pusiera el birrete y me hizo una fotografía con la torre del reloj del colegio al fondo. Le sonreí, pues en cierto sentido aquél era más su día que el mío. Se acercó, me rodeó por el cuello con un brazo y me dio un beso en la frente.

—Estoy *moftakhir*, Amir —dijo. Orgulloso. Le brillaron los ojos cuando lo dijo, y me gustó ser el receptor de aquella mirada.

Por la noche me llevó a un restaurante afgano de *kabob*, situado en Hayward, y pidió comida en abundancia. Le explicó al propietario que su hijo iría a la universidad en otoño. Habíamos discutido brevemente ese tema antes de la graduación y yo le había dicho que quería trabajar, ayudar, ahorrar algo de dinero, que ya iría a la universidad el curso siguiente. Pero él me había disparado una de esas miradas que volatilizaban las palabras de mi lengua.

Después de cenar, Baba me llevó a un bar que había enfrente del restaurante. Se trataba de un lugar oscuro cuyas paredes estaban impregnadas del olor acre de la cerveza que tanto me ha disgustado siempre. Hombres con gorras de béisbol se emborrachaban con tanques de cerveza mientras jugaban al billar. Sobre las mesas verdes se cernían nubes de humo de cigarrillos que ascendían formando remolinos hacia la luz de los fluorescentes. Atraíamos las miradas de la concurrencia. Baba, con su traje marrón, y yo, con pantalones planchados con raya y chaqueta deportiva. Nos sentamos en la barra, junto a un anciano cuya cara curtida ofrecía un aspecto enfermizo bajo el resplandor azul del cartel de Michelob que colgaba del techo. Baba encendió un cigarrillo y pidió dos cervezas.

—Esta noche soy muy feliz —anunció a todos y a nadie—. Esta noche bebo con mi hijo. Y otra para mi amigo —dijo, dándole un golpecito en la espalda al anciano. El viejo saludó con la gorra y sonrió. No tenía dientes superiores.

Baba se tomó la cerveza en tres tragos y pidió otra. Se bebió tres antes de que yo acabara a la fuerza una cuarta parte de la mía. Por entonces ya había pedido un whisky para el anciano e invitado a cuatro de los que jugaban al billar con una jarra de Budweiser. La gente le estrechaba la mano y le propinaba golpecitos en la espalda. Todos bebían a su salud. Alguien le dio fuego. Baba se aflojó la corbata, le entregó al anciano un puñado de monedas de veinticinco centavos y señaló en dirección a la máquina de discos.

—Dile que ponga sus canciones favoritas —me dijo.

El anciano asintió con la cabeza y le hizo a Baba una reverencia. La música *country* empezó a sonar al instante y, de esta manera, Baba puso en marcha una fiesta.

En determinado momento, Baba se puso en pie, levantó su cerveza, derramándola sobre el suelo lleno de serrín, y gritó:

—¡Qué se jodan los rusos!

Entonces explotó una carcajada en la barra a la que siguió como un eco la de todo el local. Baba invitó a otra ronda de cervezas a todo el mundo.

Cuando nos fuimos, todos parecían tristes de verlo marchar. Kabul, Peshawar, Hayward. «El viejo Baba de siempre», pensé, sonriendo.

Conduje hasta casa el viejo Buick Century de color ocre de Baba. Él se echó una cabezada por el camino, roncando como un compresor. Olía a tabaco y alcohol, dulce y punzante. En cuanto detuve el coche, se sentó y dijo con voz ronca:

—Continúa hasta el final de la manzana.

—¿Por qué, Baba?

—Tú continúa. —Me hizo aparcar en el extremo sur de la calle. Hurgó en el bolsillo del abrigo y me entregó un juego de llaves—. Ten —dijo, señalando el coche que había aparcado delante del nuestro. Se trataba de un modelo antiguo de Ford, largo y ancho, de un color oscuro que no podía adivinar a la luz de la luna—. Necesita pintura y le pediré a uno de los chicos de la gasolinera que le cambie los parachoques, pero funciona. —Cogí las llaves, asombrado. Lo miré primero a él y luego al coche—. Lo necesitarás para ir a la universidad —dijo.

Le tomé la mano y se la apreté. Se me humedecieron los ojos y agradecí que las sombras nos ocultaran la cara.

—Gracias, Baba.

Salimos y nos sentamos en el Ford. Era un Grand Torino. «Azul marino», dijo Baba. Di una vuelta a la manzana con él para comprobar los frenos, la radio, los intermitentes. Luego lo dejé en el aparcamiento de nuestro edificio y apagué el motor.

—*Tashakor*, Baba *jan* —dije. Deseaba decir algo más, explicarle lo conmovido que me sentía por su amabilidad, lo mucho que apreciaba todo lo que había hecho por mí, todo lo que seguía haciendo. Pero sabía que lo pondría violento—. *Tashakor* —me limité a repetir.

Sonrió y se apoyó en el reposacabezas; la frente le rozaba el techo. No dijimos nada. Nos limitamos a permanecer sentados en la oscuridad, escuchando el tinc-tinc que hacía el motor al enfriarse, el lamento de una sirena a lo lejos. Entonces Baba volvió la cabeza hacia mí.

141

—Me habría gustado que Hassan hubiese estado hoy con nosotros —afirmó.

Un par de manos de acero se cernieron sobre mi garganta al oír mencionar el nombre de Hassan. Bajé la ventanilla. Esperé a que las manos de acero disminuyeran la presión.

El día después de la graduación le dije a Baba que en otoño me matricularía en la universidad para sacarme una diplomatura. Él estaba bebiendo té frío y mascando semillas de cardamomo, su antídoto personal para combatir la resaca.

—Creo que estudiaré lengua —dije. Me estremecí interiormente, a la espera de su respuesta.

—¿Lengua?

—Creación literaria.

Reflexionó un poco. Dio un sorbo de té.

—Cuentos, quieres decir. Escribirás cuentos. —Me miré los pies—. ¿Pagan por eso? ¿Por escribir cuentos?

—Si eres bueno... Y si te descubren.

—¿Cuántas probabilidades hay de que eso ocurra, de que te descubran?

—Sucede a veces.

Movió la cabeza.

—¿Y qué harás mientras esperas a ser bueno y a que te descubran? ¿Cómo ganarás dinero? Si te casas, ¿cómo mantendrás a tu *khanum*?

Me veía incapaz de levantar la vista para enfrentarme a aquello.

—Yo... encontraré un trabajo.

—Oh. *Wah wah.* O sea, que, si lo he entendido bien, estudiarás un par de años para diplomarte y luego buscarás un trabajo *chatti* como el mío, uno que podrías obtener fácilmente hoy mismo, vistas las escasas posibilidades de que algún día tu diplomatura pueda ayudarte a conseguir... que te descubran.

Respiró hondo y dio un nuevo sorbo de té. Luego dijo algo relacionado con la escuela de medicina, de abogacía, y «trabajo de verdad».

Me ardían las mejillas y me inundaba un sentimiento de culpa, la culpa de darme yo mis caprichos a expensas de su úlcera, sus uñas negras y sus doloridas muñecas. Pero decidí mantenerme en mis trece. No quería sacrificarme más por Baba. La última vez que lo había hecho me había maldecido por ello.

Baba suspiró, y esa vez se introdujo en la boca un puñado entero de semillas de cardamomo.

En ocasiones me sentaba al volante de mi Ford, bajaba las ventanillas y conducía durante horas, de East Bay a South Bay, hasta Peninsula, ida y vuelta. Conducía por la cuadrícula de calles flanqueadas por álamos de Virginia de nuestro barrio de Fremont, donde gente que jamás le había estrechado la mano a un rey vivía en humildes casas de una sola planta con ventanas con rejas y donde viejos coches como el mío dejaban manchas de aceite en el asfalto. Los jardines traseros de las casas estaban rodeados de verjas de color gris grafito cerradas con cadenas. Las parcelas de césped delanteras estaban descuidadas y en ellas se amontonaban juguetes, neumáticos desgastados y botellas de cerveza con la etiqueta despegada. Conducía por parques llenos de sombras que olían a corteza de árboles, pasaba junto a hileras de centros comerciales lo bastante grandes para albergar simultáneamente cinco torneos de Buzkashi. Ascendía con el Ford Torino hasta las colinas de Los Altos y me detenía junto a propiedades con ventanales y leones plateados que custodiaban las verjas de hierro forjado, casas con fuentes con querubines que flanqueaban pulidos paseos y sin ningún Ford Torino aparcado en la acera. Casas que convertían la que Baba poseía en Wazir Akbar Kan en una cabaña para los criados.

Algunos sábados por la mañana me levantaba temprano y me dirigía al sur por la autopista diecisiete, para luego ascender renqueando por la sinuosa carretera que atravesaba las montañas hasta llegar a Santa Cruz. Aparcaba junto al viejo faro y contemplaba los bancos de niebla que se levantaban desde el mar poco antes de la salida del sol. En Afganistán sólo había visto el mar en el cine. Sentado en la oscuridad, junto a Hassan, me preguntaba si sería cierto lo que había leído, que el aire del mar olía a salado. Yo le decía a Hassan que algún día pasearíamos por una playa llena de algas, hundiríamos los pies en la arena y veríamos el agua retirándose de nuestros talones. La primera vez que vi el Pacífico casi me eché a llorar. Era tan grande y tan azul como los océanos de las películas de mi infancia.

A veces, a primera hora de la tarde, aparcaba el coche y me subía al paso elevado de una autopista. Presionaba la cara contra la valla y, forzando la vista al máximo, intentaba contar las parpadeantes luces traseras que pasaban por debajo. BMW. Saab. Porsche. Coches que nunca había visto en Kabul, donde la mayoría de la gente conducía Volga rusos, Opel viejos o Paikan iraníes.

Habían pasado casi dos años desde nuestra llegada a Estados Unidos y aún seguía maravillándome el tamaño del país, su inmensidad. Más allá de cualquier autopista había otra autopista, más allá de cualquier ciudad, otra ciudad, colinas más allá de las montañas, y montañas más allá de las colinas, y más allá de éstas, más ciudades y más gente.

Mucho antes de que el ejército *roussi* invadiera Afganistán, mucho antes de que incendiaran los pueblos y destruyeran las escuelas, mucho antes de que se plantasen minas como si de semillas de muerte se tratara y se enterrasen niños en tumbas construidas con un montón de piedras, Kabul se había convertido para mí en una ciudad de fantasmas. Una ciudad de fantasmas de labios leporinos.

América era distinta. América era un río que descendía con gran estruendo, inconsciente del pasado. Y yo podía vadear ese río, dejar que mis pecados se hundieran en el fondo, dejar que las aguas me arrastraran hacia algún lugar lejano. Algún lugar sin fantasmas, sin recuerdos y sin pecados.

Aunque sólo fuera por eso, aceptaba América.

El verano siguiente, el verano de 1984, cuando cumplí los veintiuno, Baba vendió su Buick y compró por quinientos cincuenta dólares un desvencijado autobús Volkswagen del 71 a un antiguo conocido afgano que había sido profesor de ciencias en Kabul. El vecindario entero volvió la cabeza la tarde en que el autobús hizo su entrada en la calle, chisporroteando y echando gases hasta llegar a nuestro aparcamiento. Baba apagó el motor y dejó que el autobús se deslizara en silencio hasta la plaza que teníamos asignada. Nos hundimos en los asientos, nos reímos hasta que nos rodaron las lágrimas por las mejillas y, lo que es más importante, hasta que nos aseguramos de que los vecinos ya no nos miraban. El autobús era una triste carcasa de metal oxidado, las ventanillas habían sido sustituidas por bolsas de basura de color negro, los neumáticos estaban desgastados y la tapicería destrozada hasta el punto de que se veían los muelles. Pero el anciano profesor le había garantizado a Baba que el motor y la transmisión funcionaban, y, en lo que a eso se refería, no le había mentido.

Los sábados Baba me despertaba al amanecer. Mientras él se vestía, yo examinaba los anuncios clasificados de los periódicos de la zona y marcaba con un círculo los de ventas de objetos usados. Luego preparábamos la ruta en el mapa: Fremon, Union City, Newark y Hayward; luego San Jose, Milpitas, Sunnyvale y Campbell, si nos daba tiempo. Baba conducía el autobús y bebía té caliente del termo, y yo lo guiaba. Nos deteníamos en los puestos de objetos usados y comprábamos baratijas que la gente ya no quería. Regateábamos el precio de máquinas de coser viejas, Barbies con un solo ojo, raquetas de tenis de madera, guitarras sin cuerdas o viejos aspiradores Electrolux. A media tarde habíamos llenado de objetos usados la parte trasera del viejo autobús. Después, los domingos por la mañana a primera hora, nos dirigíamos al mercadillo de San Jose, en las afueras de Berryessa, alquilábamos un puesto y vendíamos los trastos a un precio que nos permitía obtener un pequeño beneficio: un disco de Chicago que el día anterior habíamos comprado por veinticinco centavos podíamos venderlo por un dólar, o cinco discos por cuatro dólares; una destartalada máquina de coser Singer adquirida por diez dólares podía, después de cierto regateo, venderse por veinticinco.

Aquel verano, una zona entera del mercadillo de San Jose estaba ocupado por familias afganas. En los pasillos de la sección de objetos de segunda mano se oía música de mi país. Entre los afganos del mercadillo existía un código de comportamiento no escrito: saludar al tipo del puesto que estaba frente al tuyo, invitarlo a patatas *bolani* o a *qabuli* y charlar con él. Ofrecerle tus condolencias, *tassali*, por el fallecimiento de un familiar, felicitarlo por el nacimiento de algún hijo y sacudir la cabeza en señal de duelo cuando la conversación viraba hacia Afganistán y los *roussis*..., algo que resultaba inevitable. Pero había que evitar el tema de los sábados, porque podía darse el caso de que quien estaba enfrente de ti fuera el tipo al que casi te habías cargado a la salida de la autopista para ganarle la carrera hasta un puesto de venta de objetos usados prometedor.

En los pasillos sólo había una cosa que corría más que el té: los cotilleos afganos. El mercadillo era el lugar donde se bebía té verde con *kolchas* de almendra y donde te enterabas de que la hija de alguien había roto su compromiso para fugarse con un novio americano, o de quién había sido *parchami*, comunista, en Kabul, y de quién había comprado una casa con dinero negro mientras seguía cobrando el subsidio. Té, política y escándalos, los ingredientes de un domingo afgano en el mercadillo.

A veces me quedaba a cargo del puesto mientras Baba deambulaba arriba y abajo, con las manos respetuosamente colocadas a la altura del pecho, y saludaba a gente que conocía de Kabul: mecánicos, sastres que vendían abrigos de lana de segunda mano y cascos de bicicleta viejos, antiguos embajadores, cirujanos en paro y profesores de universidad.

Un domingo de julio de 1984, por la mañana temprano, mientras Baba montaba el puesto, fui a buscar dos tazas de café en el de la dirección y cuando volví me encontré a Baba charlando con un hombre mayor y de aspecto distinguido. Deposité las tazas sobre el parachoques trasero del autobús, junto a la pegatina de «Reagan/Bush para el 84».

—Amir —dijo Baba, indicándome que me acercara—, te presento al general *sahib*, el señor Iqbal Taheri. Fue general condecorado en Kabul. Entonces trabajaba en el ministerio de Defensa.

Taheri. ¿De qué me sonaba ese nombre?

El general se rió como quien está acostumbrado a asistir a fiestas formales donde hay que reír cualquier gracia que hagan los personajes importantes. Tenía el cabello fino y canoso, peinado hacia atrás; la frente, sin arrugas y bronceada, y cejas tupidas con algunas canas. Olía a colonia y vestía un traje con chaleco de color gris oscuro, brillante en algunas zonas de tanto plancharlo; del chaleco le colgaba la cadena de oro de un reloj.

—Una presentación muy rimbombante —dijo con voz profunda y cultivada—. *Salaam, bachem*. Hola, hijo mío.

—*Salaam*, general *sahib* —dije, estrechándole la mano. Sus manos finas contradecían el fuerte apretón, como si detrás de aquella piel hidratada se ocultara acero.

—Amir será un gran escritor —comentó Baba. Yo hice de aquello una doble lectura—. Ha finalizado su primer año de licenciatura en la universidad y ha obtenido sobresalientes en todas las asignaturas.

—Diplomatura —le corregí.

—*Mashallah* —dijo el general Taheri—. ¿Piensas escribir sobre nuestro país, nuestra historia, quizá? ¿Sobre economía?

—Escribo novelas —contesté, pensando en la docena aproximada de relatos cortos que había escrito en el cuaderno de tapas de piel que me había regalado Rahim Kan y preguntándome por qué me sentía de repente tan violento por eso en presencia de aquel hombre.

—Ah, novelista. Sí, la gente necesita historias que la entretengan en los momentos difíciles como éste. —Apoyó la mano en el hombro de Baba y se volvió hacia mí—. Hablando de historias, tu padre y yo estuvimos un día de verano cazando faisanes juntos en Jalalabad —dijo—. Era una época maravillosa. Si no recuerdo mal, el ojo de tu padre era tan agudo para la caza como para los negocios.

Baba dio un puntapié con la bota a una raqueta de madera que teníamos expuesta en el suelo sobre la lona.

—Para algunos negocios.

El general Taheri consiguió esgrimir una sonrisa triste y a un tiempo cortés, exhaló un suspiro y dio unos golpecitos amables en la espalda de Baba.

—*Zendagi migzara* —dijo—. La vida continúa. —Después me miró a mí—. Los afganos tendemos a ser considerablemente exagerados, *bachem*, y muchas veces he oído calificar de «grande» a muchas personas. Sin embargo, tu padre pertenece a la minoría que realmente se merece ese atributo.

Aquel pequeño discurso me pareció igual que su traje: utilizado a menudo y artificialmente brillante.

—Me adulas —dijo Baba.

—No —objetó el general, ladeando la cabeza y poniéndose la mano en el pecho en señal de humildad—. Los jóvenes deben conocer el legado de sus padres. ¿Aprecias a tu padre, *bachem*? ¿Lo aprecias de verdad?

—*Balay*, general *sahib*, por supuesto —dije, deseando que dejara de llamarme de esa forma.

—Felicidades, entonces. Te encuentras ya a medio camino de convertirte en un hombre —dijo, sin rastro de humor, sin ironía, el cumplido de un arrogante.

—*Padar jan*, te has olvidado el té —dijo entonces la voz de una mujer joven.

Estaba detrás de nosotros, una belleza de caderas esbeltas, con una melena de terciopelo negra como el carbón, con un termo abierto y una taza de corcho en la mano. Parpadeé y se me aceleró el corazón. Sus cejas, espesas y oscuras, se rozaban por encima de la nariz como las alas arqueadas de un pájaro en pleno vuelo. Tenía la nariz graciosamente aguileña de una princesa de la antigua Persia... Tal vez la de Tahmineh, esposa de Rostam y madre del *Shahnamah*. Sus ojos, marrón nogal y sombreados por pestañas como abanicos, se cruzaron con los míos. Mantuvieron un instante la mirada y se alejaron.

—Muy amable, querida —dijo el general Taheri mientras le cogía la taza.

Antes de que ella se volviera para marcharse, vi una marca de nacimiento, oscura, en forma de hoz, que destacaba sobre su piel suave justo en el lado izquierdo de la mandíbula. Se encaminó hacia una furgoneta de color gris mortecino que estaba aparcada dos pasillos más allá del nuestro y guardó el termo en su interior. Cuando se arrodilló entre cajas de discos y libros viejos, la melena le cayó hacia un lado formando una cortina.

—Es mi hija, Soraya *jan* —nos explicó el general Taheri. Respiró hondo, como quien quiere cambiar de tema, y echó un vistazo al reloj que llevaba en el bolsillo del chaleco—. Bueno, es hora de ir a instalarnos. —Él y Baba se besaron en la mejilla y luego a mí me estrechó una mano entre las suyas—. Buena suerte con la escritura —dijo, mirándome a los ojos. Sus ojos azules no revelaban los pensamientos que se ocultaban tras ellos.

Durante el resto del día tuve que combatir la necesidad que sentía de mirar en dirección a la furgoneta gris.

Me acordé de camino a casa. Taheri. Sabía que había oído aquel nombre alguna vez.

—¿No había una historia sobre la hija de Taheri? —le pregunté a Baba, intentando parecer despreocupado.

—Ya me conoces —respondió Baba mientras nos abríamos paso hacia la salida del mercadillo—. Cuando las conversaciones se convierten en cotilleos, cojo y me largo.

—Pero la había, ¿no? —dije.

—¿Por qué lo preguntas? —Me miró por el rabillo del ojo.

Me encogí de hombros y luché por reprimir una sonrisa.

—Sólo por curiosidad, Baba.

—¿De verdad? ¿Es eso todo? —dijo con una mirada guasona que no se apartaba de la mía—. ¿Te ha impresionado?

Aparté la vista.

—Baba, por favor.

Sonrió y salimos por fin del mercadillo. Nos dirigimos hacia la autopista 680 y permanecimos un rato en silencio.

—Lo único que sé es que hubo un hombre y que las cosas... no fueron bien. —Lo dijo muy serio, como si estuviera revelándome que ella sufría un cáncer de pecho.

—Oh.

—He oído decir que es una chica decente, trabajadora y amable. Pero que desde entonces nadie ha llamado a la puerta del general, ningún *khastegars*, ningún pretendiente. —Baba suspiró—. Tal vez sea injusto, pero a veces lo que sucede en unos días, incluso en un único día, puede cambiar el curso de una vida, Amir.

Aquella noche, despierto en la cama, pensé en la marca de nacimiento de Soraya Taheri, en su nariz agradablemente aguileña y en cómo su luminosa mirada se había cruzado fugazmente con la mía. Mi corazón saltaba al pensar en ella. Soraya Taheri. Mi princesa encontrada en un mercadillo.

12

En Afganistán, *yelda* es el nombre que recibe la primera noche del mes de *Jadi*, la primera del invierno y la más larga del año. Siguiendo la tradición, Hassan y yo nos quedábamos levantados hasta tarde, con los pies ocultos bajo el *kursi*, mientras Alí arrojaba pieles de manzana a la estufa y nos contaba antiguos cuentos de sultanes y ladrones para pasar la más larga de las noches. Gracias a Alí conocí la tradición de *yelda*, en la que las mariposas nocturnas, acosadas, se arrojaban a las llamas de las velas y los lobos subían a las montañas en busca del sol. Alí aseguraba que si la noche de *yelda* comías sandía, no pasabas sed durante el verano.

Cuando me hice mayor, leí en mis libros de poesía que *yelda* era la noche sin estrellas en la que los amantes atormentados se mantenían en vela, soportando la noche interminable, esperando que saliese el sol y con él la llegada de su ser amado. Después de conocer a Soraya Taheri, para mí todas las noches de la semana se convirtieron en *yelda*. Y cuando llegaba la mañana del domingo, me levantaba de la cama con la cara y los ojos castaños de Soraya Taheri en mi mente. En el autobús de Baba, contaba los kilómetros que faltaban para verla sentada, descalza, vaciando cajas de cartón llenas de enciclopedias amarillentas, con sus blancos talones contrastando con el asfalto y los brazaletes de plata tintineando en sus frágiles muñecas. Pensaba en la sombra que su melena proyectaba en el suelo cuando se separaba de su espalda, por la que caía como una cortina de terciopelo. Soraya.

Princesa encontrada en un mercadillo. El sol de la mañana de mi *yelda*.

Inventaba excusas para ir a dar una vuelta y pasarme por el puesto de los Taheri. Baba asentía con una mueca guasona. Yo saludaba al general, eternamente vestido con su traje gris, brillante a causa de los muchos planchados, y él me devolvía el saludo. A veces se levantaba de su silla de director y charlábamos un rato sobre mis escritos, la guerra o las gangas del día. Y tenía que esforzarme para que mis ojos no se fueran, no vagaran hacia donde se encontraba Soraya leyendo un libro. El general y yo nos despedíamos y yo me alejaba caminando, intentando no arrastrar los pies.

A veces la encontraba sola, cuando el general se ausentaba para hablar con otros comerciantes, y yo pasaba a su lado, simulando no conocerla y muriéndome de ganas de intimar con ella. A veces estaba con Soraya una mujer corpulenta de mediana edad, de piel clara y cabello teñido de color castaño. Me había prometido hablar con ella antes de que terminara el verano, pero se inició un nuevo curso, las hojas adquirieron tonos rojizos, amarillearon, cayeron, azotaron las lluvias de invierno y despertaron las articulaciones de Baba; las nuevas hojas brotaron una vez más y yo aún no había reunido el coraje, el *dil*, ni para mirarla a los ojos.

El trimestre de primavera de 1985 finalizó a últimos de mayo. Me fue estupendamente en todas las asignaturas de cultura general, un pequeño milagro teniendo en cuenta que me pasaba las clases pensando en la suave curva de la nariz de Soraya.

Un domingo sofocante de aquel verano, Baba y yo acudimos como siempre al mercadillo. Estábamos sentados en el puesto, abanicándonos con periódicos. A pesar de que el sol ardía como un hierro candente, el mercadillo estaba abarrotado y las ventas habían sido buenas... Eran sólo las doce y media y habíamos ganado ya ciento sesenta dólares. Me puse en pie, me desperecé y le pregunté a Baba si quería un refresco. Me dijo que sí, que le apetecía mucho.

—Ve con cuidado, Amir —dijo en cuanto eché a andar.

—¿De qué, Baba?

—No soy un *ahmaq*, así que no te hagas el tonto conmigo.

—No sé de qué me estás hablando.

—Recuerda una cosa —me ordenó Baba, señalándome—. Ese hombre es pastún hasta la médula. Tiene *nang* y *namoos*.

Nang. Namoos. Honor y orgullo. Los principios de los hombres pastunes. Sobre todo en lo que a la castidad de la esposa se refiere. O de la hija.

—Sólo voy a buscar unos refrescos.

—No me pongas en una situación violenta, es lo único que te pido.

—No lo haré. Adiós, Baba.

Baba encendió un cigarrillo y continuó abanicándose.

Me encaminé hacia la caseta de la dirección y giré a la izquierda cuando llegué al puesto en donde por cinco dólares podías conseguir la cara de Jesús, la de Elvis, la de Jim Morrison o la de los tres juntos, impresa en una camiseta de nailon blanco. Sonaba música de mariachis y olía a encurtidos y a carne a la plancha.

Atisbé la furgoneta gris de los Taheri dos filas más allá de nuestro puesto, junto a un quiosco donde vendían mangos insertados en un palo. Soraya estaba sola, leyendo. Llevaba un vestido blanco que le llegaba hasta los tobillos. Sandalias abiertas. Cabello recogido y coronado en un moño en forma de tulipán. Pensaba, como de costumbre, limitarme a pasar a su lado, pero de pronto me encontré plantado delante del mantel blanco de los Taheri mirando fijamente a Soraya más allá de la chatarra y los alfileres de corbata viejos. Ella levantó la vista.

—*Salaam* —dije—. Siento ser *mozahem*, no pretendía molestarte.

—*Salaam*.

—¿No está el general *sahib*? —dije. Me ardían las orejas. No conseguía mirarla a los ojos.

—Ha ido hacia allí. —Señaló hacia la derecha. El brazalete se le deslizó hasta el codo, plata contra oliva.

—¿Le dirás que he pasado para presentarle mis respetos?

—Lo haré.

—Gracias. Ah, me llamo Amir. Le dices que he pasado a... presentarle mis respetos.

—De acuerdo.

Cambié el peso del cuerpo al otro pie y tosí para aclararme la garganta.

—Me marcho. Siento haberte interrumpido.

—No, no lo ha hecho —dijo.

—Oh. Bien. —Me di un golpecito en la cabeza con la mano y le regalé una sonrisa a medias—. Me marcho. —¿No lo había dicho ya?—. *Khoda hafez.*

—*Khoda hafez.*

Eché a andar. Me detuve, me volví y hablé antes de perder los nervios.

—¿Puedo preguntarte qué lees?

Ella pestañeó.

Contuve la respiración. Sentí de pronto la mirada de todos los afganos del mercadillo sobre nosotros. Me imaginé que se hacía un silencio, los labios de la gente deteniéndose a media frase, las cabezas girando hacia mí y los ojos abriéndose de par en par con enorme interés.

¿Qué era aquello?

Hasta ese punto, nuestro encuentro podía interpretarse como un intercambio respetuoso, un hombre que preguntaba por el paradero de otro hombre. Pero yo acababa de formularle una pregunta y, si respondía, estaríamos..., bueno, estaríamos charlando. Yo, un *mojarad*, un joven soltero, y ella una joven soltera. Y con historia, nada menos. Aquello se acercaba peligrosamente a lo que se entendía por materia de cotilleo, y del mejor. Las lenguas envenenadas se afilarían. Y sería ella, no yo, quien recibiría el ataque de ese veneno... Era plenamente consciente del doble rasero con que los afganos llevan siglos midiendo los sexos. «¿No lo viste charlando con ella?, ¿y no viste que ella no lo dejaba marchar? ¡Vaya *lochak*!»

Según los estándares afganos, yo acababa de realizar una pregunta valiente. Me había desnudado y dejado escasas dudas con respecto a mi interés hacia ella. Pero yo era un hombre, y lo

154

único que arriesgaba era la posibilidad de que mi ego resultara herido. Pero las heridas se curan. La reputación no. ¿Aceptaría ella mi atrevimiento?

Cerró el libro y me mostró la cubierta. *Cumbres borrascosas.*

—¿Lo ha leído? —me preguntó.

Moví la cabeza afirmativamente. Sentía detrás de los ojos el latido de mi corazón.

—Es una historia triste.

—Las historias tristes producen buenos libros —comentó ella.

—Así es.

—Me han dicho que usted escribe.

¿Cómo lo sabía? Me pregunté si su padre se lo habría dicho, quizá ella se lo hubiese preguntado. Rechacé de inmediato ambas posibilidades por absurdas. Padres e hijos podían hablar libremente de mujeres. Pero ninguna chica afgana (al menos ninguna chica afgana decente y *mohtaram*) interrogaba a su padre sobre un joven. Y ningún padre, y mucho menos un pastún con *nang* y *namoos*, hablaría con su hija de un *mojarad*, a no ser que el amigo en cuestión fuese un *khastegar*, un pretendiente, que hubiera actuado honorablemente y hubiese enviado a su padre a llamar a la puerta en su nombre.

Increíblemente, me oí decir:

—¿Te gustaría leer uno de mis relatos?

—Me gustaría —dijo ella. Noté entonces que estaba incómoda, lo vi en la forma en que sus ojos empezaron a mirar hacia uno y otro lado. Tal vez en busca del general. Me pregunté qué diría si me descubría hablando con su hija durante un período de tiempo tan poco adecuado.

—Quizá te traiga uno algún día —dije.

Estaba a punto de seguir hablando cuando apareció por el pasillo la mujer que a veces veía con Soraya. Se acercaba cargada con una bolsa de plástico llena de fruta. Cuando nos vio, su mirada fue de Soraya hasta mí, una y otra vez. Sonrió.

—Amir *jan*, me alegro de verte —dijo, depositando la bolsa sobre el mantel. Le brillaba la frente por el sudor. Su cabello castaño, peinado en forma de casco, resplandecía a la luz del sol. En los lugares donde el pelo clareaba, se le veía el cuero cabelludo. Tenía los ojos verdes y pequeños, hundidos en una cara redonda como una col; los dientes medio rotos y unos deditos que parecían salchichas. Sobre su pecho, una medalla dorada le colgaba de una cadena que permanecía oculta bajo los pliegues del cuello—. Soy Jamila, la madre de Soraya *jan*.

—*Salaam, Khala jan* —dije, incómodo al ver que ella me conocía y yo no tenía la menor idea de quién era.

—¿Cómo está su padre? —inquirió.

—Bien, gracias.

—¿Te acuerdas de tu abuelo, el juez Ghazi *sahib*? Pues su tío y mi abuelo eran primos —me explicó—. Así que ya ves, somos parientes. —A través de su sonrisa desdentada vi que babeaba un poco por el lado derecho de la boca. Su mirada volvía a ir de Soraya a mí.

En una ocasión le había preguntado a Baba por qué la hija del general Taheri no se había casado todavía. «Ningún pretendiente —me había contestado Baba—. Ningún pretendiente adecuado», corrigió. Pero no añadió más... Baba sabía lo nefasto que resultaba para una joven en edad de casarse que se hablara de ella. Los hombres afganos, sobre todo los de familias con reputación, eran criaturas volubles. Un murmullo aquí, una insinuación allí, y echaban a volar como pájaros asustados. De modo que habían ido pasando bodas, una tras otra, y en ninguna se había entonado el *Ahesta boro* en honor de Soraya, en ninguna se había pintado ella con *henna* las palmas de las manos, en ninguna había portado un Corán sobre el tocado, y en todas había sido el general Taheri quien había bailado con ella.

Y ahora aparecía esa mujer, esa madre, con su sonrisa desgarradoramente torcida y apremiante y una esperanza escasamente disimulada en su mirada. Me encogí levemente en aquella posición de poder que me había sido otorgada por haber ganado la lotería genética que había decidido mi sexo.

Nunca había podido leer en la mirada del general sus pensamientos, pero ya sabía algo sobre su esposa: si iba a tener un adversario en aquel asunto, desde luego no sería ella.

—Siéntate, Amir *jan*—me dijo—. Soraya, acércale una silla, *bachem*. Y lava un melocotón de éstos. Son dulces y frescos.

—No, gracias —repliqué—. Debo irme. Mi padre me espera.

—Ah —dijo *Kanum* Taheri, claramente impresionada por el hecho de que hubiera decidido comportarme educadamente y declinado la oferta—. Entonces ten, llévate al menos esto. —Metió en una bolsa de papel un puñado de kiwis y unos cuantos melocotones e insistió en que me los llevase—. Dale mi *Salaam* a tu padre. Y vuelve a vernos otra vez.

—Lo haré. Gracias, *Khala jan* —repuse, y vi por el rabillo del ojo que Soraya miraba hacia otro lado.

—Pensé que ibas a buscar refrescos —dijo Baba cogiendo la bolsa de la fruta. Me miraba de una manera que era a la vez seria y divertida. Iba yo a decir algo cuando le dio un mordisco a un melocotón e hizo un movimiento con la mano—. No te preocupes, Amir. Sólo recuerda lo que te he dicho antes.

Esa noche, en la cama, pensé en cómo la luz del sol bailaba en los ojos de Soraya y entre las delicadas concavidades de su clavícula. Recreé mentalmente una y otra vez la conversación que habíamos mantenido. ¿Había dicho «Me han dicho que escribes» o «Me han dicho que eres escritor»? Me agité entre las sábanas y miré el techo, consternado, al pensar que aún faltaban seis trabajosas e interminables noches de *yelda* antes de volver a verla.

La cosa continuó así durante unas cuantas semanas. Yo esperaba a que el general fuera a dar un paseo y me acercaba al puesto de los Taheri. Si Kanum Taheri estaba allí, me ofrecía té y *kolcha* y charlábamos sobre los viejos días de Kabul, la gente que conocíamos, su artritis. Sin lugar a dudas, se había percatado de que mis apariciones coincidían siempre con las ausencias de su marido, pero nunca lo dejó entrever. «Oh, se acaba de ir tu Kaka», decía. En realidad, me gustaba que Kanum Taheri estuviera allí, y no sólo por sus amables modales; en compañía de su madre, Soraya estaba más relajada y más locuaz. Era como si su presencia legitimara lo que fuera que estuviese sucediendo entre nosotros..., aunque, evidentemente, no en el mismo grado en que lo hubiera hecho la presencia del general. Tener de carabina a Kanum Taheri no garantizaba que nuestros encuentros no fuesen a despertar comentarios, pero, al menos, hacía que hubiera menos, aunque sus adulaciones incomodaban claramente a Soraya.

Un día encontré a Soraya sola en el puesto y estuvimos charlando. Me contaba cosas sobre la universidad, que también ella asistía a clases de cultura general en el Ohlone Junior College de Fremont.

—¿En qué quieres especializarte?

—Quiero ser maestra —contestó.

—¿De verdad? ¿Por qué?

—Es lo que siempre he querido. Cuando vivíamos en Virginia, obtuve el certificado de lengua inglesa y doy clases una vez por semana en la biblioteca pública. Mi madre también era maestra, enseñaba farsi e historia en la escuela superior para chicas de Zarghoona, en Kabul.

Un hombre barrigudo con gorro de cazador le ofreció tres dólares por unas velas valoradas en cinco y Soraya se las vendió. Guardó el dinero en una cajita de caramelos que tenía a los pies y me miró tímidamente.

—Quiero contarle una pequeña historia —dijo—, pero me da un poco de vergüenza.

—Cuéntamela.

—Es una tontería.

—Cuéntamela, por favor.

Se echó a reír.

—Bueno, cuando estaba en cuarto curso en Kabul, mi padre contrató a una mujer llamada Ziba para que ayudara en las tareas de la casa. Tenía una hermana en Irán, en Mashad, y como Ziba era analfabeta, de vez en cuando me pedía que le escribiera cartas para su hermana. Y cuando ésta respondía, yo se las leía. Un día le pregunté si le apetecía aprender a leer y escribir. Me respondió con una gran sonrisa, cerró los ojos y me dijo que le encantaría. De modo que cuando yo acababa los deberes, nos sentábamos las dos a la mesa de la cocina y le enseñaba el *Alef-beh*. Recuerdo que, a veces, mientras hacía los deberes, levantaba la cabeza y veía a Ziba en la cocina, removiendo la carne en la olla a presión para luego ir corriendo a sentarse con su lápiz a hacer los deberes del alfabeto que le había puesto la noche anterior.

»El caso es que, en cuestión de un año, Ziba leía ya cuentos infantiles. Nos sentábamos en el jardín y me leía los cuentos de Dara y Sara, despacio pero correctamente. Empezó a llamarme *Moalem* Soraya, profesora Soraya. —Volvió a reír—. Sé que le parecerá una niñería, pero cuando Ziba escribió su primera carta, supe que quería ser maestra. Estaba muy orgullosa de ella y sentía que había hecho algo que valía la pena, ¿lo entiende?

—Sí —mentí. Pensaba en cómo había utilizado yo mis conocimientos para ridiculizar a Hassan. En cómo lo engañaba con las palabras cultas que él desconocía.

—Mi padre quiere que estudie leyes y mi madre siempre está soltando indirectas sobre la facultad de medicina; sin embargo, estoy decidida a ser maestra. Aquí no está muy bien pagado, pero es lo que quiero.

—Mi madre también era maestra —dije.

—Lo sé. Me lo dijo mi madre.

Entonces se sonrojó por lo que acababa de decir, pues aquello implicaba que, cuando yo no estaba presente, había «conversaciones sobre Amir». Tuve que hacer un esfuerzo enorme para no sonreír.

—Te he traído una cosa. —Busqué en el bolsillo trasero el pliego de hojas grapadas—. Lo que te prometí. —Le entregué uno de mis relatos breves.

—Oh, te has acordado —dijo, gritó más bien—. ¡Gracias! —Su sonrisa se esfumó de repente, y por eso apenas tuve tiempo de percatarme de que acababa de dirigirse a mí por vez primera con el «tú» en lugar de utilizar el «*shoma*», más formal. Se quedó pálida y con la mirada fija en algo que sucedía detrás de mí. Me volví y me encontré cara a cara con el general Taheri.

—Amir *jan*, nuestro novelista. Qué placer —dijo con una leve sonrisa.

—*Salaam*, general *sahib* —lo saludé con la boca pastosa.

Pasó a mi lado en dirección al puesto.

—Un día precioso, ¿verdad? —dijo, hundiendo un pulgar en el bolsillo del chaleco y extendiendo la otra mano en dirección a Soraya. Ella le entregó los folios—. Dicen que esta semana lloverá. Resulta difícil de creer, ¿no? —Tiró las hojas enrolladas a la basura. Se volvió hacia mí y posó delicadamente una mano en mi hombro. Caminamos juntos unos pasos—. ¿Sabes, *bachem*? Estoy cogiéndote mucho cariño... Eres un muchacho decente, lo creo de verdad, pero... —suspiró y alzó la mano— incluso los muchachos decentes necesitan de vez en cuando que les recuerden las cosas. Así que es mi deber recordarte que en este mercadillo estás entre colegas. —Se interrumpió y clavó sus inexpresivos ojos en los míos—. Y aquí todo el mundo cuenta historias... —Sonrió, revelando con ello una dentadura perfecta—. Mis respetos a tu padre, Amir *jan*.

Dejó caer la mano y sonrió de nuevo.

—¿Qué ocurre? —me preguntó Baba. Estaba cobrándole a una señora mayor que había comprado un caballito balancín.

—Nada —respondí. Me senté sobre un viejo televisor. Y se lo conté.

—*Akh*, Amir —suspiró.

Pero no tuve mucho tiempo de seguir preocupándome por lo sucedido.

Porque a finales de aquella semana Baba se resfrió.

Empezó con tos seca y mocos. Superó la mucosidad, pero la tos persistía. Tosía con el pañuelo en la boca y luego se lo guardaba en el bolsillo. Yo insistía en que fuera al médico, pero él me daba largas. Odiaba a los médicos y los hospitales. Que yo recordara, la única vez que Baba había ido al médico había sido cuando había cogido la malaria en la India.

Unas dos semanas después, lo sorprendí en el baño tosiendo y escupiendo una flema sanguinolenta.

—¿Cuánto tiempo llevas así? —le pregunté.

—¿Qué hay para cenar? —dijo él.

—Voy a llevarte al médico.

Aunque Baba era el encargado de la gasolinera, el propietario nunca le había ofrecido cobertura sanitaria, y Baba, temerario como era, tampoco había insistido para conseguirla. Así que lo llevé al hospital del condado, que se encontraba en San Jose. El médico que lo examinó, cetrino y de ojos saltones, era un residente de segundo año.

—Parece más joven que tú y más enfermo que yo —gruñó Baba.

El residente nos envió a que le hicieran a mi padre una radiografía de pecho. Cuando volvió a llamarnos la enfermera, el médico estaba rellenando un formulario.

—Entregue esto en recepción —dijo, haciendo unos garabatos rápidos.

—¿Qué es? —le pregunté.

—Un volante para el especialista. —Más garabatos.

—¿De qué?

—Del pulmón.

—¿Para qué?

Me echó un vistazo, se subió las gafas y empezó de nuevo con los garabatos.

—Tiene una mancha en el pulmón derecho. Quiero que la miren.

—¿Una mancha? —De repente, la habitación se me hizo pequeña, y el ambiente, excesivamente pesado.

—¿Cáncer? —le preguntó Baba como si tal cosa.

—Podría ser. Es sospechosa —murmuró el médico.

—¿No puede decirnos nada más? —inquirí.

—No. Es necesario hacer primero un TAC y luego que el especialista le vea los pulmones. —Me entregó el volante para el especialista—. Ha dicho que su padre fuma, ¿no?

—Sí.

Movió la cabeza. Me miró primero a mí y luego a Baba.

—Los llamarán dentro de dos semanas.

Quería preguntarle cómo suponía que podría vivir yo con aquella palabra, «sospechosa», durante dos semanas enteras. ¿Cómo suponía que podría yo comer, trabajar, estudiar? ¿Cómo podía mandarme a casa con aquella palabra?

Cogí el volante y lo entregué. Aquella noche esperé a que Baba se durmiera y luego extendí la manta que utilizaba como alfombra de oración. Agaché la cabeza hasta el suelo y recité suras del Corán que tenía medio olvidadas, versos que el *mullah* nos había obligado a memorizar en Kabul, y le pedí bondad a un Dios que no estaba completamente seguro de que existiera. Envidiaba al *mullah*, envidiaba su fe y su certidumbre.

Pasaron dos semanas y nadie llamaba. Cuando al fin llamé yo, me dijeron que habían perdido el volante. ¿Estaba seguro de que lo había entregado? Dijeron que nos llamarían al cabo de tres semanas. Yo les monté un escándalo y regateé hasta convertir las tres semanas en una para practicar la exploración con TAC y dos para la visita al especialista.

La consulta con el neumólogo fue bien hasta que Baba le preguntó al doctor Schneider de dónde era. El doctor Schneider dijo que de Rusia y Baba lo mandó a la porra.

—Perdónenos, doctor —le dije, llevándome a Baba aparte. El doctor Schneider sonrió y retrocedió, sin soltar el estetoscopio—. Baba, he leído la biografía del doctor Schneider en la sala de espera. Nació en Michigan. ¡Michigan! Es norteamericano, mucho más americano de lo que tú y yo llegaremos a ser nunca.

—No me importa dónde haya nacido, es *roussi* —objetó Baba haciendo una mueca como si estuviera pronunciando una palabrota—. Sus padres eran *roussi*, sus abuelos eran *roussi*. Juro por el recuerdo de tu madre que le partiré el brazo si intenta tocarme.

—Los padres del doctor Schneider huyeron de los *shorawi*. ¡Escaparon de ellos!

Pero Baba no quería oír nada al respecto. A veces creo que lo único que quería tanto como su esposa perdida era Afganistán, su país perdido. Casi grité de frustración. Sin embargo, lo único que hice fue suspirar y dirigirme al doctor Schneider.

—Lo siento, doctor. Esto no va a funcionar.

El siguiente neumólogo, el doctor Amani, era iraní. Baba dio su aprobación. El doctor Amani, un hombre de voz suave, bigote retorcido y melena canosa, nos explicó que había revisado los resultados del TAC y que debía llevar a cabo una intervención llamada broncoscopia para obtener una muestra del bulto pulmonar y realizar un estudio patológico. La programó para la siguiente semana. Le di las gracias mientras acompañaba a Baba fuera de la consulta, pensando en que tendría que vivir una semana entera con aquella nueva palabra, «bulto», una palabra más abominable aún que «sospechosa». Deseaba que Soraya estuviese a mi lado.

Resultó que, igual que Satán, el cáncer tenía muchos nombres. El de Baba se llamaba «carcinoma de célula en grano de avena». Avanzado. Inoperable. Baba le pidió un pronóstico al doctor Amani. Éste se mordió el labio y utilizó la palabra «grave».

—Está la quimioterapia, por supuesto —dijo—. Pero sería sólo paliativa.

—¿Qué significa eso? —le preguntó Baba.

El doctor Amani suspiró.

—Significa que no cambiaría el resultado, sólo lo retrasaría.

—Una respuesta clara, doctor Amani. Gracias por dármela —dijo Baba—. Pero no quiero quimioterapia. —En su rostro apareció la misma mirada resuelta que el día en que soltó el pliego de cupones de comida sobre el escritorio de la señora Dobbins.

—Pero Baba...

—No me cuestiones en público, Amir. Nunca. ¿Quién crees que eres?

La lluvia de la que había hablado el general Taheri en el mercadillo llegó con unas semanas de retraso. Cuando salimos de la consulta del doctor Amani, los coches que pasaban salpicaban agua sucia sobre las aceras. Baba encendió un cigarrillo. Fumó durante todo el camino al coche y durante todo el camino a casa.

Mientras él introducía la llave en la cerradura del portal le dije:

—Me gustaría que le dieses una oportunidad a la quimioterapia, Baba.

Él se guardó las llaves en el bolsillo y nos protegimos de la lluvia bajo el toldo rayado de la entrada del edificio.

—*Bas!* Ya he tomado mi decisión.

—¿Y yo, Baba? ¿Qué se supone que debo hacer? —repuse con ojos llorosos.

Una mirada de aversión se cernió sobre su cara empapada por la lluvia. Era la misma mirada que me dirigía cuando, de pequeño, me caía, me rasguñaba las rodillas y lloraba. Fueron las lágrimas lo que la estimularon entonces, eran las lágrimas lo que la estimulaban ahora.

—¡Tienes veintidós años, Amir! ¡Eres un hombre hecho y derecho! Tú... —Abrió la boca, la cerró, la abrió de nuevo, lo reconsideró. La lluvia tamborileaba en el toldo de lona—. ¿Qué debes hacer, dices? Eso es precisamente lo que he intentado enseñarte durante todos estos años: que nunca tengas que formular esa pregunta.

Abrió la puerta y se volvió hacia mí.

—Y una cosa más. Nadie tiene que saber esto, ¿me has oído? Nadie. No quiero la compasión de nadie —dijo, y desapareció en la penumbra del vestíbulo. Pasó el resto del día fumando como un carretero frente al televisor. Yo no sabía qué o a quién intentaba desafiar. ¿A mí? ¿Al doctor Amani? ¿O tal vez al dios en el que nunca había creído?

Durante una temporada, ni siquiera el cáncer evitó la presencia de Baba en el mercadillo. Los sábados seguíamos con nuestros recorridos en busca de objetos de segunda mano, Baba de conductor y yo de guía, y los domingos montábamos el puesto. Lámparas de latón. Guantes de béisbol. Anoraks de esquí con la cremallera rota. Baba saludaba a nuestros compatriotas y yo regateaba uno o dos dólares con los compradores. Como si no pasara nada. Como si el día en que me convertiría en huérfano no estuviera acercándose un poco más cada vez que desmontábamos el puesto.

A veces se acercaban el general Taheri y su esposa. El general, el eterno diplomático, me saludaba con una sonrisa y me estrechaba la mano entre las suyas. Pero la conducta de Kanum Taheri mostraba una nueva reticencia. Una reticencia rota tan sólo por las secretas sonrisas que dejaba caer y las miradas furtivas y llenas de disculpas que me lanzaba cuando el general centraba su atención en otra cosa.

Recuerdo ese período como una época de muchas «primeras veces». La primera vez que oí a Baba gimiendo en el baño. La primera vez que descubrí sangre en su almohada. Nunca se había puesto enfermo en los cerca de tres años que llevaba trabajando en la gasolinera. Otra primera vez.

Un sábado, poco antes de Halloween, Baba se encontraba ya tan cansado a media tarde que se quedó sentado al volante mientras yo salía y regateaba para conseguir los trastos viejos. El día de Acción de Gracias, a mediodía ya no podía más. Cuando en los jardines hicieron su aparición los trineos y los árboles de Navidad cubiertos por nieve falsa, Baba se quedó en casa y fui yo quien condujo solo el autobús.

A veces, en el mercadillo, los afganos conocidos hacían comentarios sobre la pérdida de peso de Baba. Al principio eran halagadores. Incluso preguntaban por el secreto de la dieta que seguía. Pero las preguntas y los halagos cesaron cuando vieron que la pérdida de peso no cesaba. Cuando los kilos siguieron menguando. Y menguando. Cuando se le hundieron las mejillas. Y las sienes desaparecieron. Y los ojos se escondieron en sus cuencas.

Un frío domingo poco después de Año Nuevo, Baba estaba vendiéndole una pantalla de lámpara a un rechoncho filipino mientras yo revolvía en el autobús en busca de una manta para taparle las piernas.

—¡Oye, este tipo necesita ayuda! —gritó alarmado el filipino. Me volví y me encontré a Baba en el suelo. Las piernas y los brazos se movían a sacudidas.

—*Komak!* —grité—. ¡Que alguien me ayude! —Corrí hacia Baba. Echaba espuma por la boca y una espesa saliva le empapaba la barba. Tenía los ojos vueltos hacia arriba y sólo se le veía el blanco.

La gente se apresuró hacia nosotros. Oí que alguien decía algo de un ataque. Y a otro que gritaba: «¡Llamad al 911!» Oía pasos que corrían. El cielo fue oscureciéndose a medida que la muchedumbre se agolpaba sobre nosotros.

La saliva de Baba se volvió roja. Se mordía la lengua. Yo me arrodillé a su lado, lo cogí entre mis brazos y le dije:

—Estoy aquí, Baba, te pondrás bien, estoy aquí.

Como si con ello hubiese podido anular las convulsiones. Sentí humedad bajo las rodillas y vi que Baba se había orinado. «Tranquilo, Baba *jan*, estoy aquí. Tu hijo está aquí», pensé.

El médico, de barba blanca y completamente calvo, me hizo salir de la habitación.

—Quiero revisar contigo los TAC que le han hecho a tu padre —me dijo.

Colocó las radiografías en una caja de luces que había en el pasillo y señaló con un lápiz las imágenes del cáncer de Baba como si fuese un policía que enseña a los familiares de la víctima las fotos del asesino fichado. En las placas, el cerebro de Baba parecía una gran nuez vista en distintos cortes transversales y acribillada por cosas grises con forma de pelota de tenis.

—Como ves, el cáncer tiene metástasis —me explicó—. Tendrá que tomar esteroides para disminuir la inflamación del cerebro y medicamentos antiepilépticos. Y recomiendo la radioterapia paliativa. ¿Sabes lo que significa? —Le dije que sí. Ya estaba familiarizado con el lenguaje relativo al cáncer—. De acuerdo entonces —añadió, y comprobó el busca—. Debo irme, pero puedes pedir que me localicen si tienes alguna pregunta.

—Gracias.

Pasé la noche sentado en una silla junto a la cama de Baba.

A la mañana siguiente, la sala de espera del vestíbulo estaba abarrotada de afganos. El carnicero de Newark. Un ingeniero que había trabajado con Baba en su orfanato. Entraban en fila y le presentaban sus respetos en voz baja. Le deseaban una rápida recuperación. Baba estaba despierto, aturdido y cansado, pero despierto.

El general Taheri y su esposa llegaron a media mañana. Los seguía Soraya. Cruzamos una mirada y los dos apartamos la vista al mismo tiempo.

—¿Cómo estás, amigo mío? —le preguntó el general Taheri, cogiéndole la mano a Baba.

Él hizo un gesto indicando el suero intravenoso al que estaba conectado. El general le sonrió a modo de respuesta.

—No deberíais haberos molestado. Ninguno de vosotros —musitó Baba.

—No es ninguna molestia —dijo Kanum Taheri.

—Ninguna molestia, en absoluto. Vayamos a lo importante, ¿necesitas algo? —dijo el general Taheri—. ¿Nada de nada? Pídemelo como se lo pedirías a un hermano.

Recordé algo que en una ocasión Baba había mencionado sobre los pastunes. «Puede que seamos cabezotas, y sé que somos excesivamente orgullosos, pero, en un momento de necesidad, créeme que no hay nadie mejor que un pastún a tu lado.»

Baba sacudió la cabeza sobre la almohada.

—Que hayas venido me alegra los ojos.

El general sonrió y le apretó la mano. Luego se volvió hacia mí y me preguntó:

—¿Cómo estás, Amir *jan*? ¿Necesitas alguna cosa?

Aquella manera de mirarme, la bondad de sus ojos...

—No, gracias, general *sahib*. Estoy... —Se me hizo un nudo en la garganta y me eché a llorar, de modo que salí precipitadamente de la habitación.

Lloré en el pasillo, junto a la caja de luces para ver radiografías donde la noche anterior había visto la cara del asesino.

Se abrió la puerta de la habitación de Baba y apareció Soraya, que se acercó a mí. Vestía pantalones vaqueros y una camiseta de color gris. Llevaba el pelo suelto. Deseé poder consolarme entre sus brazos.

—Lo siento mucho, Amir —dijo—. Todos sabíamos que algo iba mal, pero no teníamos ni idea de que fuera esto.

Me sequé los ojos con la manga.

—Mi padre no quería que lo supiese nadie.

—¿Necesitas algo?

—No. —Intenté sonreír. Me dio la mano. Nuestro primer roce. La cogí. Me la acerqué a la cara. A mis ojos. La solté—. Será mejor que entres. O tu padre vendrá a por mí. —Ella sonrió, asintió con la cabeza y se volvió para irse—. ¿Soraya?

—¿Sí?

—Estoy muy contento de que hayas venido. Significa... el mundo entero para mí.

A Baba le dieron el alta dos días después. Un especialista en radioterapia habló con él sobre la posibilidad de someterse a tratamiento, pero Baba se negó. Hablaron conmigo para que intentara convencerlo. Sin embargo, yo había visto aquella mirada en la cara de Baba. Les di las gracias, firmé todos los formularios y me llevé a mi padre a casa en mi Ford Torino.

Aquella noche, Baba se tumbó en el sofá tapado con una manta de lana. Le preparé té caliente y almendras tostadas. Le pasé los brazos por la espalda y lo incorporé con una facilidad excesiva. Bajo mis dedos, su omoplato parecía el ala de un pajarillo. Tiré de la manta para cubrirle de nuevo el pecho, donde se le marcaban las costillas a través de una piel fina y amarillenta.

—¿Puedo hacer algo más por ti, Baba?

—No, *bachem*. Gracias.

Me senté a su lado.

—Entonces me pregunto si podrías hacer tú algo por mí. Si es que no estás demasiado agotado.

—¿De qué se trata?

—Quiero que vayas de *khastegari*. Quiero que le pidas al general Taheri la mano de su hija.

La boca seca de Baba esbozó una sonrisa. Una mancha verde en una hoja marchita.

—¿Estás seguro?

—Más que nunca.

—¿Te lo has pensado bien?

—*Balay*, Baba.

—Entonces pásame el teléfono. Y mi agenda.

Pestañeé.

—¿Ahora?

—¿Cuándo si no?

Sonreí.

—De acuerdo.

Le pasé el teléfono y la pequeña agenda negra donde Baba tenía apuntados los números de sus amigos afganos. Buscó el de los Taheri. Marcó. Se llevó el auricular al oído. El corazón me hacía piruetas en el pecho.

—¿Jamila *jan*? *Salaam alaykum* —dijo. Se presentó. Hizo una pausa—. Estoy mucho mejor, gracias. Fue muy amable por vuestra parte ir a verme. —Permaneció un rato escuchando. Asintió con la cabeza—. Lo recordaré. Gracias. ¿Se encuentra en casa el general *sahib*? —Pausa—. Gracias. —Me lanzó una mirada rápida. Por algún motivo desconocido, a mí me apetecía reír. O gritar. Me acerqué el puño a la boca y lo mordí. Baba se rió ligeramente a través de la nariz—. General *sahib*, *Salaam alaykum*... Sí, mucho, muchísimo mejor... *Balay*... Eres muy amable. General *sahib*, te llamo para saber si puedo ir mañana a

visitaros a ti y a Kanum Taheri. Es por un asunto honorable...
Sí... A las once me va bien. Hasta entonces. *Khoda hafez.*

Colgó. Nos miramos el uno al otro. Yo no podía parar de reír. Y Baba tampoco.

Baba se mojó el pelo y se lo peinó hacia atrás. Lo ayudé a ponerse una camisa blanca limpia y le hice el nudo de la corbata, percatándome con ello de los cinco centímetros de espacio existentes entre el botón del cuello de la camisa y el cuello de Baba. Pensé en todos los espacios vacíos que Baba dejaría atrás cuando se fuera y me obligué a pensar en otra cosa. No se había ido. Aún no. Y aquél era un día para tener buenos pensamientos. La chaqueta del traje marrón, la que llevaba el día de mi graduación, le quedaba enorme... Gran parte de Baba había desaparecido y ya no volvería a aparecer nunca más. Tuve que enrollarle las mangas. Me agaché para abrocharle los cordones de los zapatos.

Los Taheri vivían en una casa de una sola planta en una de las zonas residenciales de Fremont donde se había asentado un gran número de afganos. Tenía ventanas con alféizar, tejado inclinado y un porche delantero lleno de macetas con geranios. En la acera estaba aparcado el furgón gris del general.

Ayudé a Baba a salir del Ford y volví a sentarme al volante. Él se inclinó junto a la ventanilla del pasajero.

—Ve a casa, te llamaré dentro de una hora.

—De acuerdo, Baba —dije—. Buena suerte.

Sonrió.

Arranqué el coche. Por el espejo retrovisor vi a Baba cojeando en dirección a la casa de los Taheri dispuesto a cumplir un último deber paternal.

Mientras esperaba la llamada de Baba medí con pasos el salón de nuestro apartamento. Quince pasos de largo. Diez pasos y medio de ancho. ¿Y si el general decía que no? Tal vez yo no le gustara... No podía dejar de entrar en la cocina para mirar el reloj del horno.

El teléfono sonó justo antes de comer. Era Baba.

—¿Y bien?

—El general ha aceptado.

Di un resoplido. Me senté. Me temblaban las manos.

—¿Sí?

—Sí, pero primero Soraya *jan* quiere hablar contigo. Te la paso, está en su habitación.

—De acuerdo.

Baba dijo algo a alguien y oí que colgaba.

—¿Amir? —dijo la voz de Soraya.

—*Salaam.*

—Mi padre ha dicho que sí.

—Lo sé —repliqué. Cambié el auricular de mano. Estaba sonriendo—. Me siento tan feliz que no sé qué decir.

—Yo también estoy feliz, Amir. No... no puedo creer que esté sucediendo esto.

Me eché a reír.

—Lo sé.

—Escucha, quiero decirte una cosa. Algo que tienes que saber antes...

—No me importa lo que sea.

—Debes saberlo. No quiero que empecemos con secretos. Y prefiero que te enteres por mí.

—Si te sientes mejor así, dímelo. Pero no cambiará nada.

Se produjo una prolongada pausa.

—Cuando vivíamos en Virginia, me escapé con un hombre afgano. Yo tenía entonces dieciocho años... Era rebelde..., una estúpida, y... él estaba metido en drogas... Vivimos juntos durante casi un mes. Todos los afganos de Virginia hablaron de ello.

»*Padar* acabó encontrándonos. Apareció en la puerta y... me obligó a regresar a casa. Me puse histérica. Grité. Vociferé. Le dije que lo odiaba...

»Regresé a casa y... —estaba llorando—. Perdóname. —Oí que dejaba el auricular. Se sonó—. Lo siento —prosiguió con voz ronca—. Cuando volví a casa, me encontré con que mi madre había sufrido un ataque, tenía el lado derecho de la cara paralizado y... me sentí culpable. No se lo merecía.

»*Padar* preparó nuestro traslado a California poco después.

Siguió un silencio.

—¿Cómo estáis ahora tú y tu padre? —le pregunté.

—Siempre hemos tenido nuestras diferencias, y todavía las tenemos, pero le agradezco que viniera a por mí aquel día. Creo de verdad que me salvó. —Hizo una pausa—. Bueno, ¿te molesta lo que te he contado?

—Un poco —contesté.

Le debía la verdad. No podía mentirle y decirle que mi orgullo, mi *iftikhar*, no estaba en absoluto dolido por el hecho de que hubiera estado con un hombre mientras yo nunca me había llevado a una mujer a la cama. Me molestaba un poco, pero había reflexionado sobre ello antes de pedirle a Baba que fuera de *khastegari*. Y la pregunta que acudía siempre a mi cabeza era la siguiente: ¿cómo puedo yo, de entre todas las personas del mundo, castigar a alguien por su pasado?

—¿Te molesta lo bastante como para que cambies de idea?

—No, Soraya. Ni mucho menos. Nada de lo que has dicho cambia nada. Quiero que nos casemos.

Ella estalló en lágrimas.

La envidiaba. Su secreto estaba fuera. Lo había dicho. Le había hecho frente. Abrí la boca y estuve a punto de explicarle cómo había traicionado a Hassan, mentido y destruido una relación de cuarenta años entre Baba y Alí. Pero no lo hice. Sospechaba que había muchos aspectos en los que Soraya Taheri era mucho mejor persona que yo. La valentía era tan sólo uno de ellos.

13

Cuando a la tarde siguiente llegamos a casa de los Taheri para el *lafz*, la ceremonia del compromiso, tuve que aparcar el Ford en la acera de enfrente, pues la suya estaba ya atestada de coches. Yo llevaba el traje azul marino que me había comprado el día anterior, después de acompañar a Baba a casa, finalizado el *khastegari*. Me ajusté el nudo de la corbata en el retrovisor.

—Estás *khoshteep* —dijo Baba—. Muy guapo.

—Gracias, Baba. ¿Te encuentras bien? ¿Te sientes con fuerzas?

—¿Con fuerzas? Es el día más feliz de mi vida, Amir —dijo con una sonrisa cansada.

Desde la puerta se oían las conversaciones, las risas y la música afgana de fondo. Me pareció que se trataba de un *ghazal* clásico interpretado por Ustad Sarahang. Toqué el timbre. Una cara se asomó entre las cortinas del recibidor y desapareció de inmediato.

—¡Ya están aquí! —oí que anunciaba una voz femenina.

El parloteo se interrumpió y alguien apagó la música.

Kanum Taheri abrió la puerta.

—*Salaam alaykum* —gritó. Vi que se había hecho la permanente y lucía para la ocasión un elegante vestido negro hasta los tobillos. Se le humedecieron los ojos en cuanto puse el pie en el

173

vestíbulo—. Apenas has entrado en casa y ya estoy llorando, Amir *jan* —dijo. Le estampé un beso en la mano, como Baba me había enseñado la noche anterior.

Nos condujo por un pasillo totalmente iluminado hasta el salón. De las paredes de paneles de madera colgaban fotografías de gente que se convertiría en mi nueva familia: una joven Kanum Taheri con el cabello rizado y el general, con las cataratas del Niágara como telón de fondo; Kanum Taheri, con un vestido sin costuras, y el general, con chaqueta ceñida con grandes solapas y corbatín, luciendo la totalidad de su pelo negro; Soraya a punto de subir a una montaña rusa de madera, saludando con la mano y sonriente, y con el sol centelleando en los hierros plateados que llevaba en los dientes. Una fotografía del general, uniformado de pies a cabeza, dando la mano al rey Hussein de Jordania. Un retrato del sha Zahir.

El salón estaba ocupado por cerca de dos docenas de invitados sentados en sillas colocadas junto a la pared. Todo el mundo se puso en pie en cuanto Baba entró. Dimos la vuelta a la habitación, Baba delante, lentamente, y yo detrás de él, estrechando manos y saludando a los invitados. El general, siempre con su traje gris, y Baba se abrazaron y se dieron amables golpecitos en la espalda. Intercambiaron sus «*salaams*» en voz baja y en tono respetuoso.

El general me saludó y luego se separó de mí a la distancia de un brazo, como diciendo: «Ésta es la manera correcta, la manera afgana de hacerlo, *bachem*.» A continuación, nos dimos tres besos en la mejilla.

Tomamos asiento en la abarrotada estancia. Baba y yo, el uno junto al otro, enfrente del general y su esposa. La respiración de Baba era algo irregular y a cada paso se secaba el sudor de la frente y la cabeza con el pañuelo. Se dio cuenta de que yo estaba mirándolo y consiguió esbozar una sonrisa forzada.

—Estoy bien —murmuró.

Siguiendo la tradición, Soraya no estaba presente.

Después de unos momentos de charla frívola, el general tosió para aclararse la garganta. El salón se quedó en silencio y todo el mundo bajó la vista en señal de respeto. El general miró a Baba.

Baba tosió también. Cuando empezó, no podía terminar las frases sin detenerse a respirar.

—General *sahib*, *Kanum* Jamila *jan*..., con gran humildad mi hijo y yo... hemos venido hoy a vuestra casa. Sois... gente honorable..., de familias distinguidas y con reputación y... un linaje orgulloso. Sólo vengo con un supremo *ihtiram*... y mis mayores respetos para vosotros, los nombres de vuestras familias y el recuerdo... de vuestros antepasados. —Dejó de hablar. Cogió aire. Se secó la frente—. Amir *jan* es mi único hijo..., mi único varón, y ha sido un buen hijo para mí. Espero que demuestre... ser merecedor de vuestra bondad. Os pido que nos honréis a Amir *jan* y a mí... y aceptéis a mi hijo en el seno de vuestra familia.

El general asintió educadamente.

—Nos honra dar la bienvenida a nuestra familia al hijo de un hombre como tú —dijo—. Tu reputación te precede. En Kabul yo era un humilde admirador tuyo y sigo siéndolo. Nos sentimos honrados de que tu familia y la mía se unan.

»En cuanto a ti, Amir *jan*, te doy la bienvenida a mi casa como a un hijo, como al esposo de mi hija, que es el *noor* de mis ojos. Tu dolor será nuestro dolor, tu alegría la nuestra. Espero que llegues a considerarnos a Khala Jamila y a mí como unos segundos padres, y rezo por tu felicidad y la de nuestra encantadora Soraya. Ambos tenéis nuestras bendiciones.

Todo el mundo aplaudió y después las cabezas se volvieron en dirección al pasillo. Llegaba el momento que yo había estado esperando.

Soraya apareció vestida con un maravilloso vestido tradicional afgano de color vino. Era de manga larga y llevaba adornos dorados. Baba me cogió la mano y me la apretó. Kanum Taheri lloraba a lágrima viva. Soraya se aproximó lentamente, seguida por una procesión de mujeres jóvenes de su familia.

Le besó a mi padre las manos. Por fin se sentó a mi lado, sin levantar la vista.

Los aplausos crecieron.

···

Conforme a la tradición, la familia de Soraya debía celebrar la fiesta de compromiso, el *Shirini-khori*, o ceremonia de «comer los dulces». Luego vendría un período de compromiso que se prolongaría durante unos cuantos meses y finalmente llegaría la boda, que pagaríamos Baba y yo.

Llegamos al acuerdo de que Soraya y yo renunciaríamos al *Shirini-khori*. Todo el mundo conocía el motivo, así que nadie lo mencionó: que a Baba le quedaban pocos meses de vida.

Mientras se llevaban a cabo los preparativos de la boda, Soraya y yo nunca salimos solos... Se consideraba inapropiado. Aún no estábamos casados y ni siquiera habíamos tenido un *Shirini-khori*. Así que tuve que contentarme con cenas en casa de los Taheri en compañía de Baba. Yo me sentaba a la mesa enfrente de Soraya imaginándome cómo sería sentir su cabeza apoyada en mi pecho y oler su cabello. Besarla. Hacerle el amor.

Baba se gastó treinta y cinco mil dólares, prácticamente los ahorros de toda su vida, en el *awroussi*, la ceremonia de la boda. Alquiló un gran salón de banquetes afgano de Fremont (conocía de Kabul a su propietario, y éste le hizo un sustancioso descuento). Baba pagó las *chilas*, nuestros anillos de boda y la sortija de brillantes que yo escogí. Me compró el esmoquin y el vestido tradicional de color verde para el *nika*, la ceremonia del juramento.

De todos los frenéticos preparativos que acabaron en la noche de bodas (la mayoría, por suerte, llevados a cabo por Kanum Taheri y sus amigas), recuerdo únicamente algunos fragmentos.

Recuerdo nuestro *nika*. Nos sentamos en torno a una mesa. Soraya y yo íbamos vestidos de verde, el color del Islam, aunque también de la primavera y de los nuevos proyectos. Yo llevaba el traje tradicional, y Soraya, la única mujer en la mesa, lucía un vestido de manga larga e iba cubierta con un velo. Estaban también Baba, el general Taheri, de esmoquin, y varios tíos de Soraya. Ella y yo manteníamos los ojos bajos, solemnemente respetuosos; sólo de vez en cuando nos lanzábamos miradas furtivas. El *mullah* interrogó a los testigos y leyó el Corán. A continuación, pronunciamos los juramentos y firmamos los certificados. Un tío de Soraya que vivía en Virginia, Sharif *jan*, hermano de Kanum Taheri, se puso en pie y tosió para aclararse la voz. Soraya me había contado que llevaba más de veinte años viviendo en Estados Unidos. Era un hombre bajito, con cara de pájaro y cabello encrespado. Trabajaba para el INS y su esposa era norteamericana. Además, escribía poesía, y nos leyó un largo poema dedicado a Soraya que había garabateado en un papel de carta del hotel.

—¡*Wah wah*, Sharif *jan*! —exclamaron todos cuando finalizó.

Luego me recuerdo vestido de esmoquin dirigiéndome al escenario con Soraya de la mano. Mi futura esposa llevaba un *pari* blanco con velo. Baba cojeaba a mi lado; el general y su esposa avanzaban junto a su hija. Una procesión de tíos, tías y primos seguía nuestro paso por el salón, partiendo en dos el mar de invitados que aplaudían y pestañeaban ante los flashes de las cámaras. Un primo de Soraya, el hijo de Sharif *jan*, sostenía un Corán sobre nuestras cabezas mientras avanzábamos lentamente. La canción de boda, *Ahesta boro*, resonaba en los altavoces, la misma canción que cantaba el soldado ruso en el puesto de control de Mahipar la noche en que Baba y yo abandonamos Kabul:

Convierte la mañana en una llave y arrójala al pozo,
ve despacio, encantadora luna, ve despacio.
Deja que el sol de la mañana se olvide de salir por el este,
ve despacio, encantadora luna, ve despacio.

Recuerdo estar sentado en el sofá que había en el escenario como si de un trono se tratara. La mano de Soraya unida a la mía, mientras nos observaban cerca de trescientas caras. Hicimos el *Ayena Masshaf*, nos entregaron un espejo y nos cubrieron la cabeza con un velo, de modo que sólo pudiéramos ver nuestra imagen reflejada en él. Cuando vi la cara sonriente de Soraya en el espejo, cobijado por la intimidad momentánea del velo, le susurré por primera vez que la quería. Un sofoco, rojo como la henna, le tiñó las mejillas.

Recuerdo bandejas llenas de colorido con *chopan kabob*, *sholeh-goshti* y arroz salvaje. Recuerdo hombres empapados en sudor bailando el tradicional *attan* en círculo, saltando, girando cada vez más rápido al ritmo enfebrecido de la tabla, hasta quedar agotados. Recuerdo haber deseado que Rahim Kan estuviese allí.

Y recuerdo haberme preguntado si también Hassan se habría casado. Y de haberlo hecho, ¿qué cara habría visto bajo el velo? ¿Qué manos pintadas de henna habría tomado entre las suyas?

Hacia las dos de la mañana la fiesta se trasladó del salón de banquetes al piso de Baba. Volvió a correr el té y la música sonó hasta que los vecinos llamaron a la policía. Más tarde, cuando faltaba menos de una hora para que saliese el sol y se habían marchado finalmente todos los invitados, Soraya y yo nos acostamos por vez primera. Había pasado mi vida rodeado de hombres. Aquella noche descubrí la ternura de una mujer.

Fue Soraya quien sugirió trasladarse a vivir con Baba y conmigo.

—Pensaba que querías que tuviésemos nuestra propia casa —le dije.

—¿Con *Kaka jan* enfermo como está? —Sus ojos me decían que aquélla no era manera de empezar un matrimonio. La besé.

—Gracias.

Soraya se dedicó a cuidar de mi padre. Le preparaba las tostadas y el té por la mañana y lo ayudaba a subir y a bajar de la cama. Le daba los analgésicos, le lavaba la ropa y por la tarde le leía la sección internacional del periódico. A menudo le cocinaba su plato favorito, patatas *shorwa* —aunque él apenas comía unas pocas cucharadas—, y todos los días le llevaba a dar un breve paseo alrededor de la manzana. Y cuando quedó postrado en cama, le cambiaba de lado cada hora para que no se llagara.

Un día llegué a casa después de comprar en la farmacia las pastillas de morfina de Baba. Nada más cerrar la puerta, vi de reojo que Soraya ocultaba rápidamente algo debajo de las sábanas de Baba.

—¡Lo he visto! ¿Qué estabais haciendo vosotros dos? —pregunté.

—Nada —respondió Soraya sonriendo.

—Mentirosa. —Levanté las sábanas de Baba—. ¿Qué es esto? —inquirí, aunque lo supe tan pronto como tuve en mis manos mi cuaderno de piel. Recorrí con los dedos las puntadas doradas de los bordes. Recordé los fuegos artificiales de la noche en que Rahim Kan me lo regaló, la noche de mi decimotercer cumpleaños, los silbidos y las explosiones de los cohetes que formaban ramilletes rojos, verdes y amarillos.

—No puedo creer que puedas escribir así —me dijo Soraya.

Baba levantó la cabeza de la almohada.

—Se lo he dado yo. Espero que no te importe.

Le devolví el cuaderno a Soraya y salí de la habitación. Baba odiaba verme llorar.

Un mes después de la boda, los Taheri, Sharif, su esposa Suzy y varios tíos de Soraya fueron a cenar a nuestro piso. Soraya preparó *sabzi challow* (arroz blanco con espinacas y cordero). Después de cenar tomamos té verde y jugamos a las cartas repartidos en grupos de cuatro. Soraya y yo jugamos con Sharif y Suzy en la mesita de centro, junto al sofá donde estaba tumbado Baba, cubierto con una manta de lana. Me observaba bromear con Sharif, nos observaba a Soraya y a mí entrelazando los dedos, me observaba cuando le retiré de la cara un mechón de cabello. Yo veía su sonrisa interior, ancha como los cielos de Kabul en las noches en que los álamos se estremecen y el sonido de los grillos inunda los jardines.

Antes de medianoche, Baba nos pidió que lo ayudáramos a acostarse. Soraya y yo pasamos sus brazos por nuestros hombros y enlazamos las manos detrás de su espalda. Cuando lo acostamos, le dijo a Soraya que apagase la luz de la mesilla. Luego nos pidió que nos agachásemos y que le diéramos un beso.

—Te traeré la morfina y un vaso de agua, *Kaka jan* —dijo Soraya.

—Esta noche no —replicó él—. Esta noche no tengo dolor.

—De acuerdo —dijo ella. Le tapó con la manta y cerramos la puerta.

Baba nunca despertó.

En los alrededores de la mezquita de Hayward ya no quedaban plazas libres de aparcamiento. En el campo de hierba rala que había detrás del edificio, coches y vehículos todoterreno aparcaban en filas improvisadas. La gente se veía obligada a desplazarse cuatro o cinco manzanas al norte para encontrar un hueco.

La zona de hombres de la mezquita consistía en una gran sala cuadrada cubierta de alfombras afganas y cojines dispuestos en hileras. Los hombres entraron en fila, después de dejar los zapatos en la entrada, y se sentaron con las piernas cruzadas en los cojines. Un *mullah* cantó al micrófono suras del Corán. Yo me senté junto a la puerta, el lugar tradicionalmente destinado a la familia del fallecido. El general Taheri se sentó a mi lado.

A través de la puerta abierta veía los coches que iban llegando. La luz del sol centelleaba en los parabrisas. Dejaban a los pasajeros, hombres con traje oscuro y mujeres vestidas de negro y con la cabeza cubierta con las tradicionales *hijabs* blancas.

Mientras las palabras del Corán resonaban en la sala, yo pensaba en la vieja historia de Baba luchando contra un oso negro en Baluchistán. Baba se había pasado la vida luchando contra osos. Perdiendo a su joven esposa. Criando él solo a un hijo. Abandonando su querido país, su *watan*. Pobreza. Indignidad. Al final, había llegado el oso al que no podía derrotar. Había perdido, sí, pero había sido él quien había establecido las reglas.

Al final de cada ronda de oraciones, los grupos de dolientes formaban una fila y me daban el pésame. Yo les estrechaba las manos sumisamente. A muchos de ellos apenas los conocía. Sonreía educadamente, les daba las gracias por sus buenos deseos y escuchaba lo que tuvieran que decir sobre Baba.

—... me ayudó a construir la casa en Taimani...

—... bendito sea...

—... no tenía a nadie a quien acudir y me prestó...

—... me encontró un trabajo..., apenas me conocía...

—... como un hermano para mí...

Escuchándolos, pensé en cuánto de lo que yo era había sido definido por Baba y por la impronta que él había dejado en la vida de la gente. Durante toda mi vida, yo había sido «el hijo de Baba». Y se había ido. Baba ya no volvería a enseñarme el camino; tendría que encontrarlo por mi cuenta.

Pensarlo me aterrorizaba.

Antes, en la pequeña zona del cementerio dedicada a los enterramientos musulmanes, había visto como metían a Baba en la fosa. El *mullah* y otro hombre entablaron una discusión sobre cuál era el *ayat* más apropiado del Corán para recitar en el cementerio. La situación se habría puesto fea si no hubiera intervenido el general Taheri. El *mullah* eligió finalmente un *ayat* y lo recitó, siendo víctima de las miradas desagradables del otro hombre. Observé cómo arrojaban la primera palada de tierra sobre la tumba. Luego me fui. Me dirigí al lado opuesto del cementerio y me senté a la sombra de un arce rojo.

Los últimos dolientes presentaron sus respetos y la mezquita se quedó vacía, a excepción del *mullah*, que estaba desconectando el micrófono y envolviendo su Corán en una tela verde. El general y yo salimos al exterior, al sol de última hora de la tarde. Bajamos las escaleras, pasamos junto a pequeños grupos de hombres que fumaban. Oí fragmentos de las conversaciones, un partido de fútbol que se celebraría el siguiente fin de semana en Union City, un nuevo restaurante afgano en Santa Clara... La vida continuaba ya, y dejaba a Baba atrás.

—¿Cómo estás, bachem? —me preguntó el general Taheri.

Apreté los dientes. Me mordí sin conseguir que emergieran las lágrimas que habían estado amenazándome el día entero.

—Voy a buscar a Soraya —dije.

—De acuerdo.

Me dirigí a la zona de mujeres de la mezquita. Soraya estaba en las escaleras junto a su madre y un par de señoras que reconocí vagamente del día de la boda. Le hice una señal. Ella le dijo algo a su madre y se acercó a mí.

—¿Podemos dar un paseo? —inquirí.

—Claro. —Me dio la mano.

Caminamos en silencio por un zigzagueante sendero de gravilla flanqueado por una hilera de arbustos bajos. Nos sentamos en un banco y observamos a una pareja de ancianos que estaban arrodillados junto a una tumba situada unas cuantas hileras más allá. En ese momento, depositaban un ramo de margaritas sobre la lápida.

—¿Soraya?

—¿Sí?

—Voy a echarlo de menos.

Me puso la mano en el regazo. La *chila* de Baba brillaba en su dedo anular. Detrás de ella, alejándose por Mission Boulevard, veía a todos los que habían asistido al funeral. Pronto nos marcharíamos también nosotros, y, por primera vez, Baba se quedaría completamente solo.

Soraya me atrajo hacia ella y por fin llegaron las lágrimas.

Soraya y yo no pasamos por el período de compromiso y, por esa razón, prácticamente todo lo que conocía sobre los Taheri lo supe después de entrar en la familia como casado. Supe, por ejemplo, que el general sufría una vez al mes migrañas cegadoras que le duraban casi una semana. Cuando aparecían los dolores de cabeza, el general entraba en su dormitorio, se desnudaba, apagaba la luz, cerraba la puerta con llave y no volvía a salir hasta que el dolor había remitido. Nadie tenía permiso para entrar, ni siquiera para llamar a la puerta. Finalmente, acababa saliendo, una vez más vestido con su traje gris, con olor a sueño y a sábanas y con los ojos hinchados e inyectados en sangre. Supe por Soraya que él y Kanum Taheri dormían en habitaciones separadas desde que ella podía recordar. Supe también que era quisquilloso, por ejemplo cuando probaba el *qurma* que su esposa le servía. Resoplaba y lo empujaba para que se lo retirase. «Te prepararé otra cosa», decía Kanum Taheri, pero él la ignoraba, ponía cara larga y comía pan con cebolla. Soraya se enfadaba y su madre lloraba. Soraya me explicó que su padre tomaba antidepresivos. Supe que había mantenido a su familia gracias a la beneficencia y que en Estados Unidos nunca había trabajado; prefería aceptar los cheques en metálico que emitía el gobierno antes que degradarse con un trabajo inapropiado para un hombre de su categoría... Consideraba el mercadillo como una afición, una forma de relacionarse con sus compañeros afganos. El general creía que, tarde o temprano, Afganistán sería liberado, la monarquía restablecida y volverían a reclamar sus servicios. Por eso cada día se vestía con el traje gris, observaba el reloj de bolsillo y esperaba.

Supe que Kanum Taheri (a quien ahora llamaba Khala Jamila) había sido famosa en Kabul por su encantadora voz. A pesar de no haber cantado nunca como profesional, tenía talento para ello... Supe que era capaz de cantar canciones folklóricas, *ghazals*, incluso *raga*, normalmente de dominio exclusivo de los hombres. Pero por más que al general le gustara escuchar música (de hecho, tenía una considerable colección de cintas de *ghazals* clásicos interpretados por cantantes afganos e hindúes), consideraba que era mejor dejar su interpretación en manos de artistas de reputación inferior. Una de las condiciones que impuso el general al contraer matrimonio fue que ella nunca cantara en público. Soraya me explicó que su madre había querido cantar en la ceremonia de nuestra boda, una única canción, pero el general le lanzó una de sus miradas, con lo que el asunto quedó zanjado. Khala Jamila jugaba a la lotería una vez por semana y veía el programa de Johnny Carson todas las noches. Pasaba los días en el jardín, cuidando sus rosas, sus geranios, sus patateras y sus orquídeas.

Cuando me casé con Soraya, las flores y Johnny Carson pasaron a ocupar un lugar menos destacado. Yo era la nueva ilusión en la vida de Khala Jamila. A diferencia de los modales reservados y diplomáticos del general (él nunca me corregía cuando me dirigía a él como «general *sahib*»), Khala Jamila no guardaba como un secreto lo mucho que me adoraba. En primer lugar, escuché su impresionante lista de enfermedades, algo a lo que el general hacía oídos sordos desde hacía mucho tiempo. Soraya me contó que desde que su madre había sufrido el ataque, cada palpitación que sentía en el pecho era un infarto, cada articulación dolorida, el principio de una artritis reumatoide, y cada contracción en el ojo, un nuevo ataque. Recuerdo la primera vez que Khala Jamila me mencionó que tenía un bulto en la garganta.

—Mañana no iré a la universidad y la acompañaré al médico —le dije, a lo que el general me sonrió y repuso:

—Entonces será mejor que cuelgues los libros, *bachem*. Los cuadros médicos de tu Khala son como las obras de Rumi: llegan por volúmenes.

Pero no era tan sólo que hubiera encontrado a alguien dispuesto a escuchar sus monólogos sobre enfermedades. Yo creía firmemente que, aunque hubiera cogido un rifle y cometido una masacre, habría seguido disfrutando de su amor inquebrantable. Porque había liberado su corazón de la peor enfermedad. La había liberado del mayor miedo de cualquier madre afgana: que ningún *khastegar* honorable pidiera la mano de su hija. Que su hija se hiciera mayor sola, sin marido, sin hijos. Toda mujer necesitaba un marido. Aunque silenciara sus canciones.

Y, por boca de Soraya, conocí los detalles de lo sucedido en Virginia.

Estábamos en una boda. El tío de Soraya, Sharif, el que trabajaba para el INS, casaba a su hijo con una joven afgana de Newark. La boda tenía lugar en el mismo salón donde, seis meses antes, Soraya y yo habíamos celebrado nuestro *awroussi*. Nos encontrábamos entre un grupo de invitados observando cómo la novia aceptaba los anillos por parte de la familia del novio, cuando oímos la conversación de dos mujeres de mediana edad que nos daban la espalda en esos momentos.

—Qué novia más encantadora —dijo una de ellas—. Mírala. Tan *maghbool* como la luna.

—Sí —dijo la otra—. Y pura, además. Virtuosa. Sin novios.

—Lo sé. Te digo que este chico hizo bien no casándose con su prima.

Soraya estalló en el camino de vuelta a casa. Frené el Ford y paré bajo la luz de una farola en Fremont Boulevard.

—No pasa nada —dije, retirándole el cabello de la cara—. ¿A quién le importa eso?

—Es malditamente injusto —me espetó.

—Olvídalo.

—Sus hijos salen de discotecas en busca de ganado, dejan preñadas a las muchachas y tienen hijos fuera del matrimonio. Y nadie hace un maldito comentario. ¡Oh, sólo son hombres que se divierten! Yo cometo un error, y de repente todo el mundo habla de *nang* y *namoos* y tienen que restregármelo por la cara el resto de mi vida. —Con el pulgar le sequé una lágrima que le resbalaba por la barbilla, justo por encima de su marca de nacimiento—. No te lo dije —continuó Soraya, frotándose los ojos—, pero aquella noche apareció mi padre con una pistola. Le dijo... que tenía dos balas en la recámara, una para él y otra para él mismo si yo no regresaba a casa. Yo gritaba, llamé a mi padre por todos los nombres imaginables, le dije que no podía tenerme encerrada bajo llave para siempre, que deseaba su muerte. —Las lágrimas luchaban por salir de entre sus párpados—. De hecho, le dije que deseaba que estuviese muerto. Cuando me llevó a casa, mi madre me abrazó y se echó a llorar. Hablaba, pero yo no podía entender nada porque apenas era capaz de articular las palabras. Mi padre me llevó a mi habitación y me sentó delante del espejo del vestidor. Me entregó un par de tijeras y, con toda la calma, me pidió que me cortara el pelo. Me observó mientras lo hacía. Pasé semanas sin salir de casa. Y cuando lo hice, oía murmuraciones, o creía oírlas, por todas partes.

185

De eso hace cuatro años. Ahora estamos a cinco mil kilómetros de distancia y aún sigo oyéndolas.

—Que se jodan —dije.

Emitió un sonido que era medio sollozo, medio risa.

—Cuando te lo conté por teléfono la noche del *khastegari*, estaba convencida de que cambiarías de idea.

—Ni pensarlo, Soraya.

Me sonrió y me cogió la mano.

—Tengo mucha suerte de haberte encontrado. Eres muy distinto de cualquier chico afgano que haya conocido.

—No hablemos nunca más de esto, ¿de acuerdo?

—De acuerdo.

La besé en la mejilla y puse el coche en marcha. Mientras conducía, me preguntaba por qué yo era distinto de los demás afganos. Tal vez porque me había educado entre hombres, en lugar de entre mujeres, y nunca había estado directamente expuesto al doble rasero con que a veces las trataba la sociedad afgana. Tal vez porque Baba había sido un padre afgano poco común, un liberal que había vivido siguiendo sus propias reglas, un inconformista que había despreciado o aceptado las costumbres sociales según le había convenido.

Pero creo que gran parte de la razón por la que no me importaba el pasado de Soraya era porque yo también lo tenía. Porque conocía perfectamente lo que era el remordimiento.

Poco después de la muerte de Baba, Soraya y yo nos trasladamos a un apartamento en Fremont, a escasas manzanas de la casa del general y Khala Jamila. Como parte del ajuar, los padres de Soraya nos compraron un sofá de piel marrón y una vajilla de Micaza. El general me sorprendió con un regalo adicional, una máquina de escribir IBM por estrenar. En la caja había escrito una nota en farsi:

Amir jan:
Espero que con estas teclas descubras muchas novelas.
General Iqbal Taheri

Vendí el autobús VW de Baba y, hasta la fecha, no he regresado al mercadillo. Todos los viernes me acercaba a su tumba y a veces encontraba junto a la lápida un ramo de freesias recién cortadas, con lo que sabía que Soraya también había estado allí.

Soraya y yo iniciamos la rutina (y las pequeñas preguntas) de la vida de casados. Compartíamos cepillos de dientes y calcetines, y compartíamos el periódico de la mañana. Ella dormía en el lado derecho de la cama, yo prefería el izquierdo. A ella le gustaban las almohadas mullidas, a mí las duras. A modo de aperitivo, ella comía cereales secos y los rociaba con leche.

Aquel verano me aceptaron en San Jose State y decidí especializarme en lengua inglesa. Acepté un puesto como vigilante de seguridad en un almacén de muebles de Sunnyvale. El trabajo era tremendamente aburrido, pero sus ventajas eran considerables: cuando a las seis de la tarde todo el mundo desaparecía y las sombras empezaban a cernirse sobre los pasillos de sofás tapados con plásticos y apilados hasta el techo, yo sacaba mis libros y estudiaba. Fue en el despacho de olor a pino de aquel almacén de muebles donde empecé mi primera novela.

Al año siguiente, Soraya siguió mis pasos en San Jose State y se matriculó, con gran disgusto de su padre, en magisterio.

—No sé por qué desperdicias tu talento de esa manera —dijo una noche el general durante la cena—. ¿Sabías, Amir *jan*, que en la escuela superior todas las notas que obtenía eran sobresalientes? —Se volvió hacia ella—. Una chica inteligente como tú podría ser abogada, o política. Y así, *Inshallah*, cuando Afganistán sea libre, podrías ayudar a redactar la nueva constitución. Entonces se necesitarán jóvenes afganos con talento como tú. Y viniendo de la familia que vienes, podrían incluso darte un puesto en el ministerio.

Vi cómo Soraya reprimía su ira.

—No soy una niña, *padar*. Soy una mujer casada. Además, también necesitarán maestros.

—Cualquiera puede ser maestro.

—¿Queda más arroz, *madar*? —preguntó Soraya.

Después de que el general se disculpara porque tenía que ir a visitar a unos amigos en Hayward, Khala Jamila intentó consolar a su hija.

—Te quiere bien —dijo—. Lo único que desea es que tengas éxito.

—Para fanfarronear con los amigos de que tiene una hija abogada. Otra medalla para el general —comentó Soraya.

—¡Qué tonterías dices!

—¡Éxito!... —exclamó entre dientes Soraya—. Al menos no soy como él, que se pasa la vida sentado, mientras otros luchan contra los *shorawi*, a la espera de que las aguas vuelvan a su cauce para regresar y reclamar su pomposo puestecillo en el gobierno. Tal vez los maestros no cobren mucho, pero ¡es lo que quiero hacer! Es lo que me gusta y, por cierto, es muchísimo mejor que cobrar de la beneficencia.

Khala Jamila se mordió la lengua.

—Si te oye decir eso alguna vez, nunca volverá a hablarte.

—No te preocupes —soltó Soraya, tirando la servilleta en el plato—. No machacaré su precioso ego.

En verano de 1988, unos seis meses antes de que los soviéticos se retiraran de Afganistán, di por finalizada mi primera novela, una historia entre padre e hijo, con Kabul como escenario, escrita en su mayor parte con la máquina de escribir que me regaló el general. Envié cartas a una docena de agencias y me quedé perplejo cuando, un día de agosto, abrí el buzón y encontré una carta de una agencia de Nueva York que me solicitaba una copia del original. Lo envié por correo al día siguiente. Soraya estampó un beso en el perfectamente embalado manuscrito y Khala Jamila insistió en pasarlo por debajo del Corán. Me dijo que haría un *nazr* para mí, un juramento que consistía en sacrificar un cordero y regalar la carne a un pobre si aceptaban mi libro.

—Nada de *nazr*, por favor, *Khala jan* —le dije, dándole un beso—. Haz sólo un *kazat* y dale el dinero a alguien necesitado, ¿de acuerdo? Nada de sacrificar corderos.

Seis semanas después, me llamó desde Nueva York un hombre llamado Martin Greenwalt, quien se ofreció a ser mi representante. Sólo se lo dije a Soraya.

—El hecho de que tenga un agente no significa que vayan a publicarme. Si Martin consigue vender la novela, entonces sí que lo celebraremos.

Un mes más tarde recibí una llamada de Martin en la que me informó de que iba a convertirme en un novelista con obra publicada. Cuando se lo dije a Soraya, se puso a gritar.

Aquella noche organizamos una cena de celebración con mis suegros. Khala Jamila preparó *kofta* (albóndigas de carne con arroz) y chocolate *ferni*. El general, con los ojos brillantes, dijo que estaba orgulloso de mí. Cuando el general y su esposa se fueron, Soraya y yo lo celebramos con una cara botella de Merlot que yo había comprado de camino a casa. El general no aprobaba que las mujeres bebieran alcohol y Soraya no bebía en su presencia.

—Me siento tan orgullosa de ti... —dijo, acercando su copa a la mía—. Kaka también se habría sentido orgulloso.

—Lo sé —dije, pensando en Baba, deseando que hubiera podido verme en aquel momento.

Avanzada la noche, después de que Soraya cayera dormida (el vino siempre le da sueño), salí al balcón para respirar el aire fresco del verano. Pensé en Rahim Kan y en la pequeña nota de ánimo que me había escrito después de haber leído mi primer cuento. Y pensé en Hassan. «Algún día, *Inshallah*, serás un gran escritor —había dicho en una ocasión—. Y la gente de todo el mundo leerá tus cuentos.» Había tanta bondad en mi vida, tanta felicidad... Me pregunté si me merecía todo aquello.

La novela se publicó en verano del año siguiente, 1989, y el editor me envió de gira por cinco ciudades. Me convertí en una pequeña celebridad entre la comunidad afgana. Aquél fue el año en que los *shorawi* completaron su retirada de Afganistán. Debería haber sido una época de gloria para los afganos. Pero la guerra continuaba, esta vez entre afganos, los muyahidines contra el gobierno títere de los soviéticos de Najibullah. Mientras tanto, los refugiados afganos seguían congregándose en Pakistán. Aquél fue el año en que finalizó la guerra fría, el año en que cayó el muro de Berlín. Fue el año de los sucesos de la plaza de Tiananmen. En medio de todo aquello, Afganistán cayó en el olvido. Y el general Taheri, cuyas esperanzas habían despertado después de la retirada de los soviéticos, volvió a dar cuerda a su reloj de bolsillo.

Aquél fue también el año en que Soraya y yo comenzamos a intentar tener un hijo.

La idea de la paternidad desataba en mí un torbellino de emociones. Lo encontraba simultáneamente aterrador, vigorizante, amedrentador y estimulante. Me preguntaba qué tipo de padre sería. Quería ser igual que Baba y al mismo tiempo no quería tener nada que ver con él.

Pero pasó un año sin que nada sucediera. A cada nueva menstruación, más frustrada se sentía Soraya, más impaciente, más irritable. Por entonces, las sutiles insinuaciones iniciales de Khala Jamila habían pasado a ser totalmente directas: «*Kho dega!*» «¿Cuándo voy a poder cantar *alahoo* a mi pequeño *nawasa*?» El general, el pastún eterno, no hacía nunca ningún tipo de comentario, ya que eso significaba hacer referencia a un acto sexual entre su hija y un hombre, aunque el hombre en cuestión llevara casi cuatro años casado con ella. Sin embargo, cuando Khala Jamila nos atormentaba con sus bromas sobre un bebé, el general levantaba la cabeza y nos miraba.

—A veces se tarda un poco —le dije una noche a Soraya.

—¡Un año no es un poco, Amir! —exclamó con un tono de voz cortante poco habitual en ella—. Algo va mal, lo sé.

—Entonces vayamos a un médico.

El doctor Rosen, un hombre barrigudo y mofletudo, con dientes pequeños y uniformes, hablaba con un ligero acento del este de Europa, remotamente eslavo. Sentía pasión por los trenes: su despacho estaba abarrotado de libros sobre la historia del ferro-carril, locomotoras en miniatura, dibujos de trenes trepando por verdes colinas y cruzando puentes... En la pared de detrás del escritorio había un cartel que rezaba: «La vida es un tren. Sube a bordo.»

Nos expuso el plan. Primero me estudiaría a mí.

—Los hombres son más fáciles —dijo, dando golpecitos en la mesa de caoba—. La fontanería del hombre es como su cabeza: sencilla, con pocas sorpresas. Ustedes, señoras, por el contrario... Bueno, digamos que Dios se lo pensó concienzudamente cuando las creó. —Me pregunté si a todas las parejas les diría aquello de la fontanería.

—Afortunadas que somos... —comentó Soraya.

El doctor Rosen se echó a reír. Parecía bastante lejos de ser una risa franca. Me dio una receta para entregar en el laboratorio y un tubo de plástico. A Soraya le tendió una solicitud para hacerse análisis de sangre rutinarios. Luego nos estrechamos la mano.

—Bienvenidos a bordo —dijo al despedirnos.

Yo salí airoso de la prueba.

Los siguientes meses fueron una época confusa de pruebas para Soraya: temperatura basal corporal, análisis de sangre para verificar todo tipo de hormonas, algo llamado «prueba del moco cervical», ecografías, más análisis de sangre y más análisis de orina. Soraya se sometió a una prueba denominada histeroscopia en la que el doctor Rosen insertó un telescopio en el útero de Soraya para echarle un vistazo. No encontró nada.

—La fontanería funciona —anunció, desechando sus guantes de látex. Tenía ganas de que dejara de utilizar ese término..., no éramos lavabos.

Finalizadas las pruebas, nos dijo que no podía explicarse por qué no podíamos tener hijos. Y, aparentemente, no era una situación excepcional. Era lo que se denominaba infertilidad inexplicada.

Luego llegó la fase de tratamiento. Lo probamos con un fármaco llamado clomifeno, y con hMG, una serie de inyecciones que Soraya se administraba ella misma. Viendo que no funcionaba nada de aquello, el doctor Rosen aconsejó la fecundación in vitro. Recibimos una carta muy cortés de nuestro seguro médico en la que nos deseaban mucha suerte y nos decían que sentían no poder hacerse cargo de los gastos.

Echamos mano del anticipo que había recibido por la novela. La fecundación in vitro resultó ser un proceso eterno, complicado, frustrante y, por último, un fracaso. Después de meses de permanecer sentados en salas de espera leyendo revistas como *Good Housekeeping* y *Reader's Digest*, después de interminables batas de papel y salas de exploración frías y estériles iluminadas por fluorescentes, de la humillación repetida de explicarle hasta el mínimo detalle de nuestra vida sexual a un completo desconocido, de inyecciones, sondas y recogidas de muestras, volvimos al doctor Rosen y a sus trenes.

Sentado enfrente de nosotros, tamborileando en el escritorio con los dedos, utilizó por vez primera la palabra «adopción». Soraya lloró durante todo el camino de vuelta a casa.

Soraya dio la noticia a sus padres el fin de semana después de nuestra última visita al doctor Rosen. Estábamos sentados en sillas de cámping en el jardín de los Taheri, asando truchas en la barbacoa y bebiendo yogur *dogh*. Era una tarde de marzo de 1991. Khala Jamila acababa de regar las rosas y sus nuevas madreselvas, y su fragancia se mezclaba con el aroma del pescado. Eran ya dos veces las que se había acercado a Soraya para acariciarle el cabello y decirle:

—Dios es quien mejor lo sabe, *bachem*. Tal vez es que no debía ser así.

Soraya seguía sin levantar la vista. Estaba cansada, lo sabía, cansada de todo aquello.

—El médico mencionó la idea de la adopción —murmuró.

La cabeza del general Taheri se volvió al instante al oír aquello. Cerró la tapa de la barbacoa.

—¿Sí?

—Dijo que era una opción —dijo Soraya.

En casa habíamos hablado ya de la adopción y Soraya se mostraba ambigua al respecto.

—Sé que es una tontería y que tal vez resulte vanidoso —me dijo de camino a casa de sus padres—. Pero no puedo evitarlo. Siempre he soñado que lo tendría entre mis brazos y que sabría que mi sangre lo habría alimentado durante nueve meses, que un día lo miraría a los ojos y me sorprendería viéndote a ti o a mí en él, que se haría mayor y tendría tu sonrisa o la mía. Sin eso... ¿Está mal pensar así?

—No —le respondí yo.

—¿Soy egoísta?

—No, Soraya.

—Pero si tú quieres...

—No —le dije—. Si lo hacemos, no deberíamos albergar ninguna duda al respecto y tendría que ser de mutuo acuerdo. De otro modo, no sería justo para el bebé.

Apoyó la cabeza en la ventanilla y no dijo nada más durante el resto del trayecto.

El general estaba sentado a su lado.

—*Bachem*, eso de la... adopción, no estoy seguro de que sea para nosotros, los afganos. —dijo. Soraya me miró agotada y suspiró—. Cuando se hacen mayores quieren saber quiénes son sus padres naturales. Y no puedes culparlos por ello. A veces abandonan el hogar por el que tanto trabajaste para encontrar a quienes les dieron la vida. La sangre tira, *bachem*, no lo olvides nunca.

—No quiero seguir hablando de esto —replicó Soraya.

—Te diré algo más —continuó el general. Se notaba que iba acelerándose; estábamos a punto de presenciar uno de sus pequeños discursos—. Mira a Amir *jan*. Todos conocimos a su padre, sé quien era su abuelo en Kabul y también su bisabuelo. Si me lo pidieras, podría perfectamente aquí sentado recordar generaciones de sus antepasados. Fue por eso por lo que, cuando su padre, que Dios lo tenga en la paz, vino al *khastegari*, no lo dudé. Y créeme, su padre no habría accedido a pedir tu mano de no saber de quién descendías. La sangre es muy importante, *bachem*, y cuando adoptas no sabes de quién es la sangre que metes en casa.

»Ahora bien, si fuésemos norteamericanos, no importaría. Aquí la gente se casa por amor; el apellido y los antepasados no forman parte de la ecuación. Y adoptan de la misma manera; mientras el bebé esté sano, todo el mundo feliz. Pero nosotros somos afganos, *bachem*.

—¿Está ya el pescado? —dijo Soraya. La mirada del general Taheri se clavó en ella. Le dio una palmadita en la rodilla.

—Limítate a ser feliz por tener salud y un buen marido.

—¿Qué opinas, Amir *jan*? —dijo Khala Jamila.

Deposité mi vaso en la repisa, donde una hilera de macetas con geranios seguía goteando.

—Creo que estoy de acuerdo con el general Sahib.

Aliviado, el general asintió y regresó a la barbacoa.

Todos teníamos nuestros motivos para no adoptar. Soraya tenía los suyos y el general también. Yo, por mi parte, tenía el siguiente: que quizá algo, alguien, en algún lugar, hubiera decidido negarme la paternidad por lo que había hecho. Tal vez fuera ése mi castigo, y quizá fuera justo. «Tal vez es que no debía ser así», había dicho Khala Jamila. O, tal vez, debía ser así.

Unos meses después utilizamos el anticipo de mi segunda novela para pagar la entrada de una preciosa casa victoriana de dos dormitorios en el barrio de Bernal Heights de San Francisco. Tenía tejado a dos aguas, suelos de madera y un diminuto jardín con un cobertizo y una barbacoa al fondo. El general me ayudó a reparar la cubierta y a pintar las paredes. Khala Jamila se lamentó de que nos trasladásemos a casi una hora de camino de su casa, sobre todo porque pensaba que Soraya necesitaba todo el amor y el apoyo que ella podía ofrecerle..., sin darse cuenta de que su compasión, bien intencionada aunque abrumadora, era precisamente lo que empujaba a Soraya a llevar a cabo el traslado.

· · ·

A veces, mientras Soraya dormía a mi lado, yo permanecía tendido en la cama, escuchando el ruido de la contraventana, que se abría y cerraba empujada por la brisa, y el sonido de los grillos que cantaban en el jardín. Y prácticamente podía sentir el vacío en el vientre de Soraya, como si fuese una cosa viva y que respirara. Aquel vacío se había filtrado en nuestro matrimonio, en nuestras risas y en nuestras relaciones sexuales. Y aquella noche, a última hora, en la oscuridad de nuestro dormitorio, lo sentía saliendo de Soraya para establecerse entre nosotros. Para dormir entre nosotros. Como un recién nacido.

14

Junio de 2001

Colgué el auricular y me quedé mirándolo fijamente durante un buen rato. Sólo cuando *Aflatoon* me sorprendió con un ladrido me percaté del silencio que se había apoderado de la estancia. Soraya había dejado el televisor sin volumen.

—Estás pálido, Amir —dijo desde el sofá, el mismo que nos habían regalado sus padres con motivo del estreno de nuestro primer apartamento.

Estaba acostada, con la cabeza de *Aflatoon* cobijada en su pecho, y las piernas tapadas por los viejos cojines. Hojeaba un especial de la PBS sobre la inquietante situación de los lobos en Minnesota, mientras corregía a desgana unas redacciones del curso que impartía en la escuela de verano (llevaba ya seis años dando clases en el mismo colegio). Se incorporó y *Aflatoon* bajó de un salto del sofá. Fue el general quien bautizó a nuestro cocker spaniel con el nombre en farsi de Platón, porque decía que, si mirabas con insistencia y durante un rato los ojos negros y transparentes del perro, parecía que estuviera pensando algo muy serio.

Bajo la barbilla de Soraya había aparecido un pequeño atisbo de papada. Los últimos diez años habían rellenado ligeramente la curva de sus caderas y dejado en su cabello negro como el carbón algunas pinceladas de gris ceniza. Sin embargo, conservaba el rostro de la princesa del baile, con sus cejas en forma de pájaro en pleno vuelo, y su nariz, elegantemente curvada como una letra del antiguo alfabeto árabe.

—Estás pálido —repitió Soraya, depositando el montón de papeles sobre la mesa.

—Tengo que ir a Pakistán.

Entonces se puso en pie.

—¿A Pakistán?

—Rahim Kan está muy enfermo. —Sentí un nudo en la garganta al pronunciar esas palabras.

—¿El antiguo socio de Kaka? —Soraya nunca había visto a Rahim Kan, pero le había hablado de él. Asentí con la cabeza—. ¡Oh! —dijo—. Lo siento mucho, Amir.

—Manteníamos una relación muy íntima. Cuando era pequeño, fue el primer adulto a quien consideré un amigo.

Le describí a él y a Baba tomando el té en el despacho de mi padre y luego fumando junto a la ventana, la brisa con esencia de escaramujo que llegaba del jardín y doblegaba las columnas de humo.

—Recuerdo que me lo contaste —dijo Soraya. Hizo una pausa—. ¿Cuánto tiempo estarás fuera?

—No lo sé. Quiere verme.

—¿Es...?

—Sí, es seguro. No me pasará nada, Soraya. —Era la pregunta que ella había deseado formular durante todo aquel rato... Quince años de matrimonio nos habían otorgado el don de leernos el pensamiento—. Voy a dar un paseo.

—¿Voy contigo?

—No, preferiría ir solo.

Me dirigí en coche hasta Golden Gate Park y paseé por Spreckels Lake, en la zona norte del parque. El sol centelleaba en el agua, sobre la que navegaban docenas de barcos diminutos impulsados por la vivificante brisa de San Francisco. Me senté en un banco y vi a un hombre que lanzaba a su hijo un balón de fútbol y le daba instrucciones de cómo debía manejarlo. Levanté la vista y vi un par de cometas rojas con largas colas azules que se elevaban hacia el cielo. Flotaban por encima de los árboles del extremo oeste del parque, por encima de los molinos de viento.

Pensé en el comentario que había hecho Rahim Kan justo antes de colgar. Fue de pasada, como una ocurrencia de última hora. Cerré los ojos y me lo imaginé al otro extremo del teléfono. Tenía los labios ligeramente entreabiertos y la cabeza inclinada hacia un lado. Una vez más, algo en sus ojos negros sin fondo insinuaba el secreto nunca pronunciado que existía entre nosotros. Con la diferencia de que ahora ya lo sabía. Las sospechas que yo había mantenido durante todos esos años eran ciertas. Sabía lo de Assef, la cometa, el dinero y el reloj de manecillas luminosas. Lo había sabido siempre.

«Ven. Hay una forma de volver a ser bueno», me había dicho Rahim Kan justo antes de colgar el teléfono. Lo dijo de pasada, como una ocurrencia de última hora.

Una forma de volver a ser bueno.

Cuando llegué a casa, Soraya estaba hablando por teléfono con su madre.

—No estará mucho tiempo, *madar jan*. Una semana, tal vez dos... Sí, tú y *padar* podéis venir a casa...

Hacía dos años, el general se había fracturado la cadera derecha. Sufría una de sus habituales migrañas y, al salir de su habitación, con ojos legañosos y aturdido, había tropezado con el borde de una alfombra. El grito que dio hizo que Khala Jamila saliese corriendo de la cocina. «Fue como un *jaroo*, un palo de escoba que se parte por la mitad», decía ella siempre, a pesar de que el médico había dicho que era poco probable que hubiera oído nada parecido. La cadera hecha añicos del general (y todas las complicaciones posteriores, la neumonía, la infección, la prolongada estancia en el hospital) acabó con los eternos soliloquios de Khala Jamila sobre su propia salud. E inició otros nuevos sobre la del general. Explicaba a todo aquel que quisiera escucharla que los médicos habían dicho que los riñones empezaban a fallarle. «Sin embargo, ellos no han visto nunca unos riñones afganos, ¿no es así?», decía con orgullo. Lo que mejor recuerdo de la estancia del general en el hospital es a Khala Jamila esperando que se quedara dormido para luego cantarle canciones que yo recordaba de Kabul, que sonaban en la vieja radio llena de interferencias de Baba.

La fragilidad, y también la edad, del general habían suavizado las cosas entre él y Soraya. Paseaban juntos, salían a comer los sábados y, a veces, el general asistía a alguna de sus clases. Se sentaba en el fondo del aula, vestido con su traje gris lleno de brillos, el bastón de madera en el regazo y una sonrisa. A veces incluso tomaba apuntes.

Aquella noche nos acostamos Soraya y yo, ella dándome la espalda, y yo con la cara hundida en su melena. Recordaba cuando nos acostábamos el uno de cara al otro y compartíamos besos y susurros de placer hasta que se nos cerraban los ojos, hablábamos de pies diminutos, primeras sonrisas, primeras palabras, primeros pasos. A veces todavía lo hacíamos, pero hablábamos de la escuela o de mi nuevo libro, o nos reíamos de algún vestido ridículo que habíamos visto en una fiesta. Cuando hacíamos el amor seguía siendo bueno, en ocasiones mejor que bueno, pero algunas noches lo único que sentía era la sensación de desahogo de haberlo hecho, de ser libre para dejarme ir y olvidar, al menos por un rato, la inutilidad de lo que acababa de hacer. Ella no lo decía, pero yo sabía que también Soraya se sentía a veces de aquel modo. Esas noches recuperábamos cada uno nuestro lado de la cama y dejábamos que nuestro salvador se apoderara de nosotros. El de Soraya era el sueño. El mío, como siempre, era un libro.

La noche que llamó Rahim Kan, amparado por la oscuridad, recorrí con la mirada las líneas paralelas de plata que trazaba en la pared la luz de la luna que se filtraba por las persianas. En algún momento, tal vez justo antes de que amaneciera, logré conciliar el sueño. Y soñé con Hassan, que corría arrastrando el dobladillo del *chapan* verde y haciendo crujir la nieve bajo el peso de sus botas de caucho de color negro. Gritaba por encima del hombro: «¡Por ti lo haría mil veces más!»

Una semana después, me encontraba sentado a bordo de un avión de Pakistani International Airlines, observando cómo un par de empleados uniformados de la compañía retiraban los calzos de las ruedas. El avión se alejó de la terminal y enseguida estuvimos en el aire, atravesando las nubes. Reposé la cabeza en la ventanilla y esperé en vano la llegada del sueño.

15

Tres horas después de que mi vuelo aterrizase en Peshawar, me encontré sentado en la tapicería hecha jirones del asiento trasero de un taxi lleno de humo. El chófer, un hombrecillo sudoroso que fumaba como un carretero y que se presentó como Gholam, conducía con negligencia y de modo temerario, evitando las colisiones por los pelos, todo ello sin permitir la mínima pausa al incesante torrente de palabras que vomitaba su boca:

—... es terrible lo que está pasando en su país, *yar*. Los afganos y los paquistaníes son como hermanos, se lo digo yo. Los musulmanes deben ayudar a los musulmanes...

Dejé de prestarle atención y pasé a la educada actitud de asentir con la cabeza. Recordaba bastante bien Peshawar de los meses que Baba y yo estuvimos allí durante 1981. Después de pasar por El Cuartel y sus lujosas casas rodeadas de muros elevados, nos dirigíamos hacia el oeste por la calle Jamrud. El desordenado bullicio que presenciaba mientras circulaba por la ciudad me recordaba a una versión más activa y más poblada del Kabul que yo conocí, sobre todo del *Kocheh-Morgha*, o bazar del pollo, donde Hassan y yo solíamos comprar patatas con salsa chutney y agua de cerezas. En las calles había montones de ciclistas, peatones apresurados y *rickshaws* que desprendían un humo azulado, todos ellos abriéndose paso a través de un laberinto de callejuelas y pasajes. Los mercaderes barbudos, envueltos en túnicas finas e instalados en pequeños y atiborrados puestos colocados uno junto al otro, vendían pantallas de lámpara hechas con cuero, alfombras, chales bordados y cacharros de latón. La ciudad era un hervidero de sonidos; los gritos de los vendedores resonaban en mis oídos entremezclados con las trompetas de la música hindú, el chisporroteo de los *rickshaws* y las campanillas de los carros tirados por caballos. A través de la ventanilla me llegaban efluvios intensos, tanto agradables como desagradables; el especiado aroma del *pakora* y del *nihari* que tanto adoraba Baba se fundía con el olor punzante de los vapores del diesel y el hedor a podrido, basura y heces.

Poco después de pasar por delante de los edificios de ladrillo rojo de la universidad de Peshawar, nos adentramos en una zona a la que mi gárrulo taxista denominó «Barrio Afgano». Vi tiendas de dulces y vendedores de alfombras, puestos de *kabob*, niños con las manos sucias vendiendo cigarrillos, restaurantes diminutos con mapas de Afganistán pintados en los cristales..., todo ello salpicado de puestos de asistencia en las callejuelas secundarias.

—Muchos hermanos en esta zona, *yar*. Abren negocios, pero la mayoría son muy pobres. —Chasqueó la lengua y suspiró—. Bueno, ya estamos llegando.

Pensé en la última vez que había visto a Rahim Kan, en 1981. Vino a despedirse la noche en que Baba y yo huimos de Kabul. Me acordé de que Baba y él se abrazaron en el vestíbulo y lloraron. Baba y Rahim Kan mantuvieron el contacto después de nuestra llegada a Estados Unidos. Hablaban cuatro o cinco veces al año y, de vez en cuando, Baba me pasaba el auricular. La última vez que hablé con Rahim Kan fue poco después de la muerte de Baba. La noticia había llegado a Kabul y había llamado. Hablamos sólo unos minutos y se cortó la conexión.

El taxista se detuvo delante de un edificio estrecho, situado en una transitada esquina donde se cruzaban dos calles sinuosas. Le pagué, cogí mi solitaria maleta y me dirigí hacia una puerta tallada con intrincados dibujos. El edificio tenía balcones de madera y todas las contraventanas estaban abiertas. En muchos de los balcones había ropa tendida. Subí los crujientes peldaños hasta llegar al segundo piso y recorrí un pasillo en penumbra hasta alcanzar la última puerta de la derecha. Comprobé la dirección que llevaba apuntada en el papel que tenía en la mano. Llamé.

Entonces, algo hecho de piel y huesos que pretendía ser Rahim Kan abrió la puerta.

Un profesor de Creación Literaria de San Jose solía decir de los clichés: «Evitadlos como a la peste.» Y luego se reía de su propia gracia. La clase reía con él, pero yo siempre he pensado que los clichés han sido acusados en falso. Porque, a menudo, son exactos. Aunque la bondad del cliché queda eclipsada por la naturaleza de lo que se dice como cliché. Por ejemplo, tenemos el cliché de «la tensión se podía cortar con un cuchillo». Sin embargo, nada podía describir mejor los momentos iniciales de mi reunión con Rahim Kan.

Tomamos asiento en unas colchonetas que había en el suelo, enfrente de la ventana que dominaba la ruidosa calle de abajo. La luz del sol entraba sesgada y dibujaba un triángulo de luz sobre la alfombra afgana que cubría parte del suelo. Había dos sillas plegables apoyadas en una pared y un pequeño samovar de cobre en la esquina opuesta de la estancia. Serví té para los dos.

—¿Cómo me has encontrado? —le pregunté.

—No es difícil encontrar a gente en América. Compré un mapa de Estados Unidos y pedí información en diversas ciudades del norte de California —dijo—. Resulta maravillosamente extraño verte como un hombre adulto.

Sonreí y puse tres terrones de azúcar en mi té. A él le gustaba negro y amargo, recordaba.

—Creo que Baba no te lo dijo, pero me casé hace quince años.

La verdad era que, por aquel entonces, el cáncer que atacaba el cerebro de Baba hacía que se olvidara de las cosas.

—¿Estás casado? ¿Con quién?

—Se llama Soraya Taheri —Pensé en ella, que estaría en casa preocupada por mí. Me alegré de que no estuviese sola.

—Taheri... ¿De quién es hija? —Cuando se lo conté, se le iluminaron los ojos—. Oh, sí, ya me acuerdo. ¿No estaba el general Taheri casado con la hermana de Sharif *jan*? ¿Cómo se llamaba...?

—Jamila *jan*.

—*Balay!* —dijo, sonriendo—. Conocí a Sharif *jan* en Kabul, hace mucho tiempo, antes de que se fuera a América.

—Trabaja desde hace muchos años en el INS. Lleva muchos casos de afganos.

—*Haiii* —replicó con un suspiro—. ¿Tenéis hijos Soraya *jan* y tú?

—No.

—Oh. —Sorbió su té y ya no preguntó más. Rahim Kan era una de las personas con mayor instinto que he conocido.

Le expliqué muchas cosas sobre Baba, su trabajo, el mercadillo y cómo, al final, murió feliz. Le hablé de mis estudios, de mis libros (cuatro novelas publicadas hasta aquel momento). Sonrió y dijo que jamás había tenido dudas a ese respecto. Le conté que había escrito varios relatos breves en el cuaderno con tapas de piel que me había regalado, pero no se acordaba de él.

Inevitablemente, la conversación desembocó en el tema del movimiento talibán.

—¿Es tan malo como dicen? —inquirí.

—No, es peor. Mucho peor. No te permiten ser humano. —Señaló una cicatriz sobre el ojo derecho que recortaba un camino sinuoso a través de una poblada ceja—. En mil novecientos noventa y ocho estaba presenciando un partido de fútbol en el Ghazi Stadium. Kabul contra Mazar-i-Sharif, creo. Por cierto, a los jugadores les habían prohibido jugar en pantalón corto. Una indecencia, supongo. —Soltó una carcajada de agotamiento—. Pues bien, el Kabul metió un gol y un hombre que estaba a mi lado lo celebró a gritos. De pronto, un joven barbudo que patrullaba por los pasillos, no tendría más de dieciocho años, vino hacia mí y me dio un golpe en la frente con la culata de su Kalashnikov. «¡Vuelve a hacerlo y te cortaré la lengua, viejo burro!», me dijo. —Rahim Kan se rascó la cicatriz con un dedo nudoso—. Yo podía ser su abuelo y allí estaba, sentado, con la sangre cayéndome a borbotones por la cara y pidiéndole perdón a aquel hijo de perra.

Le serví otro té. Rahim Kan me contó más cosas. La mayoría las sabía, algunas no. Me contó que, tal y como habían acordado con Baba, había vivido en casa de mi padre hasta 1981. Eso lo sabía. Baba le había «vendido» la casa a Rahim poco antes de que huyéramos de Kabul. Tal y como lo veía Baba en aquella época, los problemas de Afganistán eran sólo una interrupción temporal de nuestra forma de vida; los días de fiestas en la casa de Wazie Akbhar Kan y los picnics en Paghman volverían, con toda seguridad. Por eso le había dejado la casa a Rahim Kan, para que la guardara hasta que llegara ese día.

Rahim Kan me explicó cómo, cuando la Alianza del Norte asumió el mando de Kabul entre 1992 y 1996, las diferentes facciones reclamaron distintas partes de la ciudad.

—Si ibas de la zona del Shar-e-Nau a Kerteh-Parwan para comprar una alfombra, te arriesgabas a ser víctima de la bala de un francotirador o a que te volase la cabeza un misil... Eso si conseguías superar todos los controles, claro. Prácticamente se necesitaba un visado para moverse de un barrio a otro. De modo que la gente no se movía y se limitaba a rezar para que el siguiente misil no cayera en su casa.

Me contó que la gente practicaba agujeros en las paredes de sus casas para desplazarse de boquete en boquete y así evitar el peligro de las calles. En algunas zonas, la gente se desplazaba a través de túneles subterráneos.

—¿Por qué no huiste? —le pregunté.

—Kabul era mi hogar. Y sigue siéndolo —añadió bruscamente—. ¿Recuerdas la calle que iba desde tu casa hasta la Qishla y los barracones militares que había cerca de la escuela de enseñanza media de Istiqlal?

—Sí.

Era el atajo para ir al colegio. Recordé el día en que Hassan y yo pasamos por allí y los soldados se burlaron de la madre de Hassan. Después, en el cine, Hassan había llorado y yo le había rodeado el hombro con mi brazo.

—Cuando los talibanes aplastaron y expulsaron de Kabul a la Alianza, bailé literalmente en la calle —dijo Rahim Kan—. Y, créeme, no era el único. La gente lo celebraba en Chaman, en Deh-Mazang, por todas partes daban la bienvenida a los talibanes, subían a sus tanques y posaban para hacerse fotos con ellos. La gente estaba cansada de las continuas batallas, de los misiles, de los tiroteos, de las explosiones, cansada de ver a Gulbuddin y sus secuaces disparar contra cualquier cosa que se moviera. La Alianza hizo más daño a Kabul que los *shorawi*. Destruyeron el orfanato de tu padre, ¿lo sabías?

—¿Por qué? ¿Por qué tenían que destruir un orfanato?

Recordé el día de la inauguración, cuando el viento se llevó volando el sombrero de mi padre. Todo el mundo se reía, luego se pusieron en pie y aplaudieron cuando Baba terminó el discurso. Y ahora el edificio había quedado reducido a otro montón de escombros. Todo el dinero que Baba había gastado, todas aquellas noches sudando con los bocetos, todas las visitas a la obra para asegurarse de que cada ladrillo, cada viga y cada pieza eran colocados donde debían...

—Daños colaterales —dijo Rahim Kan—. No puedes imaginarte, Amir *jan*, lo que fue escudriñar los escombros de aquel orfanato. Había restos de niños...

—Así que cuando llegaron los talibanes...

—Eran héroes —concluyó Rahim Kan.

—Paz, por fin.

—Sí, la esperanza es una cosa extraña. Paz, por fin. Pero ¿a qué precio?

En aquel momento le sobrevino a Rahim Kan un violento ataque de tos que sacudió su cuerpo de un lado a otro. Cuando escupió en el pañuelo, vi inmediatamente que se teñía de rojo. Pensé que era un momento tan bueno como cualquier otro para hacer frente a la tensión que se mascaba entre nosotros.

—¿Cómo estás? —le pregunté—. Quiero decir de verdad, ¿cómo estás?

—Muriéndome... —respondió con un gorjeo. Otro ataque de tos. Más sangre en el pañuelo. Se secó la boca y con la manga traspasó el sudor de la frente de una sien a la otra. Me miró de reojo, asintió con la cabeza y supe que acababa de leer la siguiente pregunta que yo tenía en mente—. Me queda poco tiempo —respiró.

—¿Cuánto?

Se encogió de hombros y tosió de nuevo.

—No creo que llegue a ver el final de este verano.

—Permite que te lleve a casa conmigo. Puedo encontrarte un buen médico. Descubren nuevos tratamientos constantemente. Hay fármacos nuevos y tratamientos experimentales, podríamos intentarlo... —Estaba divagando y lo sabía. Pero era mejor que llorar, que era lo que, de todos modos, probablemente acabaría haciendo. Rió entre dientes, dejando con ello a la vista la ausencia de los incisivos inferiores. Era la risa más agotada que había oído en mi vida—. Ya veo que América te ha infundido el optimismo que tan grande la ha hecho. Eso está muy bien. Los afganos somos gente melancólica, ¿verdad? Nos sumimos con excesiva frecuencia en el *ghamkhori* y sentimos lástima por nosotros mismos. Nos rendimos a la pérdida, al sufrimiento, lo aceptamos como un hecho de la vida, lo vemos incluso como necesario. «*Zendagi migzara*», decimos, la vida continúa. Pero en este caso no me rindo al destino, yo soy un hombre pragmático. He visitado a varios médicos buenos y todos me han dado la misma respuesta. Confío y creo en ellos. Existe una cosa que es la voluntad de Dios.

—Existe sólo lo que hacemos y lo que no hacemos —dije.

Rahim Kan se echó a reír.

—Acabas de hablar igual que tu padre. Lo echo mucho de menos. Pero es la voluntad de Dios, Amir *jan*. Créeme. —Hizo una pausa—. Además, hay otra razón por la que te he pedido que vengas. Quería verte antes de irme, sí, pero hay algo más.

—Dime.

—Ya sabes que durante muchos años viví en casa de tu padre después de que os marchaseis...

—Sí.

—No estuve solo. Hassan estuvo viviendo conmigo.

—¡Hassan! —exclamé con un suspiro.

¿Cuándo había sido la última vez que había pronunciado su nombre? Las púas espinosas de la culpabilidad volvían a acecharme una vez más, como si al pronunciar su nombre hubiese roto un hechizo y las hubiera liberado para que me atormentaran de nuevo. De pronto, el ambiente del pequeño piso de Rahim Kan se tornó sofocante, excesivamente cargado con los olores de la calle.

—Pensé en escribirte y contártelo, pero no estaba seguro de que quisieras saberlo. ¿Me equivocaba?

La verdad era «No». La mentira era «Sí». Me decidí por la solución intermedia.

—No lo sé.

Tosió de nuevo y escupió sangre en el pañuelo. Cuando agachó la cabeza para escupir, observé unas costras inflamadas de color miel en su nuca.

—Te he hecho venir porque quiero pedirte algo. Quiero pedirte que hagas algo por mí. Pero antes de hacerlo, quiero contarte algunas cosas sobre Hassan. ¿De acuerdo?

—Sí —murmuré.

—Quiero contártelo todo. ¿Me escucharás?

Moví la cabeza en un gesto de asentimiento.

Entonces Rahim Kan dio un nuevo sorbo a su té, apoyó la cabeza en la pared y empezó a hablar.

16

Hubo muchas razones por las que me desplacé a Hazarajat en 1986 con el objetivo de encontrar a Hassan. La más importante de ellas, que Alá me perdone, era que estaba solo. Por aquel entonces, la mayoría de mis amigos y familiares o bien habían muerto o habían huido del país hacia Pakistán o Irán. Apenas conocía ya a nadie en Kabul, la ciudad donde había vivido toda mi vida. Todos habían huido. Si paseaba por el barrio de Ka-teh-Parwan, donde solían ponerse los vendedores de melones —¿lo recuerdas?—, ya no reconocía a nadie. No tenía a nadie a quien saludar, nadie con quien sentarme para tomar un *chai*, nadie con quien compartir historias, sólo soldados *roussi* patrullando por las calles. De modo que, al final, dejé de salir a pasear por la ciudad. Pasaba los días en la casa de tu padre, arriba, en el despacho, leyendo los viejos libros de tu madre, escuchando las noticias, viendo la propaganda comunista que emitían por televisión. Luego rezaba el *namaz*, me cocinaba cualquier cosa, comía, leía un poco más, volvía a rezar y me acostaba. Al día siguiente, me levantaba, rezaba y volvía a hacer otra vez lo mismo.

Y con mi artritis, me resultaba cada día más complicado mantener la casa. Me dolían las rodillas y la espalda... Cuando me levantaba por la mañana, necesitaba como mínimo una hora para deshacerme de la rigidez de las articulaciones, sobre todo en invierno. No quería que la casa de tu padre cayera en decadencia; todos nos lo habíamos pasado muy bien en aquella casa. Tantos recuerdos, Amir *jan*... No estaba bien... Tu padre había diseñado personalmente la casa; había significado mucho para él; además, yo le había prometido que cuidaría de ella cuando él y tú huisteis a Pakistán. Sólo quedábamos la casa y yo... Yo hacía lo que podía, intentaba regar los árboles con frecuencia, cortar el césped, cuidar las flores, reparar cosas, pero había dejado de ser una persona joven.

De todos modos, habría podido arreglármelas. Al menos durante un tiempo más. Pero cuando me llegó la noticia del fallecimiento de tu padre... sentí, por vez primera, una soledad terrible en aquella casa. Un vacío horrible.

Así que un día llené el Buick de gasolina y me dirigí a Hazarajat. Recordaba que, cuando Alí se despidió de la casa, tu padre me había contado que él y Hassan se habían trasladado a un pequeño pueblo situado en las afueras de Bamiyan. Yo sabía que Alí tenía un primo allí. Lo que no sabía era si Hassan seguiría allí ni si alguien lo conocería y podría decirme su paradero. Al fin y al cabo, habían pasado diez años desde que Alí y Hassan habían abandonado la casa de tu padre. En 1986, Hassan sería un hombre adulto, tendría veintidós o veintitrés años..., si es que seguía con vida. Los *shorawi*, que se pudran en el infierno por hacer lo que hicieron con nuestros *watan*, mataron a tantos jóvenes... Bueno, eso no es necesario que te lo cuente.

Pero, con la ayuda de Dios, lo encontré allí. Me costó muy poco, me limité a formular unas cuantas preguntas en Bamiyan y la gente me indicó el pueblo. No me acuerdo de cómo se llamaba, ni siquiera si tenía un nombre. Pero recuerdo que era un día de verano abrasador y que llegué hasta allí por un camino de tierra, lleno de baches, con nada alrededor excepto unos arbustos chamuscados por el sol, troncos de árboles torcidos y llenos de espinas y hierba seca de color pajizo. Pasé junto a un asno muerto que estaba pudriéndose junto al camino. Luego, después de una curva, en medio de aquella tierra desolada, apareció un grupo de casas de adobe. Más allá de ellas no había más que el cielo y unas montañas serradas como dientes.

La gente de Bamiyan me había dicho que lo encontraría fácilmente porque vivía en la única casa del pueblo que tenía un jardín vallado. El muro de adobe, bajo y plagado de agujeros, rodeaba la totalidad de una casita que en realidad era poco más que una cabaña. En la calle había unos niños descalzos que jugaban a golpear una pelota de tenis rota con un palo. En cuanto me detuve y apagué el motor, se pararon a mirarme. Llamé a la puerta de madera y pasé a un jardín donde no se veía más que unas cuantas fresas secas y un limonero pelado. A la sombra de una acacia había un *tandoor* y un hombre agachado junto a él que en ese momento colocaba la masa sobre una gran espátula de madera y la aplastaba contra las paredes del *tandoor*. Al verme soltó la masa. Tuve que pedirle que parara de darme besos en las manos.

—Deja que te vea —dije, y él dio un paso hacia atrás.

Estaba altísimo... Yo me ponía de puntillas y no le llegaba ni a la barbilla. El sol de Bamiyan le había curtido la piel y la tenía más oscura de lo que yo la recordaba; había perdido algunos dientes. En la barbilla le asomaba algún pelo. Por lo demás, tenía los mismos ojos verdes rasgados, la cicatriz en el labio superior, la cara redonda, la sonrisa amable. Lo habrías reconocido, Amir *jan*. Estoy seguro.

Entramos en la casa. En un rincón había una joven mujer hazara de piel clara cosiendo un chal. Era evidente que estaba embarazada.

—Es mi esposa, Rahim Kan —dijo Hassan con orgullo—. Se llama Farzana *jan*.

Era una mujer tímida, así que se dirigió a mí cortésmente en un tono de voz apenas más elevado que un susurro y no levantó sus preciosos ojos avellana para que no se cruzaran con los míos. Pero, por el modo en que miró a Hassan, bien podría haberse dicho que estaba sentado en el trono de la antigua ciudadela de Teherán, Ark.

—¿Cuándo llegará el bebé? —pregunté una vez que todos nos instalamos.

Las paredes de la habitación eran de adobe y no había más mobiliario que una alfombra vieja, unos cuantos platos, un par de colchones y una linterna.

—*Inshallah*, este invierno —contestó Hassan—. Rezo para que sea chico y pueda llevar el nombre de mi padre.

—Hablando de Alí, ¿dónde está?

Hassan bajó la vista. Me explicó que Alí y su primo, el antiguo propietario de la casa, habían tropezado con una mina antipersonas dos años atrás, en las afueras de Bamiyan. Ambos murieron en el acto. Una mina antipersonas. ¿Existe una manera más afgana de morir, Amir *jan*? Y por alguna estrambótica razón, estuve al instante completamente seguro de que había sido la pierna derecha de Alí, la pierna castigada por la polio, la que lo había traicionado y pisado la mina. Sentí una profunda tristeza al enterarme de la muerte de Alí. Tú padre y yo nos criamos juntos, como bien sabes, y recuerdo siempre a Alí a su lado. Recuerdo cuando éramos pequeños, el año en que Alí contrajo la polio y estuvo al borde de la muerte. Tu padre pasaba el día dando vueltas por la casa, llorando.

Farzana nos preparó *shorwa* con judías, nabos y patatas. Nos lavamos las manos y mojamos el *naan* fresco del *tandoor* en el *shorwa*. Era mi mejor comida en muchos meses. Fue entonces cuando le pedí a Hassan que fuese a Kabul conmigo. Le expliqué lo de la casa, que ya no podía ocuparme yo solo de ella. Le dije que le pagaría bien, que él y su Kanum estarían muy cómodos. Se miraron el uno al otro sin decir nada. Más tarde, después de lavarnos las manos y de que Farzana nos sirviera uvas, Hassan me dijo que el pueblo se había convertido en su hogar; que él y Farzana tenían su vida allí.

—Y Bamiyan está muy cerca. Conocemos a mucha gente allí. Perdóname, Rahim Kan. Te ruego que me comprendas.

—Por supuesto —dije—. No tienes nada de que disculparte. Lo comprendo.

Mientras tomábamos el té, después del *shorwa*, Hassan me preguntó por ti. Le dije que estabas en América y que poca cosa más sabía. Me hizo muchas preguntas. ¿Te habías casado? ¿Tenías hijos? ¿Eras muy alto? ¿Seguías volando cometas y yendo al cine? ¿Eras feliz? Dijo que había entablado amistad con un viejo profesor de farsi que le había enseñado a leer y escribir. ¿Te haría llegar una carta si te la escribía? ¿Creía yo que le responderías? Le conté lo que sabía de ti a partir de las escasas conversaciones telefónicas que habia mantenido con tu padre, pero en su mayor parte no supe cómo responderle. Luego me preguntó por tu padre. Cuando se lo dije, Hassan se tapó la cara con las manos y se echó a llorar. Siguió llorando como un niño el resto de la noche.

Insistieron en que pasase la noche allí. Farzana me preparó una pequeña cama y me dejó un vaso de agua del pozo por si tenía sed. Durante toda la noche ella estuvo susurrándole a Hassan y él sollozando.

Por la mañana, Hassan me dijo que él y Farzana habían decidido acompañarme a Kabul.

—No debería haber venido —le dije—. Tú estabas bien aquí, Hassan *jan*. Tienes *zendagi*, una vida aquí. Fue muy presuntuoso por mi parte aparecer de pronto aquí y pedirte que lo dejaras todo. Soy yo quien necesita que me perdones.

—No tenemos mucho que dejar, Rahim Kan —repuso Hassan. Tenía todavía los ojos rojos e hinchados—. Iremos contigo. Te ayudaremos a ocuparte de la casa.

—¿Estás completamente seguro?

Asintió y bajó la cabeza.

—*Agha Sahib* era como mi segundo padre... Que Dios lo tenga en paz.

Amontonaron sus cosas sobre unas alfombras viejas y ataron las esquinas. Cargamos los paquetes en el Buick. Hassan se quedó en el umbral de la puerta con el Corán en la mano para que lo besáramos y pasáramos por debajo del libro. Luego partimos en dirección a Kabul. Recuerdo que, mientras nos alejábamos, Hassan se volvió para mirar por última vez su hogar.

Cuando llegamos a Kabul, descubrí que Hassan no tenía ninguna intención de instalarse en la casa.

—Pero si están todas las habitaciones vacías, Hassan *jan*. Nadie va a usarlas —insistí.

Pero no quería. Dijo que era una cuestión de *ihtiram*, una cuestión de respeto. Él y Farzana se instalaron en la cabaña del jardín trasero, donde había nacido. Les supliqué que se trasladaran a una de las habitaciones de invitados de la planta superior, pero Hassan no quiso ni oír hablar de ello.

—¿Qué pensará Amir *agha*? —me dijo—. ¿Qué pensará cuando regrese a Kabul después de la guerra y descubra que he usurpado su lugar en la casa? —Luego, en señal de luto por tu padre, Hassan se vistió de negro durante los cuarenta días siguientes.

Yo no lo pretendía, pero los dos pasaron a encargarse de todas las tareas de la cocina y la limpieza. Hassan se ocupó de las flores del jardín, empapó bien las raíces, quitó las hojas amarillentas y plantó rosales. Pintó los muros. En la casa, barrió las habitaciones donde hacía años que no dormía nadie y limpió los baños en los que nadie se había bañado. Era como si estuviese preparando la casa para el regreso de alguien. ¿Recuerdas el muro que había detrás de la hilera de maíz que tu padre había plantado, Amir *jan*? ¿Cómo la llamábais Hassan y tú? ¿La pared del maíz enfermo? Aquella noche, en plena oscuridad, un misil destruyó parte de esa pared. Hassan la reconstruyó con sus propias manos, ladrillo a ladrillo, hasta que volvió a quedar completa. No sé qué habría hecho si no hubiese estado él allí.

Luego, a finales de aquel otoño, Farzana dio a luz a una niña que nació muerta. Hassan besó el rostro sin vida de la pequeña y la enterramos en el jardín, cerca de los escaramujos. Luego cubrimos el pequeño montículo con hojas caídas de los chopos y recé una oración por ella. Farzana permaneció el día entero encerrada en la cabaña, lamentándose... Un sonido que parte el corazón, Amir *jan*, las lamentaciones de una madre... Ruego a Alá que nunca tengas que oírlas.

Fuera de los muros de la casa, la guerra lo asolaba todo. Pero nosotros tres, dentro de la casa de tu padre, habíamos creado nuestro propio refugio. Empezó a fallarme la vista a finales de los ochenta y le pedí a Hassan que me leyera los libros de tu madre. Nos sentábamos en el vestíbulo, junto a la estufa, y Hassan me leía el *Masnawi* o a Khayyam, mientras Farzana trabajaba en la cocina. Y todas las mañanas Hassan colocaba una flor sobre el pequeño montículo junto a los escaramujos.

Farzana volvió a quedarse embarazada a principios de 1990. Fue en el verano de aquel año cuando llamó a la puerta una mujer cubierta con un burka de color celeste. Me acerqué a la verja delantera y vi que se tambaleaba, como si no pudiese tenerse en pie de debilidad. Le pregunté qué quería, pero no pudo responderme.

—¿Quién eres? —inquirí, y a continuación se derrumbó allí mismo, en la acera.

Llamé a Hassan para que me ayudara a trasladarla hasta el interior de la casa. La acostamos en el sofá y cuando la despojamos del burka, descubrimos a una mujer desdentada, con el pelo canoso y enredado y los brazos ulcerados. Parecía que llevase días sin comer. Pero lo peor era su cara. La tenía llena de cortes de cuchillo. Uno de ellos iba desde el pómulo hasta la raíz del pelo y se había llevado el ojo izquierdo en su camino. Era grotesco. Le mojé la frente con un paño húmedo y abrió los ojos.

—¿Dónde está Hassan? —musitó.

—Estoy aquí —dijo él. Le cogió la mano y se la apretó.

El ojo bueno de la mujer se desplazó para mirarlo.

—He caminado mucho y desde muy lejos para ver si eres tan bello en la realidad como lo eras en mis sueños. Y lo eres. Incluso más. —Se llevó una mano a su maltrecha cara—. Sonríeme. Por favor. —Hassan obedeció y la anciana se echó a llorar—. Cuando saliste de mí, sonreíste , ¿no te lo han contado nunca? Y ni siquiera te abracé. Que Alá me perdone, ni siquiera te abracé.

Ninguno de nosotros había visto a Sanaubar desde que se había fugado con un grupo de músicos y bailarines justo después de dar a luz a Hassan. Tú no la conociste, Amir, pero de joven era una belleza. Se le formaba un hoyuelo cuando sonreía y los hombres se volvían locos con sus andares. Nadie que pasara por la calle junto a ella, fuese hombre o mujer, podía mirarla sólo una vez. Y entonces...

Hassan le soltó la mano y salió precipitadamente de la casa. Lo seguí, pero corría demasiado. Lo vi subir precipitadamente hacia la colina donde solíais jugar los dos. Sus pies levantaban nubes de polvo. Dejé que se marchase y estuve todo el día sentado junto a Sanaubar, observando cómo el cielo pasaba del azul luminoso al morado. Cuando cayó la noche y la luz de la luna bañaba las nubes, Hassan aún no había vuelto. Sanaubar lloraba y decía que su regreso había sido un error, tal vez peor que su huida. Pero la obligué a quedarse. Hassan regresaría, lo sabía.

Y lo hizo a la mañana siguiente. Se le veía cansado y debilitado, como si no hubiese dormido en toda la noche. Tomó la mano de Sanaubar entre las suyas y le dijo que llorase si así lo quería, pero que no era necesario, que estaba en su casa, en su casa y con su familia. Luego palpó las cicatrices de su cara y le acarició el cabello.

Hassan y Farzana la atendieron hasta que mejoró. Le dieron de comer y le lavaron la ropa. Le ofrecí una de las habitaciones de invitados de la planta superior. A veces, cuando observaba el jardín a través de la ventana, veía a Hassan y a su madre arrodillados, recogiendo tomates, podando un rosal o charlando. Recuperaban los años perdidos, me imagino. Que yo sepa, él nunca le preguntó dónde había estado o por qué se había ido, y ella nunca se lo dijo. Supongo que hay historias que no necesitan explicación.

Fue Sanaubar quien actuó de comadrona durante el nacimiento del hijo de Hassan aquel invierno de 1990. Todavía no había empezado a nevar, pero los vientos invernales soplaban ya en los jardines, aplastando las flores y arrancando las hojas. Recuerdo que Sanaubar salió de la cabaña con su nieto en brazos. Lo llevaba envuelto en una manta de lana. Irradiaba felicidad bajo el sombrío cielo gris, las lágrimas le rodaban por las mejillas y el penetrante y gélido viento de invierno le alborotaba el cabello. Estrujaba al bebé entre sus brazos como si no estuviera dispuesta a soltarlo jamás. Esa vez no. Se lo entregó a Hassan, quien me lo entregó a mí, y yo le canté al pequeño al oído la oración del *Ayat-ul-kursi*.

Le pusieron de nombre Sohrab, en honor al héroe del *Shah-namah* favorito de Hassan, como tú bien sabes, Amir *jan*. Era un niño precioso, dulce como el azúcar y con el mismo carácter que su padre. Deberías haber visto a Sanaubar con aquel bebé, Amir *jan*. Se convirtió en el centro de su existencia. Cosía ropita para él y le hacía juguetes con trozos de madera, trapos y hierba seca. Cuando tenía fiebre, permanecía en vela toda la noche y ayunaba durante tres días. Quemaba *isfand* en una cacerola para exorcizar a *nazar*, el ojo del diablo. A los dos años, Sohrab la llamaba Sasa. Los dos eran inseparables.

Vivió hasta verlo cumplir los cuatro años y, de pronto, una mañana ya no se despertó. Parecía tranquila, en paz, como si ya no le importase morir. La enterramos en el cementerio de la colina, el que estaba junto al granado, y recé una plegaria para ella. La pérdida fue dura para Hassan... Siempre duele más tener y perder que no tener de entrada. Pero aún fue más dura para el pequeño Sohrab. Daba vueltas por la casa buscando a Sasa, pero ya sabes cómo son los niños, olvidan con mucha rapidez.

Por entonces, debía de correr el año 1995, los *shorawi* habían sido derrotados y hacía tiempo que se habían marchado. Kabul pertenecía a Massoud, Rabbani y los muyahidines. Los combates entre las distintas facciones eran terribles y nadie sabía si viviría lo bastante para ver finalizar el día. Nuestros oídos se acostumbraron a los silbidos de las granadas, a los tiroteos. Nuestros ojos se familiarizaron con la visión de hombres que desenterraban cuerpos entre montañas de escombros. En aquellos días, Amir *jan*, Kabul era lo más parecido a un infierno en la tierra. Pero Alá fue bueno con nosotros. La zona de Wazir Akbar Kan no resultó muy atacada, así que no lo sufrimos tanto como otros barrios.

En aquellos días, cuando el fuego de los misiles se calmaba y los tiroteos disminuían, Hassan llevaba a Sohrab al zoo para ver a *Marjan*, el león, o lo acompañaba al cine. También le enseñó a utilizar el tirachinas, y, a los ocho años, Sohrab se había convertido en un verdadero experto del artilugio: desde la terraza era capaz de darle a una piña colocada sobre un cubo de plástico situado en mitad del jardín. Hassan le enseñó a leer y escribir... Su hijo no iba a criarse analfabeto como él. Le cogí mucho cariño a aquel pequeño, pues le había visto dar sus primeros pasos, balbucear sus primeras palabras. En la librería del Cinema Park, que, por cierto, también ha sido destruida, le compraba libros infantiles iraníes y él los leía a medida que yo se los regalaba. Me hacía pensar en ti, en lo mucho que te gustaba leer de pequeño, Amir *jan*. A veces le leía por la noche, jugábamos a las adivinanzas o le enseñaba trucos de cartas. Lo echo mucho de menos.

En invierno Hassan llevaba a su hijo a volar cometas. Ya no había tantos concursos como en los viejos tiempos, pues nadie se sentía seguro al aire libre, pero de vez en cuando se celebraba algún que otro torneo. Hassan montaba a Sohrab a caballito y trotaban juntos por las calles, corriendo y trepando a los árboles donde caían las cometas. ¿Recuerdas, Amir *jan*, lo buen volador de cometas que era Hassan? Pues seguía siendo igual de bueno. Al final del invierno, él y Sohrab colgaban en las paredes del pasillo las cometas que habían volado. Las exponían como si de cuadros se tratara.

Ya te he explicado cómo celebramos todos en 1996 la entrada de los talibanes y el fin de los combates diarios. Recuerdo que una noche llegué a casa y me encontré a Hassan en la cocina escuchando la radio. Tenía una mirada grave. Le pregunté qué ocurría y se limitó a sacudir la cabeza.

—Que Dios ayude ahora a los hazaras, Rahim Kan *sahib* —dijo.

—La guerra ha terminado, Hassan. Habrá paz, felicidad y tranquilidad. ¡Se acabaron los misiles, se acabaron los asesinatos, se acabaron los funerales!

Él apagó la radio y me preguntó si deseaba algo antes de que se retirara a acostarse.

Unas semanas después, los talibanes prohibieron las guerras de cometas. Y dos años más tarde, en 1988, masacraron a los hazaras de Mazar-i-Sharif.

17

Rahim Kan descruzó lentamente las piernas y se apoyó en la pared desnuda con la cautela y parsimonia de la persona a la que cada movimiento le desencadena fuertes punzadas de dolor. En el exterior se oía el rebuzno de un asno y a alguien que hablaba a gritos en urdu. El sol empezaba a ponerse. Destellos rojos se filtraban por las grietas de los desvencijados edificios.

Volvió a golpearme la enormidad de lo que hice aquel invierno y el verano siguiente. Los nombres resonaban en mi cabeza: Hassan, Sohrab, Alí, Farzana y Sanaubar. Oír a Rahim Kan pronunciar el nombre de Alí fue como descubrir una vieja y polvorienta caja de música que llevaba años sin ser abierta; la melodía empezó a sonar de inmediato: «¿A quién te has comido hoy, Babalu? ¿A quién te has comido, Babalu de ojos rasgados?» Intenté conjurar la cara congelada de Alí, ver su mirada tranquila, pero el tiempo a veces es codicioso... y se lleva con él parte de los recuerdos.

—¿Sigue Hassan en casa? —le pregunté.

Rahim Kan acercó la taza de té a sus secos labios y dio un sorbo. Luego hurgó en busca de un sobre en el bolsillo de la chaqueta y me lo entregó.

—Para ti.

Abrí el sobre sellado. En el interior encontré una foto hecha con una cámara Polaroid y una carta doblada. Permanecí un minuto entero con la mirada fija en la fotografía.

Un hombre alto con turbante blanco y *chapan* verde a rayas junto a un niño. Estaban delante de un par de puertas de hierro fundido. La luz del sol llegaba oblicuamente desde atrás y proyectaba una sombra en el centro de sus rotundas facciones. Entornaba los ojos y sonreía a la cámara, mostrando la ausencia de un par de dientes. Incluso en una fotografía borrosa como aquélla se percibía que el hombre del *chapan* destilaba seguridad en sí mismo, tranquilidad. Era por su forma de posar, con los pies ligeramente separados, los brazos cómodamente cruzados sobre el pecho y la cabeza algo inclinada en dirección al sol. Y por su manera de sonreír. Observando la fotografía se llegaba a la conclusión de que se trataba de un hombre que pensaba que el mundo habia sido bueno con él. Rahim Kan tenía razón: lo habría reconocido de haberme tropezado con él en la calle. El niño iba descalzo, enlazaba con un brazo el muslo del hombre y su cabeza rapada descansaba contra la cadera. También sonreía y tenía los ojos entornados.

Desdoblé la carta. Estaba escrita en farsi. No faltaban puntos, ni había comas olvidadas, ni letras mal escritas... Era una escritura casi infantil, por su pulcritud. Empecé a leer:

En el nombre de Alá, el más magnánimo, el más piadoso, Amir *agha*, con mis más profundos respetos:

Farzana *jan*, Sohrab y yo rezamos para que esta última carta te encuentre en buen estado de salud y bajo la luz de las buenas gracias de Alá. Da, por favor, mis más afectuosas gracias a Rahim Kan *sahib* por entregártela. Espero que un día tenga en mis manos una carta tuya y sepa por ella de tu vida en América. Tal vez, incluso, una fotografía tuya bendiga mis ojos. Les he hablado mucho de ti a Farzana *jan* y a Sohrab, de cómo nos criamos juntos y jugábamos y corríamos por las calles. ¡Se ríen con las historias de las travesuras que tú y yo solíamos hacer!

Amir *agha*, por desgracia, el Afganistán de tu juventud ha muerto hace tiempo. La bondad ha abandonado esta tierra y es imposible escapar de las matanzas. Siempre las matanzas. En Kabul el miedo está en todas partes, en las calles, en el estadio, en los mercados, forma parte de nuestra vida, Amir *agha*. Los salvajes que gobiernan nuestra *watan* no conocen la decencia humana. El otro día acompañé a Farzana *jan* al bazar para comprar patatas y *naan*. Ella le preguntó al vendedor cuánto costaban las patatas, pero él no la oyó, creo que era sordo de un oído. Así que ella volvió a preguntárselo elevando la voz y de pronto apareció corriendo un joven talibán que le pegó en los muslos con su vara de madera. Le dio tan fuerte que mi mujer cayó al suelo. Se puso a gritarle y a maldecirla y a decirle que el Ministerio del Vicio y la Virtud no permite que las mujeres hablen en voz alta. Tuvo durante días un morado enorme en la pierna, pero ¿qué podía hacer yo, excepto quedarme quieto viendo cómo golpeaban a mi mujer? ¡Si hubiera salido en su defensa, ese perro me habría metido alegremente una bala! ¿Qué le ocurriría entonces a mi Sohrab? Las calles ya están bastante llenas de huérfanos y cada día doy gracias a Alá por seguir con vida, no porque tema la muerte, sino porque mi esposa tiene un marido y mi hijo no es huérfano.

Desearía que pudieses ver a Sohrab. Es un buen muchacho. Rahim Kan *sahib* y yo le hemos enseñado a leer y a escribir para que no crezca ignorante como su padre. ¡Y sabe disparar muy bien con el tirachinas! A veces salimos a pasear por Kabul y le compro un caramelo. En Shar-e-Nau sigue habiendo un hombre mono, y si lo vemos, le pago para que haga la danza del mono para Sohrab. ¡Tendrías que verlo reír! A menudo subimos al cementerio de la colina. ¿Te acuerdas de cuando nos sentábamos bajo el granado y leíamos el *Shahnamah*? Las sequías han dejado la colina árida y el árbol lleva años sin dar frutos, pero Sohrab y yo seguimos sentándonos a su sombra y le leo el *Shahnamah*. No es necesario que te diga que su parte favorita es aquella en la que aparece su tocayo, la de Rostan y Sohrab. Pronto podrá leer el libro solo. Soy un padre muy orgulloso y muy afortunado.

Amir *agha*, Rahim Kan *sahib* está enfermo. Tose todo el día y veo que deja rastros de sangre en la manga cuando se seca la boca con ella. Ha perdido mucho peso y me gustaría que comiese un poco del *shorwa* con arroz que Farzana *jan* le prepara. Pero sólo toma un bocado o dos y creo que lo hace únicamente por respeto a mi mujer. Estoy muy preocupado por este hombre para mí tan querido; rezo por él todos los días. Dentro de muy poco irá a Pakistán para que lo vean los médicos de allí y confío en que regrese con buenas noticias. Aunque temo por él. Farzana *jan* y yo le hemos dicho al pequeño Sohrab que Rahim Kan se pondrá bien. ¿Qué podemos hacer? Sólo tiene diez años y lo adora. Han llegado a establecer una relación muy íntima. Antes Rahim Kan *sahib* solía llevárselo al bazar y le compraba globos y galletas, pero ahora está demasiado débil para hacerlo.

Últimamente sueño mucho, Amir *agha*. A veces tengo pesadillas. Veo cadáveres colgados, pudriéndose en campos de fútbol con la hierba teñida de rojo por la sangre. Me despierto ahogado y sudoroso. Aunque normalmente sueño con cosas buenas y doy las gracias a Alá de que así sea. Sueño que Rahim Kan *sahib* se pondrá bien. Sueño que mi hijo crecerá y que será una buena persona, una persona libre e importante. Sueño que las calles de Kabul volverán a adornarse con flores de *lawla* y que en las casas de samovar volverá a sonar la música del *rubab*, y que volarán cometas por el cielo. Y sueño que algún día regresarás a Kabul para visitar de nuevo la tierra de tu infancia. Si lo haces, encontrarás a un viejo y fiel amigo esperándote.

Qué Alá siempre te acompañe.

Hassan

Leí la carta dos veces. Doblé el papel y permanecí un minuto más contemplando la fotografía. Luego guardé ambas cosas en el bolsillo.

—¿Cómo está? —pregunté.

—La carta fue escrita hace seis meses, pocos días antes de que yo emprendiera camino hacia Peshawar —contestó Rahim Kan—. La fotografía la hice el día antes de partir. Un mes después de mi llegada a Peshawar recibí una llamada telefónica de uno de mis vecinos de Kabul. Me explicó la historia: al poco tiempo de mi marcha empezó a correr el rumor de que había una familia de hazaras que vivía sola en una gran casa de Wazir Akbar Kan. Un par de oficiales talibanes se presentaron en la casa para investigar e interrogar a Hassan. Cuando Hassan les explicó que vivía conmigo, lo acusaron de mentir, a pesar de que muchos vecinos, incluyendo el que me llamó, confirmaron su relato. Los talibanes dijeron que era un mentiroso y un ladrón como todos los hazaras y le ordenaron que abandonara la casa junto con su familia antes de la puesta de sol. Hassan protestó. Mi vecino me explicó que los talibanes inspeccionaron el caserón como, ¿cómo dijo?, sí, como «lobos en busca de un rebaño de ovejas». Le dijeron a Hassan que se quedarían allí supuestamente para mantener la casa a salvo hasta mi regreso. Hassan volvió a protestar. Así que lo sacaron a la calle...

—No —susurré.

—... y le ordenaron que se arrodillase...

—No. Dios, no.

—... y le dispararon en la nuca.

—No.

—... Farzana salió gritando a la calle y se lanzó sobre ellos...

—No.

—... le dispararon también. Defensa propia, declararon posteriormente.

Lo único que salía de mi boca era «No. No. No», una y otra vez.

Seguí pensando en aquel día de 1974, en la habitación del hospital, después de que Hassan se sometiera a la intervención del labio. Baba, Rahim Kan, Alí y yo nos congregamos alrededor de su cama y presenciamos cómo examinaba en un espejo su nuevo labio. Todos los presentes en aquella habitación habían muerto o estaban muriéndose. Todos excepto yo.

Entonces vi algo más: un hombre uniformado con un chaleco espigado presionando la boca de su Kalashnikov contra la nuca de Hassan. La onda expansiva resonando en la calle de la casa de mi padre. Hassan desplomándose en el suelo, su vida de fidelidad no correspondida escapando de él como las cometas arrastradas por el viento que solía perseguir.

—Los talibanes se trasladaron a la casa —dijo Rahim Kan—. El pretexto fue que habían desahuciado a un intruso. Los asesinos de Hassan y Farzana fueron declarados inocentes por haber actuado en defensa propia. Nadie dijo nada en contra de la sentencia. Principalmente, supongo, por miedo a los talibanes. Además, nadie iba a arriesgar nada por un par de criados hazaras.

—¿Qué hicieron con Sohrab? —le pregunté.

Me sentía cansado, consumido. Rahim Kan sufrió un ataque de tos que se prolongó durante mucho rato. Cuando finalmente levantó la vista, estaba sofocado y tenía los ojos inyectados en sangre.

—He oído decir que se encuentra en un orfanato de Karteh-Seh, Amir *jan*... —Volvió a toser. Cuando dejó de hacerlo, parecía más viejo que unos instantes antes, como si cada ataque de tos lo hiciese envejecer—. Amir *jan*, te he hecho venir aquí porque quería verte antes de morir, pero eso no es todo. —No dije nada. Creo que ya sabía lo que iba a decirme—. Quiero que vayas a Kabul y que regreses aquí con Sohrab —añadió. Luché por encontrar las palabras adecuadas. No había tenido tiempo de digerir el hecho de que Hassan estaba muerto—. Escúchame, por favor. Conozco a una pareja de norteamericanos que viven aquí en Peshawar, un hombre y su esposa. Se llaman Thomas y Betty Caldwell. Son cristianos. Dirigen una pequeña organización benéfica que gestionan mediante donaciones privadas. Se dedican principalmente a dar techo y comida a niños afganos que han perdido a sus padres. He visto el lugar. Es limpio y seguro, los niños están bien cuidados y el señor y la señora Caldwell son buena gente. Ya me han dicho que Sohrab sería bienvenido en su casa y...

—Rahim Kan, no puedes estar hablando en serio.

—Los niños son frágiles, Amir *jan*, se rompen como la porcelana. Kabul está ya llena de niños rotos y no quiero que Sohrab se convierta en uno de ellos.

—Rahim Kan, no quiero ir a Kabul. ¡No puedo! —exclamé.

—Sohrab es un muchacho con talento. Aquí podemos darle una nueva vida, nuevas esperanzas, con gente que lo quiera. Thomas *agha* es un buen hombre y Betty Kanum es muy amable, tendrías que ver cómo tratan a esos huérfanos.

—¿Por qué yo? ¿Por qué no puedes pagar a alguien para que vaya? Si es cuestión de dinero, yo pagaré.

—¡No es cuestión de dinero, Amir! —rugió Rahim Kan—. ¡Soy un hombre moribundo y no quiero que me insulten! Para mí las cosas nunca han sido cuestión de dinero, tú lo sabes. ¿Por qué tú? Creo que los dos sabemos por qué tienes que ser tú, ¿no es así?

No deseaba comprender aquel comentario, pero lo hice. Lo comprendí a la perfección.

—Tengo una esposa en Estados Unidos, un hogar, una carrera y una familia. Kabul es un lugar peligroso, lo sabes, y quieres que lo arriesgue todo por... —Me detuve.

—Mira, recuerdo que una vez, sin que tú estuvieras presente, tu padre me dijo: «Rahim, un muchacho que no es capaz de defenderse por sí mismo se convierte en un hombre que no sabe hacer frente a nada.» Me pregunto si te has convertido en eso. —Bajé la vista—. Lo que te pido es que cumplas el último deseo de un anciano —dijo con voz grave.

Aquel comentario era un golpe bajo. Acababa de jugar su mejor carta. O eso fue lo que pensé en aquel momento. Sus palabras colgaban en un limbo que se había generado entre nosotros, pero, al menos, él había sabido qué decir. Yo seguí buscando las palabras adecuadas, y eso que era escritor. Finalmente, logré decir lo siguiente:

—Tal vez Baba tuviera razón.

—Siento que pienses eso, Amir.

No podía mirarlo.

—¿No lo crees tú?

—Si lo creyera, no te habría pedido que vinieses.

Jugué, nervioso, con mi anillo de boda.

—Siempre me has considerado en exceso, Rahim Kan.

—Y tú siempre has sido demasiado duro contigo. —Dudó—. Pero hay algo más. Algo que no sabes.

—Por favor, Rahim Kan...

—Sanaubar no fue la primera esposa de Alí. —Entonces levanté la vista—. Él se había casado antes con una mujer hazara de Jaghori. Eso fue mucho antes de que tú nacieras. Estuvieron tres años casados.

—¿Y eso qué tiene que ver con todo esto?

—Ella lo abandonó, sin hijos, después de tres años y se casó con un hombre de Khost a quien dio tres hijas. ¿Entiendes lo que intento decirte? —Empecé a ver adónde quería ir a parar. Pero no quería escuchar el resto de la historia. Yo vivía bien en California, tenía una preciosa casa victoriana con tejado a dos aguas, un matrimonio que funcionaba, una carrera prometedora como escritor y unos suegros que me querían. No necesitaba nada de aquella mierda—. Alí era estéril —me aclaró Rahim Kan.

—No, no lo era. Él y Sanaubar tuvieron a Hassan, ¿no? Tuvieron a Hassan...

—No, no fue así —dijo Rahim Kan.

—¡Sí lo fue!

—No, Amir.

—Entonces, ¿quién...?

—Creo que sabes quién.

Sentí como si estuviera cayendo por un abrupto precipicio, sujetándome a arbustos y zarzas y acabando con las manos vacías. La habitación se movía vertiginosamente arriba y abajo, se balanceaba de un lado a otro.

—¿Lo sabía Hassan? —inquirí por una boca que no me parecía mía. Rahim Kan cerró los ojos y movió la cabeza negativamente—. Bastardos —murmuré. Me puse en pie—. ¡Malditos bastardos! —grité—. ¡Sois todos un puñado de malditos bastardos mentirosos!

—Siéntate, por favor —me pidió Rahim Kan.

—¿Cómo pudisteis ocultarme eso? ¿Y ocultárselo a él? —vociferé.

—Piensa, por favor, Amir *jan*. Se trataba de algo vergonzoso. La gente hablaría. Todo lo que un hombre tenía por aquel entonces era su honor, su nombre, y si la gente hablaba... No podíamos decírselo a nadie, debes comprenderlo. —Me tendió una mano, pero la rechacé y me dirigí hacia la puerta—. Amir *jan*, por favor, no te vayas.

Abrí la puerta y me volví hacia él.

—¿Por qué? ¿Qué más puedes decirme? ¡Tengo treinta y ocho años y acabo de descubrir que mi vida entera es una maldita mentira! ¿Qué más puedes añadir para mejorar las cosas? Nada. ¡Ni una maldita palabra!

Y dicho eso, salí dando un portazo.

18

El sol casi se había puesto, dejando el cielo envuelto en matices de violeta y rojo. Bajé por la calle estrecha y transitada donde vivía Rahim Kan, una callejuela ruidosa en medio de un laberinto de ellas, todas atestadas de peatones, bicicletas y carritos. En las esquinas había carteles publicitarios que anunciaban Coca-Cola y cigarrillos; los carteles de las películas de Lollywood, la industria cinematográfica de Pakistán, exhibían actrices seductoras bailando con guapos hombres de tez oscura en campos de caléndulas.

Entré en un pequeño establecimiento de samovar, lleno de humo, y pedí una taza de té. Me columpié sobre las patas traseras de una silla plegable y me restregué la cara. La sensación de estar deslizándome hacia una caída segura empezaba a desvanecerse. En ese momento me sentía como alguien que se despierta en su propia casa y encuentra todos los muebles cambiados de lugar. Desorientado, debe reevaluar todo lo que lo rodea, reorientarse.

¿Cómo había podido estar tan ciego? Había tenido delante de mí todas las señales y ahora regresaban volando a mi mente: Baba contratando al doctor Kumar para que operara el labio leporino de Hassan. Baba, que jamás se olvidaba del cumpleaños de Hassan. Recordé el día que estábamos plantando tulipanes y yo le pregunté a Baba si alguna vez se había planteado contratar nuevos criados. «Hassan no se irá a ninguna parte —había vociferado Baba—. Se queda aquí con nosotros, en el lugar al que pertenece. Su hogar es éste y nosotros somos su familia.» Había llorado, llorado, cuando Alí anunció que Hassan y él nos abandonaban.

El camarero dejó la taza de té en la mesa. En el punto donde las patas se cruzaban formando una «X», había un anillo de bolas de latón, todas del tamaño de una nuez. Una de las bolas se había desatornillado. Me agaché y la apreté. Ojalá hubiese podido reparar mi vida con la misma facilidad. Di un sorbo al té más oscuro que había probado en muchos años e intenté pensar en Soraya, en el general, en Khala Jamila y en la novela que debía terminar. Intenté mirar el tráfico de la calle, la gente que entraba y salía de las pequeñas tiendas de dulces. Intenté escuchar la música *qawali* que sonaba en la radio de la mesa de al lado. Lo intenté todo, pero seguía viendo a Baba la noche de mi graduación, sentado en el Ford que acababa de regalarme, oliendo a cerveza y diciendo: «Me habría gustado que Hassan hubiese estado hoy con nosotros.»

¿Cómo podía haberme ocultado la verdad durante tantos años? ¿Y a Hassan? De pequeño, me sentaba en su regazo, me miraba fijamente a los ojos y me decía: «Sólo existe un pecado. Y es el robo... Cuando mientes, le robas a alguien el derecho a la verdad.» ¿No me había dicho exactamente eso? Y en ese momento, quince años después de haberlo enterrado, descubría que Baba había sido un ladrón. Y un ladrón de los peores, porque lo que había robado era sagrado: a mí, el derecho a saber que tenía un hermano; a Hassan, su identidad, y a Alí, su honor. Su *nang*. Su *namoos*.

Las preguntas seguían acosándome: ¿cómo podía ser capaz Baba de mirar a Alí a los ojos? ¿Cómo podía vivir Alí en aquella casa, día tras día, sabiendo que había sido deshonrado por su amo de la peor manera que puede ser deshonrado un afgano? ¿Y cómo reconciliaría yo esa nueva imagen de Baba con la que llevaba grabada en mi cabeza desde hacía tanto tiempo, con su viejo traje marrón, cojeando por el camino de entrada a la casa de los Taheri para pedir la mano de Soraya?

Otro cliché del que se habría mofado mi profesor de Creación Literaria: de tal palo, tal astilla. Pero era cierto, ¿o no? Ahora resultaba que Baba y yo éramos mucho más parecidos de lo que jamás hubiera imaginado. Ambos habíamos traicionado a personas que habrían dado su vida por nosotros. Y con eso, fui consciente de que Rahim Kan me había hecho viajar hasta allí no sólo para expiar mis pecados, sino también los de Baba.

Rahim Kan había dicho que yo siempre había sido demasiado duro conmigo mismo. Sin embargo, yo me hacía el siguiente planteamiento: era cierto que yo no tenía la culpa de que Alí hubiese pisado una mina, y tampoco había llamado a los talibanes para que entraran en casa y mataran a Hassan... Pero había sido mi sentimiento de culpa lo que había provocado que Hassan y Alí abandonaran la casa. ¿Tan inverosímil era imaginar que las cosas podrían haber sido de otra manera si yo hubiera obrado de otro modo? Tal vez Baba los hubiera llevado con nosotros a América. Tal vez Hassan hubiera tenido su propia casa, un trabajo, una familia, una vida en un país donde a nadie le importara que fuese un hazara, donde la mayoría de la gente ni siquiera sabe qué es un hazara. Tal vez no. Pero tal vez sí.

«No puedo ir a Kabul —le había dicho a Rahim Kan—. Tengo una esposa en América, un hogar, una carrera y una familia.» Pero ¿cómo podía hacer las maletas y volver a casa cuando había sido yo, con mi actitud, quien le había negado a Hassan la posibilidad de disfrutar de todas esas cosas?

Deseaba que Rahim Kan no me hubiese llamado. Deseaba que me hubiese permitido vivir en mi ignorancia. Pero me había llamado. Y lo que me había revelado Rahim Kan lo cambiaba todo. Me había hecho ver que toda mi vida, desde mucho antes de aquel invierno de 1975, ya desde la época en que la mujer hazara me crió, había sido un círculo de mentiras, traiciones y secretos.

«Hay una forma de volver a ser bueno», me había dicho.

Una forma de cerrar el círculo.

Con un pequeño. Un huérfano. El hijo de Hassan, que estaba en algún lugar de Kabul.

. . .

En el trayecto de vuelta al apartamento de Rahim Kan a bordo de un *rickshaw* me acordé de cuando Baba me decía que mi problema era que siempre había tenido a alguien que luchara por mí. Ahora tenía treinta y ocho años. El cabello empezaba a clarear y a tiznarse de gris, y me había descubierto pequeñas patas de gallo en los ojos. Era mayor, pero quizá todavía no tanto como para empezar a luchar por mi cuenta. Baba había mentido respecto a muchos asuntos, pero no acerca de ése.

Miré de nuevo la cara redonda que aparecía en la fotografía, la forma en que le daba el sol. La cara de mi hermano. Hassan me había querido, me había querido como nadie me había querido o me querría jamás. Se había ido, pero una pequeña parte de él seguía con vida. Estaba en Kabul.

Esperando.

Encontré a Rahim Kan rezando el *namaz* en un rincón de la habitación. Era sólo una silueta oscura que se arqueaba hacia el este, perfilada sobre un cielo rojo sangre. Aguardé a que terminara.

Entonces le dije que me iba a Kabul, que la mañana siguiente avisase a los Caldwell.

—Rezaré por ti, Amir *jan* —afirmó.

19

Una vez más, el mareo en el coche. En el momento en que pasamos junto al cartel acribillado por las balas donde se leía «El paso de Khyber le da la bienvenida», mi boca comenzó a segregar saliva. Sentí que algo en el interior de mi estómago se revolvía y se agitaba. Farid, el chófer, me lanzó una mirada gélida que no mostraba la más mínima empatía.

—¿Podría bajar mi ventanilla? —le pregunté.

Encendió un cigarrillo y lo colocó entre los dos dedos que le quedaban en la mano izquierda. Con sus ojos negros fijos en la carretera, se encorvó, cogió el destornillador que llevaba entre los pies y me lo pasó. Lo inserté en el pequeño orificio donde un día había habido una manivela y comencé a darle vueltas para bajar mi ventanilla.

Farid me lanzó una nueva mirada de desprecio, esa vez con una hostilidad apenas disimulada, y siguió fumando su cigarrillo. Desde que habíamos salido del fuerte de Jamrud apenas había pronunciado una docena de palabras.

—*Tashakor* —murmuré.

Incliné la cabeza para asomarme por la ventanilla y dejar que el aire fresco de la tarde me diese en la cara. El paisaje de las tierras tribales del paso de Khyber, que serpenteaba entre precipicios de esquistos y piedra caliza, era como lo recordaba... Baba y yo habíamos cruzado aquel terreno abrupto en 1974. Las montañas, áridas e imponentes, se intercalaban con profundas gargantas y culminaban en picos dentados. En las cimas de los riscos se veían viejas fortalezas, murallas de adobe derrumbadas. Intenté mantener los ojos fijos en la cumbre nevada del Hindu Kush, en el lado norte, pero cuando parecía que mi estómago se estabilizaba un poco, el camión aceleraba bruscamente o derrapaba en una curva, provocándome nuevas oleadas de náuseas.

—Prueba con un limón.

—¿Qué?

—Un limón. Es bueno para el mareo —me dijo Farid—. Siempre que hago este viaje traigo uno.

—No, gracias —repliqué.

La simple idea de añadirle acidez a mi estómago me provocó más náuseas. Farid se rió con disimulo.

—Ya sé que no es tan elegante como la medicina americana... Sólo es un viejo remedio que me enseñó mi madre.

Me arrepentí de echar por tierra una oportunidad de caldear la situación.

—En ese caso, tal vez deberías dármelo. —Cogió una bolsa de papel que llevaba en el asiento trasero y extrajo de ella medio limón. Le di un mordisco y esperé unos minutos—. Tenías razón. Me encuentro mejor —mentí.

Como afgano que soy, sabía que era mejor ser mentiroso que descortés. Me obligué a sonreír débilmente.

—Es un viejo truco *watani*, no hacen falta medicinas elegantes —comentó.

Su tono rozaba la mala educación. Sacudió la ceniza del cigarrillo y se regaló una mirada de satisfacción por el espejo retrovisor. Era un tayik, un hombre larguirucho y moreno con la cara curtida por la intemperie, espaldas anchas y un cuello largo interrumpido por una sobresaliente nuez que asomaba por detrás de la barba cuando volvía la cabeza. Iba vestido prácticamente como yo, aunque más bien al revés: un manto de lana burdamente tejido sobre un *pirhan-tumban* gris y un chaleco. Se tocaba la cabeza con un *pakol* de color marrón que llevaba ligeramente ladeado, como el héroe tayik Ahmad Shah Massoud, a quien los tayik conocían como el León del Panjsher.

Fue Rahim Kan quien me había presentado a Farid en Peshawar. Me dijo que tenía veintinueve años, a pesar de que su cara, cansada y arrugada, parecía la de un hombre veinte años mayor. Había nacido en Mazar-i-Sharif y vivido allí hasta que su padre trasladó a la familia a Jalalabad cuando él tenía diez años. A los catorce, él y su padre se unieron a la yihad para luchar contra los *shorawi*. Habían combatido en el valle del Pajsher durante dos años hasta que el fuego lanzado desde un helicóptero hizo trizas a su padre. Farid tenía dos esposas y cinco hijos. «Tenía siete», me había dicho Rahim Kan con tristeza en la mirada. Por lo visto, unos años atrás había perdido a sus dos hijas menores cuando estalló una mina en las afueras de Jalalabad, la misma que le dejó sin dedos en los pies y se llevó tres de la mano izquierda. Después de aquello, se trasladó con sus esposas y sus hijos a Peshawar.

—Puesto de control —gruñó Farid.

Me hundí un poco en mi asiento, con los brazos cruzados sobre el pecho, intentando olvidar por un instante la sensación de náusea. Pero no había motivo de alarma. Dos soldados paquistaníes se acercaron a nuestro maltrecho Land Cruiser, revisaron superficialmente su interior y nos indicaron con la mano que siguiéramos adelante.

Farid era lo primero que aparecía en la lista de preparativos que hicimos Rahim Kan y yo, una lista que incluía cambiar dólares por kaldar y billetes afganos, mis prendas de vestir y mi *pakol* (por irónico que parezca, nunca lo había llevado mientras viví en Afganistán), la fotografía de Hassan y Sohrab y, por último, quizá lo más importante: una barba postiza negra y larga hasta el pecho, al gusto de la *shari'a*. O, al menos, de la versión talibán de la *shari'a* o Ley Islámica. Rahim Kan conocía a un tipo en Peshawar especializado en tejerlas. A veces las hacía para los periodistas occidentales que cubrían la guerra.

Rahim Kan habría querido que me quedase con él unos días más para planificarlo todo con mayor detalle, pero yo sabía que debía partir lo antes posible. Me daba miedo cambiar de idea. Me daba miedo deliberar, rumiar, agonizar, racionalizar y decirme a mí mismo que no iba. Me daba miedo que la atracción que sentía hacia mi vida en América pudiera echarme atrás e invitarme a vadear de nuevo ese descomunal río, olvidándolo todo, dejando que todo lo que había descubierto aquellos últimos días se hundiese en el fondo. Me daba miedo dejar que las aguas me arrastrasen hasta alejarme de lo que debía hacer. De Hassan. De la llamada del pasado. Y de esa última oportunidad de redención. Así que partí antes de que apareciese cualquier posibilidad de que aquello ocurriera. En cuanto a Soraya, no podía decirle que volvía a Afganistán. De haberlo hecho, ella habría reservado inmediatamente un billete para el siguiente vuelo hacia Pakistán.

Habíamos cruzado la frontera y los signos de pobreza aparecían por doquier. A ambos lados de la carretera se veían cadenas de pueblecitos dispersos aquí y allá, como juguetes abandonados entre las piedras, casas de adobe destrozadas y cabañas construidas con cuatro palos y un pedazo de tela que hacía las veces de tejado. En el exterior de las cabañas se veían niños vestidos con andrajos detrás de un balón de fútbol. Varios kilómetros más adelante vi a un grupo de hombres sentados en cuclillas, como cuervos puestos en fila, sobre el cadáver de un viejo tanque soviético quemado. El viento azotaba los extremos de sus mantos. Detrás de ellos, una mujer con burka marrón cargaba al hombro una gran tinaja de arcilla y se dirigía por un trillado sendero hacia una hilera de casas de adobe.

—Es curioso... —comenté.

—¿El qué?

—Me siento como un turista en mi propio país —dije, fascinado ante la visión de un cabrero que iba por la carretera encabezando un cortejo de media docena de cabras escuálidas. Farid rió con disimulo y tiró el cigarrillo.

—¿Todavía consideras este lugar como tu país?

—Creo que una parte de mí lo considerará siempre así —contesté más a la defensiva de lo que pretendía.

—¿Después de veinte años en América? —repuso, dando un volantazo para esquivar un bache del tamaño de una pelota de playa.

Asentí con la cabeza.

—Me crié en Afganistán. —Farid volvió a reír disimuladamente—. ¿Por qué haces esto?

—No importa —murmuró.

—No, quiero saberlo. ¿Por qué haces esto?

Vi por el retrovisor un brillo en su mirada.

—¿Quieres que te lo diga? —me preguntó con sarcasmo—.
Deja que me lo imagine, *agha Sahib*. Seguramente vivías en una
gran casa de dos o tres pisos con un bonito jardín que tu jardinero
sembraba de flores y árboles frutales. Todo rodeado por una verja, naturalmente. Tu padre conduciría un coche americano. Tendrías criados, probablemente hazaras. Tus padres contratarían
empleados para decorar la casa con motivo de las elegantes *meh-
manis* que ofrecerían, para que de ese modo sus amigos pudieran
ir a beber y a fanfarronear de sus viajes por Europa y América.
Y apostaría los ojos de mi primer hijo a que es la primera vez en tu
vida que llevas un *pakol*. —Me sonrió, dejando al descubierto una
boca llena de dientes podridos prematuramente—. ¿Voy bien?

—¿Por qué dices todo eso?

—Porque tú querías saberlo —me espetó. Señaló en dirección a un anciano vestido con harapos que avanzaba con dificultad por un camino de tierra y que llevaba atado a la espalda
un gran saco de arpillera lleno de malas hierbas—. Éste es el
Afganistán de verdad, *agha Sahib*. Éste es el Afganistán que yo
conozco. Tú siempre has sido un turista aquí, sólo que no eras
consciente de ello.

Rahim Kan me había puesto sobre aviso en cuanto a que no
debía esperar una cálida bienvenida en Afganistán por parte de
los que se quedaron allí y lucharon en las guerras.

—Siento lo de tu padre —dije—. Siento lo de tus hijas y lo
de tu mano.

—Eso no significa nada para mí —replicó, y sacudió la cabeza negativamente—. ¿A qué has vuelto? ¿Para vender las tierras de tu Baba? ¿Para embolsarte el dinero y regresar corriendo
a América con tu madre?

—Mi madre murió cuando yo nací. —Suspiró y encendió
un nuevo cigarrillo. No dijo nada—. Detente.

—¿Qué?

—¡Que te detengas, maldita sea! Me estoy mareando... —Salí precipitadamente del camión en el mismo momento en que se detenía sobre la gravilla del arcén.

A última hora de la tarde, el paisaje había cambiado de los picos azotados por el sol y los riscos estériles a otro más verde, más rural. La carretera principal descendía desde Landi Kotal hasta Landi Kana a través de territorio Shinwari. Habíamos entrado en Afganistán por Torkham. La carretera estaba flanqueada por pinos, menos de los que yo recordaba y muchos de ellos completamente desnudos, pero ver árboles de nuevo después del arduo trayecto del paso Khyber era una sensación placentera. Nos acercábamos a Jalalabad, donde Farid tenía un hermano que nos hospedaría aquella noche.

Cuando entramos en Jalalabad, capital del estado de Nangarhar, ciudad famosa por su fruta y su cálido clima, el sol estaba ocultándose. Farid pasó de largo los edificios y las casas de piedra del centro de la ciudad. No había tantas palmeras como recordaba y algunas de las casas habían quedado reducidas a cuatro paredes sin tejado y montañas de escombros.

Farid entró en una calle estrecha sin asfaltar y aparcó el Land Cruiser junto a un arroyo seco. Salté del vehículo, me desperecé y respiré hondo. En los viejos tiempos, los vientos soplaban en las irrigadas planicies de Jalalabad, donde los granjeros cultivaban la caña de azúcar, impregnando la atmósfera de la ciudad con su dulce perfume. Cerré los ojos en busca de aquella dulzura. No la encontré.

—Vamos —dijo Farid impaciente.

Echamos a andar por la calle de tierra, pasamos junto a unos sauces sin hojas y avanzamos entre muros de adobe derrumbados. Farid me condujo hasta una desvencijada casa de una sola planta y llamó a una puerta hecha con tablas.

Asomó la cabeza una mujer joven con los ojos de color verde mar. Un pañuelo blanco le enmarcaba el rostro. Me vio a mí primero y retrocedió, pero luego vio a Farid y sus ojos resplandecieron.

—¡*Salaam alaykum*, Kaka Farid!

—*Salaam*, Maryam *jan* —respondió Farid, y le ofreció algo que llevaba el día entero negándome a mí: una cálida sonrisa. Le estampó un beso en la coronilla. La mujer se hizo a un lado y me observó con cierta aprensión mientras seguía a Farid hacia el interior de la casa.

El tejado de adobe era bajo, las paredes estaban completamente desnudas y la única luz que había procedía de un par de lámparas colocadas en una esquina. Nos despojamos de los zapatos y pisamos la estera de paja que cubría el suelo. Junto a una de las paredes había tres niños sentados sobre un colchón que estaba cubierto con una manta deshilachada. Se levantó a saludarnos un hombre alto y barbudo, de espaldas anchas. Farid y él se abrazaron y se dieron un beso en la mejilla. Farid me lo presentó como Wahid, su hermano mayor.

—Es de América —le dijo a Wahid, señalándome con el pulgar. Luego nos dejó solos y fue a saludar a los niños.

Wahid se sentó conmigo junto a la pared opuesta a donde estaban los niños, los cuales habían cogido por sorpresa a Farid y le habían saltado a la espalda. A pesar de mis protestas, Wahid ordenó a uno de los niños que fuese a buscar otra manta para que estuviese más cómodo sentado en el suelo y le pidió a Maryam que me sirviera un poco de té. Me preguntó sobre el viaje desde Peshawar y el trayecto por el paso de Khyber.

—Espero que no os cruzárais con los *dozds*—dijo. El paso de Khyber era tan famoso por su duro terreno como por los bandidos que asaltaban a los viajeros. Antes de que me diera tiempo a responder, me guiñó el ojo y dijo en voz alta—: Aunque, por supuesto, ningún *dozd* perdería el tiempo con un coche tan feo como el de mi hermano.

Farid consiguió tirar al suelo al niño más pequeño y le hizo cosquillas en las costillas con su mano buena. El niño reía y pataleaba.

—Al menos tengo un coche —repuso jadeando Farid—. ¿Cómo va tu burro últimamente?

—Mi burro es mejor montura que tu todoterreno.

—*Khar khara mishnassah* —le disparó Farid a modo de respuesta. «Sólo un burro reconoce a otro burro.» Empezaron a reír y yo me uní a ellos. Oí voces femeninas en la habitación contigua. Desde donde estaba sentado veía la mitad de dicha habitación. Maryam y una mujer mayor vestida con un *hijab* de color marrón, presumiblemente su madre, hablaban en voz baja y vertían el té de una tetera a un puchero.

—¿Y a qué te dedicas en América, Amir *agha*? —inquirió Wahid.

—Soy escritor —respondí. Me pareció oír a Farid riéndose a escondidas ante mi respuesta.

—¿Escritor? —dijo Wahid claramente impresionado—. ¿Escribes sobre Afganistán?

—Sí, lo he hecho. Pero no en este momento —puntualicé. Mi última novela, *Una estación para las cenizas*, trataba sobre un profesor universitario que se unía a un grupo de bohemios después de descubrir a su mujer en la cama con uno de sus alumnos. No era un libro malo. Algunos críticos lo calificaron como «un buen libro», y uno incluso utilizó la palabra «fascinante». Pero de pronto me sentía violento por ello. Esperaba que Wahid no me preguntase de qué iba.

—Tal vez deberías volver a escribir sobre Afganistán —dijo Wahid—. Contarle al resto del mundo lo que los talibanes están haciendo con nuestro país.

—Bueno, es que no..., no soy exactamente ese tipo de escritor.

—Oh —repuso Wahid sacudiendo la cabeza y sonrojándose ligeramente—. Tú eres quien mejor lo sabe, naturalmente. No soy nadie para sugerir...

Justo en ese momento entraron en la habitación Maryam y la otra mujer con un par de tazas y una tetera en una pequeña bandeja. Me levanté como señal de respeto, me llevé la mano al pecho e incliné la cabeza.

—*Salaam Alaykum* —dije.

La mujer mayor, que se había tapado la mitad inferior de la cara con su *hijab*, inclinó también la cabeza.

—*Salaam* —respondió en un susurro casi inaudible. Nunca nos miramos directamente. Sirvió el té mientras yo permanecía de pie.

La mujer dejó la taza de té hirviendo delante de mí y salió de la habitación. Iba descalza y por ese motivo no emitió ningún tipo de sonido al desaparecer. Me senté y di un sorbo de aquel té negro y fuerte. Wahid rompió finalmente el incómodo silencio que siguió.

—Bueno, entonces ¿qué es lo que te trae de vuelta a Afganistán?

—¿Qué es lo que los trae a todos de vuelta a Afganistán, querido hermano? —dijo Farid, dirigiéndose a Wahid, pero sin apartar en ningún momento de mí una mirada despectiva.

—*Bas!* —replicó bruscamente Wahid.

—Siempre es lo mismo —dijo Farid—. Vender esta tierra, vender aquella casa, recoger el dinero y salir corriendo como una rata. Regresar a América y gastar el dinero en unas vacaciones en México con la familia.

—¡Farid! —rugió Wahid. Sus hijos, e incluso Farid, se estremecieron—. ¿Has olvidado tus modales? ¡Estás en mi casa! ¡Amir *agha* es mi invitado esta noche y no permitiré que me deshonres de esta manera!

Farid abrió la boca para decir algo, pero se lo pensó y no dijo nada. Se dejó caer contra la pared, murmuró algo en voz baja y cruzó su pie mutilado por encima del bueno. Su mirada acusadora no me abandonaba ni un instante.

—Perdónanos, Amir *agha* —me pidió Wahid—. Desde que era un niño, la boca de mi hermano ha ido siempre dos pasos por delante de su cabeza.

—En realidad es culpa mía —dije intentando esbozar una sonrisa bajo la intensa mirada de Farid—. No me siento ofendido. Debería haberle explicado qué es lo que vengo a hacer a Afganistán. No estoy aquí para vender ninguna propiedad. Me dirijo a Kabul para encontrar a un niño.

—A un niño... —repitió Wahid.

—Sí.

Saqué la Polaroid del bolsillo de mi camisa. Ver de nuevo la fotografía de Hassan abrió de nuevo en mi cabeza la herida aún fresca que la noticia de su muerte me había dejado. Tuve que apartar la vista. Se la entregué a Wahid y éste la examinó. Luego me miró a mí, volvió a mirar la fotografía y de nuevo a mí.

—¿A este niño?

Asentí con la cabeza.

—¿A este niño hazara?

—Sí.

—¿Qué significa para ti?

—Su padre significaba mucho para mí. Es el hombre que aparece en la fotografía. Está muerto.

Wahid pestañeó.

—¿Era amigo tuyo?

Iba a responder que sí instintivamente, como si, en un nivel profundo de mi persona, yo también deseara proteger el secreto de Baba. Pero ya bastaba de mentiras.

—Era mi hermanastro. —Tragué saliva y añadí—: Mi hermanastro ilegítimo.

Le di vueltas a la taza de té y jugueteé con el asa.

—No pretendía entrometerme en tus asuntos.

—No te entrometes en absoluto —dije.

—¿Qué harás con él?

—Llevarlo a Peshawar. Allí hay gente que cuidará de él.

Wahid me devolvió la fotografía y me puso una mano sobre un hombro.

—Eres un hombre honorable, Amir *agha*. Un verdadero afgano. —Me encogí interiormente—. Me siento orgulloso de hospedarte esta noche en mi casa —dijo Wahid.

Le di las gracias y miré de reojo a Farid. Estaba cabizbajo, jugando con los bordes rotos de la estera de paja.

· · ·

Un poco más tarde, Maryam y su madre aparecieron con dos boles muy calientes llenos de *shorwa* vegetal y dos barras de pan.

—Siento no poder ofrecerte carne —se disculpó Wahid—. Hoy en día, sólo los talibanes pueden permitirse la carne.

—Tiene un aspecto estupendo —comenté.

Y era cierto. Le ofrecí un poco, y también a los niños, pero Wahid dijo que la familia había comido antes de que llegáramos. Farid y yo nos remangamos, mojamos el pan en el *shorwa* y comimos con las manos.

Mientras comía, vi que los niños de Wahid, los tres muy delgados, con la cara sucia y cabello castaño corto y rizado bajo sus casquetes, lanzaban miradas furtivas a mi reloj digital. El más pequeño le susurró algo al oído a su hermano mediano. Éste asintió con la cabeza, sin apartar los ojos de mi reloj. El mayor (supongo que tendría unos doce años) se balanceaba de un lado a otro, sin despegar tampoco la vista de mi muñeca. Después de cenar y de lavarme las manos con el agua que me ofreció Maryam en un cuenco de barro, pedí permiso a Wahid para darle un *hadia*, un regalo, a sus hijos. Dijo que no, pero, ante mi insistencia, acabó aceptando a regañadientes. Me quité el reloj y se lo di al más pequeño, que murmuró un tímido «*tashakor*».

—Te dice la hora que es en cualquier ciudad del mundo —le expliqué. Los niños asintieron educadamente con la cabeza, se pasaron el reloj y fueron probándoselo por turnos. Pero enseguida perdieron el interés y muy pronto el reloj quedó abandonado sobre la estera de paja.

—Podrías habérmelo contado —dijo posteriormente Farid. Estábamos acostados el uno junto al otro sobre los jergones de paja que la esposa de Wahid nos había preparado.

—¿Contarte qué?

—Por qué motivo habías regresado a Afganistán. —Su voz había perdido el tono áspero que había mostrado desde el momento en que lo había conocido.

—No me lo preguntaste.

—Deberías habérmelo contado.

—No me lo preguntaste.

Se dio la vuelta para mirarme y apoyó la cabeza en el brazo doblado.

—Tal vez te ayude a encontrar a ese niño.

—Gracias, Farid —dije.

—Me equivoqué en mi suposición.

Suspiré.

—No te preocupes. Estás más en lo cierto de lo que imaginas.

Tiene las manos atadas a la espalda con una cuerda toscamente tejida que le corta la carne de las muñecas. Tiene los ojos vendados con un trapo de color negro. Está arrodillado en la calle, junto a una cuneta con agua estancada, la cabeza gacha. Avanza de rodillas por el suelo y la sangre traspasa sus pantalones mientras se balancea rezando. Es la última hora de la tarde y su sombra se proyecta en la gravilla con un movimiento de vaivén hacia delante y hacia atrás. Murmura algo entre dientes. Me acerco. «Mil veces más —murmura—. Por ti lo haría mil veces más.» Se balancea hacia delante y hacia atrás. Levanta la cara. Veo una cicatriz desdibujada sobre su labio superior.

No estamos solos.

Veo primero el cañón. Luego el hombre de pie a sus espaldas. Es alto, lleva chaleco de espiguilla y un turbante negro. Observa al hombre con los ojos vendados que tiene ante él con una mirada que no muestra sino un vacío enorme, cavernoso. Da un paso atrás y levanta el cañón. Lo sitúa en la nuca del hombre arrodillado. Por un instante, el sol de poniente acaricia el metal y centellea.

La escopeta ruge con un sonido ensordecedor.

Sigo la trayectoria en arco hacia arriba que traza el cañón. Veo la cara detrás de la columna de humo que sale de la embocadura. Soy el hombre del chaleco de espiguilla.

Me despierto con un grito atrapado en la garganta.

. . .

Salí al exterior. Permanecí bajo el brillo deslustrado de la media luna y alcé la vista hacia el cielo inundado de estrellas. Era noche cerrada y se oía el canto de los grillos y el viento que soplaba entre los árboles. Notaba el frío del suelo bajo los pies descalzos y, de pronto, por primera vez desde que habíamos cruzado la frontera, sentí que estaba de vuelta en casa. Después de todos aquellos años, estaba de nuevo en casa, pisando la tierra de mis antepasados. Aquélla era la tierra donde mi bisabuelo se casó con su tercera esposa un año antes de morir en la epidemia de cólera que asoló Kabul en 1915. Ella le dio lo que sus dos primeras esposas no habían conseguido darle, un hijo. Fue en aquella tierra donde mi abuelo salió a cazar con el rey Nadir Shah y mató un ciervo. Mi madre había muerto en aquella tierra. Y en aquella tierra había luchado yo por obtener el amor de mi padre.

Me senté junto a una de las paredes de adobe de la casa. La atracción que de repente sentía por mi vieja tierra... me sorprendía. Había permanecido lejos de ella el tiempo suficiente para olvidar y ser olvidado. Tenía un hogar en un país que la gente que dormía al otro lado de la pared podía considerar perfectamente otra galaxia. Creía que me había olvidado de aquella tierra. Pero no era así. Y bajo el resplandor descarnado de la media luna sentía Afganistán bullendo bajo mis pies. Tal vez Afganistán tampoco me hubiera olvidado a mí.

Miré en dirección oeste, fascinado ante el hecho de que, en algún lugar detrás de aquellas montañas, siguiese existiendo Kabul. Existía de verdad, no sólo como un antiguo recuerdo o como titular de una noticia en la sección de Asia Pacífico de la página quince de *The San Francisco Chronicle*. En algún lugar hacia el oeste, detrás de aquellas montañas, dormía la ciudad donde mi hermano de labio leporino y yo volábamos cometas. Allí, en algún lugar, el hombre de los ojos vendados de mi sueño había sufrido una muerte innecesaria. En una ocasión, detrás de aquellas montañas, había hecho una elección. Y en aquel mo-

mento, un cuarto de siglo más tarde, la elección me había llevado directamente de regreso a aquella tierra.

Estaba a punto de volver a entrar en la casa cuando escuché
voces que provenían del interior. Reconocí una de ellas como la
de Wahid.

—... no queda nada para los niños.

—¡Tenemos hambre, pero no somos salvajes! ¡Es un invitado! ¿Qué se supone que debía hacer yo? —dijo con tensión en la
voz.

—... encontrar algo mañana. —Ella parecía a punto de llorar—. Qué voy a darles de comer...

Me alejé de puntillas. Comprendí entonces por qué los niños no habían mostrado el más mínimo interés por el reloj. No
miraban el reloj. Miraban mi comida.

Nos despedimos a primera hora de la mañana siguiente. Antes de
subir al Land Cruiser, agradecí a Wahid su hospitalidad. Éste señaló en dirección a la pequeña casa que quedaba a sus espaldas y
dijo:

—Es tu casa.

Sus tres hijos permanecían en el umbral de la puerta, obser-
vándonos. El pequeño llevaba el reloj en la muñeca, flaca como
un palillo.

Cuando arrancamos miré hacia atrás por el retrovisor. Wahid permanecía allí, rodeado de sus hijos, en medio de la nube
de polvo que nuestro todoterreno había levantado. Se me ocurrió que, en condiciones normales, los niños habrían perseguido
el coche de no estar tan famélicos.

Antes, aquella misma mañana, cuando tuve la certeza de
que nadie me miraba, hice algo que había hecho veintiséis años
atrás: escondí un puñado de billetes arrugados bajo un colchón.

20

Farid me había puesto sobre aviso. Lo había hecho. Pero al final resultó que había gastado saliva inútilmente.

Viajábamos por la carretera llena de baches que une Jalalabad con Kabul. La última vez que había pasado por ella había sido en un camión con techo de lona y en dirección contraria. Baba estuvo a punto de morir de un balazo a manos de un oficial *roussi* cantarín y borracho como una cuba... Aquella noche, Baba hizo que me sintiera furioso, asustado y, finalmente, orgulloso. El camino entre Kabul y Jalalabad, un trayecto entre rocas capaz de romper los huesos a cualquiera, se había convertido en una reliquia, una reliquia de dos guerras. Veinte años antes, había presenciado con mis propios ojos algo de la primera. Junto a la carretera yacían tristes recuerdos de ella: restos quemados de viejos tanques soviéticos, camiones militares volcados y medio oxidados, un Jeep ruso accidentado que había caído por un barranco. La segunda guerra la había visto por televisión. Y la veía en aquellos momentos a través de los ojos de Farid.

Farid esquivaba sin el mínimo esfuerzo los socavones de la maltrecha carretera. Estaba en su elemento. Se mostraba más parlanchín desde nuestra estancia en casa de Wahid. Me había dicho que me sentase en el asiento del copiloto y me miraba cuando me hablaba. Incluso sonrió un par de veces. Manejaba el volante con la mano mutilada y señalaba pueblos de casas de adobe que íbamos encontrándonos por el camino y en los que años atrás había conocido a gente. La mayoría, dijo, estaban muertos o en campamentos de refugiados en Pakistán.

—A veces los muertos son los más afortunados —comentó.

En una ocasión señaló los restos derruidos y carbonizados de un pueblo diminuto. Había quedado reducido a un montón de paredes ennegrecidas y desprovistas de tejado. Un perro dormía junto a una de las paredes.

—Aquí tenía un amigo —dijo—. Era un mecánico de bicicletas estupendo. También tocaba bien la *tabla*. Los talibanes lo mataron a él y a su familia y prendieron fuego al pueblo.

Pasamos junto al pueblo incendiado y el perro ni se movió.

En los viejos tiempos, el viaje de Jalalabad a Kabul duraba dos horas, quizá un poco más. Farid y yo tardamos seis. Y cuando lo hicimos... Farid me puso sobre aviso nada más pasar la presa de Mahipar.

—Kabul ya no es como lo recuerdas —me advirtió.

—Eso me han dicho.

Farid me lanzó una mirada con la que quería decirme que oírlo no era lo mismo que verlo. Y tenía razón. Porque cuando Kabul apareció finalmente ante nosotros tuve la seguridad, la completa seguridad, de que en algún cruce nos habíamos equivocado de dirección. Farid debió de ver mi cara de estupefacción... Si transportaba gente a Kabul con cierta frecuencia, debía de estar acostumbrado a ver esa expresión en las caras de aquellos que llevaban mucho tiempo lejos de Kabul.

Me dio un golpecito en el hombro.

—Bienvenido de nuevo —dijo hoscamente.

Escombros y mendigos. Era lo único que veía donde quiera que mirase. Recordaba que en los viejos tiempos también había mendigos... Baba llevaba siempre en el bolsillo un puñado adicional de billetes afganos para ellos; nunca lo vi esquivarlos. Pero ahora los había en todas las esquinas, vestidos con harapos de arpillera, agachados en cuclillas y tendiendo las manos manchadas de barro pidiendo limosna. Y en su mayoría eran niños enjutos y con caras tristes, algunos no mayores de cinco o seis años. Se situaban en las esquinas de las calles más transitadas, sentados en el regazo de sus madres, quienes, tapadas con el burka, entonaban melancólicamente «*Bakhshesh, bakhshesh!*» Y había algo más, algo de lo que no me había dado cuenta hasta ese momento: había muy pocos niños que estuviesen sentados junto a un hombre. Las guerras habían convertido a los padres en un bien escaso en Afganistán.

Nos dirigíamos hacia el oeste, hacia el barrio de Karteh-Seh, por la que yo recordaba como una importante vía pública en los años setenta: Jadeh Maywand. Justo al norte de donde nos encontrábamos estaba el río Kabul, completamente seco. Sobre las colinas del sur se veía la vieja muralla derrumbada de la ciudad. Y al este de ella estaba la fortaleza de Bala Hissar (la antigua ciudadela que el señor de la guerra Dostum había ocupado en 1992), que se levantaba sobre la cordillera de Shirdarwaza, las mismas montañas desde las cuales los muyahidines acribillaron Kabul con misiles entre 1992 y 1996, infligiéndole la mayoría de los daños que yo estaba contemplando en aquellos momentos. La cordillera montañosa de Shirdarwaza se prolongaba hacia el oeste. Era desde aquellas montañas desde donde, según recordaba, disparaba el *Topeh chasht*, el cañón del mediodía. Detonaba a diario para anunciar el mediodía y el final del ayuno diurno durante el mes del ramadán. En aquellos tiempos, el retumbar del cañón se oía en toda la ciudad.

—De pequeño solía venir aquí, a Jadeh Maywand —musité—. Había tiendas y hoteles. Luces de neón y restaurantes. Compraba cometas a un anciano llamado Saifo, propietario de un pequeño establecimiento que se encontraba junto al antiguo cuartel de la policía.

—El cuartel de la policía sigue ahí —dijo Farid—. En la ciudad no hay escasez de policía. Lo que no encontrarás son cometas ni tiendas de cometas, ni en Jadeh Maywand ni en ninguna otra parte de Kabul. Esa época terminó.

Jadeh Maywand se había convertido en un castillo de arena gigantesco. Los edificios que no se habían derrumbado en su totalidad apenas se mantenían en pie. Los tejados estaban llenos de agujeros y las paredes, taladradas por misiles y bombas. Manzanas enteras habían quedado reducidas a escombros. Vi un letrero acribillado por las balas medio enterrado en un rincón entre una pila de cascotes. Decía «Beba Coca-Co...». Vi niños jugando en las ruinas de un edificio sin ventanas entre fragmentos de ladrillos y piedra, ciclistas y carros tirados por mulas esquivando niños, perros extraviados y montones de cascotes. Sobre la ciudad flotaba una neblina de polvo y, al otro lado del río, una columna de humo se alzaba en dirección al cielo.

—¿Dónde están los árboles? —pregunté.

—La gente los corta para tener leña en invierno —contestó Farid—. Los *shorawi* cortaron también muchos.

—¿Por qué?

—Porque los francotiradores se escondían en ellos.

Me asoló la tristeza. Regresar a Kabul era como tropezarse con un viejo amigo olvidado y ver que la vida no le había tratado bien, que se había convertido en un vagabundo, en un indigente.

—Mi padre construyó un orfanato en Shar-e-kohna, la antigua ciudad, al sur de aquí —dije.

—Lo recuerdo —replicó Farid—. Lo destruyeron hace unos años.

—¿Podemos parar? Quiero dar un paseo rápido por aquí.

Farid detuvo el vehículo en una pequeña calle secundaria junto a un edificio semiderruido que no tenía puerta.

—Esto era una farmacia —murmuró Farid cuando salimos del todoterreno.

Regresamos caminando a Jadeh Maywand y giramos hacia la derecha, en dirección oeste.

—¿A qué huele? —inquirí. Algo hacía que me llorasen los ojos.

—A diesel —respondió Farid—. Los generadores de la ciudad fallan continuamente, por lo que la electricidad no es de fiar. La gente utiliza el diesel como forma de energía.

—Diesel. ¿Recuerdas a lo que olía esta calle en los viejos tiempos?

Farid sonrió.

—A *kabob*.

—A *kabob* de cordero.

—Cordero —dijo Farid, saboreando la palabra—. Los únicos en Kabul que hoy en día comen cordero son los talibanes. —Me tiró de la manga—. Hablando de ellos... —Se acercaba un vehículo—. La patrulla de los barbudos —murmuró Farid.

Era la primera vez que yo veía a un talibán. Los había visto en televisión, en Internet, en las portadas de las revistas y en los periódicos. Pero en ese momento me encontraba a cinco metros de ellos, diciéndome que aquel repentino sabor que notaba en la boca no era el del puro miedo, diciéndome que, de pronto, mi carne no se había encogido hasta tocar los huesos y que el corazón no latía acelerado. Allí estaban. En todo su esplendor.

La camioneta Toyota descapotable de color rojo pasó lentamente por nuestro lado. Detrás iban un puñado de hombres jóvenes con caras serias sentados en cuclillas y con los Kalashnikov colgados del hombro. Todos llevaban barba y turbantes negros. Uno de ellos, un joven de piel oscura que tendría unos veinte años, de cejas anchas y pobladas, azotaba rítmicamente con un látigo el lateral de la camioneta. Su mirada perdida fue a descansar en mí. Me miró fijamente. Nunca me había sentido tan desnudo. El talibán escupió saliva de color tabaco y apartó la vista. Sentí que respiraba de nuevo. La camioneta se alejó por Jadeh Maywand levantando a su paso una nube de polvo.

—¡Qué te ocurre! —me dijo entre dientes Farid.

—¿Qué?

—¡No te atrevas ni a mirarlos! ¿Me has entendido? ¡Jamás!

—No quería hacerlo —dije.

—Tu amigo tiene razón, *agha* —dijo alguien—. Es preferible golpear con un palo a un perro rabioso.

La voz pertenecía a un anciano mendigo que estaba sentado descalzo en las escaleras de un edificio acribillado por las balas. Iba vestido con un raído *chapan* reducido a harapos deshilachados y un turbante mugriento. El párpado izquierdo cubría un hueco vacío. Con una mano artrítica señaló la dirección por donde había desaparecido la camioneta roja.

—Dan vueltas y observan. Esperan a que alguien los provoque. Tarde o temprano, siempre cae alguien. Entonces los perros se dan el festín y el aburrimiento de la jornada queda por fin roto y alguien grita «*Allah-u-Akbar!*» Los días en que nadie los ofende, bueno..., siempre se puede elegir una víctima al azar...

—Mantén la mirada fija en los pies cuando los talibanes ronden cerca —me ordenó Farid.

—Tu amigo te ofrece buenos consejos —repuso el viejo mendigo, entrometiéndose de nuevo. Tosió secamente y escupió en un pañuelo andrajoso—. Perdonadme, pero ¿podríais prescindir de unos pocos afganis? —añadió.

—*Bas*. Vámonos —dijo Farid tirándome del brazo.

Le di al viejo cien mil afganis, el equivalente a tres dólares. Cuando se inclinó para coger el dinero, su hedor, una mezcla de leche agria y pies que no han sido lavados en semanas, inundó mi nariz y me provocó una arcada. Se guardó rápidamente el dinero en el cinturón. Su único ojo vigilaba a un lado y a otro.

—Mil gracias por tu benevolencia, *agha Sahib*.

—¿Sabes donde está el orfanato de Karteh-Seh? —le pregunté.

—No es difícil de encontrar, está al oeste de Darulaman Boulevard —dijo—. Cuando los misiles acabaron con el viejo orfanato, trasladaron a los niños que estaban allí a Karteh-Seh, que es como sacar a alguien de la jaula del león y meterlo en la del tigre.

—Gracias, *agha* —repliqué, y me volví dispuesto a marcharme.

—Era la primera vez, ¿no?

—¿Perdón?

—La primera vez que veías a un talibán. —No dije nada. El anciano asintió con la cabeza y sonrió. Reveló entonces los pocos dientes que le quedaban, todos amarillos y torcidos—. Recuerdo la primera vez que los vi entrar en Kabul. ¡Fue un día de alegría! —exclamó—. ¡El final de la matanza! *Wah, wah!* Pero, como dice el poeta: «¡Despreocupado estaba el amor y entonces llegaron los problemas!»

Se me dibujó una sonrisa en la cara.

—Conozco ese *ghazal*. Es de Hafez.

—Sí, así es. De hecho, tengo buenos motivos para conocerlo —respondió el viejo—. Lo enseñaba en la universidad.

—¿Ah, sí?

El viejo se llevó las manos al pecho y tosió.

—Desde mil novecientos cincuenta y ocho hasta mil novecientos noventa y seis. Estudiábamos a Hafez, Khayyam, Rumi, Beydel, Jami, Saadi... En una ocasión, fui invitado a dar una conferencia en Teherán, eso fue en mil novecientos setenta y uno. Hablé del místico Beydel. Recuerdo que el público se puso en pie y aplaudió. ¡Ja! —Sacudió la cabeza—. Pero ¿has visto a esos jóvenes de la camioneta? ¿Qué valores crees que ven ellos en el sufismo?

—Mi madre daba clases en la universidad —le conté.

—¿Cómo se llamaba?

—Sofia Akrami.

Su ojo consiguió brillar a través del velo que le habían causado las cataratas.

—«Las malas hierbas del desierto siguen con vida, pero la flor de primavera florece y se marchita.» Qué gracia, qué dignidad, qué tragedia.

—¿Conocías a mi madre? —le pregunté al viejo, arrodillándome ante él.

—No muy bien, pero sí, la conocía. Nos sentamos a charlar varias veces. La última de ellas fue un día lluvioso justo antes de los exámenes finales. Compartimos una maravillosa porción de pastel de almendras. Pastel de almendras con té caliente y miel. Por aquel entonces su embarazo estaba muy adelantado. Estaba preciosa. Nunca olvidaré lo que me dijo aquel día.

—¿Qué? Dímelo, por favor.

Baba siempre me había descrito a mi madre a grandes rasgos, como «una gran mujer». Pero yo siempre me había sentido sediento de detalles: cómo le brillaba el cabello a la luz del sol, su sabor de helado favorito, las canciones que le gustaba tararear, si se mordía las uñas... Baba se llevó a la tumba los recuerdos que tenía de ella. Tal vez temiera que con sólo pronunciar su nombre le entraran sentimientos de culpa por lo que había hecho poco tiempo después de su muerte. O tal vez su pérdida había sido tan grande, su dolor tan profundo, que no podía soportar hablar de ella. Tal vez ambas cosas.

—Dijo: «Tengo mucho miedo.» Y yo le pregunté: «¿Por qué?», y ella respondió: «Porque soy profundamente feliz, doctor Rasul. Una felicidad así asusta.» Le pregunté por qué y dijo: «Sólo te permiten ser así de feliz cuando están preparándose para llevarse algo de ti», y yo repliqué: «Calla. Basta de tonterías.»

Farid me cogió del brazo.

—Deberíamos irnos, Amir *agha*—dijo en voz baja. Pero yo retiré el brazo.

—¿Qué más? ¿Qué más te dijo?

Las facciones del viejo se suavizaron.

—Me gustaría acordarme de ello por ti. Pero no puedo. Tu madre falleció hace mucho tiempo y mi memoria está tan destrozada como estos edificios. Lo siento.

—Aunque sea un pequeño detalle, lo que sea.

El viejo sonrió.

—Intentaré recordar, te lo prometo. Vuelve y búscame.

—Gracias —dije—. Muchas gracias.

Y lo decía de todo corazón. Ahora sabía que a mi madre le gustaban el pastel de almendra con miel y el té caliente, que en una ocasión utilizó la palabra «profundamente», que su felicidad la corroía. Acababa de saber más cosas sobre mi madre gracias a aquel viejo de la calle de las que nunca supe por parte de Baba.

De vuelta al todoterreno, ni Farid ni yo comentamos nada de lo que la mayoría de los afganos habrían considerado una coincidencia improbable, que diera la casualidad de que un mendigo de la calle conociese a mi madre. Porque ambos sabíamos que en Afganistán, y particularmente en Kabul, un absurdo como aquél era de lo más corriente. Baba solía decir: «Coge dos afganos que no se han visto en su vida, déjalos en una habitación diez minutos y acabarán descubriendo su parentesco.»

Abandonamos al viejo en las escaleras de aquel edificio. Decidí tomar en serio su ofrecimiento, regresar al lugar y comprobar si había desenterrado alguna historia más relacionada con mi madre. Pero nunca volví a verlo.

Encontramos el orfanato nuevo en la zona norte de Karteh-Seh, a orillas del río Kabul, que estaba seco. Se trataba de un edificio bajo, tipo barracón, con las paredes llenas de rastros de metralla y las ventanas sujetas con planchas de madera. Farid me había contado por el camino que Karteh-Seh había sido uno de los vecindarios más castigados por la guerra, y en cuanto salimos del todoterreno las pruebas de lo que me había contado resultaron abrumadoras. Las calles, plagadas de baches, estaban flanqueadas por casas abandonadas y edificios bombardeados casi en ruinas. Pasamos junto al esqueleto oxidado de un coche volcado, un televisor sin pantalla medio enterrado entre los escombros y un muro donde habían escrito las palabras «*Zenda bad Taliban!*», «¡Larga vida a los talibanes!», con spray negro.

Nos abrió la puerta un hombre bajito, delgado y calvo con barba canosa y lanuda. Llevaba una chaqueta de tweed muy vieja, un casquete y un par de gafas con un cristal astillado que descansaban sobre la punta de su nariz. Detrás de las gafas había unos ojos diminutos parecidos a guisantes negros que volaban de mí a Farid.

—*Salaam alaykum* —dijo.

—*Salaam alaykum* —dije yo, y le mostré la fotografía—. Estamos buscando a este niño.

Echó un vistazo superficial a la fotografía.

—Lo siento. Nunca lo he visto.

—Apenas has mirado la foto, amigo —terció Farid—. ¿Por qué no la miras con más atención?

—*Loftan...* —añadí—. Por favor.

El hombre de la puerta cogió la fotografía, la examinó y me la devolvió.

—*Nay*, lo siento. Conozco a todos los niños de esta institución y ése no me suena. Ahora, si me lo permitís, tengo trabajo.

Cerró la puerta y echó la llave, pero yo la aporreé con los nudillos.

—*Agha! Agha*, por favor, abra la puerta. No queremos hacerle ningún daño al niño.

—Ya os lo he dicho. No está aquí. —Su voz salía del otro lado de la puerta—. Ahora, por favor, idos.

Farid se acercó a la puerta y apoyó en ella la frente.

—Amigo, no estamos con los talibanes —dijo en voz baja y con cautela—. El hombre que me acompaña quiere llevarse a ese niño a un lugar seguro.

—Vengo de Peshawar —le expliqué—. Un buen amigo mío conoce a una pareja de americanos que dirigen allí una casa de beneficencia para niños. —Notaba la presencia del hombre al otro lado de la puerta. Lo sentía allí, escuchando, dudando, atrapado entre la sospecha y la esperanza—. Mire, yo conocía al padre de Sohrab —añadí—. Se llamaba Hassan. El nombre de su madre era Farzana. Llamaba Sasa a su abuela. Sabe leer y escribir. Y es bueno con el tirachinas. La esperanza existe para ese niño, *agha*, una salida. Abra la puerta, por favor. —Desde el otro lado, sólo silencio—. Soy medio tío suyo —concluí.

Pasó un momento. Luego se escuchó el sonido de una llave en la cerradura y reapareció en la rendija de la puerta la cara fina del hombre. Me miró a mí, después a Farid y otra vez a mí.

—Te has equivocado en una cosa.

—¿En qué?

—Con el tirachinas es magnífico.

Sonreí.

—Es inseparable de ese artilugio. Lo lleva en la cintura del pantalón adondequiera que vaya.

· · ·

El hombre que nos dejó pasar se presentó como Zaman, director del orfanato.

—Seguidme a mi despacho —nos ordenó.

Lo seguimos a través de pasillos oscuros y mugrientos por los que paseaban sin prisa niños descalzos vestidos con jerséis raídos. Cruzamos habitaciones que tenían las ventanas tapadas con plásticos y el suelo simplemente recubierto de alfombras deshilachadas. Esas salas estaban llenas de esqueléticas estructuras metálicas que servían de cama, la mayoría de ellas sin colchón.

—¿Cuántos huérfanos viven aquí? —preguntó Farid.

—Más de los que podemos albergar. Cerca de doscientos cincuenta —respondió Zaman mirando por encima del hombro—. Pero no todos son *yateem*. La mayoría han perdido a sus padres en la guerra y sus madres no pueden alimentarlos porque los talibanes no les permiten trabajar. Por eso nos traen aquí a sus hijos. —Hizo con la mano un gesto dramático y añadió con tristeza—: Este lugar es mejor que la calle, aunque no tanto. Este edificio no fue concebido para albergar a gente en él... Era el almacén de un fabricante de alfombras. Así que no hay calentador de agua y han dejado que el pozo se seque. —Bajó el volumen de la voz—. He pedido a los talibanes, más veces de las que soy capaz de recordar, dinero para excavar un nuevo pozo, pero se limitan a seguir jugando con su rosario y a decirme que no hay dinero. No hay dinero. —Rió con disimulo—. Con toda la heroína que tienen y dicen que no pueden pagar un pozo.

Señaló una hilera de camas situada junto a la pared.

—No tenemos camas suficientes, ni colchones. Y lo que es peor, no disponemos de mantas suficientes. —Nos mostró a una niña que saltaba a la cuerda con otras dos—. ¿Veis a esa niña? El invierno pasado los niños tuvieron que compartir mantas, y su hermano murió de frío. —Siguió caminando—. La última vez que lo comprobé, nos quedaba en el almacén arroz para menos de un mes, y cuando se termine, los niños tendrán que comer pan y té en el desayuno y en la cena. —Me di cuenta de que no hizo ninguna mención a la comida del mediodía. Se detuvo y se volvió hacia mí—. Nos tienen abandonados, casi no hay comida, ni ropa, ni agua limpia. Lo que hay de sobra son niños que han perdido su infancia. Y lo trágico es que éstos son los afortunados. Estamos muy por encima de nuestra capacidad; todos los días tengo que decir que no a madres que me traen a sus hijos. —Se acercó un paso hacia mí—. ¿Dices que hay esperanza para Sohrab? Rezo para que no me mientas, *agha*. Pero... tal vez sea demasiado tarde.

—¿A qué te refieres?

Zaman apartó la vista.

—Seguidme.

Lo que pasaba por despacho del director consistía en cuatro paredes desnudas y agrietadas, una esterilla en el suelo, una mesa y dos sillas plegables. Cuando Zaman y yo tomamos asiento, vi una rata gris que asomaba la cabeza por una madriguera excavada en la pared y atravesaba corriendo la estancia. Me encogí cuando me olió los zapatos, y luego los de Zaman, para acabar escurriéndose por la puerta abierta.

—¿A qué te referías con demasiado tarde? —le pregunté.

—¿Queréis un poco de *chai*? Puedo prepararlo.

—*Nay*, gracias. Preferiría que hablásemos.

Zaman se recostó en su silla y cruzó los brazos sobre el pecho.

—Lo que tengo que contarte no es agradable. Sin mencionar que puede resultar muy peligroso.

—¿Para quién?

—Para ti. Para mí. Y, naturalmente, para Sohrab si no es ya demasiado tarde.

—Necesito saberlo —afirmé.

Zaman movió la cabeza.

—Como quieras. Pero primero quiero hacerte una pregunta: ¿hasta qué punto deseas encontrar a tu sobrino?

Pensé en las peleas callejeras en las que nos habíamos metido de pequeños, en las veces en que Hassan salía en mi defensa, dos contra uno, a veces tres contra uno. Yo retrocedía y me quedaba observando; sentía tentaciones de entrar en la pelea, pero siempre me detenía antes de hacerlo, siempre me contenía por alguna razón.

Miré hacia el pasillo y vi a un grupo de niños que bailaban en círculo. Una niña pequeña, con la pierna izquierda amputada por debajo de la rodilla, permanecía sentada en un colchón infestado de ratas y observaba, sonriendo y aplaudiendo junto con los demás niños. Vi que Farid miraba también, con su mano igualmente amputada colgando a un lado. Me acordé de los hijos de Wahid y... entonces comprendí una cosa: que no abandonaría Afganistán sin encontrar a Sohrab.

—Dime dónde está —le exigí.

La mirada de Zaman cayó sobre mí. Entonces asintió con la cabeza, cogió un lápiz y lo volteó entre los dedos.

—Mantén mi nombre al margen de todo esto.

—Lo prometo.

Dio golpecitos a la mesa con el lápiz.

—A pesar de tu promesa, creo que lo lamentaré, pero quizá esté bien así. Yo ya estoy maldito de todas formas. Pero si puedes hacer algo por Sohrab... Te lo diré porque creo en ti. Tienes la mirada de un hombre desesperado. —Permaneció un buen rato en silencio—. Hay un oficial talibán —murmuró— que nos visita cada mes o cada dos. Trae dinero, no mucho, pero es mejor que nada. —Su mirada nerviosa cayó sobre mí y luego me rehuyó—. Normalmente se lleva a una niña. Pero no siempre.

—¿Y tú lo permites? —intervino Farid a mi espalda. Estaba dando la vuelta a la mesa, acercándose a Zaman.

—¿Qué otra alternativa tengo? —respondió éste apartándose de la mesa.

—Eres el director —dijo Farid—. Tu trabajo consiste en cuidar de estos niños.

—No puedo hacer nada para detenerlo.

—¡Estás vendiendo niños! —rugió Farid.

—¡Farid, siéntate! ¡Suéltalo! —exclamé.

Pero era demasiado tarde. Porque Farid saltó encima de la mesa de repente. La silla de Zaman salió volando en cuanto Farid cayó sobre él y lo tiró al suelo. El director se revolvía debajo de Farid y profería gritos sofocados. Con las piernas empezó a patalear sobre un cajón abierto de la mesa y cayeron en el suelo hojas de papel.

Di la vuelta a la mesa corriendo y comprendí por qué los gritos de Zaman sonaban de aquella manera: Farid estaba estrangulándolo. Agarré a Farid por los hombros con ambas manos y tiré con fuerza, pero me apartó de un empujón.

—¡Ya es suficiente! —vociferé. Pero Farid tenía la cara encendida, los labios apretados, gruñía.

—¡Voy a matarlo! ¡No puedes detenerme! ¡Voy a matarlo! —decía con desprecio.

—¡Apártate de él!

—¡Voy a matarlo! —Algo en el tono de su voz me decía que si yo no hacía algo rápidamente estaba a punto de presenciar por vez primera un asesinato.

—Los niños están mirando, Farid. Están mirando —dije. Noté los músculos de su espalda tensos bajo la presión de mi mano, y por un instante pensé que no dejaría de apretar el cuello de Zaman. Entonces se volvió y vio a los niños. Estaban en silencio junto a la puerta, cogidos de las manos; algunos lloraban. Noté cierta relajación en los músculos de Farid. Soltó las manos y se puso en pie. Miró a Zaman y le escupió en la cara. Se dirigió hacia la puerta y la cerró.

Zaman se enderezó, se limpió los labios ensangrentados con la manga y se secó la saliva que tenía en la mejilla. Tosiendo y jadeando, se encasquetó el gorro, se puso las gafas, vio que tenía los dos cristales rotos y se las quitó. Hundió la cara entre las manos. Nadie dijo nada durante mucho rato.

—Se llevó a Sohrab hace un mes —murmuró finalmente Zaman, sin retirar todavía las manos de la cara.

—¿Y tú te consideras director? —dijo Farid.

Zaman bajó las manos.

—Llevan seis meses sin pagarme. Estoy sin nada porque he gastado todos los ahorros de mi vida en este orfanato. He vendido todo lo que tenía y todo lo que heredé para sacar adelante este lugar dejado de la mano de Dios. ¿Crees que no tengo familia en Pakistán y en Irán? Podría haber huido como todo el mundo. Pero no lo hice. Me quedé. Me quedé por ellos. —Señaló hacia la puerta—. Si le niego un niño, se lleva diez. De modo que le permito que se lleve uno y que Alá nos juzgue. Me trago mi orgullo y me quedo con su maldito y asqueroso... dinero sucio. Luego voy al bazar y compro comida para los niños.

Farid bajó la vista.

—¿Qué les sucede a los niños que se lleva? —le pregunté.

Zaman se frotó los ojos con dos dedos.

—A veces regresan.

—¿Quién es él? ¿Cómo podemos encontrarlo? —inquirí.

—Id mañana al estadio Ghazi. Lo veréis durante el intermedio. Es el único que lleva gafas de sol negras. —Cogió sus gafas rotas y las giró—. Ahora quiero que os marchéis. Los niños están asustados.

Nos acompañó hasta la salida.

Cuando arrancamos el todoterreno, vi a Zaman por el retrovisor, de pie junto al umbral de la puerta. Lo rodeaba un grupo de niños que se agarraban al dobladillo de su camisola. Vi que se había puesto las gafas rotas.

21

Cruzamos el río y nos dirigimos hacia el norte a través de la transitada plaza de Pastunistán. Baba solía llevarme allí al restaurante Khyber a comer *kabob*. El edificio seguía en pie, pero las puertas estaban cerradas con candado, las ventanas destrozadas y en el cartel faltaban las letras «K» y «R».

Había un cadáver delante del restaurante. Lo habían ahorcado. Era un hombre joven. Estaba colgado del extremo de una viga, tenía la cara hinchada y azul y las prendas que había vestido el último día de su vida estaban hechas jirones y ensangrentadas. Parecía que nadie advertía su presencia.

Atravesamos la plaza sin cruzar palabra y nos encaminamos hacia el barrio de Wazir Akbar Kan. Por dondequiera que mirase veía una nube de polvo cubriendo la ciudad. Varias manzanas al norte de la plaza de Pastunistán, Farid señaló a dos hombres que charlaban animadamente en una concurrida esquina. Uno de ellos cojeaba de una pierna. La otra estaba amputada por debajo de la rodilla. En las manos sujetaba una pierna ortopédica.

—¿Sabes qué están haciendo? Regatear el precio de la pierna.

—¿Está vendiéndole su pierna?

Farid hizo un gesto afirmativo con la cabeza.

—En el mercado negro puede obtenerse un buen dinero por ella. El suficiente para alimentar a los hijos durante dos semanas.

· · ·

Me sorprendió que la mayoría de las casas del barrio de Wazir Akbar Kan siguieran conservando los tejados y las paredes en pie. De hecho, estaban en bastante buen estado. Por encima de los muros seguían asomando árboles y las calles no estaban ni mucho menos tan llenas de cascotes como las de Karteh-Seh. Señales de tráfico medio borradas, algunas torcidas y acribilladas por las balas, seguían indicando las direcciones.

—Esto no está tan mal —comenté.

—No es de sorprender. La gente importante vive ahora aquí.

—¿Los talibanes?

—También ellos —dijo Farid.

—¿Quién más?

Entramos en una calle ancha con las aceras bastante limpias y flanqueada a ambos lados por casas rodeadas de muros.

—Los que están detrás de los talibanes. Los auténticos cerebros de este gobierno, si quieres llamarlo así: árabes, chechenos, pakistaníes —añadió Farid, que luego señaló hacia el noroeste—. En esa dirección está la calle Quince. Se llama Sarak-e-Mehmana. Calle de los Invitados. Así es como los llaman, invitados. Creo que algún día estos invitados se les mearán en la alfombra.

—¡Creo que ya lo tengo! ¡Allí! —exclamé, indicando el punto que solía servirme de referencia cuando era pequeño.

«Si algún día te pierdes —me decía Baba— recuerda que nuestra calle es la que tiene una casa de color rosa al final.» En los viejos tiempos, la casa de color rosa con tejado inclinado era la única casa de ese color en todo el vecindario. Y seguía siéndolo.

Farid entró por esa calle. Enseguida vi la casa de Baba.

Encontramos la tortuguita entre los escaramujos del jardín. No sabemos cómo ha llegado hasta aquí, pero nos entusiasma la idea de cuidar de ella. Le pintamos el caparazón de color rojo, idea de Hassan, una idea estupenda:

de esa manera, nunca la perderemos entre los matorrales. Nos imaginamos que somos un par de exploradores intrépidos que han descubierto un monstruo gigante prehistórico en alguna selva lejana y lo han sacado a la luz para que el mundo lo vea. La colocamos en el carro de madera que Alí le construyó a Hassan el invierno pasado para su cumpleaños y nos imaginamos que es una jaula de acero gigantesca. ¡Contemplen esta monstruosidad que despide fuego por la boca! Desfilamos por la hierba tirando del carro, rodeamos los manzanos y los cerezos, que se convierten en rascacielos que se alzan hacia las nubes. Miles de cabezas se asoman por las ventanas para contemplar el espectáculo que se produce en la calle. Atravesamos el pequeño puente semicircular que Baba ha construido cerca de un grupo de higueras: el puente se convierte en un gran puente colgante que une ciudades; y el pequeño estanque que hay debajo de él se transforma en un mar encrespado. Sobre los robustos pilotes del puente estallan fuegos artificiales y soldados armados que parecen cables de acero extendidos hacia el cielo nos saludan desde ambos lados. La tortuguita da vueltas como una pelota en la carretilla, la arrastramos por el puente semicircular de ladrillo rojo y seguimos camino hasta las verjas de hierro forjado, devolviendo los saludos de los líderes mundiales, que se ponen en pie y aplauden. Somos Hassan y Amir, aventureros famosos y los mayores exploradores del mundo, y estamos a punto de recibir una medalla de honor por nuestra valiente hazaña...

Con mucha cautela, avancé por el camino. Entre los ladrillos del pavimento, descoloridos por el sol, crecían matas de malas hierbas. Me detuve junto a las verjas de la entrada sintiéndome como un extraño. Empujé con las manos los barrotes oxidados y recordé las miles de veces que de pequeño había cruzado esas mismas verjas corriendo por cuestiones que no tenían ahora la menor importancia y que tan trascendentales se me antojaban entonces. Entré.

El camino que iba desde las verjas hasta el jardín, donde Hassan y yo nos caímos multitud de veces el verano en que aprendimos a montar en bicicleta, no parecía ni tan ancho ni tan largo como lo recordaba. El asfalto estaba resquebrajado y entre las grietas asomaban más matojos de malas hierbas. Habían talado prácticamente todos los álamos a los que Hassan y yo trepábamos para deslumbrar con espejos a los vecinos. Los que todavía quedaban en pie no tenían hojas. La pared del maíz enfermo seguía aún en pie, aunque junto a ella no había maíz, ni sano ni enfermo. La pintura empezaba a desconcharse y había zonas donde había desaparecido del todo. El césped había adquirido el mismo tono gris marronáceo que la nube de polvo que flotaba sobre la ciudad. Por todas partes estaba salpicado de zonas peladas de tierra donde no crecía nada.

En el camino había un Jeep aparcado, lo que aumentaba la sensación de extrañeza: era el Mustang negro de Baba el que debía estar allí. Durante años, los ocho cilindros del Mustang cobraron vida allí todas las mañanas, despertándome del sueño. Vi que debajo del Jeep había una mancha de aceite que había ensuciado el camino como si de una enorme imagen del test de Rorschach se tratara. Más allá del Jeep se veía una carretilla vacía. No había ni rastro de los rosales que Baba y yo plantamos en el lado izquierdo del camino, sólo tierra, que cubría también parte del asfalto. Y malas hierbas.

Farid tocó la bocina dos veces.

—Deberíamos irnos, *agha*. Llamaremos la atención —me dijo.

—Dame sólo un minuto más —repliqué.

Incluso la casa estaba lejos de ser la enorme mansión de color blanco que recordaba de mi infancia. Parecía más pequeña. El tejado estaba hundido y el enlucido descascarillado. Las ventanas del salón, el vestíbulo y el baño de invitados estaban rotas, tapadas de cualquier manera con plásticos transparentes o tablas de madera claveteadas en los marcos. La pintura, de un blanco deslumbrante en su día, había quedado reducida a un gris fantasmagórico y en ciertas zonas había desaparecido por completo, dejando al descubierto los ladrillos, dispuestos en hileras. Las escaleras de la entrada estaban desmoronadas. Como tantas cosas en Kabul, la casa de mi padre era la imagen del esplendor caído.

Encontré la ventana de mi dormitorio: segundo piso, tercera ventana hacia el sur de la escalinata principal. Me puse de puntillas, pero detrás de la ventana no vi otra cosa que sombras. Veinticinco años antes, yo estaba detrás de aquella misma ventana. Una lluvia torrencial mojaba los cristales y mi aliento los empañaba. Desde allí había visto a Hassan y a Alí cargar sus pertenencias en el maletero del coche de mi padre.

—Amir *agha* —me dijo de nuevo Farid.

—Ya voy —respondí yo.

Era una locura, pero deseaba entrar. Quería subir los peldaños de la escalinata de la entrada, donde Alí nos obligaba a Hassan y a mí a despojarnos de las botas de nieve. Quería entrar en el vestíbulo, oler la piel de naranja que Alí echaba en la estufa para que se quemara con serrín. Sentarme en la mesa de la cocina, tomar el té con una rebanada de *naan*, escuchar a Hassan entonar antiguas canciones hazaras...

Otro bocinazo. Volví al Land Cruiser, que estaba aparcado junto a la acera. Farid, sentado al volante, fumaba un cigarrillo.

—Tengo que ver una cosa más —le dije.

—¿Puedes darte prisa?

—Dame diez minutos.

—Ve entonces. —Pero cuando me di la vuelta para marcharme, añadió—: Es mejor que olvides. Facilita las cosas. —Arrojó el cigarro por la ventanilla—. ¿Qué es lo que quieres ver? Permíteme que te ahorre unos cuantos problemas: nada de lo que recuerdas ha sobrevivido. Es mejor olvidar.

—No quiero olvidar más —dije—. Dame diez minutos.

• • •

Hassan y yo apenas derramábamos una gota de sudor cuando subíamos a la colina que había al norte de la casa de Baba. Trepábamos corriendo hasta la cima persiguiéndonos el uno al otro, o nos sentábamos en la ladera, desde donde se veía a lo lejos el aeropuerto. Observábamos cómo los aviones despegaban y aterrizaban. Y volvíamos a correr.

Pero esta vez, cuando llegué a la cima de la escarpada colina, me parecía estar inhalando fuego cada vez que respiraba. Me caía el sudor por la cara. Estuve un rato respirando con dificultad, sintiendo una punzada en el costado. Luego busqué el cementerio abandonado. No tardé mucho en encontrarlo. Seguía allí, lo mismo que el viejo granado.

Me apoyé en el marco de piedra gris de la puerta que daba acceso al cementerio donde Hassan había enterrado a su madre. Las viejas verjas metálicas que estaban medio fuera de las bisagras habían desaparecido y las lápidas apenas eran visibles entre la tupida maleza que se había apoderado del lugar. En el murete de enfrente había un par de cruces.

Hassan decía en la carta que el granado llevaba años sin dar frutos. A juzgar por su aspecto marchito, parecía poco probable que volviese a darlos algún día. Me coloqué debajo, recordando las veces que habíamos trepado a él, montado a horcajadas en sus ramas, con las piernas colgando, la luz del sol brillando entre las hojas y dibujándonos en la cara un mosaico de luz y sombra. Noté en la boca el sabor de la granada.

Me agaché y acaricié el tronco con las manos. Encontré lo que estaba buscando. La inscripción estaba borrosa, casi había desaparecido, pero seguía allí: «Amir y Hassan, sultanes de Kabul.» Recorrí con los dedos el dibujo de las letras, apartando pequeños trozos de corteza de las diminutas grietas.

Me senté con las piernas cruzadas a los pies del árbol y miré hacia el sur, hacia la ciudad de mi infancia. En aquellos días, detrás de los muros de las casas asomaban las copas de los árboles. El cielo era extenso y azul y la ropa colgada en los tendederos brillaba a la luz del sol. Aguzando el oído, podía incluso esuchar los gritos del vendedor de fruta que pasaba por Wazir Akbar

Kan con su burro: «¡Cerezas! ¡Albaricoques! ¡Uvas!» Al anochecer, desde la mezquita de Shar-e-Nau, se oía el *azan*, la llamada del muecín a la oración.

Escuché una bocina y vi a Farid, que me hacía señales con la mano. Era hora de marcharse.

Volvimos a dirigirnos hacia el sur, de vuelta a la plaza de Pastunistán. Nos cruzamos con varias camionetas rojas cargadas de jóvenes barbudos y armados. Cada vez que nos cruzábamos con ellos, Farid maldecía entre dientes.

Alquilé una habitación en un pequeño hotel cercano a la plaza de Pastunistán. Tres niñas con vestidos negros idénticos y tocadas con pañuelos blancos se abrazaban al hombrecillo delgado y con gafas que estaba detrás del mostrador. Me cobró setenta y cinco dólares, un precio desmedido teniendo en cuenta el deteriorado aspecto del lugar, pero no me importó. Una cosa era abusar en el precio para comprarse una casa de playa en Hawai, y otra muy distinta hacerlo para dar de comer a tus hijos.

No había agua caliente, y el inodoro, que estaba rajado, no funcionaba. La habitación constaba únicamente de una cama individual de estructura metálica con un colchón viejo, una manta raída y una silla de madera que había en un rincón. La ventana que daba a la plaza estaba rota y nadie la había cambiado. Cuando dejé la maleta, vi una mancha de sangre seca detrás de la cama.

Le di dinero a Farid y salió a comprar comida. Regresó con cuatro brochetas de *kabob* que todavía chisporroteaban, *naan* fresco y un tazón de arroz blanco. Nos sentamos en la cama y lo devoramos todo. Por fin había algo que no había cambiado en Kabul: el *kabob* era tan suculento y delicioso como lo recordaba.

Aquella noche yo ocupé la cama y Farid se acostó en el suelo, enrollado en una manta suplementaria por la que el propietario del hotel me hizo pagar un precio adicional. En la habitación no había más luz que la de los rayos de luna que se filtraban a través de la ventana rota. Farid me dijo que el propietario le había explicado que Kabul llevaba dos días sin corriente eléctrica y que su generador estaba pendiente de reparación. Estuvimos charlando un rato. Me contó detalles sobre su infancia en Mazar-i-Sharif, sobre Jalalabad. Me habló de cuando su padre y él se unieron a la *yihad* para luchar contra los *shorawi* en el valle del Panjsher. Se quedaron sin víveres y tuvieron que alimentarse de insectos para sobrevivir. Me contó cómo fue el día en que mataron a tiros a su padre desde un helicóptero, el día en que una mina se llevó a sus dos hijas. Me preguntó por América. Yo le dije que en América entrabas en una tienda de alimentación y podías elegir entre quince o veinte tipos distintos de cereales. Que el cordero era siempre fresco y la leche fría, que la fruta era abundante y el agua limpia. Que todas las casas tenían un televisor, todos con mando a distancia, y que si querías, podías instalarte una antena para captar canales por satélite. Que podías ver cerca de quinientos canales distintos.

—¡Quinientos! —exclamó Farid.

—Quinientos.

Nos quedamos un rato en silencio. Cuando pensaba que se había dormido ya, Farid soltó una risita.

—*Agha*, ¿sabes qué hizo el *mullah* Nasruddin cuando su hija se quejó de que su marido le había pegado?

A pesar de la oscuridad, sabía que Farid estaba sonriendo, y una sonrisa se perfiló también en mi propia cara. No había ni un afgano en el mundo que no supiese algún chiste del inepto *mullah*.

—¿Qué?

—Pues que le pegó también, y luego la envió de vuelta a su marido para que le dijese que él no era tonto: que si aquel bastardo seguía pegando a su hija, el *mullah*, a cambio, pegaría a su mujer.

Me eché a reír. En parte por el chiste, y en parte al darme cuenta de que el humor afgano no cambiaba nunca. Las guerras continuaban, se había inventado Internet, un robot había caminado por la superficie de Marte, y en Afganistán seguíamos contando chistes del *mullah* Nasruddin.

—¿Sabes qué le pasó al *mullah* una vez que se cargó a la espalda un saco muy pesado y luego se montó en su burro? —le pregunté.

—No.

—Pues que alguien que pasaba por la calle le dijo que por qué no cargaba el saco directamente en el burro. Y él respondió que eso sería una crueldad, que él ya pesaba bastante para la pobre bestia.

Seguimos intercambiando todos los chistes del *mullah* Nasruddin que nos sabíamos y nos quedamos nuevamente en silencio.

—¿Amir *agha*? —dijo Farid, despertándome cuando casi me había quedado dormido.

—¿Sí?

—¿Por qué has venido? Me refiero a por qué has venido en realidad.

—Ya te lo he dicho.

—¿Por el niño?

—Por el niño.

Farid cambió de postura.

—Me resulta difícil de creer.

—A veces también a mí me resulta difícil creer que esté aquí.

—Pero ¿por qué ese niño? ¿Vienes desde América por... un chiíta?

Aquello acabó con mis risas. Y con mi sueño.

—Estoy cansado —contesté—. Durmamos un poco.

—Espero no haberte ofendido —murmuró Farid.

—Buenas noches —dije, dándome la vuelta.

Muy pronto, los ronquidos de Farid resonaron por la habitación vacía. Yo seguí despierto, con las manos cruzadas sobre el pecho, la mirada fija en la noche estrellada que se veía a través de la ventana rota y pensando que quizá fuese cierto lo que la gente decía sobre Afganistán. Tal vez fuera un lugar sin esperanza.

• • •

Cuando entramos por los túneles de acceso, el estadio Ghazi estaba lleno de un alborozado gentío. Miles de personas circulaban por las abarrotadas gradas de hormigón. Los niños jugaban en los pasillos y se perseguían arriba y abajo de las escaleras. El aroma de los garbanzos con salsa picante se mezclaba con el olor a excrementos y sudor. Farid y yo pasamos junto a vendedores ambulantes que vendían tabaco, piñones y galletas.

Un niño escuálido, vestido con una chaqueta de lana jaspeada, me agarró del brazo y me dijo al oído si quería comprar «fotografías sexys».

—Muy sexys, *agha* —dijo mirando con ojos atentos a un lado y a otro.

Me recordaba a una muchacha que, hacía unos años, había intentado venderme crack en el barrio de Tenderloin, en San Francisco. El niño abrió un lateral de su chaqueta y me ofreció una visión efímera de sus «fotografías sexys»: eran fotogramas de películas hindúes en los que se veía a provocadoras actrices de mirada lánguida, completamente vestidas, en brazos de sus galanes.

—Muy sexys —repitió.

—*Nay*, gracias —dije abriéndome paso.

—Si lo pillan, le darán una paliza que despertará a su padre de la tumba —murmuró Farid.

No había localidad asignada, por supuesto. Nadie que nos indicara educadamente nuestra zona, fila, pasillo y asiento. Nunca lo había habido, ni siquiera en los viejos tiempos de la monarquía. Encontramos un lugar bastante decente para sentarnos, a la izquierda del centro del campo, aunque para conseguirlo fueron necesarios unos cuantos empujones y codazos por parte de Farid.

Recordaba lo verdes que eran los campos de juego en los setenta, cuando mi padre me llevaba a ver partidos de fútbol. Sin embargo, éste estaba hecho un desastre. Había hoyos por todas partes, aunque sobre todo destacaban dos enormes detrás de la portería sur. Y no había césped, sólo tierra. Cuando los jugadores de los dos equipos saltaron al campo (todos con pantalón largo, a pesar del calor) y empezó el partido, se hacía difícil seguir el balón debido a las nubes de polvo que levantaban los jugadores. Talibanes jóvenes, látigo en mano, patrullaban por los pasillos y azotaban a cualquiera que elevara la voz más de lo debido.

Irrumpieron en el estadio poco después de que el silbato anunciara el descanso. Un par de camionetas rojas polvorientas, como las que había visto dando vueltas por la ciudad, entraron a través de las verjas. La multitud se puso en pie. En el interior de una de ellas había una mujer sentada vestida con un burka de color verde, y en la otra, un hombre con los ojos vendados. Las camionetas dieron la vuelta al terreno de juego, lentamente, como para que la multitud congregada pudiera verlas bien. Consiguieron el efecto deseado: la gente estiraba el cuello, señalaba con el dedo y se ponía de puntillas. A mi lado, la nuez de Farid se movía arriba y abajo mientras murmuraba una oración para sus adentros.

Las camionetas rojas entraron en el terreno de juego y se dirigieron hacia un extremo levantando dos nubes gemelas de polvo; la luz del sol se reflejaba en los embellecedores. Un poco más tarde, una tercera camioneta se reunió con las otras dos. En su interior había algo... Y de repente comprendí el objetivo de los dos enormes hoyos que había detrás de la portería. Descargaron la tercera camioneta y se oyó el murmullo de la ansiosa multitud.

—¿Quieres quedarte? —me preguntó muy serio Farid.

—No —respondí. Jamás había querido estar tan lejos de un lugar como en aquellos momentos—. Pero debemos quedarnos.

Dos talibanes con sendos Kalashnikov al hombro ayudaron al hombre que llevaba los ojos vendados a descender de la primera camioneta y otros dos hicieron lo propio con la mujer tapada con el burka. A la mujer le fallaron las rodillas y se derrumbó en el suelo. Los soldados la obligaron a levantarse y ella volvió a derrumbarse. Cuando intentaron ponerla de nuevo en pie, empezó a gritar y a patalear. Nunca olvidaré aquel grito. Era el grito de un animal salvaje intentando liberar su pata atrapada en la trampa de un oso. Llegaron dos talibanes más y la obligaron a meterse en uno de aquellos agujeros que llegaban hasta la altura del pecho. Por su parte, el hombre de los ojos vendados permitió sin más que lo introdujeran en el otro agujero. Lo único que sobresalía del nivel del suelo eran los torsos de los dos condenados.

Un *mullah* mofletudo de barba blanca con vestimentas grises se situó cerca de la portería y se aclaró la garganta junto al micrófono. Detrás de él, la mujer del hoyo seguía gritando. Recitó una larga oración del Corán. Su voz nasal ondulaba a través del silencio repentino de la multitud congregada en el estadio. Recordé algo que Baba me había dicho hacía mucho tiempo: «Me meo en la barba de todos esos monos santurrones. No hacen nada, excepto sobarse sus barbas de predicador y recitar un libro escrito en un idioma que ni siquiera comprenden. Que Dios nos asista si Afganistán llega a caer en sus manos algún día.»

Finalizada la oración, el hombre se aclaró de nuevo la garganta.

—¡Hermanos y hermanas! —exclamó; hablaba en farsi y su voz retumbaba en el estadio—. Estamos hoy aquí reunidos para llevar a cabo la *shari'a*. Estamos hoy aquí reunidos para impartir justicia. Estamos hoy aquí reunidos porque la voluntad de Alá y la palabra del profeta Mahoma, que la paz esté con él, siguen vivas en Afganistán, nuestra amada tierra. Escuchamos lo que Dios nos dice y lo obedecemos, porque ante la grandeza de Dios no somos más que humildes e impotentes criaturas. ¿Y qué dice Dios? ¡Os lo pregunto! ¿Qué dice Dios? Dios dice que todo pecador debe ser castigado tal y como merezca su pecado. No son mis palabras, ni las palabras de mis hermanos. ¡Son las palabras de Dios! —Señaló el cielo con su mano libre. Yo sentía un martilleo en la cabeza y el calor abrasador del sol—. ¡Todo pecador debe ser castigado tal y como merezca su pecado! —repitió el hombre al micrófono, bajando el tono de voz, pronunciando lentamente cada palabra, con dramatismo—. ¿Y qué tipo de castigo, hermanos y hermanas, merece el adúltero? ¿Cómo castigaremos a aquellos que deshonren la santidad del matrimonio? ¿Cómo trataremos a aquellos que escupan a la cara de Dios? ¿Cómo responderemos a aquellos que arrojen piedras a las ventanas de la casa de Dios? ¡Arrojándoles piedras!

Entonces apagó el micrófono. Un murmullo se extendió entre la muchedumbre.

A mi lado, Farid sacudía la cabeza.

—Y se autodenominan musulmanes —susurró.

A continuación saltó de la camioneta un hombre alto y de espaldas anchas. Varios espectadores lanzaron vítores al verlo aparecer. Esta vez nadie recibió un latigazo por gritar. Los resplandecientes ropajes blancos del hombre brillaban a la luz del sol del atardecer. La brisa le levantó la camisa cuando abrió los brazos como Jesús en la cruz. Saludó a la multitud describiendo un círculo completo. Cuando pude verle la cara, obervé que llevaba unas gafas de sol redondas y oscuras, como las que usaba John Lennon.

—Ése debe de ser nuestro hombre —dijo Farid.

El talibán alto con gafas de sol se encaminó hacia el montón de piedras que habían descargado de la tercera camioneta. Cogió una piedra y se la mostró a la multitud. El ruido cesó para ser sustituido por un zumbido que recorrió todo el estadio. Miré a mi alrededor y vi que la gente comenzaba a impacientarse. El talibán, que irónicamente parecía un lanzador de béisbol situado sobre el montículo, lanzó la piedra hacia el hombre de los ojos vendados. Le dio en un lado de la cabeza. La mujer volvió a gritar. La multitud pronunció un sorprendido «¡Oh!». Yo cerré los ojos y me tapé la cara con las manos. Los «¡Oh!» de los espectadores coincidían con cada lanzamiento de piedra, y la escena se prolongó durante un buen rato. Cuando callaron, le pregunté a Farid si había finalizado. Dijo que no. Supuse que a la gente le dolía la garganta. No sé cuánto rato estuve sentado con la cara entre las manos. Sé que abrí de nuevo los ojos cuando oí que la gente que estaba a mi alrededor preguntaba: «*Mord? Mord?*» «¿Está muerto?»

El hombre del hoyo había quedado reducido a un amasijo de sangre y pedazos de tela. Tenía la cabeza doblada hacia delante, con la barbilla tocando el pecho. El talibán con las gafas de John Lennon jugueteaba con una piedra en las manos mientras observaba a un hombre que estaba agachado junto al hoyo. Éste presionaba el extremo de un estetoscopio contra el pecho de la víctima. Luego se retiró el estetoscopio de los oídos y sacudió la cabeza negativamente en dirección al talibán de las gafas de sol. La multitud protestó.

John Lennon se dirigió de nuevo hacia el montículo.

Cuando todo hubo terminado, y después de que, sin ningún tipo de ceremonia, cargaran en las dos camionetas los cadáveres ensangrentados, aparecieron varios hombres con palas y rellenaron rápidamente los agujeros. Uno de ellos intentó tapar las grandes manchas de sangre removiendo la tierra con el pie. Unos minutos más tarde, los equipos salían de nuevo al terreno de juego. Comenzaba la segunda parte.

La reunión quedó concertada para las tres de aquella misma tarde. Me sorprendió la inmediatez de la cita. Esperaba retrasos, como mínimo un interrogatorio, tal vez la inspección de nuestros documentos. Pero Farid me recordó lo poco oficiales que incluso los asuntos oficiales seguían siendo en Afganistán: lo único que tuvo que hacer fue decirle a uno de los talibanes del látigo que teníamos un asunto personal que tratar con el hombre de blanco. Farid y él intercambiaron unas palabras. El tipo del látigo asintió con la cabeza y gritó algo en pastún a un joven que había al lado del terreno de juego, el cual, a su vez, corrió hacia la portería sur, donde el talibán de las gafas de sol continuaba charlando con el *mullah* rechoncho que había ofrecido el sermón. Hablaron los tres y vi que el tipo de las gafas de sol miraba hacia arriba. Asintió con la cabeza y le dijo algo al oído al mensajero. Y el joven nos transmitió el mensaje.

Todo arreglado entonces. A las tres en punto.

22

Farid condujo el Land Cruiser por el camino de acceso a un case-rón de Wazir Akbar Kan. Aparcó a la sombra de unos sauces que asomaban por encima de los muros que rodeaban una propiedad en la calle Quince, Sarak-e-Mehmana. La calle de los Invitados. Apagó el motor y permanecimos un minuto sentados, sin mo-vernos, escuchando el tintineo que producía el motor al enfriar-se, sin decir nada. Farid cambió de posición y jugueteó con las llaves que seguían colgando del contacto. Adiviné que estaba pre-parándose para decirme algo.

—Supongo que debo aguardarte en el coche —dijo final-mente con un tono que sonaba como a disculpa. No me miró—. Ahora es asunto tuyo. Yo...

Le di un golpecito en el brazo.

—Has hecho mucho más de lo que debías por lo que te he pagado. No espero que me acompañes.

Aunque deseaba no haber tenido que entrar solo. A pesar de todo lo que había aprendido de Baba, deseaba que en aquel mo-mento hubiese estado a mi lado. Baba habría irrumpido por la puerta y exigido ver al responsable del lugar, y se habría meado en las barbas de cualquiera que se interpusiese en su camino. Pero hacía tiempo que Baba había muerto y se encontraba ente-rrado en la zona afgana de un pequeño cementerio de Hayward. Hacía un mes, Soraya y yo habíamos depositado un ramo de margaritas y freesias en su tumba. Ahora estaba solo.

Salí del coche y me encaminé hacia las enormes puertas de madera de la entrada. Llamé al timbre, pero no oí ningún sonido (la corriente eléctrica aún no se había restablecido) y tuve que llamar a la puerta con los nudillos. Un instante después escuché voces lacónicas al otro lado y aparecieron unos hombres armados con Kalashnikovs.

Miré de reojo a Farid, que estaba sentado al volante del coche, y gesticulé con la boca, sin hablar: «Volveré», aunque no estaba en absoluto seguro de si sería así.

Los hombres armados me cachearon de pies a cabeza, me palparon las piernas, me tocaron las ingles. Uno de ellos dijo algo en pastún y ambos rieron entre dientes. Cruzamos unas verjas. Los dos guardias me escoltaron a través de un césped bien cuidado; pasamos junto a una hilera de geranios y arbustos plantados junto a una pared. En el extremo del jardín había un antiguo pozo manual. Recordé que la casa de Kaka Homayoun en Jalalabad tenía un pozo de agua parecido a ese... Las gemelas, Fazila y Karima, y yo lanzábamos guijarros en su interior y escuchábamos el «plinc».

Subimos unos peldaños y entramos en un edificio grande y con escaso mobiliario. Atravesamos el vestíbulo (en una de las paredes había colgada una gran bandera afgana), me condujeron a la planta superior y me hicieron pasar a una habitación en la que había un par de sofás gemelos de color verde menta y un gran televisor en un rincón. De una de las paredes colgaba una alfombra de oración adornada con una Meca ligeramente oblonga. El mayor de los dos hombres utilizó el cañón de su arma para indicarme el sofá. Yo me senté y ellos abandonaron la habitación.

Crucé las piernas. Las descrucé. Permanecí sentado con las manos sudorosas apoyadas en las rodillas. ¿Parecería que estaba nervioso si adoptaba aquella posición? Uní las manos, pero decidí que esa pose era peor, así que me limité a cruzar los brazos sobre el pecho. Notaba que la sangre me palpitaba en las sienes. Me sentía amargamente solo. Los pensamientos me daban vueltas en la cabeza, pero no quería pensar en nada, porque la parte juiciosa de mi persona sabía que me había metido en una verdadera locura. Me encontraba a miles de kilómetros de distancia de mi esposa, sentado en una habitación donde me sentía como en una celda, esperando la llegada de un hombre al que había visto asesinar a dos personas aquel mismo día. Era una locura. Peor aún, era una irresponsabilidad. Existía una posibilidad muy real de que acabara convirtiendo a Soraya en *biwa*, viuda, a los treinta y seis años de edad. «Éste no eres tú, Amir —decía una parte de mí—. Eres un cobarde. Así te hicieron. Y eso no es tan malo, porque, al fin y al cabo, lo cierto es que nunca te has engañado a ese respecto. Ser cobarde no tiene nada de malo mientras vaya acompañado de la prudencia. Pero cuando el cobarde deja de recordar quién es..., que Dios lo ayude.»

Junto al sofá había una mesita de centro. Tenía la base en forma de X y unas bolas de acero del tamaño de una nuez adornaban el anillo donde se cruzaban las patas metálicas. Yo había visto antes una mesa igual que ésa. ¿Dónde? Y entonces me acordé: en la casa de té de Peshawar, la noche que salí a dar una vuelta. Sobre la mesa, un bol con racimos de uvas negras. Arranqué una y me la metí en la boca. Tenía que distraerme con algo, cualquier cosa, para silenciar la voz de mi cabeza. La uva era dulce. Comí otra sin saber que sería el último alimento sólido que comería en mucho tiempo.

Se abrió la puerta y aparecieron de nuevo los dos hombres armados y, entre ellos, el talibán alto vestido de blanco, todavía con las gafas oscuras de John Lennon. Tenía el aspecto de un fornido gurú místico del movimiento New Age.

Tomó asiento delante de mí y descansó las manos en los reposabrazos. Permaneció en silencio durante un buen rato, mirándome, tamborileando con una mano en la tapicería, y con la otra pasando las cuentas de un rosario azul turquesa. Llevaba una camisa blanca y un chaleco negro del que colgaba un reloj de oro. Observé que en la manga izquierda tenía una mancha de sangre seca. Encontré malsanamente fascinante que no se hubiese cambiado de ropa después de las ejecuciones realizadas a primera hora de aquel mismo día.

De cuando en cuando, dejaba flotar la mano libre y golpeaba algo en el aire con sus gruesos dedos. Realizaba movimientos lentos, de arriba abajo, de izquierda a derecha, como si estuviese acariciando una mascota invisible. Una de las mangas se le bajó y observé que tenía unas marcas en el antebrazo... Las mismas que había visto en algunos vagabundos que vivían en los mugrientos callejones de San Francisco.

Su piel tenía un tono mucho más pálido que la de los otros dos hombres, era casi cetrina, y en su frente, justo en el filo del turbante negro, brillaban diminutas gotas de sudor. La barba, que le llegaba hasta el pecho, como a los demás, era también de un color más claro, como de un rubio sucio.

—*Salaam alaykum* —dijo.

—*Salaam.*

—Ya puedes deshacerte de ella —me ordenó.

—¿Perdón?

Volvió la mano hacia uno de los hombres armados e hizo un gesto. «Rrrriiip.» De repente noté que me ardían las mejillas; el guardia tenía mi barba en las manos y la lanzaba arriba y abajo, riendo. El talibán sonrió.

—Es una de las mejores que he visto últimamente. Pero creo que es mejor así, ¿no te parece? —Giró la mano, chasqueó los dedos y abrió y cerró el puño—. Y bien, ¿te ha gustado el espectáculo de hoy?

—¿Qué se supone que era eso? —le pregunté frotándome las mejillas, con la esperanza de que mi voz no traicionase la explosión de terror que sentía en mi interior.

—La justicia pública es el mayor espectáculo que existe, hermano mío. Drama. Suspense. Y lo mejor de todo, educación en masa. —Chasqueó los dedos. El más joven de los dos guardias le encendió un cigarrillo. El talibán soltó una carcajada. Murmuró para sus adentros. Le temblaban las manos y a punto estuvo de tirar el cigarrillo—. Pero si querías espectáculo de verdad, deberías haber estado conmigo en Mazar. Eso fue en agosto de mil novecientos noventa y ocho.

—¿Cómo?

—¿Sabes? Les soltamos a los perros.

Vi adónde quería llegar.

Se puso en pie, dio una vuelta al sofá, dos. Volvió a sentarse. Hablaba a toda velocidad.

—Íbamos puerta por puerta y hacíamos salir a los hombres y a los niños. Les pegábamos un tiro allí mismo, delante de sus familias. Para que lo viesen. Que recordasen quiénes eran, a qué lugar pertenecían. —Jadeaba casi—. A veces rompíamos las puertas y entrábamos en las casas. Y... yo... yo descargaba el cargador entero de la ametralladora y disparaba y disparaba hasta que el humo me cegaba. —Se inclinó hacia mí, como quien está a punto de compartir un gran secreto—. Nadie puede conocer el significado de la palabra «liberación» hasta que se libera, hasta que se planta en una habitación llena de blancos y deja volar las balas, libre de sentimiento de culpa y de remordimiento, consciente de ser virtuoso, bueno y decente. Consciente de estar haciendo el trabajo de Dios. Resulta imponente. —Besó las cuentas del rosario y ladeó la cabeza—. ¿Lo recuerdas, Javid?

—Sí, *agha Sahib* —respondió el más joven de los guardias—. ¿Cómo podría olvidarlo?

Había leído en los periódicos acerca de la masacre de hazaras que tuvo lugar en Mazar-i-Sharif. Se había producido inmediatamente después de que los talibanes ocuparan Mazar, una de las últimas ciudades en caer. Me acordé de cuando Soraya me pasó el artículo mientras desayunábamos. Tenía la cara blanca como el papel.

—Puerta por puerta. Sólo descansábamos para comer y rezar —dijo el talibán. Lo contaba con fervor, como quien describe una fiesta a la que ha asistido—. Dejábamos los cuerpos en las calles, y si sus familias trataban de salir a hurtadillas para arrastrarlos a sus casas, les disparábamos también. Los dejamos en las calles durante días. Los dejamos para los perros. Comida de perros para perros. —Sacudió el cigarrillo. Se restregó los ojos con las manos temblorosas—. ¿Vienes de América?

—Sí.

—¿Cómo está esa puta últimamente?

Sentí de pronto una necesidad tremenda de orinar. Recé para que se me pasara.

—Estoy buscando a un niño.

—¿No es eso lo que hace todo el mundo? —dijo. Los hombres de los Kalashnikovs se echaron a reír. Tenían los dientes manchados de verde de mascar tabaco.

—Tengo entendido que está aquí, contigo —añadí—. Se llama Sohrab.

—Voy a preguntarte una cosa. ¿Qué estás haciendo con esa puta? ¿Por qué no estás aquí, con tus hermanos musulmanes, sirviendo a tu país?

—Llevo mucho tiempo fuera —fue lo único que se me ocurrió responder.

Me ardía la cabeza. Junté las rodillas con fuerza para retener mejor la vejiga. El talibán se volvió hacia los dos hombres que seguían en pie junto a la puerta.

—¿Es ésa una respuesta? —les preguntó.

—*Nay, agha Sahib* —contestaron al unísono sonriendo.

Luego me miró a mí y se encogió de hombros.

—No es una respuesta, dicen. —Dio una calada al cigarrillo—. Entre mi gente hay quien piensa que abandonar el *watan* cuando más nos necesita equivale a una traición. Podría hacerte arrestar por traición, incluso matarte. ¿Te asusta eso?

—Sólo estoy aquí por el niño.

—¿Te asusta eso?

—Sí.

—Debería —dijo. Se recostó en el sofá y sacudió el cigarrillo.

Pensé en Soraya. Eso me calmó. Pensé en su marca de nacimiento en forma de hoz, en la elegante curva de su cuello, en sus ojos luminosos. Pensé en nuestra boda, cuando contemplamos nuestro reflejo en el espejo bajo el velo verde, y en cómo se sonrojaron sus mejillas cuando le susurré que la quería. Me acordé de cuando los dos bailamos una vieja canción afgana, dando vueltas y más vueltas, mientras los demás nos miraban y aplaudían. El mundo no era más que un contorno borroso de flores, vestidos, esmóquins y caras sonrientes.

El talibán estaba diciendo algo.

—¿Perdón?

—He dicho que si te gustaría verlo. ¿Te gustaría ver a mi niño? —Hizo una mueca con el labio superior cuando pronunció esas últimas dos palabras.

—Sí.

Uno de los guardias abandonó la habitación. Oí el ruido de una puerta que se abría y al guardia, que decía algo en pastún, con voz ronca. Luego, pisadas y un tintineo de campanas a cada paso. Me recordaba el sonido del hombre mono al que Hassan y yo perseguíamos en Shar-e-Nau. Le dábamos una rupia de nuestra paga para que bailase. La campanilla que el mono llevaba atada al cuello emitía el mismo sonido.

Entonces se abrió la puerta y entró el guardia con un equipo de música al hombro. Lo seguía un niño vestido con un *pirhantumban* suelto de color azul zafiro.

El parecido era asombroso. Desorientador. La fotografía de Rahim Kan no le hacía justicia.

El niño tenía la cara de luna de su padre, la protuberancia puntiaguda de su barbilla, sus orejas torcidas en forma de concha y el mismo tipo delgado. Era la cara de muñeca china de mi infancia, la cara que miraba con ojos miopes las cartas dispuestas en abanico aquellos días de invierno, la cara detrás de la mosquitera cuando en verano dormíamos en el tejado de la casa de mi padre. Llevaba la cabeza rapada, los ojos oscurecidos con rímel y las mejillas sonrosadas con un rojo artificial. Cuando se detuvo en medio de la habitación, las campanillas que llevaba atadas en los tobillos dejaron de sonar.

Sus ojos se clavaron en mí y se quedaron allí un instante. Luego apartó la vista hacia sus pies desnudos.

Uno de los guardias pulsó un botón y la estancia quedó invadida por el sonido de la música pastún. Tabla, armonio, el quejido de una *dil-roba*... Supuse que la música no era pecado, siempre y cuando sonara sólo para los oídos de los talibanes. Los tres hombres empezaron a batir palmas.

—*Wah wah! Mashallah!* —gritaron.

Sohrab levantó los brazos y se giró lentamente. Se puso de puntillas, dio una graciosa vuelta, se agachó, se enderezó y dio una nueva vuelta. Giraba las manitas hacia dentro, chasqueaba los dedos y movía la cabeza de un lado a otro como un péndulo. Golpeaba el suelo de manera que las campanillas sonaran en perfecta armonía con el ritmo de la *tabla*. Todo el tiempo con los ojos cerrados.

—*Marshallah!* —gritaban todos—. *Shahbas!* ¡Bravo!

Los dos guardias silbaban y reían. El talibán de blanco movía la cabeza hacia delante y hacia atrás al son de la música y tenía la boca entreabierta esbozando una impúdica sonrisa.

Sohrab bailaba dando vueltas en círculo, con los ojos cerrados; bailó hasta que la música dejó de sonar. Coincidiendo con la última nota de la canción, dio un fuerte pisotón en el suelo y las campanillas tintinearon por última vez. Se quedó inmóvil en mitad de un giro.

—*Bia, bia*, mi niño —dijo el talibán, indicándole a Sohrab que se le acercara. Shorab se dirigió hacia él, bajó la cabeza y se colocó entre sus piernas. El talibán lo abrazó—. ¡Qué talento tiene, *nay*, mi niño hazara!

Deslizó las manos por la espalda del niño, y luego de nuevo hacia arriba hasta dejarlas en las axilas. Uno de los guardias le dio un codazo al otro y se rió disimuladamente. El talibán les dijo que nos dejasen solos.

—Sí, *agha Sahib* —replicaron; luego asintieron a un tiempo y salieron.

El talibán giró al niño hasta ponerlo frente a mí. Entrelazó las manos por encima del estómago de Sohrab y apoyó la barbilla en el hombro del niño. Sohrab tenía los ojos clavados en los pies, aunque seguía lanzándome tímidas miradas furtivas. La mano del hombre se deslizaba arriba y abajo del estómago del chiquillo. Arriba y abajo, lenta, delicadamente.

—Muchas veces me lo he preguntado —dijo el talibán, que me observaba por encima del hombro de Sohrab—. ¿Qué acabaría siendo del viejo Babalu?

La pregunta fue como un martillazo entre los ojos. Noté que el color desaparecía de mi semblante. Las piernas se me quedaron frías. Entumecidas.

Soltó una carcajada.

—¿Qué creías? ¿Qué no te reconocería con esa barba falsa? Hay algo que estoy seguro de que no sabías de mí: jamás olvido una cara. Jamás. —Acarició con los labios la oreja de Sohrab—. Me dijeron que tu padre había muerto. *Tsk-tsk*. Siempre quise cargármelo. Parece que tendré que conformarme con el cobarde de su hijo.

Entonces se despojó de las gafas de sol y clavó sus ojos azules, inyectados en sangre, en los míos.

Intenté respirar, pero no podía. Intenté pestañear, pero no podía. La situación era surrealista (surrealista no, absurda). Me quedé paralizado, yo y el mundo que me rodeaba. Me ardía la cara. Ahí estaba de nuevo mi pasado; mi pasado era así, siempre volvía a aparecer. Su nombre surgía desde lo más profundo de mi ser, pero no quería pronunciarlo por temor a que se materializara. Sin embargo, ya estaba ahí, en carne y hueso, sentado a menos de tres metros de mí, después de tantos años. Su nombre se escapó de entre mis labios:

—Assef.

—Amir *jan*.

—¿Qué haces aquí? —dije, consciente de lo tremendamente estúpida que era la pregunta, pero incapaz de pensar en otra cosa.

—¿Yo? —Assef arqueó una ceja—. Yo me encuentro en mi elemento. La pregunta es más bien qué haces tú aquí.

—Ya te lo he explicado —repliqué. Me temblaba la voz. Deseaba que no lo hiciera, deseaba que la carne no se me pegara a los huesos.

—¿Has venido a por el niño?

—Sí.

—¿Por qué?

—Te pagaré por él. Puedo hacer que me envíen una transferencia.

—¿Dinero? —dijo Assef, y rió disimuladamente—. ¿Has oído hablar de Rockingham? Está al oeste de Australia, es un pedazo de cielo. Deberías verlo, kilómetros y kilómetros de playa. Aguas turquesas, cielos azules. Mis padres viven allí, en una mansión en primera línea de mar. Detrás de la casa hay un campo de golf y un pequeño lago. Mi padre juega todos los días al golf. Mi madre, sin embargo, prefiere el tenis... Mi padre dice que tiene un revés endiablado. Son propietarios de un restaurante afgano y de dos joyerías; ambos negocios funcionan de maravilla. —Arrancó una uva negra y la depositó amorosamente en la boca de Sohrab—. Así que, si necesitase dinero, les pediría a ellos que me hicieran la transferencia. —Besó a Sohrab en un lado del cuello. El niño se estremeció levemente y cerró de nuevo los ojos—. Además, no luché por el dinero de los *shorawi*. Tampoco fue por dinero por lo que me uní a los talibanes. ¿Quieres saber por qué me uní a ellos?

Notaba los labios secos. Me los lamí y descubrí que también se me había secado la lengua.

—¿Tienes sed? —me preguntó Assef con una sonrisa afectada.

—No.

—Creo que tienes sed.

—Estoy bien —insistí.

Lo cierto era que, de repente, hacía muchísimo calor en la habitación y el sudor me reventaba los poros y me escocía en la piel. ¿Estaba sucediendo aquello en realidad? ¿Era verdad que estaba sentado delante de Assef?

—Como gustes. ¿Por dónde iba? Ah, sí, por qué me uní a los talibanes... Bueno, como recordarás, yo no era una persona muy religiosa. Pero un día tuve una revelación, en la cárcel. ¿No te interesa? —No dije nada—. Te lo explicaré. Después de que Babrak Karmal subiera al poder en mil novecientos ochenta pasé algún tiempo en la cárcel, en Poleh-Charkhi. Una noche, un grupo de soldados parchamis irrumpieron en nuestra casa y nos ordenaron a punta de pistola a mi padre y a mí que los siguiéramos. Los bastardos no nos dieron ningún tipo de explicación y se negaron a responder a las preguntas de mi madre. No porque fuera un misterio, sino porque los comunistas no tenían ningún tipo de clase. Procedían de familias pobres, sin apellido. Los mismos perros que no estaban capacitados ni para pasarme la lengua por los zapatos antes de que llegasen los *shorawi* me venían ahora con órdenes a punta de pistola, con la bandera parchami en la solapa, predicando la caída de la burguesía y actuando como si fuesen ellos los que tenían clase. Sucedía lo mismo por todos lados: acorralar a los ricos, meterlos en la cárcel, dar ejemplo a los camaradas...

»Nos metieron apelotonados en grupos de seis en unas celdas diminutas, del tamaño de una nevera. Todas las noches el comandante, una cosa medio hazara medio uzbeka, que olía como un burro podrido, hacía salir de la celda a uno de los prisioneros y lo golpeaba hasta que su cara rechoncha empezaba a sudar. Luego encendía un cigarrillo, crujía los nudillos y se largaba. A la noche siguiente, elegía a otro. Una noche me tocó a mí. No podía haber sido en un momento peor. Llevaba tres días orinando sangre porque tenía piedras en los riñones. Si no las has tenido nunca, créeme si te digo que es el dolor más terrible que puedas imaginar. Recuerdo que mi madre, que también había pasado por la experiencia, me había dicho en cierta ocasión que prefería pasar un parto que expulsar una piedra del riñón. Pero no importa, porque ¿qué podía hacer yo? Me sacaron a rastras y empezó a darme patadas con las botas que todas las noches se ponía para la ocasión. Eran altas, hasta la rodilla, y tenían la puntera y el tacón de acero. Yo gritaba y gritaba y él seguía pateándome, y entonces, de pronto, me dio una patada en el riñón izquierdo y expulsé la piedra. ¡Como te lo cuento! ¡Qué alivio! —Assef rió—. Yo grité: "Allah-u-Akbar" y él me dio aún con más fuerza mientras yo me reía. Se volvió loco y me dio más fuerte, y cuanto más fuerte me daba, más fuerte me reía yo. Me devolvieron a la celda sin que hubiese parado de reír. Seguí riendo y riendo porque de pronto supe que aquello había sido un mensaje de Dios: Él estaba de mi lado. Por algún motivo quería que yo siguiese con vida.

»¿Sabes?, varios años después me tropecé con aquel comandante en el campo de batalla. Resulta divertido comprender cómo funcionan las cosas de Dios. Me lo encontré en una trinchera en las afueras de Meymanah, desangrándose por un pedazo de metralla que le había estallado en el pecho. Llevaba las mismas botas. Le pregunté si se acordaba de mí. Él me respondió que no, y le dije lo mismo que acabo de decirte a ti, que yo jamás olvido una cara. Entonces, sin más, le disparé en las pelotas. Desde entonces tengo una misión.

—¿Qué misión es ésa? —me oí decir—. ¿Apedrear a adúlteros? ¿Violar a niños? ¿Apalizar a mujeres por llevar tacones? ¿Masacrar a los hazaras? Y todo ello en nombre del Islam...

Las palabras surgieron en una avalancha repentina e inesperada antes de que pudiera tirar de ellas y recuperarlas. Deseaba poder tragármelas, pero ya estaban fuera. Había traspasado una línea, y cualquier esperanza que hubiera podido albergar de salir con vida de allí acababa de desvanecerse.

Una mirada de sorpresa atravesó brevemente el semblante de Assef y desapareció.

—Veo que, después de todo, esto puede acabar resultando divertido —dijo riendo con disimulo—. Hay cosas que los traidores como tú nunca comprenden.

—¿Como qué?

A Assef se le contrajo la frente.

—Como el orgullo que se siente por la gente, por las costumbres, por el idioma. Afganistán es como una mansión preciosa llena de basura, y alguien tiene que sacarla fuera.

—¿Era eso lo que hacías en Mazar, yendo de puerta en puerta? ¿Sacar la basura?

—Precisamente.

—En Occidente existe una expresión para eso —dije—. Lo llaman limpieza étnica.

—¿De verdad? —La cara de Assef se iluminó—. Limpieza étnica. Me gusta. Me gusta cómo suena.

—Lo único que yo quiero es al niño.

—Limpieza étnica —murmuró Assef, saboreando las palabras.

—Quiero al niño —repetí.

Los ojos de Sohrab me miraron un instante. Eran ojos de cordero degollado. Llevaban incluso el rímel... Recordé entonces cómo el día del *Eid* de *qorban*, en el jardín de casa, el *mullah* pintaba con rímel los ojos del cordero y le daba un terrón de azúcar antes de cortarle el cuello. Creí ver una súplica en los ojos de Sohrab.

—Explícame por qué —dijo Assef. Cogió con los dientes el lóbulo de la oreja del muchacho y lo soltó. Le caían gotas de sudor por la frente.

—Eso es asunto mío.

—¿Qué quieres hacer con él? —me preguntó. Luego dejó escapar una sonrisa coqueta—. O hacerle...

—Eso es repugnante.

—¿Cómo lo sabes? ¿Lo has probado?

—Quiero llevármelo a un lugar mejor.

—Explícame por qué.

—Eso es asunto mío —insistí. No sabía qué era lo que me impulsaba, lo que me daba valor para mostrarme tan seco, tal vez el hecho de saber que iba a morir igualmente.

—Me pregunto —dijo Assef— por qué has venido hasta aquí, Amir, por qué has hecho un viaje tan largo por un hazara. ¿Por qué estás aquí? ¿Cuál es la verdadera razón por la que has venido?

—Tengo mis motivos.

—Muy bien, pues —dijo Assef con una sonrisa de sarcasmo.

Dio un empujón en la espalda a Sohrab, que fue a chocar contra la mesa, volcándola. Sohrab cayó de bruces sobre las uvas que se habían esparcido por el suelo y se manchó de morado la camisa. Las patas de la mesa, cruzadas por el anillo de bolas de acero, quedaron apuntando hacia el techo.

—Llévatelo —repuso Assef. Ayudé a Sohrab a incorporarse y sacudí los trozos de uva que se le habían quedado pegados en los pantalones como percebes a las rocas—. Venga, llévatelo —añadió Assef señalando la puerta.

Le di la mano a Sohrab. Era pequeña; la piel, seca y callosa. Sus dedos se movieron y se entrelazaron con los míos. Vi de nuevo a Sohrab en la fotografía, cómo su brazo se sujetaba a la pierna de Hassan, cómo su cabeza descansaba en la cadera de su padre. Ambos estaban sonrientes. Mientras atravesamos la habitación sonaron las campanillas.

Llegamos hasta la puerta.

—Naturalmente —dijo Assef a nuestras espaldas—, no he dicho que podías llevártelo gratis.

Yo me volví.

—¿Qué quieres?

—Debes ganártelo.

—¿Qué quieres?

—Tú y yo tenemos un asunto pendiente —dijo Assef—. Lo recuerdas, ¿verdad?

¡Cómo no iba a recordarlo! Yo nunca olvidaría el día siguiente al golpe de Daoud Kan. Desde entonces, siempre que oía mencionar el nombre de Daoud Kan veía a Hassan apuntando a Assef con su tirachinas y diciéndole que, si se movía, tendrían que llamarle Assef *el tuerto* en lugar de Assef *Goshkhor*. Recuerdo la envidia que había sentido yo ante la valentía de Hassan. Assef se había echado atrás, prometiendo que se vengaría de los dos. Había mantenido su promesa con Hassan. Y ahora me tocaba el turno a mí.

—Está bien —dije, sin saber qué otra cosa podía decir. No estaba dispuesto a suplicar, pues lo único que habría conseguido sería dulcificarle aún más el momento.

Assef reclamó de nuevo la presencia de los guardias en la habitación.

—Escuchadme bien —les dijo—. Ahora voy a cerrar la puerta porque quiero saldar un pequeño asunto que tengo pendiente con este hombre. Oigáis lo que oigáis, ¡no paséis! ¿Me habéis oído? ¡No quiero que entréis!

Los guardias hicieron un movimiento afirmativo con la cabeza. Miraron primero a Assef y luego a mí.

—Sí, *agha Sahib*.

—Cuando todo haya terminado, sólo uno de los dos saldrá con vida de esta habitación —añadió Assef—. Si es él, se habrá ganado su libertad y lo dejaréis ir libremente, ¿me habéis comprendido?

El guardia mayor cambió el peso del cuerpo a la otra pierna.

—Pero *agha Sahib*...

—¡Si es él, lo dejaréis ir! —vociferó Assef.

Los dos hombres se encogieron de hombros y movieron la cabeza afirmativamente. Cuando se volvieron para irse, uno de ellos se dirigió hacia Sohrab.

—Que se quede —dijo Assef. Sonrió—. Que mire. A los niños les van muy bien las lecciones.

Cuando los guardias desaparecieron, Assef dejó el rosario y hurgó en el bolsillo interior de su chaleco negro. No me sorprendió en absoluto lo que extrajo de él: una manopla de acero inoxidable.

Lleva gomina en el pelo y por encima de sus gruesos labios luce un bigote a lo Clark Gable. La gomina ha traspasado el gorro de quirófano de papel verde originando una mancha oscura que tiene la forma de África. Recuerdo eso de él. Eso y la medalla de oro que cuelga de su cuello moreno. Me observa fijamente, habla muy deprisa en un idioma que no comprendo, urdu, creo. Mis ojos siguen fijos en su nuez, que sube y baja, sube y baja; quiero preguntarle su edad (parece muy joven, como un actor de una telenovela extranjera), pero lo único que soy capaz de murmurar es: «Creo que le di una buena zurra. Creo que le di una buena zurra.»

No sé si le di a Assef una buena zurra. No lo creo. ¿Cómo podía haberlo hecho? Era la primera vez que me peleaba con alguien. No había dado un solo puñetazo en toda mi vida.

Mi recuerdo de la pelea con Assef es increíblemente vívido a fragmentos: recuerdo a Assef poniendo música antes de ponerse la manopla de acero. La alfombra de oración, la que tenía el dibujo de una Meca oblonga, se soltó de la pared en un momento determinado y aterrizó sobre mi cabeza; el polvo que levantó me hizo estornudar. Recuerdo a Assef lanzándome uvas a la cara, sus gruñidos entre dientes relucientes de saliva, sus ojos inyectados en sangre con pupilas que giraban sin parar. En cierto momento el turbante se le cayó al suelo y debajo de él asomaron mechones de cabello rubio y rizado que le llegaban hasta el hombro.

Y el final, naturalmente. Eso sigo viéndolo con una claridad meridiana. Y siempre será así.

Lo que recuerdo básicamente es lo siguiente: su manopla de acero brillando a la luz del atardecer; lo fría que resultaba en los primeros golpes y lo rápido que mi sangre la hizo entrar en calor. Que me arrojaron contra la pared, y el pinchazo en la espalda provocado por un clavo que en su día habría sujetado algún cuadro. Los gritos de Sohrab. *Tabla*, armonio, una *dil-roba*. Que me lanzaron contra la pared nuevamente. Que la manopla me destrozaba la mandíbula. Los golpes entre los propios dientes, tener que tragármelos, pensar en las innumerables horas que había pasado aplicándome hilo dental y cepillándolos. Que me tiraran una vez más contra la pared. Tendido en el suelo, la sangre del labio superior, partido, manchaba la alfombra de color malva, el dolor me desgarraba el vientre, me preguntaba cuándo sería capaz de respirar de nuevo. El sonido de mis costillas partiéndose como las ramas de los árboles que Hassan y yo rompíamos para convertirlas en espadas y luchar como Simbad en aquellas viejas películas. Sohrab gritando. Mi cara golpeando la esquina de la mesita del televisor. De nuevo el sonido de algo partiéndose, esta vez justo debajo del ojo izquierdo. Música. Sohrab gritando. Dedos que me tiraban del pelo hacia atrás, el centelleo del acero inoxidable. Ahí estaba. De nuevo aquel sonido de algo partiéndose, en ese momento en la nariz. Morder de dolor, percatarme de que mis dientes no encajaban como antes. Patadas. Sohrab gritando.

No sé en qué momento empecé a reírme, pero lo hice. Reír dolía, me dolían la mandíbula, las costillas, la garganta. Pero reía y reía. Y cuanto más reía, más fuerte me pateaba, me pegaba, me arañaba.

—¿Qué es lo que te resulta tan divertido? —vociferaba Assef a cada golpe que asestaba. La saliva que escupió al hablar me fue a parar a un ojo. Sohrab gritaba—. ¿Qué es lo que te resulta tan divertido? —bramaba Assef.

Otra costilla rota, esta vez una de la izquierda. Lo que me resultaba tan divertido era que, por primera vez desde el invierno de 1975, me sentía en paz. Me reía porque me daba cuenta de que, en algún escondrijo recóndito de mi cabeza, había estado esperando desde entonces que llegara ese momento. Recordaba el día en que, en la colina, le lancé granadas a Hassan para provocarlo. Él se limitó a permanecer inmóvil, sin hacer nada, mientras el jugo rojo le traspasaba la camisa como si de sangre se tratara. Luego me arrebató una granada de la mano y se la aplastó contra la frente. «¿Estás satisfecho ahora? —murmuró entre dientes—. ¿Te sientes mejor?» Pero no me sentía satisfecho ni mejor. Sin embargo, ahora sí. Tenía el cuerpo roto (hasta qué punto sólo lo descubriría posteriormente), pero me sentía curado. Curado por fin. Reí.

Y luego el final. Eso me lo llevaré a la tumba.

Yo estaba en el suelo, riendo, y Assef montado a horcajadas sobre mi pecho. Su rostro era una máscara de locura enmarcada por mechones de cabello enmarañado que se balanceaban a escasos centímetros de mi cara. Me sujetaba el cuello con la mano que tenía libre. La otra, la de la manopla de acero, la tenía levantada por encima del hombro. Alzó aún más el puño y lo levantó para asestarme un nuevo golpe.

En ese momento se oyó una voz fina que decía:

—*Bas*.

Los dos miramos.

—Por favor, no más.

Recordé lo que había dicho el director del orfanato cuando nos abrió la puerta a mí y a Farid. ¿Cómo se llamaba? ¿Zaman?

«Es inseparable de ese artilugio —había dicho—. Lo lleva en la cintura del pantalón adondequiera que vaya.»

—No más.

Por sus mejillas rodaban dos manchurrones de rímel mezclados con lágrimas que se confundían con el colorete. Le temblaba el labio inferior y tenía la nariz llena de mocos.

—*Bas* —gimoteó.

Tenía la mano levantada por encima del hombro y sujetaba con ella el receptáculo del tirachinas, situado en el extremo de la banda elástica, que estaba completamente tensa hacia atrás. En el receptáculo había algo brillante y amarillo. Pestañeé para retirar la sangre que me anegaba los ojos y vi que se trataba de una de las bolas de acero del anillo que formaba la base de la mesa. Sohrab apuntaba con el tirachinas a la cara de Assef.

—No más, *agha*. Por favor —dijo con voz ronca y temblorosa—. Deja de hacerle daño.

Assef movió la boca sin articular palabra. Luego empezó a decir algo y se interrumpió.

—¿Qué crees que estás haciendo? —le preguntó finalmente.

—Para, por favor —dijo Sohrab. Sus ojos verdes estaban empañados de lágrimas que se mezclaban con rímel.

—Deja eso, hazara —dijo Assef entre dientes—. Déjalo o lo que estoy haciéndole a él será un cariñoso tirón de orejas comparado con lo que te haré a ti.

Las lágrimas estallaron por fin. Sohrab sacudió la cabeza.

—Por favor, *agha* —repitió—. Para.

—Deja eso.

—No le hagas más daño.

—Déjalo.

—Por favor.

—¡Déjalo!

—*Bas*.

—¡Déjalo! —Assef me soltó del cuello y gritó a Sohrab con todas sus fuerzas.

Cuando Sohrab soltó el receptáculo, el tirachinas emitió un silbido. Después fue Assef quien gritó. Se llevó la mano al lugar donde su ojo izquierdo había estado hacía sólo un instante. La sangre rezumaba entre sus dedos. Sangre y algo más, algo blanco con aspecto de gelatina. «Eso es lo que se llama líquido vítreo —pensé con claridad—. Lo he leído en alguna parte. Líquido vítreo.»

Assef cayó rodando sobre la alfombra, gritando, sin despegar la mano de la cuenca ensangrentada.

—¡Vámonos! —exclamó Sohrab. Me dio la mano y me ayudó a ponerme en pie. Cada centímetro de mi apaleado cuerpo gemía de dolor. Detrás de nosotros, Assef seguía chillando.

—¡Fuera! ¡Fuera! —gritaba.

Abrí la puerta tambaleándome. Los guardias abrieron los ojos de par en par al verme y me pregunté qué aspecto tendría. Cada vez que respiraba me dolía el estómago. Uno de los guardias dijo algo en pastún y entraron en la habitación donde Assef seguía gritando.

—¡Fuera!

—*Bia* —dijo Sohrab, tirándome de la mano—. ¡Vámonos!

Avancé dando tumbos por el pasillo, cogido de la manita de Sohrab. Miré por última vez por encima del hombro. Los guardias estaban agachados sobre Assef, haciéndole algo en la cara. Entonces lo comprendí: la bola de acero seguía clavada en la cuenca vacía de su ojo.

Con el mundo entero girando a mi alrededor, bajé las escaleras apoyándome en Sohrab. Los gritos de Assef continuaban arriba; eran los gritos de un animal herido. Salimos al exterior, a la luz de día, yo con el brazo por encima del hombro de Sohrab. Entonces vi a Farid, que corría hacia nosotros.

—*Bismillah! Bismillah!* —exclamó.

Los ojos se le salieron de las órbitas al ver mi aspecto. Cogió mi brazo, se lo pasó por el hombro y me llevó corriendo al todoterreno. Creo que grité. Me fijé en que sus sandalias avanzaban pesadamente por el pavimento y golpeaban sus talones callosos y negros. Me dolía respirar. Luego me encontré mirando el techo del Land Cruiser en el asiento trasero, la tapicería beis arrancada, escuchando el «ding, ding, ding» que advertía de una puerta abierta. Oí pasos acelerados alrededor del todoterreno. Farid y Sohrab intercambiaron unas palabras rápidas. Las puertas del todoterreno se cerraron y el motor cobró vida. El coche avanzó a trompicones y sentí una mano diminuta sobre mi frente. Oía voces en la calle, y a alguien que gritaba. Vi árboles que desfilaban borrosos a través de la ventanilla. Sohrab sollozaba. Farid seguía repitiendo: «*Bismillah! Bismillah!*»

Fue entonces cuando perdí el conocimiento.

23

Las caras asomaban entre la neblina, permanecían allí, se desvanecían. Miraban con atención, me hacían preguntas. Todos me hacían preguntas. ¿Sé quién soy? ¿Me duele en algún sitio? Sé quien soy y me duele por todas partes. Quiero decírselo, pero hablar me produce dolor. Lo sé porque hace algún tiempo, tal vez hace un año, tal vez dos, tal vez diez, intenté hablar con un niño que llevaba colorete en las mejillas y los ojos tiznados de negro. El niño. Sí, lo veo en este momento. Nos encontramos en el interior de algún tipo de vehículo, el niño y yo, y no creo que sea Soraya quien esté al volante porque Soraya no conduce tan rápido. Quiero decirle algo a ese niño... Parece muy importante que lo haga. Pero no recuerdo lo que quiero decirle, ni por qué es tan importante. Tal vez lo que quiero decirle es que deje de llorar, que todo irá bien a partir de ahora. Tal vez no. Por alguna razón que no comprendo quiero darle las gracias al niño.

Caras. Todos llevan gorros verdes. Aparecen y desaparecen de mi vista. Hablan muy deprisa y usan palabras que no comprendo. Oigo otras voces, otros sonidos, pitidos y alarmas. Y más caras. Me miran con atención. No recuerdo ninguna de ellas, excepto la que lleva gomina en la cabeza y el bigote a lo Clark Gable, el que tiene en el gorro una mancha oscura con la forma de África. El señor Estrella de Telenovela. Es gracioso. Quiero reír. Pero reír también me duele.

Me desvanezco.

· · ·

Dice que se llama Aisha, «como la mujer del profeta». Su cabello canoso está peinado con raya en medio y recogido en una cola de caballo; en la nariz lleva prendido un adorno que tiene forma de sol. Sus gafas bifocales le hacen los ojos más grandes. También va vestida de verde y tiene las manos suaves. Ve que la miro y sonríe. Dice algo en inglés. Algo se me clava en un lado del pecho.

Me desvanezco.

Hay un hombre de pie junto a mi cama. Lo conozco. Es moreno, alto y desgarbado, tiene una barba larga y un sombrero... ¿Cómo se llaman esos sombreros? *Pakols?* Lo lleva ladeado, igual que un famoso cuyo nombre no consigo recordar. Conozco a ese hombre. Me acompañó en coche a algún sitio hace unos años. Lo conozco. En mi boca hay algo que no funciona como es debido. Oigo un burbujeo.

Me desvanezco.

El brazo derecho me quema. La mujer de las bifocales y el adorno en forma de sol está inclinada sobre mi brazo, aplicándole un tubo de plástico transparente. Dice que es potasio. «Pica como una avispa, ¿verdad?», dice. Así es. ¿Cómo se llama? Algo que tiene que ver con un profeta. La conozco también desde hace unos años. Llevaba siempre el cabello recogido en una cola de caballo. Ahora lo lleva hacia atrás, recogido en un moño. La primera vez que hablamos, Soraya también llevaba el pelo recogido así. ¿Cuándo fue eso? ¿La semana pasada?

¡Aisha! Sí.

En mi boca hay algo que no funciona como es debido. Y esa cosa que se me clava en el pecho...

Me desvanezco.

· · ·

Nos encontramos en las montañas de Sulaiman, en Baluchistán. Baba está luchando contra el oso negro. Es el Baba de mi infancia, *Toophan agha*, el imponente ejemplar de pastún, no el hombre consumido bajo las mantas, el hombre de las mejillas y los ojos hundidos. Hombre y bestia ruedan juntos sobre la hierba verde; el cabello rizado de Baba ondea al viento. El oso ruge, o tal vez sea Baba quien lo hace. Vuelan la saliva y la sangre; golpes de garra y de mano de hombre. Caen al suelo con un ruido sordo y Baba, sentado sobre el pecho del oso, le hunde los dedos en el hocico. Me mira y lo veo. Él soy yo. Soy yo quien lucha contra el oso.

Me despierto. El hombre larguirucho de piel oscura vuelve a estar a mi lado. Se llama Farid, ahora lo recuerdo. Y junto a él se encuentra el niño del coche. Su cara me recuerda un sonido de campanas. Tengo sed.

Me desvanezco.

Sigo desvaneciéndome y despertándome.

El nombre del señor con bigote a lo Clark Gable resultó ser el doctor Faruqi. No era una estrella de telenovela, sino un cirujano especialista en cabeza y garganta, pero yo seguí imaginándomelo como un tal Armand en un vaporoso escenario de telenovela en una isla tropical.

«¿Dónde estoy?», quería preguntar, pero la boca no se abría. Fruncía el entrecejo. Gruñía. Armand sonreía; su dentadura era de un blanco reluciente.

—Todavía no, Amir —decía—, pronto. Cuando te quitemos los hierros.

Hablaba inglés con un marcado y ondulante acento urdu. «¿Hierros?» Armand cruzó los brazos; tenía los antebrazos velludos y lucía anillo de casado.

—Supongo que estarás preguntándote dónde te encuentras y qué te ha sucedido. Es completamente normal, el estado postoperatorio resulta siempre desorientador. Así que te explicaré lo que yo sé.

Quería preguntarle acerca de los hierros. ¿Postoperatorio? ¿Dónde estaba Aisha? Quería que me sonriese, quería sentir sus manos suaves junto a las mías.

Armand arqueó una ceja, como dándose importancia.

—Te encuentras en un hospital de Peshawar. Llevas dos días aquí. Has sufrido diversas heridas muy graves, Amir, debo decírtelo. Diría que tienes suerte de seguir con vida, amigo. —Mientras decía eso, movía el dedo índice hacia delante y hacia atrás—. Has sufrido una rotura de bazo, y por suerte para ti, la rotura no se ha producido de manera inmediata, pues mostrabas síntomas de un principio de hemorragia en la cavidad abdominal. Mis colegas de la unidad de cirugía tuvieron que realizarte una extirpación de bazo con carácter de urgencia. Si la rotura se hubiese producido antes, te habrías desangrado hasta morir. —Me dio un golpecito en el brazo en el que llevaba colocada la sonda y sonrió—. Tienes también siete costillas rotas. Una de ellas te ha provocado un neumotórax. —Fruncí el entrecejo. Intenté abrir la boca, pero recordé lo de los hierros—. Eso significa que tienes un pulmón perforado —me explicó Armand. Tiró de un tubo de plástico transparente que tenía en el costado izquierdo. Sentí otra vez el pinchazo en el pecho—. Hemos sellado la fuga mediante esta vía pulmonar. —Seguí el recorrido del tubo que, entre vendajes, salía de mi pecho e iba a parar a un recipiente medio lleno de columnas de agua. El sonido de burbujas procedía de allí—. Has sufrido también diversas laceraciones. Heridas con desgarro, vamos.

Quería decirle que conocía perfectamente el significado de laceración, que yo era escritor. Iba a abrir de nuevo la boca. Volví a olvidarme de los hierros.

—La peor ha sido en el labio superior —dijo Armand—. El impacto te ha partido en dos el labio superior, exactamente por la mitad. Pero no te preocupes, los de plástica lo han cosido y dicen que la intervención ha sido un éxito, aunque quedará una cicatriz. Eso es inevitable. Había también una fractura orbital en el lado izquierdo; se trata del hueso de la cuenca ocular, y hemos tenido que repararlo también. En unas seis semanas te retirarán los hierros de las mandíbulas. Hasta entonces sólo podrás tomar líquidos y batidos. Perderás algo de peso y durante una temporada hablarás como Al Pacino en la primera película de *El padrino.* —Se echó a reír—. Y hoy tienes deberes que hacer. ¿Sabes cuáles? —Negué con la cabeza—. Tus deberes para hoy consisten en echar gases. En cuanto lo hagas podremos empezar a darte líquidos. Si no hay expulsión de gases, no hay comida. —Volvió a reír.

Posteriormente, después de que Aisha me cambiara la sonda y me levantara la cabecera de la cama tal y como yo había solicitado, pensé en lo que me había sucedido. Rotura de bazo. Dientes rotos. Perforación de pulmón. Cuenca ocular destrozada. Y mientras observaba una paloma que picoteaba una miga en el alfeizar de la ventana, seguí pensando en otra cosa que había mencionado Armand/doctor Faruqui: «El impacto te ha partido en dos el labio superior —había dicho—, exactamente por la mitad.» Exactamente por la mitad. Un labio leporino.

Farid y Sohrab fueron a visitarme al día siguiente.

—¿Sabes quiénes somos? ¿Te acuerdas de nosotros? —me preguntó Farid en broma. Asentí con la cabeza—. *Al hamdullellah!* —gritó—. Ya se acabaron los delirios.

—Gracias, Farid —dije a través de las mandíbulas cerradas por los hierros. Armand tenía razón... sonaba un poco como Al Pacino en *El padrino.* Y mi lengua me sorprendía cada vez que iba a parar a uno de los espacios que habían dejado los dientes que me había tragado—. Gracias de verdad. Por todo.

Él sacudió la mano y se sonrojó levemente.

—*Bas,* no tienes por qué darme las gracias —dijo.

Me volví hacia Sohrab. Llevaba ropa nueva, un *pirhan-tumban* de color marrón claro que le quedaba un poco grande y un casquete negro. Miraba el suelo y jugueteaba con la sonda que estaba enrollada sobre la cama.

—Aún no nos han presentado como es debido —dije. Le tendí la mano—. Soy Amir.

Miró primero la mano y luego a mí.

—¿Eres el Amir del que me hablaba *agha* padre? —me preguntó.

—Sí. —Recordé las palabras de la carta de Hassan. «Les he hablado mucho de ti a Farzana *jan* y a Sohrab, de cómo nos criamos juntos y jugábamos y corríamos por las calles. ¡Se ríen con las historias de las travesuras que tú y yo solíamos hacer!»—. También a ti tengo que darte las gracias, Sohrab *jan* —dije—. Me has salvado la vida. —No comentó nada. Retiré la mano al comprobar que no la cogía—. Me gusta tu ropa nueva —murmuré.

—Es de mi hijo —intervino Farid—. A él ya le quedaba pequeña. Yo diría que a Sohrab le sienta bastante bien. —A continuación añadió que el muchacho podía quedarse en su casa hasta que encontráramos un lugar para él—. No disponemos de mucho espacio, pero ¿qué otra cosa puedo hacer? No puedo abandonarlo en la calle. Además, mis hijos le han tomado cariño. ¿*Ha*, Sohrab? —Pero el niño seguía mirando el suelo, enrollándose la sonda en el dedo—. Quería preguntarte... —dijo Farid con ciertas dudas—, ¿qué sucedió en aquella casa? ¿Qué sucedió entre tú y el talibán?

—Digamos que ambos recibimos lo que nos merecíamos —contesté. Farid asintió con la cabeza y no indagó más. Se me ocurrió que en algún momento de nuestro viaje desde Peshawar a Afganistán nos habíamos hecho amigos—. Yo también quería preguntarte una cosa.

—¿Qué?

No quería preguntarlo. Temía la respuesta.

—¿Rahim Kan?

—Se ha ido.

Mi corazón dio un brinco.

—¿Está...

—No, sólo... se ha ido. —Me entregó un pedazo de papel doblado y una pequeña llave—. El propietario me lo dio cuando fui a buscarlo. Dijo que Rahim Kan se había ido al día siguiente de que nos fuéramos nosotros.

—¿Adónde ha ido?

Farid se encogió de hombros.

—El propietario no sabía nada. Dijo que Rahim Kan había dejado la carta y la llave para ti y que se había ido. —Comprobó la hora en el reloj—. Será mejor que me vaya. *Bia*, Sohrab.

—¿Podrías dejarlo aquí y pasar a recogerlo más tarde? —Me volví hacia Sohrab y le pregunté—: ¿Quieres quedarte conmigo un rato?

El niño se encogió de hombros y no dijo nada.

—Naturalmente —respondió Farid—. Lo recogeré antes del *namaz* del atardecer.

En mi habitación había tres pacientes más. Dos hombres mayores —uno con la pierna escayolada, el otro un asmático que respiraba con dificultad— y un muchacho de quince o dieciséis años que había sido intervenido de apendicitis. El hombre de la pierna escayolada nos miraba fijamente, sin pestañear; su mirada pasaba de mí al niño hazara que estaba sentado en un taburete. Las familias de mis compañeros de habitación (mujeres mayores vestidas con *shalwar-kameezes* de colores chillones, niños y hombres tocados con casquete) entraban y salían constantemente. Llegaban cargados de *pakoras, naan, samosa, biryani*. Algunos se limitaban a pasear por la habitación, como el hombre alto y barbudo que había llegado justo antes de que lo hiciesen Farid y Sohrab. Iba envuelto en un manto marrón. Aisha le preguntó algo en urdu. Él, sin prestarle la más mínima atención, se dedicó a escudriñar la estancia. Pensé que a mí me miraba más de lo necesario. Cuando la enfermera volvió a dirigirse a él, dio media vuelta y se largó.

—¿Cómo estás? —le pregunté a Sohrab. El niño se encogió de hombros y se miró las manos—. ¿Tienes hambre? Esa señora de ahí me ha traído un plato de *biryani*, pero no puedo comerlo. —No sabía qué decirle—. ¿Lo quieres? —Sacudió la cabeza negativamente—. ¿Te apetece hablar?

Volvió a sacudir la cabeza.

Permanecimos así un rato, en silencio; yo incorporado en la cama, con dos almohadas en la espalda, y Sohrab sentado junto a mí en el taburete de tres patas. En algún momento me quedé dormido y cuando me desperté la luz del día había perdido intensidad, las sombras eran más grandes y Sohrab seguía sentado a mi lado. Continuaba con la cabeza baja, mirando sus manitas encallecidas.

Aquella noche, después de que Farid recogiera a Sohrab, desdoblé la carta de Rahim Kan. Había retrasado al máximo el momento de leerla. Decía así:

Amir *jan*:

Inshallah hayas recibido esta carta sano y salvo. Rezo por no haberte puesto en el camino del mal y por que Afganistán se haya mostrado amable contigo. Has estado presente en mis oraciones desde el día de tu partida.

Tenías razón de sospechar que yo lo sabía. Sí, lo sabía. Hassan me lo contó poco después de que sucediese. Lo que hiciste estuvo mal, Amir *jan*, pero no olvides que cuando los hechos sucedieron tú eras un niño. Un niño con problemas. Por aquel entonces eras demasiado duro contigo mismo, y sigues siéndolo..., lo vi en tu mirada en Peshawar. Pero espero que prestes atención a lo siguiente: el hombre sin conciencia, sin bondad, no sufre. Espero que tu sufrimiento llegue a su fin con este viaje a Afganistán.

Amir *jan*, me siento avergonzado por las mentiras que te contamos. Tenías todos los motivos para enfadarte en Peshawar. Tenías derecho a saberlo. Igual que Hassan. Sé que esto no absuelve a nadie de nada, pero el Kabul donde vivimos en aquella época era un mundo extraño, un mundo en el que ciertas cosas importaban más que la verdad.

Amir *jan*, sé lo duro que fue tu padre contigo cuando eras pequeño. Vi cómo sufrías y suspirabas por su cariño, y mi corazón padecía por ti. Pero tu padre era un hombre partido en dos mitades, Amir *jan*: tú y Hassan. Os quería a los dos, pero no podía querer a Hassan como le habría gustado, abiertamente, como un padre. Así que se desquitó contigo... Amir, la mitad socialmente legítima, la mitad que representaba las riquezas que había heredado y los privilegios que las acompañaban, como, por ejemplo, que sus pecados quedaran impunes. Cuando te veía, se veía a sí mismo. Y su sentimiento de culpa. Estás todavía excesivamente enfadado y me doy cuenta de que es muy pronto para esperar que lo aceptes, pero tal vez algún día comprendas que cuando tu padre era duro contigo, estaba también siendo duro consigo mismo. Tu padre, igual que tú, era un alma torturada, Amir *jan*.

Soy incapaz de describirte la profundidad y la oscuridad del dolor que me invadió cuando me enteré de su fallecimiento. Lo quería porque era mi amigo, pero también porque era un buen hombre, tal vez incluso un gran hombre. Y eso es lo que quiero que entiendas, que el remordimiento de tu padre corroboró esa bondad, esa bondad de verdad. A veces pienso que todo lo que hizo, dar de comer a los pobres de la calle, construir el orfanato, dejar dinero a los amigos necesitados..., era su forma de redimirse. Y en eso, creo, consiste la auténtica redención, Amir *jan*: en el sentimiento de culpa que desemboca en la bondad.

Sé que al final Dios perdonará. Perdonará a tu padre, a mí, y a ti también. Espero que puedas hacer tú lo mismo. Perdonar a tu padre. Perdonarme a mí. Y lo más importante, perdonarte a ti mismo.

Te he dejado algún dinero; de hecho, prácticamente todo lo que tengo. Supongo que cuando regreses aquí tendrás que afrontar algunos gastos; ese dinero debería ser suficiente para cubrirlos. El dinero se encuentra en una caja de seguridad de un banco de Peshawar. Farid sabe cuál. Ésta es la llave.

En cuanto a mí, es hora de marcharme. Me queda poco tiempo y deseo pasarlo solo. No me busques, por favor. Es lo último que te pido.

Te dejo en manos de Dios.

Tu amigo para siempre,

Rahim

Me restregué los ojos con la manga del camisón del hospital. Doblé la carta y la guardé debajo del colchón.

«Amir, la mitad socialmente legítima, la mitad que representaba las riquezas que había heredado y los privilegios que las acompañaban, como, por ejemplo, que sus pecados quedaran impunes.» Me preguntaba si tal vez habría sido ése el motivo por el que Baba y yo nos habíamos llevado mucho mejor en Estados Unidos. Vender chatarra a cambio de dinero para nuestros pequeños gastos domésticos y para pagar nuestro mugriento piso... La versión norteamericana de una cabaña; tal vez en América, cuando Baba me miraba, veía en mí un poquito de Hassan.

«Tu padre, igual que tú, era un alma torturada», había escrito Rahim Kan. Tal vez sí. Ambos habíamos pecado y traicionado. Pero Baba había descubierto una manera de generar bien a partir de su remordimiento. Sin embargo, ¿qué había hecho yo, excepto descargar mi culpa sobre la persona a la que había traicionado y luego intentar olvidarlo todo? ¿Qué había hecho yo, excepto convertirme en un insomne?

¿Qué había hecho yo para arreglar la situación?

Cuando entró la enfermera, jeringa en mano (no Aisha, sino una mujer pelirroja cuyo nombre no recuerdo), y me preguntó si necesitaba una inyección de morfina, le dije que sí.

Me retiraron el tubo del pecho a primera hora de la mañana siguiente y Armand autorizó al personal para que me permitieran beber un poco de zumo de manzana. Cuando Aisha dejó el vaso de zumo en la mesita que había junto a la cama, le pedí que me dejara un espejo. Se subió las bifocales a la frente y descorrió la cortina para que la luz del sol matinal inundara la habitación.

—Recuerda una cosa —dijo, hablándome por encima del hombro—. El aspecto mejorará en pocos días. Mi yerno sufrió un accidente de ciclomotor el año pasado. Arrastró por el asfalto su preciosa cara y se le quedó morada como una berenjena. Ahora vuelve a estar perfecto, parece una estrella de Lollywood.

A pesar de sus palabras tranquilizadoras, mirarme al espejo y ver la cosa que pretendía ser mi cara me dejó durante un rato sin respiración. Parecía como si alguien hubiera colocado debajo de mi piel la boquilla de una bomba de aire y hubiese bombeado. Tenía los ojos hinchados y azules, pero lo peor de todo era la boca, un borrón grotesco de morado y rojo, cardenales y puntos de sutura. Intenté sonreír y una punzada de dolor me sacudió los labios. No volvería a hacerlo durante un tiempo. Tenía puntos en la mejilla izquierda, debajo de la barbilla y en la frente, justo debajo de las raíces del pelo.

El anciano de la pierna escayolada dijo algo en urdu. Lo miré encogiéndome de hombros y sacudí negativamente la cabeza. Señaló su cara, se dio unos golpecitos y me regaló una ancha sonrisa, una sonrisa desdentada.

—Muy bien —dijo en inglés—. *Inshallah.*

—Gracias —susurré.

Farid y Sohrab llegaron justo cuando dejé el espejo. Sohrab tomó asiento en su taburete y apoyó la cabeza en los barrotes de la cama.

—¿Sabes? Creo que cuanto antes te saquemos de aquí, mejor —dijo Farid.

—Dice el doctor Faruqi...

—No me refiero del hospital, sino de Peshawar.

—¿Por qué?

—No creo que puedas seguir estando seguro aquí durante mucho tiempo —respondió Farid. Luego bajó el tono de voz—.

Los talibanes tienen amigos en esta ciudad. Empezarán a buscarte.

—Tal vez lo hayan hecho ya —murmuré, pensando en el hombre barbudo que había entrado en la habitación y se había quedado mirándome.

Farid se inclinó hacia mí.

—Tan pronto como puedas caminar te llevaré a Islamabad. Tampoco allí estarás completamente seguro, en Pakistán no hay ningún lugar que lo sea, pero estarás mejor que aquí. Al menos ganarás un poco de tiempo.

—Farid *jan*, esto tampoco puede ser seguro para ti. Tal vez no deberían verte conmigo. Tienes una familia de la que cuidar.

Farid me indicó con un gesto de la mano que no me preocupara.

—Mis hijos son pequeños, pero muy juiciosos. Saben cuidar de sus madres y de sus hermanas. —Sonrió—. Además, no he dicho en ningún momento que vaya a hacerlo gratis.

—Tampoco yo lo permitiría —dije. Me olvidé de que no podía sonreír y lo intenté. Cayó un hilillo de sangre por la barbilla—. ¿Puedo pedirte un favor más?

—Por ti lo haría mil veces más —respondió Farid.

Y tan sólo de oír pronunciar aquella frase, me eché a llorar. Busqué con dificultad una bocanada de aire. Las lágrimas rodaban por mis mejillas y me causaban escozor cuando llegaban a los labios, que estaban en carne viva.

—¿Qué sucede? —me preguntó Farid alarmado.

Me tapé la cara con una mano y levanté la otra. Sabía que la habitación entera me miraba. Después me sentí agotado, vacío.

—Lo siento —dije. Sohrab me observaba con el entrecejo fruncido. Cuando fui capaz de recuperar el habla, le expliqué a Farid lo que quería de él—. Rahim Kan me dijo que la pareja de americanos vivía aquí, en Peshawar.

—Será mejor que me anotes los nombres —dijo Farid contemplándome con cautela, como esperando que en cualquier momento fuera a atenazarme otra explosión de llanto. Garabateé los nombres en un pedazo de servilleta de papel.

—John y Betty Caldwell.

Farid se guardó el trozo de papel en el bolsillo.

—Los buscaré enseguida —dijo, y se volvió hacia Sohrab—. En cuanto a ti, te recogeré a última hora de la tarde. No canses mucho a Amir *agha*.

Pero Sohrab se había acercado a la ventana, donde media docena de palomas paseaban de un lado al otro del alféizar, picoteando la madera y algunas migas de pan duro.

En el cajón del medio de la mesilla había un número antiguo de la revista *National Geographic*, un lápiz con la punta mordisqueada, un peine al que le faltaban púas y lo que andaba buscando en aquel momento mientras el sudor me resbalaba por la cara debido al esfuerzo: una baraja de cartas. Ya las había contado en otro momento y, para mi sorpresa, la baraja estaba completa. Le pregunté a Sohrab si quería jugar. No esperaba que me respondiera, y mucho menos que jugase. Había permanecido en silencio desde que habíamos huido de Kabul. Sin embargo, se volvió desde la ventana y dijo:

—A lo único que sé jugar es al *panjpar*.

—Lo siento por ti, porque soy un gran maestro del *panjpar*, famoso en el mundo entero. —Tomó asiento en el taburete y le di cinco cartas—. Cuando tu padre y yo teníamos tu edad, jugábamos mucho a este juego. Sobre todo en invierno, cuando nevaba y no podíamos salir. Jugábamos hasta que se ponía el sol.

Jugó una carta y cogió otra del mazo. Yo le lanzaba miradas furtivas mientras él estudiaba sus cartas. Era como su padre en muchos aspectos: la manera de sostener el abanico de cartas con las dos manos, la forma de entornar los ojos para estudiarlas, el modo de mirar de vez en cuando directamente a los ojos...

Jugamos en silencio. Gané la primera partida, le dejé ganar la siguiente y perdí las demás sin trampa ni cartón.

—Eres tan bueno como tu padre, tal vez incluso mejor —comenté después de perder por última vez—. Yo le ganaba a veces, pero creo que me dejaba ganar. —Hice una pausa antes de decir—: A tu padre y a mí nos crió la misma mujer.

—Lo sé.

—¿Qué... qué te explicó sobre nosotros?

—Que fuiste el mejor amigo que tuvo en su vida —contestó.

Giré entre los dedos la jota de diamantes y la lancé al aire.

—No fui tan buen amigo —dije—. Pero me gustaría ser tu amigo. Creo que podría ser un buen amigo tuyo. ¿No crees que estaría bien? ¿Te gustaría?

Le puse la mano en el brazo, con cautela, pero él lo apartó, tiró las cartas y se levantó del taburete. Se dirigió de nuevo hacia la ventana. El sol se ponía en Peshawar y el cielo estaba inundado de franjas rojas y violetas. En la calle se oían bocinazos, el rebuzno de un asno, el silbato de un policía... Sohrab siguió con la frente apoyada en el cristal, rodeado de aquella luz carmesí, con los puños escondidos bajo las axilas.

Aisha dio instrucciones a un auxiliar para que aquella noche me ayudara a dar mis primeros pasos. Di una única vuelta a la habitación, sujetándome con una mano al portagoteros y con la otra al antebrazo del auxiliar. Tardé diez minutos en acostarme de nuevo, y transcurrido ese tiempo la herida abdominal me daba enormes punzadas y estaba empapado de sudor. Me quedé tendido en la cama, jadeante; los latidos del corazón me martilleaban en los oídos y pensé en lo mucho que echaba de menos a mi esposa.

Sohrab y yo pasamos prácticamente todo el día siguiente jugando al panjpar, en silencio, como siempre. Y el día siguiente. Apenas hablábamos, nos limitábamos a jugar, yo incorporado en la cama y él sentado en el taburete de tres patas. La rutina se interrumpía únicamente cuando yo daba mi paseo por la habitación o iba al baño, que estaba al final del pasillo. Aquella noche tuve un sueño. Soñé que Assef estaba en la puerta de mi habitación del hospital con la bola de acero todavía incrustada en la cuenca del ojo.

—Tú y yo somos iguales —decía—. Te criaste con él, pero eres mi gemelo.

A primera hora del día siguiente le dije a Armand que me iba.

—Aún es pronto para el alta —protestó él. Aquel día no llevaba la bata, sino que iba vestido con un traje azul marino y corbata amarilla. Tenía el pelo engominado—. Sigues en tratamiento con antibióticos por vía intravenosa y...

—Debo irme —dije—. Aprecio lo que has hecho por mí, lo que habéis hecho todos vosotros. De verdad. Pero tengo que marcharme.

—¿Adónde vas? —me preguntó Armand.

—Preferiría no decirlo.

—Apenas puedes caminar.

—Puedo ir hasta el final del pasillo y volver. Me recuperaré pronto.

El plan era el siguiente: recoger el dinero de la caja de seguridad, pagar las facturas del hospital e ir al orfanato para dejar a Sohrab con John y Betty Caldwell. Luego viajaría hasta Islamabad y me concedería unos días para restablecerme un poco antes de volver a casa.

El plan era ése. Hasta que llegaron Farid y Sohrab a la mañana siguiente.

—Tus amigos, John y Betty Caldwell, no están en Peshawar —dijo Farid.

Me costó diez minutos conseguir meterme en mi *pirhan-tumban*. Cuando levantaba el brazo, me dolía el pecho en la zona donde me habían realizado la incisión para insertar el tubo de los pulmones, y el abdomen me daba punzadas cada vez que me agachaba. El simple esfuerzo de guardar mis escasas pertenencias en una bolsa de papel marrón me obligaba a respirar de forma entrecortada. Pero por fin conseguí tenerlo todo preparado, y cuando llegó Farid con las noticias, estaba esperándolo sentado en el borde de la cama. Sohrab se sentó a mi lado.

—¿Adónde han ido? —pregunté.

Farid sacudió la cabeza.

—¿No lo comprendes...?

—Rahim Kan dijo...

—He ido al consulado de Estados Unidos —me contó Farid cogiendo mi bolsa—. Nunca ha habido ningunos John y Betty Caldwell en Peshawar. Según la gente del consulado, no han existido nunca. Al menos aquí, en Peshawar.

A mi lado, Sohrab hojeaba el número viejo de *National Geographic*.

Sacamos el dinero del banco. El director, un hombre panzudo con manchas de sudor debajo de las axilas, me sonreía mientras me aseguraba que nadie del banco había tocado aquel dinero.

—Absolutamente nadie —dijo muy serio, moviendo el dedo índice de la misma manera que Armand.

Pasear en coche por Peshawar con aquella cantidad de dinero en una bolsa de papel fue una experiencia aterradora. Además, yo sospechaba que cualquier hombre barbudo que me miraba era un asesino talibán enviado por Assef. Y mis temores se veían agravados por dos circunstancias: en Peshawar hay muchos hombres barbudos y todo el mundo te mira.

—¿Qué hacemos con él? —me preguntó Farid mientras se dirigía lentamente hacia el coche después de haber pagado la factura del hospital. Sohrab estaba en el asiento trasero del Land Cruiser, observando el tráfico por la ventanilla bajada, con la barbilla apoyada en las manos.

—No puede quedarse en Peshawar —dije jadeando.

—*Nay*, Amir *agha*, no puede... —Farid había leído la pregunta en mis palabras—. Lo siento. Me gustaría...

—No pasa nada, Farid —Conseguí esbozar una sonrisa de agotamiento—. Tú tienes bocas que alimentar. —Había un perro junto al todoterreno. Estaba alzado sobre las patas traseras y tenía las delanteras apoyadas en la puerta del vehículo. Movía la cola y Sohrab jugaba con él—. De momento vendrá conmigo a Islamabad.

. . .

Dormí prácticamente durante todo el trayecto de cuatro horas hasta Islamabad. Soñé muchísimo, pero lo único que recuerdo es un batiburrillo de imágenes que destellan de forma intermitente en mi cabeza, como las tarjetas que van dando vueltas en un archivador giratorio: Baba adobando el cordero en la fiesta de mi decimotercer cumpleaños. Soraya y yo haciendo el amor por primera vez, el sol saliendo por el este, la música de la boda resonando todavía en nuestros oídos, sus manos pintadas con henna enlazadas con las mías. El día en que Baba nos llevó a Hassan y a mí a un campo de fresas en Jalalabad (el propietario nos había dicho que podíamos comer todas las que quisiésemos siempre y cuando le compráramos un mínimo de cuatro kilos) y el empacho que sufrimos posteriormente los dos. Lo oscura, casi negra, que era la sangre de Hassan sobre la nieve cuando goteaba de la parte de atrás de sus pantalones. «La sangre es muy importante, *bachem*.» Khala Jamila dándole golpecitos en la rodilla a Soraya y diciéndole: «Dios es quien mejor lo sabe, tal vez es que no debía ser así.» Durmiendo en el tejado de casa de mi padre. Baba diciendo que el único pecado era el robo. «Cuando mientes, le robas a alguien el derecho a la verdad.» Rahim Kan al teléfono diciéndome que existe una forma de volver a ser bueno. «Una forma de volver a ser bueno...»

24

Si Peshawar era la ciudad que me recordaba lo que en su día fue Kabul, Islamabad era la ciudad en la que podría haberse convertido. Las calles eran más anchas que las de Peshawar, también más limpias, y estaban flanqueadas por hileras de hibiscos y de «árboles de las llamas». Los bazares estaban más organizados y no había tantos atascos de *rickshaws* y peatones. La arquitectura era también más elegante, más moderna, y vi parques con rosas y jazmines en flor a la sombra de los árboles.

Farid encontró un pequeño hotel en una calle secundaria, a los pies de las colinas de Margalla. De camino hacia allí pasamos por delante de la mezquita de Sah Faisal, famosa por ser la más grande del mundo, con sus vigas gigantes de hormigón y sus elevados minaretes. Sohrab se incorporó al ver la mezquita, se asomó por la ventanilla y siguió mirándola hasta que Farid giró por la esquina.

La habitación del hotel era notablemente mejor que la que Farid y yo habíamos compartido en Kabul. Las sábanas estaban limpias, le habían pasado el aspirador a la alfombra y el baño se veía inmaculado. Había champú, jabón, maquinillas de afeitar, bañera y toallas que olían a limón. Y las paredes no tenían manchas de sangre. Un detalle más: un televisor sobre una mesita situada enfrente de las dos camas individuales.

—¡Mira! —le dije a Sohrab.

La encendí manualmente, sin utilizar el mando a distancia, y busqué en los canales. Encontré un programa infantil donde aparecían dos ovejas lanudas que cantaban en urdu. Sohrab se sentó en una de las camas con las rodillas junto al pecho. Mientras veía la televisión, imperturbable, balanceándose de un lado a otro, sus ojos verdes reflejaban las imágenes del aparato. Entonces me acordé de que una vez le prometí a Hassan que cuando nos hiciésemos mayores le compraría un televisor a su familia.

—Me voy, Amir *agha* —dijo Farid.

—Quédate esta noche —le pedí—. El viaje es muy largo. Vete mañana.

—*Tashakor* —replicó—. Quiero regresar esta noche. Echo de menos a mis hijos. —Se detuvo en el umbral de la puerta antes de abandonar la habitación—. Adiós, Sohrab *jan* —dijo.

Esperó una respuesta, pero Sohrab no le prestaba atención. Seguía balanceándose de un lado a otro con la cara iluminada por el resplandor plateado de las imágenes que parpadeaban en la pantalla.

Lo acompañé hasta el coche y le entregué un sobre. Él lo abrió y se quedó boquiabierto.

—No sabía cómo darte las gracias —le dije—. Has hecho tanto por mí...

—¿Cuánto dinero hay aquí? —me preguntó Farid ligeramente aturdido.

—Un poco más de tres mil dólares.

—Tres mil... —empezó a decir. El labio inferior le temblaba un poco.

Después, cuando tomó la curva, pitó dos veces y se despidió con la mano. Le devolví el gesto. Nunca he vuelto a verlo.

Regresé a la habitación del hotel y me encontré a Sohrab tendido en la cama, acurrucado en forma de C. Tenía los ojos cerrados, pero no podía asegurar que estuviese dormido. Había apagado el televisor. Me senté en la cama, sonreí con dolor y me sequé el sudor frío que me caía por la frente. Me pregunté durante cuánto tiempo seguirían doliéndome esas pequeñas acciones de levantarme, sentarme o darme la vuelta en la cama. Me pregunté cuándo sería capaz de comer alimento sólido. Me pregunté qué haría con aquel pequeño que estaba acostado en la cama, aunque una parte de mí ya lo sabía.

En el tocador había una garrafa de agua. Me serví un vaso y me tomé un par de analgésicos de los que me había dado Armand. El agua estaba caliente y tenía un sabor amargo. Corrí las cortinas y me tumbé en la cama. Tenía la sensación de que el pecho se me abría. Conseguí respirar de nuevo cuando el dolor aminoró un poco, me subí la sábana hasta la barbilla y esperé a que las pastillas de Armand surtieran efecto.

Cuando me desperté, la habitación estaba más oscura. El pedazo de cielo que asomaba entre las cortinas era del color púrpura que el crepúsculo presenta al anochecer. Las sábanas estaban empapadas y me palpitaba el corazón. Había vuelto a soñar, pero no recordaba qué.

Cuando miré la cama de Sohrab y la encontré vacía, el corazón me dio un vuelco y sentí náuseas. Lo llamé. El sonido de mi propia voz me sorprendió. Me sentía desorientado, en la habitación oscura de un hotel, a miles de kilómetros de casa, con el cuerpo roto, pronunciando el nombre de un niño al que conocía desde hacía sólo unos días. Volví a llamarlo y no oí nada. Salí de la cama a duras penas, miré en el baño y en el estrecho pasillo fuera de la habitación. Se había ido.

Cerré la puerta con llave y me dirigí a la recepción, agarrándome en todo momento a la barandilla para no caer. A un lado del mostrador había una palmera artificial llena de polvo. El papel pintado tenía un estampado de flamencos rosas. El director del hotel, el señor Fayyaz, estaba leyendo un periódico detrás del mostrador de formica. Le describí a Sohrab y le pregunté si lo había visto. El hombre dejó el periódico y se quitó las gafas. Tenía el cabello grasiento y un pequeño bigote rectangular salpicado de canas. Olía vagamente a una fruta tropical que no pude identificar.

—Niños... Les gusta dar vueltas por ahí... —dijo suspirando—. Yo tengo tres. Se pasan el día por ahí, preocupando a su madre. —Se abanicaba con el periódico y me miraba la boca fijamente.

—No creo que haya salido a dar una vuelta —objeté—. No somos de aquí. Temo que haya podido perderse.

Sacudió entonces la cabeza de lado a lado.

—En ese caso debería haberlo vigilado, señor.

—Lo sé. Pero me he quedado dormido, y cuando me he despertado, había desaparecido.

—Los niños deben estar siempre controlados.

—Sí, lo sé —repuse.

Notaba que se me aceleraba el pulso. ¿Cómo podía ser tan insensible a mi inquietud? Se cambió el periódico de mano y siguió abanicándose.

—Ahora quieren una bicicleta.

—¿Quiénes?

—Mis hijos —contestó—. No dejan de repetir: «Papá, papá, por favor, cómpranos una bicicleta y no te molestaremos más. ¡Por favor, papá!» —Resopló brevemente por la nariz—. Una bicicleta. Su madre me mataría, se lo juro.

Me imaginé a Sohrab en una zanja. O en el maletero de un coche, amordazado y atado. No quería mancharme las manos con su sangre. Con la suya no.

—Por favor... —dije. Forcé la vista. Leí el pequeño distintivo con su nombre que llevaba en la solapa de la camisa azul de manga corta—. ¿Lo ha visto, señor Fayyaz?

—¿Al niño?

—¡Sí, al niño! —grité—. Al niño que venía conmigo. ¿Lo ha visto o no, por el amor de Dios?

Dejó de abanicarse y entornó los ojos.

—No se haga el listo conmigo, amigo. No soy yo quien lo ha perdido.

Que tuviese razón no evitó que me subieran los colores a la cara.

—Es cierto. Es culpa mía. Pero ¿lo ha visto?

—Lo siento —dijo secamente. Volvió a ponerse las gafas y abrió con rabia el periódico—. No he visto a ningún niño.

—Permanecí otro minuto inmóvil en el mostrador, intentando no gritar. Cuando me disponía a abandonar el vestíbulo, me preguntó—: ¿Se le ocurre dónde puede haber ido?

—No —respondí. Me sentía agotado. Agotado y asustado.

—¿Tiene un interés particular por algo? —dijo. Vi que había doblado el periódico—. Mis hijos, por ejemplo, harían cualquier cosa por una película de acción americana, sobre todo por las de ese tal Arnold Nosequénegger...

—¡La mezquita! —exclamé—. La gran mezquita.

Recordé cómo la mezquita había sacado a Sohrab de su estupor cuando pasamos junto a ella, cómo se había asomado por la ventanilla para mirarla.

—¿Sah Faisal?

—Sí. ¿Puede llevarme allí?

—¿Sabe que es la mezquita más grande del mundo? —inquirió.

—No, pero...

—Sólo el patio puede albergar a cuarenta mil personas.

—¿Puede llevarme allí?

—Está sólo a un kilómetro de aquí —dijo, aunque ya estaba saliendo de detrás del mostrador.

—Le pagaré por el desplazamiento —afirmé.

Suspiró y sacudió la cabeza.

—Espere aquí.

Desapareció por una puerta y regresó con otro par de gafas y unas llaves. Una mujer bajita y regordeta vestida con un sari de color naranja lo seguía. Ella ocupó el lugar que el hombre dejaba vacante detrás del mostrador.

—No aceptaré el dinero —dijo, haciendo un gesto con la mano—. Lo acompaño hasta allí porque soy padre, como usted.

Pensé que acabaríamos dando vueltas por la ciudad hasta que cayera la noche. Me veía llamando a la policía, describiendo a Sohrab bajo la mirada de reproche de Fayyaz. Ya oía al oficial, con voz cansada y sin ningún interés, formulándome las preguntas de rigor. Y más allá de las preguntas oficiales, una no oficial: ¿a quién demonios le importa otro niño afgano muerto? Y, sobre todo, un hazara.

Pero dimos con él a unos cien metros de la mezquita. Estaba sentado en el aparcamiento, en medio de una rotonda de césped. Fayyaz se acercó a la rotonda y me ayudó a bajar.

—Tengo que regresar —dijo.

—No se preocupe. Volveremos caminando —repuse—. Gracias, señor Fayyaz. De verdad.

Cuando salí, apoyó el brazo en el respaldo del asiento que yo acaba de dejar y me miró a los ojos.

—¿Puedo decirle una cosa?

—Por supuesto.

En la oscuridad del crepúsculo, su cara quedaba reducida a un par de gafas que reflejaban la luz mortecina.

—Lo que les ocurre a ustedes los afganos es que... Bueno, su gente es un poco temeraria.

Estaba cansado y me dolía todo. Las mandíbulas me daban punzadas. Y las malditas heridas del pecho y el abdomen eran como una alambrada bajo la piel. No obstante, a pesar de todo, me eché a reír.

—¿Qué..., qué es lo que...? —comenzó a balbucear Fayyaz, pero yo estaba ya desternillándome, ahogado por las risotadas que luchaban por salir de mi boca llena de hierros—. Gente loca... —dijo.

Cuando arrancó, los neumáticos chirriaron y vi las luces traseras, un destello de rojo en la luz del atardecer.

—Me has dado un buen susto —le dije a Sohrab. Me senté a su lado e hice una mueca de dolor al agacharme.

Estaba contemplando la mezquita. La mezquita de Sah Faisal tenía la forma de una tienda gigante. Los coches iban y venían; los fieles, vestidos de blanco, entraban y salían. Nos sentamos en silencio, yo apoyado en un árbol, Sohrab a mi lado, con las rodillas pegadas al pecho. Oímos la llamada a la oración y vimos cómo, en cuanto desapareció la luz del día, se encendían los cientos de luces del edificio. La mezquita brillaba como un diamante en la oscuridad. Iluminaba el cielo y la cara de Sohrab.

—¿Has estado alguna vez en Mazar-i-Sharif? —me preguntó Sohrab con la barbilla apoyada en las rodillas.

—Hace mucho tiempo. No me acuerdo muy bien.

—Mi padre me llevó allí cuando era pequeño. Fueron también mi madre y Sasa. Mi padre me compró un mono en el bazar. No un mono de verdad, sino de ésos que se inflan. Era marrón y llevaba una corbata de lazo.

—Creo que de niño yo también tuve uno de ésos.

—Mi padre me llevó a la Mezquita Azul, a la tumba de Hazrat Alí —dijo Sohrab—. Recuerdo que fuera del *masjid* había muchas palomas y que no tenían miedo de la gente. Iban directas a nosotros. Sasa me dio trocitos de *naan*, yo los lancé al suelo y en un momento estuve rodeado de palomas que picoteaban sin parar. Fue divertido.

—Debes de echar mucho de menos a tus padres —apunté. Me preguntaba si habría visto a los talibanes arrastrar a sus padres hasta la calle. Esperaba que no hubiese sido así.

—¿Echas tú de menos a tus padres? —inquirió, apoyando la mejilla en las rodillas y levantando la vista para mirarme.

—¿Si echo de menos a mis padres? Bueno..., a mi madre no la conocí. Mi padre murió hace unos años... y sí, lo echo de menos. A veces mucho.

—¿Te acuerdas de cómo era?

Pensé en el cuello grueso de Baba, en sus ojos negros, en su indomable cabello castaño. Sentarme en su regazo era como estar sentado sobre un par de troncos.

—Sí, me acuerdo de cómo era —respondí—. También me acuerdo de su olor.

—Yo empiezo a olvidarme de sus caras. ¿Es malo eso?

—No. Es lo que pasa con el tiempo. —De pronto recordé algo. Busqué en el bolsillo interior de la chaqueta y saqué la foto en la que aparecían Hassan y Sohrab—. Mira —le dije.

Se acercó la fotografía a un centímetro de la cara y la giró para que le diera la luz de la mezquita. La observó durante mucho rato. Pensé que estallaría en llanto, pero no lo hizo. Se limitó a sostenerla con las dos manos, a recorrer su superficie con el dedo pulgar. Pensé en una frase que había leído en alguna parte, o que tal vez había oído mencionar a alguien: en Afganistán hay muchos niños, pero poca infancia. Tendió la mano para devolvérmela.

—Quédatela. Es tuya.

—Gracias. —Miró de nuevo la fotografía y se la guardó en el bolsillo del chaleco. Entonces entró en el aparcamiento un carro tirado por un caballo que llevaba unas tintineantes campanillas al cuello—. Últimamente he estado pensando mucho en mezquitas —dijo Sohrab.

—¿Sí? ¿Y en qué de ellas?

Se encogió de hombros.

—Sólo pensando en ellas. —Levantó la cara y me miró directamente. Estaba llorando, tranquilamente, en silencio—. ¿Puedo preguntarte una cosa, Amir *agha*?

—Por supuesto.

—¿Me llevará Dios...? —empezó, y se atragantó un poco—. ¿Me llevará Dios al infierno por lo que le hice a aquel hombre?

Intenté abrazarlo y se estremeció. Me retiré.

—*Nay*. Por supuesto que no —respondí.

Tenía ganas de sentirlo cerca, de abrazarlo, de decirle que era el mundo el que no había sido bueno con él, y no al contrario.

Esbozó una mueca y luchó por conservar la compostura.

—Mi padre decía que hacer daño a la gente está mal, aunque sea mala gente. Porque no saben hacerlo mejor y porque la mala gente a veces acaba siendo buena.

—No siempre, Sohrab. —Me lanzó una mirada inquisitiva—. Yo conocía desde hace mucho tiempo al hombre que te hizo daño —le conté—. Supongo que te lo imaginarías, por la conversación que mantuvimos. Él... él intentó hacerme daño en una ocasión cuando yo tenía tu edad, pero tu padre me salvó. Tu padre era muy valiente, siempre me salvaba de las situaciones peligrosas, siempre daba la cara por mí. Y hubo un día en que un niño malo le hizo daño a tu padre, de una manera muy mala, y yo... yo no pude salvar a tu padre como él me había salvado a mí.

—¿Por qué la gente quería hacerle daño a mi padre? —me preguntó Sohrab con vocecilla jadeante—. Él nunca fue malo con nadie.

—Tienes razón. Tu padre fue un hombre bueno. Pero lo que intento explicarte, Sohrab *jan*, es que en este mundo hay gente mala, y hay personas malas que nunca dejan de serlo. Y a veces no queda más remedio que enfrentarse a ellas. Lo que tú le hiciste a aquel hombre es lo que yo debería haberle hecho hace muchos años. Le diste su merecido, y aún se merecía más.

—¿Crees que mi padre se siente defraudado por mí?

—Sé que no —le aseguré—. Me salvaste la vida en Kabul. Sé que se siente muy orgulloso de ti por eso.

Se secó la cara con la manga de la camisa, haciendo estallar una burbuja de saliva que se le había formado entre los labios. Se tapó el rostro con las manos y lloró durante un buen rato antes de volver a hablar.

—Echo de menos a mi padre, y a mi madre también —gimió—. Y echo de menos a Sasa y a Rahim Kan Sahib. Aunque a veces me alegro de que no..., de que ya no estén aquí.

—¿Por qué? —Le acaricié el hombro. Se retiró.

—Porque... —empezó, jadeando y respirando con dificultad entre sollozos—, porque no quiero que me vean... Estoy muy sucio... —Inspiró hondo y soltó todo el aire en forma de un llanto prolongado y desgarrador—. Estoy sucio y lleno de pecado.

—Tú no estás sucio, Sohrab.

—Esos hombres...

—Tú no estás sucio en absoluto.

—... hicieron cosas... El hombre malo y los otros dos... hicieron cosas..., me hicieron cosas.

—Tú no estás sucio ni lleno de pecado. —Volví a acariciarle el brazo y se retiró de nuevo. Intenté cogerlo otra vez, delicadamente, y atraerlo hacia mí—. No te haré daño —susurré—. Te lo prometo.

Se resistió un poco. Fue soltándose. Dejó que lo atrajera hacia mí y descansó su cabeza sobre mi pecho. Su cuerpecito se convulsionaba entre mis brazos a cada sollozo que daba.

Entre las personas que se crían de un mismo pecho existen lazos de hermandad. En aquellos momentos, mientras el dolor del niño me empapaba la camisa, vi que esos lazos habían surgido también entre nosotros. Lo que había sucedido en aquella habitación con Assef nos había unido de manera irremediable.

Durante días había estado buscando el momento adecuado para preguntar. La pregunta llevaba tiempo dándome vueltas en la cabeza, impidiéndome dormir. Decidí que aquél era el momento, allí, con las luces de la casa de Dios reflejándose sobre nosotros.

—¿Te gustaría ir a vivir a América conmigo y con mi mujer?

No respondió. Siguió sollozando en mi camisa y dejé que continuara haciéndolo.

Durante una semana ninguno de los dos hizo ningún comentario sobre mi proposición, como si la pregunta jamás hubiese sido formulada. Un día, Sohrab y yo tomamos un taxi para ir al mirador de Daman-e-Koh, que se encuentra en la ladera de las montañas Margalla y desde el cual se disfruta de una vista panorámica de Islamabad, con sus filas de avenidas limpias y flanqueadas por árboles y casas blancas. El conductor nos explicó que desde allí se podía ver el palacio presidencial.

—Si ha llovido y la atmósfera está limpia, se ve incluso Rawalpindi —dijo.

Veía sus ojos por el espejo retrovisor, saltando de Sohrab a mí, de mí a Sohrab. También veía mi cara reflejada. No estaba ya tan inflamada, pero había adquirido un tono amarillento debido al amplio surtido de moratones descoloridos.

Tomamos asiento en un banco que había a la sombra de un gomero, en una zona de picnic. Era un día caluroso. El sol lucía en lo alto de un cielo azul topacio. En los bancos cercanos, las familias comían *samosas* y *pakoras*. En una radio sonaba una canción hindú que creí recordar de una película antigua, quizá *Pakeeza*. Los niños, muchos de ellos de la edad de Sohrab, corrían detrás de balones de fútbol, reían y gritaban. Pensé en el orfanato de Karteh-Seh y en la rata que se había escurrido entre mis pies en el despacho de Zaman. Sentí una opresión en el pecho provocada por el inesperado ataque de rabia que me sobrevino al pensar en cómo mis compatriotas estaban destruyendo su propio país.

—¿Qué pasa? —me preguntó Sohrab. Forcé una sonrisa y le dije que no tenía importancia.

Extendimos una de las toallas de baño del hotel sobre la mesa de picnic y jugamos al *panjpar*. Se estaba bien allí, acompañado por el hijo de mi hermanastro, jugando a las cartas, con el calor del sol acariciándome la nuca. Terminó la canción y empezó otra, una que no conocía.

—Mira —dijo Sohrab señalando el cielo con sus cartas. Levanté la cabeza y vi un halcón que trazaba círculos en el cielo infinito y despejado.

—No sabía que hubiese halcones en Islamabad —comenté.

—Yo tampoco —dijo él siguiendo con la mirada el vuelo circular del ave—. ¿Los hay donde vives tú?

—¿En San Francisco? Supongo que sí. Pero no puedo decir que haya visto muchos.

—Oh —dijo.

Yo esperaba que siguiese formulándome preguntas, pero jugó otra mano y luego me preguntó si podíamos comer ya. Abrí la bolsa de papel y le pasé su bocadillo de carne. Mi comida consistía en un tazón de batido de plátano y naranja (le había alquilado la batidora a la señora Fayyaz durante una semana). Sorbí con la ayuda de la pajita y se me llenó la boca del sabor dulce del batido de fruta. Se me derramó un poco por la comisura de los labios. Sohrab me dio una servilleta y observó cómo me secaba la boca con pequeños golpecitos. Le sonreí y él me devolvió la sonrisa.

—Tu padre y yo éramos hermanos —le confesé. Me salió así. Había querido decírselo la noche que estuvimos sentados junto a la mezquita, pero no lo hice. Tenía derecho a saberlo; yo ya no quería volver a ocultar nada más—. Hermanastros, en realidad. Teníamos el mismo padre.

Sohrab dejó de masticar. Abandonó también el bocadillo.

—Mi padre nunca me dijo que tuviera un hermano.

—Porque no lo sabía.

—¿Por qué no lo sabía?

—Nadie se lo reveló. Tampoco nadie me lo reveló a mí. Yo lo he descubierto hace muy poco.

Sohrab pestañeó. Como si estuviera viéndome, viéndome de verdad, por vez primera.

—¿Y por qué os lo ocultaron a mi padre y a ti?

—¿Sabes?, el otro día me hice exactamente la misma pregunta. Y hay una respuesta, aunque no es muy agradable. Digamos simplemente que no nos lo contaron porque se suponía que... tu padre y yo no debíamos haber sido hermanos.

—¿Porque él era hazara?

Obligué a mis ojos a permanecer fijos en el niño.

—Sí.

—Y tu padre... —empezó, con la mirada fija en el bocadillo— ¿os quería igual a ti y a mi padre?

Pensé en un día, mucho tiempo atrás, en el lago Ghargha, cuando Baba le dio unos golpecitos de felicitación a Hassan en la espalda porque su piedra había rebotado más veces que la mía sobre el agua. Vi a Baba en la habitación del hospital, cuando le retiraron a Hassan los vendajes de la boca.

—Creo que nos quería igual, pero de forma distinta.

—¿Se sentía avergonzado de mi padre?

—No. Creo que se sentía avergonzado de sí mismo.

Mordisqueó el bocadillo en silencio.

Aquella tarde nos fuimos a última hora, cansados del calor, pero cansados agradablemente. Durante el camino de regreso sentí sobre mí la mirada de Sohrab. Le pedí al taxista que se detuviese en alguna tienda donde vendiesen tarjetas para llamar por teléfono. Le di el dinero y una propina para que entrara a comprarme una.

Por la noche nos acostamos cada uno en nuestra cama y vimos un programa de debate en la televisión. En él aparecían dos *mullahs* con barba larga y entrecana y turbante blanco que respondían a las preguntas que les formulaban fieles de todas las partes del mundo. Uno que llamaba desde Finlandia, un tipo llamado Ayub, les preguntó si su hijo adolescente podía ir al infierno por llevar los pantalones tan bajos de cintura que se le veía la ropa interior.

—Una vez vi una fotografía de San Francisco —dijo Sohrab.

—¿De verdad?

—Se veía un puente de color rojo y un edificio con el tejado puntiagudo.

—Tendrías que ver las calles.

—¿Qué les pasa? —Me miraba mientras los dos *mullahs* que aparecían en la pantalla del televisor estaban consultando entre ellos la respuesta.

—Son tan empinadas que cuando las subes con el coche lo único que ves es la punta del capó y el cielo —dije.

—Eso da miedo —comentó. Se volvió hasta situarse de cara a mí y dar la espalda al televisor.

—Sólo es al principio. Luego te acostumbras —le aseguré.

—¿Nieva?

—No, pero tenemos mucha niebla. ¿Te acuerdas de ese puente rojo que viste?

—Sí.

—A veces, por las mañanas, la niebla es tan espesa que lo único que se ve asomar por ella es la punta de las dos torres.

—¡Oh! —exclamó con una sonrisa de asombro.

—¿Sohrab?

—Sí.

—¿Has pensado en lo que te pregunté?

La sonrisa se esfumó. Se tumbó boca arriba y entrelazó las manos por detrás de la cabeza. Los *mullahs* decidieron finalmente que el hijo de Ayub iría al infierno por llevar los pantalones de aquella manera. Afirmaron que así aparecía mencionado en el *Haddith*.

—Lo he pensado —dijo Sohrab.

—¿Y?

—Me da miedo.

—Sé que da un poco de miedo —dije, agarrándome a ese hilo de esperanza—. Pero aprenderás el inglés rápidamente y te acostumbrarás a...

—No me refiero a eso. Eso también me da miedo, pero...

—Pero ¿qué?

Se volvió hacia mí.

—¿Y si te cansas de mí? ¿Y si tu mujer no me quiere porque soy un...?

Me levanté con dificultad de la cama, recorrí el espacio que nos separaba y me senté a su lado.

—Nunca me cansaré de ti, Sohrab. Jamás. Te lo prometo. Eres mi sobrino, ¿lo recuerdas? Y Soraya *jan* es una mujer muy bondadosa. Confía en mí, te querrá. Eso también te lo prometo.

Tenté a la suerte. Tendí la mano para dársela. Se tensó un poco, pero permitió que se la cogiera.

—No quiero ir a otro orfanato —dijo.

—Jamás permitiré que eso ocurra. Te lo prometo. —Tomé su mano entre las mías—. Ven conmigo a casa.

Sus lágrimas empapaban la almohada. Estuvo mucho rato sin decir nada.

Entonces su mano me devolvió el apretón. Y asintió con la cabeza. Asintió.

Conseguí establecer la conferencia al cuarto intento. El teléfono sonó tres veces antes de que ella lo cogiera.

—¿Diga?

Eran las siete y media de la tarde en Islamabad, la misma hora de la mañana en California. Eso significaba que Soraya llevaba una hora levantada y que estaba preparándose para ir al colegio.

—Soy yo —dije. Me encontraba sentado en la cama, observando cómo dormía Sohrab.

—¡Amir! —casi gritó—. ¿Estás bien? ¿Dónde estás?

—Estoy en Pakistán.

—¿Por qué no has llamado antes? ¡Estoy enferma de *tashweesh*! Mi madre reza y hace *nazr* todos los días.

—Siento no haber llamado antes. Ahora estoy bien. —Le había dicho que estaría ausente una semana, dos como mucho. Y llevaba casi un mes fuera. Sonreí—. Y dile a Khala Jamila que deje de sacrificar corderos.

—¿A qué te refieres con eso de que «ahora estoy bien»? ¿Y qué le pasa a tu voz?

—No te preocupes ahora por eso. Estoy bien. De verdad. Soraya, tengo una historia que contarte, una historia que debería haberte contado hace mucho tiempo, pero primero debo decirte una cosa.

—¿Qué? —me preguntó, bajando el volumen de la voz a un tono más cauteloso.

—No volveré solo a casa. Me acompaña un niño. —Hice una pausa—. Quiero que lo adoptemos.

—¿Qué?

Miré el reloj.

—Me quedan cincuenta y siete minutos de esta estúpida tarjeta de teléfono y tengo muchas cosas que explicarte. Toma asiento. —Escuché el sonido de las patas de una silla que se arrastraba a toda prisa por el suelo de madera.

—Adelante —dijo.

Entonces hice lo que no había hecho en quince años de matrimonio: explicárselo todo a mi esposa. Todo. Me había imaginado en innumerables ocasiones aquel momento, lo había temido, pero a medida que hablaba, notaba que se aflojaba la tensión de mi pecho. Me imaginé que Soraya debió de sentir algo muy similar la noche de nuestro *khastegari*, cuando me contó la historia de su pasado.

Cuando terminé mi relato, ella estaba llorando.

—¿Qué piensas? —inquirí.

—No sé qué pensar, Amir. Me has contado tantas cosas a la vez...

—Soy consciente de ello.

Oí que se sonaba la nariz.

—Pero de una cosa estoy segura: tienes que traerlo a casa. Quiero que lo hagas.

—¿Estás segura? —le pregunté cerrando los ojos y sonriendo.

—¿Que si estoy segura? Amir, es tu *qaom*, tu familia, por lo tanto es también mi *qaom*. Por supuesto que estoy segura. No puedes abandonarlo en la calle. —Ahí se produjo una breve pausa—. ¿Cómo es?

Miré a Sohrab, que estaba dormido en la cama.

—Es dulce, en cierto sentido solemne.

—¿Qué culpa tiene él de todo esto? —dijo—. Deseo verlo, Amir. De verdad.

—¿Soraya?

—¿Sí?

—*Dostet darum*, te quiero.

—Yo también te quiero —replicó. Oí la sonrisa que acompañaba sus palabras—. Y ten cuidado.

—Lo tendré. Y una cosa más. No les digas a tus padres quién es. Si necesitan saberlo, será de mi boca.

—De acuerdo.

Y colgamos.

El césped del exterior de la embajada norteamericana en Islamabad estaba perfectamente cortado, salpicado por conjuntos circulares de flores y rodeado de arbustos bien podados. El edificio en sí era muy parecido a otros edificios de Islamabad: de una sola planta y de color blanco. Para llegar a él tuvimos que atravesar diversos controles militares y fui cacheado por tres oficiales de seguridad después de que los hierros que llevaba en las mandíbulas sonaran al pasar por los detectores de metal. Cuando por fin conseguimos alejarnos del calor del exterior, el aire acondicionado me golpeó en la cara como un jarro de agua helada. Le di mi nombre a la secretaria que se encontraba en recepción, una mujer rubia de cara enjuta de cincuenta y tantos años, y me sonrió. Llevaba una blusa de color beis y pantalones negros. Era la primera mujer que veía desde hacía semanas vestida con algo distinto a un burka o un *shalwar-kameez*. Buscó mi nombre en la lista de visitas concertadas mientras daba golpecitos en la mesa con la goma del extremo del lápiz. Encontró el nombre y me indicó que tomase asiento.

—¿Una limonada? —me preguntó.

—No, gracias —dije.

—¿Y su hijo?

—¿Perdón?

—Este caballero tan guapo —dijo sonriendo a Sohrab.

—Oh. Muy amable, gracias.

Sohrab y yo tomamos asiento en un sofá de piel negra que había enfrente del mostrador de recepción, junto a una bandera estadounidense. Sohrab cogió una revista de la mesita de centro con sobre de cristal. La hojeó sin prestar atención a las fotografías.

—¿Qué pasa? —me preguntó Sohrab.

—¿Perdón?

—Estás sonriendo.

—Estaba pensando en ti. —Me sonrió algo nervioso, cogió otra revista y acabó de hojearla en treinta segundos—. No tengas miedo —le dije, acariciándole un brazo—. Esta gente es amiga. Relájate. —Podría haberme aplicado el consejo a mí mismo, pues cambié varias veces de posición en el asiento y me desaté y até de nuevo los cordones de los zapatos.

La secretaria depositó en la mesita un vaso alto de limonada con hielo.

—Aquí está.

Sohrab sonrió tímidamente.

—Muchas gracias —dijo en inglés. Lo hizo con un acento muy marcado. Me había dicho que era lo único que sabía decir en inglés, eso y «Que tengas un buen día».

Ella se echó a reír.

—De nada. —Volvió a su mostrador taconeando.

—Que tengas un buen día —añadió Sohrab.

Raymond Andrews era un tipo bajito, calvo, de manos pequeñas y uñas perfectamente cuidadas. Lucía un anillo de casado en el dedo anular. Me estrechó la mano de forma breve y educada; fue como apretar un gorrión. «Ésas son las manos de las que dependen nuestros destinos», pensé mientras Sohrab y yo tomábamos asiento frente a su escritorio. Andrews tenía colgado a su espalda un póster de *Les Misérables* junto a un mapa topográfico de Estados Unidos. En el alféizar de la ventana tomaba el sol una maceta con tomates.

—¿Fuma? —me preguntó. Su profunda voz de barítono chocaba con lo pequeño de su estatura.

—No, gracias —respondí sin conceder importancia a cómo los ojos de Andrews miraban de soslayo a Sohrab o al hecho de que no me mirase al dirigirse a mí.

Abrió un cajón del escritorio y encendió un cigarrillo que sacó de un paquete medio vacío. Del mismo cajón sacó también un bote de crema. Se frotó las manos con ella sin apartar la mirada de la tomatera. El cigarrillo le colgaba de la comisura de los labios. Luego cerró el cajón, puso los codos sobre la mesa y resopló.

—¿Y bien? —dijo entrecerrando sus ojos grises por culpa del humo—. Cuénteme su historia.

Me sentía como Jean Valjean sentado frente a Javert. Me recordé a mí mismo que en aquellos momentos era ciudadano norteamericano, que ese tipo estaba de mi lado y que le pagaban para ayudar a personas como yo.

—Quiero adoptar a este niño y llevármelo a Estados Unidos conmigo —afirmé.

—Cuénteme su historia —repitió, retirando con el dedo índice del escritorio, perfectamente ordenado, una brizna de ceniza y depositándola en el cenicero.

Le expliqué la versión que había estado elaborando mentalmente desde que colgué el auricular después de hablar con Soraya. Me había desplazado hasta Afganistán para ir en busca del hijo de mi hermanastro. Lo había encontrado, en condiciones de malnutrición, consumiéndose en un orfanato. Había pagado una cantidad de dinero al director del orfanato para llevarme al niño y había viajado con él hasta Pakistán.

—¿Así que es usted medio tío del niño?

—Sí.

Miró la hora. Se inclinó y le dio la vuelta a la tomatera del alféizar.

—¿Conoce a alguien que pueda dar fe de ello?

—Sí, pero no sé dónde se encuentra en estos momentos.

Se volvió hacia mí y movió la cabeza. Intenté leer su expresión, pero me resultó imposible. Me pregunté si alguna vez habría jugado al póquer con aquellas manitas.

—Me imagino que los hierros que lleva en la mandíbula no son para ir a la última moda —dijo. Sohrab y yo estábamos metidos en un lío, y lo supe en aquel instante. Le conté que me habían atracado en Peshawar.

—Naturalmente —replicó, y tosió para aclararse la garganta—. ¿Es usted musulmán?

—Sí.

—¿Practicante?

—Sí.

La verdad era que no recordaba exactamente cuándo había sido la última vez que me había puesto de rodillas mirando al este para rezar mis oraciones. Entonces lo recordé: el día en que el doctor Amani le dio el diagnóstico a Baba. Aquel día me arrodillé en la alfombra de oración y recité algunos fragmentos de sura que había aprendido en el colegio.

—Eso siempre es de alguna ayuda, aunque no mucha —dijo rascándose un punto de la parte impoluta de su arenoso cabello.

—¿A qué se refiere? —le pregunté. Le di la mano a Sohrab y entrelacé sus dedos con los míos. Sohrab me miraba intranquilo; luego miró a Andrews.

—Existe una respuesta larga que estoy seguro de que acabaré dándole. ¿Quiere primero la corta?

—Supongo —dije.

Andrews aplastó el cigarrillo y apretó los labios.

—Déjela correr.

—¿Perdón?

—Su solicitud de adopción de este niño. Déjela correr. Es mi consejo.

—Recibido —dije—. Ahora tal vez pueda explicarme por qué.

—Eso significa que quiere escuchar la respuesta más larga —repuso con su inalterable tono de voz, sin reaccionar a mi cortante respuesta. Luego juntó las palmas de las manos como si estuviese a punto de arrodillarse ante la Virgen María—. Supongamos que la historia que acaba de contarme es cierta, aunque apostaría parte de mi jubilación a que es inventada o falta buena parte de ella. Pero eso no importa, créame. Usted está aquí, y él está aquí, eso es lo único que importa. Sin embargo, aun así, su petición se enfrenta a obstáculos muy relevantes, el menor de los cuales es que este niño no es huérfano.

—Por supuesto que lo es.

—No, legalmente no lo es.

—Sus padres fueron ejecutados en la calle. Los vecinos lo vieron —dije, alegrándome de que la conversación se estuviera desarrollando en inglés.

—¿Tiene certificados de defunción?

—¿Certificados de defunción? Estamos hablando de Afganistán. La mayoría de la gente no tiene ni tan siquiera certificado de nacimiento.

Sus ojos vidriosos apenas pestañearon.

—No soy yo quien redacta las leyes, señor. A pesar de la atrocidad, sigue siendo necesario que pruebe que los padres han muerto. El niño debe ser declarado legalmente huérfano.

—Pero...

—Quería escuchar la respuesta larga y es la que estoy ofreciéndole. El siguiente problema es que necesita la cooperación del país de origen del niño, algo difícil de conseguir actualmente incluso bajo las mejores circunstancias, ya que estamos hablando de Afganistán. En Kabul no disponemos de embajada norteamericana. Lo que pone las cosas extremadamente complicadas. Por no decir imposibles.

—¿Qué me está diciendo? ¿Qué debería dejarlo abandonado en la calle?

—Yo no he dicho eso.

—Han abusado sexualmente de él —añadí, pensando en las campanillas que sonaban en los tobillos de Sohrab, en sus ojos pintados.

—Siento mucho lo que me cuenta —dijo la boca de Andrews. Sin embargo, por su manera de mirarme, podríamos haber estado charlando tranquilamente del tiempo—. Pero no por ello va a conseguir que el INS emita un visado para este jovencito.

—¿Qué me está diciendo?

—Estoy diciéndole que si quiere ayudar a su país, mande dinero a una organización de reputación probada. Ofrézcase como voluntario en un campamento de refugiados. Pero en estos momentos no recomendamos a los ciudadanos de Estados Unidos que intenten adoptar niños afganos.

Me puse en pie.

—Vámonos, Sohrab —dije en farsi. Sohrab se deslizó a mi lado y apoyó la cabeza en mi cadera. Recordé la fotografía en la que aparecía junto a Hassan en la misma postura—. ¿Puedo preguntarle una cosa, señor Andrews?

—Sí.

—¿Tiene hijos? —Pestañeó por vez primera—. ¿Los tiene? Es una pregunta fácil. —Permaneció en silencio—. Lo sabía —dije dándole la mano a Sohrab—. Deberían poner en su puesto a alguien que supiese lo que es desear un hijo. —Me volví para marcharme, Sohrab tiraba de mí.

—¿Puedo yo hacerle una pregunta a usted? —gritó Andrews.

—Adelante.

—¿Le ha prometido a este niño que se lo llevaría con él?

—¿Y qué si lo he hecho?

Sacudió la cabeza.

—Prometer cosas a los niños es un asunto muy peligroso. —Suspiró y volvió a abrir el cajón del escritorio—. ¿Piensa seguir intentándolo? —dijo revolviendo entre los papeles.

—Pienso seguir intentándolo.

Sacó del cajón una tarjeta de visita.

—Entonces le aconsejo que busque a un buen abogado de inmigración. Omar Faisal trabaja aquí, en Islamabad. Dígale que va de mi parte.

Cogí la tarjeta.

—Gracias —murmuré.

—Buena suerte —dijo.

Miré por encima del hombro antes de salir de la estancia. Andrews miraba ausente por la ventana. Estaba de pie en un rectángulo delimitado por la luz del sol, girando la tomatera, acariciándola con cariño.

—Hasta otra —dijo la secretaria cuando pasamos junto a su mesa.

—Su jefe podría aprender modales —repliqué.

Esperaba que levantase la vista, tal vez que asintiera diciendo algo así como «Lo sé, todo el mundo lo dice». En cambio, lo que hizo fue bajar el tono de voz y comentar:

—Pobre Ray. No ha vuelto a ser el mismo desde que murió su hija. —Arqueé una ceja—. Se suicidó —añadió en un susurro.

Durante el camino de regreso al hotel en taxi, Sohrab recostó la cabeza en la ventanilla y fijó la mirada en los edificios que desfilaban delante de nosotros entre hileras de gomeros. Su respiración empañaba el cristal, desaparecía el vaho y volvía a empañarlo. Esperaba que me preguntase acerca de la reunión, pero no lo hizo.

La puerta del baño estaba cerrada y se oía correr el agua. Desde el día en que llegamos al hotel, Sohrab se daba todas las noches un largo baño antes de acostarse. En Kabul el agua caliente se había convertido, como los padres, en un bien escaso. Sohrab se pasaba todas las noches casi una hora en el baño, hasta que se le arrugaba la piel en el agua jabonosa. Me senté al borde de la cama y llamé a Soraya. Mientras, observaba la fina línea de luz que se perfilaba por debajo de la puerta del baño. «¿Aún no estás lo bastante limpio, Sohrab?», pensé.

Le comuniqué a Soraya lo que Raymond Andrews me había dicho.

—¿Qué piensas tú? —le pregunté.

—Debemos pensar que se equivoca.

Me explicó que había contactado con diversas agencias que se ocupaban de adopciones internacionales. Aún no había encontrado ninguna que se ocupara de adopciones de niños afganos, pero seguía buscando.

—¿Cómo se han tomado la noticia tus padres?

—*Madar* se siente feliz por nosotros. Ya sabes lo que siente por ti, Amir, nada de lo que hagas estará mal hecho para ella. *Padar*..., bueno, como de costumbre, resulta un poco difícil adivinar sus pensamientos. Dice poca cosa.

—¿Y tú? ¿Te sientes feliz?

Oí que cambiaba el auricular de mano.

—Creo que será bueno para tu sobrino, y que tal vez ese pequeño sea también bueno para nosotros.

—Yo opino lo mismo.

—Sé que tal vez te parezca una locura, pero sin darme cuenta estoy pensando en cuál será su *qurma* favorito, su asignatura favorita en el colegio... Ya me imagino ayudándolo con los deberes... —Se echó a reír. El agua había parado en el baño. Oía que Sohrab se movía en la bañera, y el ruido del agua que salpicaba por los lados.

—Serás una madre estupenda —dije.

—¡Oh, casi me olvidaba! He llamado a Kaka Sharif.

Lo recordaba recitando un poema escrito en un trozo de papel de carta del hotel con motivo de nuestro *nika*. Fue su hijo quien sostuvo el Corán sobre nuestras cabezas mientras nos dirigíamos al escenario, sonriendo a las cámaras.

—¿Qué te ha dicho?

—Moverá el asunto por nosotros. Hablará con algunos de sus colegas del INS —dijo.

—Eso son buenas noticias. Tengo ganas de que veas a Sohrab.

—Y yo tengo ganas de verte a ti.

Colgué sonriendo.

Sohrab salió del baño unos minutos más tarde. Después de la reunión con Raymond Andrews apenas había pronunciado una docena de palabras, y mis intentos por iniciar cualquier conversación habían tropezado con meros movimientos de cabeza o respuestas monosilábicas. Saltó a la cama y se subió las sábanas hasta la barbilla. En cuestión de minutos estaba roncando.

Desempañé un trozo de espejo con la mano y me afeité con una de las anticuadas maquinillas del hotel, de las que se abrían para introducir la cuchilla. Entonces fui yo quien se dio un baño, quien permaneció allí hasta que el agua humeante se enfrió y se me quedó la piel arrugada. Permanecí allí dejándome llevar, preguntándome, imaginando...

Omar Faisal era gordinflón, moreno, se le formaban hoyuelos en las mejillas, tenía los ojos negros como el carbón, una sonrisa afable y huecos entre los dientes. Su melena canosa empezaba a clarear y llevaba el pelo recogido en una cola de caballo. Iba vestido con un traje de pana marrón, con coderas de piel, y usaba un maletín viejo y sobrecargado. Como le faltaba el asa, lo abrazaba contra su pecho. Era de ese tipo de personas que empiezan muchas de sus frases con una risa y una disculpa innecesaria, como «Lo siento, estaré allí a las cinco». Risa. Le llamé e insistió en ser él quien se acercase a vernos.

—Lo siento, los taxistas de esta ciudad son como tiburones —dijo en un inglés perfecto, sin pizca de acento—. Huelen de lejos a los extranjeros y triplican sus tarifas.

Empujó la puerta, todo sonrisas y disculpas, algo jadeante y sudoroso. Se secó la frente con un pañuelo y abrió el maletín, hurgó en su interior en busca de una libreta y se disculpó por las hojas de papel que habían ido a parar sobre la cama. Sohrab, sentado en su cama con las piernas cruzadas, tenía un ojo en el televisor sin volumen y el otro en el atribulado abogado. Por la mañana le había explicado que Faisal iría a visitarnos, y había hecho un movimiento afirmativo con la cabeza; había estado a punto de preguntar algo, pero había seguido viendo un programa con animales que hablaban.

—Bueno, veamos... —dijo Faisal abriendo el cuaderno de color amarillo—. Espero que mis hijos salgan a su madre por lo que a la organización se refiere. Lo siento, seguramente no es lo que le gustaría oír en boca de su hipotético abogado, ¿verdad? —Rió.

—Bueno, Raymond Andrews lo tiene en gran consideración.

—El señor Andrews... Sí, sí. Un tipo decente. De hecho, me llamó y me habló de usted.

—¿Sí?

—Sí.

—Así que conoce mi situación...

Faisal acarició ligeramente las gotas de sudor que aparecían sobre sus labios.

—Conozco la versión de la situación que usted le dio al señor Andrews —dijo. Sonrió tímidamente y se le formaron hoyuelos en las mejillas. Se volvió hacia Sohrab—. Éste debe ser el jovencito que tantos problemas está causando —dijo en farsi.

—Es Sohrab —dije—. Sohrab, éste es el señor Faisal, el abogado del que te he hablado.

Sohrab se deslizó por el borde de la cama y le estrechó la mano a Omar Faisal.

—*Salaam alaykum* —dijo en voz baja.

—*Alaykum salaam*, Sohrab —dijo Faisal—. ¿Sabes que llevas el nombre de un gran guerrero?

Sohrab asintió con la cabeza. Se encaramó de nuevo a la cama y se tendió de lado para ver la televisión.

—No sabía que hablaba tan bien el farsi —dije en inglés—. ¿Se crió usted en Kabul?

—No, nací en Karachi. Pero viví varios años en Kabul. En Shar-e-Nau, cerca de la mezquita de Haji Yaghoub —dijo Faisal—. Sin embargo, me crié en Berkeley. Mi padre abrió allí una tienda de música a finales de los sesenta. Amor libre, cintas en el pelo, camisetas desteñidas, ya sabe. —Se inclinó hacia delante—. Estuve en Woodstock.

—Estupendo —repliqué, y Faisal se echó a reír con tanta fuerza que empezó a empaparse de nuevo en sudor—. Sea como fuere —continué—, lo que le conté al señor Andrews fue prácticamente todo, exceptuando un par de cosas. O tal vez tres. Le daré la versión sin censura.

Se lamió un dedo y pasó las hojas hasta dar con una en blanco. Destapó el bolígrafo.

—Se lo agradecería, Amir. ¿Y por qué no seguimos en inglés a partir de ahora?

—De acuerdo.

Le expliqué todo lo sucedido. Mi reunión con Rahim Kan, el viaje a Kabul, el orfanato, la lapidación en el estadio Ghazi.

—Dios —musitó—. Lo siento, tengo recuerdos muy buenos de Kabul. Me resulta difícil creer que sea el mismo lugar que está usted describiéndome.

—¿Ha estado allí últimamente?

—No.

—No es Berkeley, se lo aseguro —dije.

—Continúe.

Le expliqué el resto, la reunión con Assef, la pelea, Sohrab y el tirachinas, nuestra huida a Pakistán. Cuando terminé, garabateó unas notas, respiró hondo y me miró muy serio.

—Bueno, Amir, le queda por delante una batalla muy dura que librar.

—¿Una batalla que puedo ganar?

Tapó el bolígrafo.

—Aun corriendo el riesgo de recordarle a Raymond Andrews, es poco probable. No imposible, pero muy poco probable. —La sonrisa afable había desaparecido, igual que su mirada juguetona.

—Pero los niños como Sohrab son los que más necesitan un hogar —dije—. Todas esas reglas y normativas no tienen para mí ningún sentido...

—Eso, Amir, no tiene que decírmelo a mí... Pero la realidad es que, teniendo en cuenta las leyes de inmigración vigentes, las directrices de las agencias de adopción y la situación política que vive Afganistán, tiene toda las cartas en su contra.

—No lo entiendo —repliqué. Deseaba poder golpear cualquier cosa—. Quiero decir que sí que lo entiendo, pero no lo entiendo.

Omar asintió, arrugando la frente.

—Bueno, así es. Cuando vivimos las secuelas de un desastre, sea natural o producido por el hombre, y los talibanes son un desastre, créame, Amir, siempre resulta complicado demostrar que un niño es huérfano. Los niños se pierden en campos de refugiados, o simplemente los abandonan sus padres porque no pueden cuidarlos. Sucede siempre. Por lo tanto, el INS no le otorgará un visado a menos que quede clara la situación legal del niño. Lo siento. Sé que suena ridículo, pero necesita certificados de defunción.

—Usted ha estado en Afganistán —dije—. Sabe lo improbable que es conseguirlos.

—Lo sé. Pero supongamos que quede demostrado que el niño no tiene ni padre ni madre. Incluso en ese caso el INS considera que lo mejor es que el niño se quede con alguien de su propio país para de ese modo preservar su legado.

—¿Qué legado? Los talibanes han destruido cualquier legado que los afganos pudieran tener. Ya ve lo que hicieron con los Budas gigantes de Bamiyan.

—Lo siento, Amir, yo simplemente le explico cómo funciona el INS —dijo Omar tocándome el brazo. Miró de reojo a Sohrab, sonrió y se volvió hacia mí—. Los niños deben ser adoptados según las leyes de su país de origen, y cuando se trata de un país con desórdenes, digamos un país como Afganistán, los despachos gubernamentales están excesivamente ocupados con otros asuntos de urgencia y a los procesos de adopción se les presta escasa atención. —Suspiré y me froté los ojos. Detrás de ellos estaba iniciándose una cefalea pulsante—. Pero supongamos que Afganistán recupera la normalidad —continuó Omar, cruzando los brazos sobre su sobresaliente barriga—. Aun así, seguirían sin permitir esta adopción. De hecho, incluso en las naciones musulmanas más moderadas existen problemas porque en muchos de esos países la ley islámica, la *Shari'a*, no permite la adopción... Y el régimen talibán no es lo que podríamos calificar de moderado.

—¿Está diciéndome que me dé por vencido? —le pregunté, llevándome una mano a la frente.

—Yo me eduqué en Estados Unidos, Amir. Si América me enseñó alguna cosa es que darse por vencido es más o menos lo mismo que mearse en la jarra de la limonada de las Girl Scouts. Pero como abogado suyo me veo obligado a exponerle los hechos —dijo—. Finalmente, las agencias de adopción envían a su personal para evaluar el entorno del niño, y ninguna agencia con la cabeza sobre los hombros enviaría a nadie a Afganistán.

Miré a Sohrab, que estaba sentado en la cama, viendo la televisión... y mirándonos a nosotros. Estaba sentado igual que su padre, con la barbilla apoyada en la rodilla.

—Soy medio tío suyo, ¿eso no cuenta?

—Lo haría si pudiese probarlo. Lo siento, ¿tiene documentos o alguien que pueda testificar por usted?

—No existen documentos —dije con voz agotada—. Nadie lo sabía. Sohrab no lo ha sabido hasta que yo se lo he contado. De hecho, yo mismo me he enterado hace muy poco. La única persona que puede testificarlo se ha ido, tal vez haya muerto.

—Hummm.

—¿Qué opciones tengo, Omar?

—Le seré sincero. No tiene muchas.

—Dios, ¿y qué puedo hacer?

Omar inspiró hondo, se dio unos golpecitos en la barbilla con el bolígrafo y soltó el aire.

—Podría realizar una solicitud de adopción y confiar en la suerte. Podría intentar una adopción por su cuenta. Eso significa que tendría que vivir con Sohrab en Pakistán durante los dos próximos años. Podría solicitar asilo en su nombre. Se trata de un proceso muy largo: debería usted probar que es un perseguido político. Podría solicitar un visado humanitario. Los otorga el Fiscal General y no se conceden fácilmente. —Hizo una pausa—. Existe otra opción, tal vez su mejor posibilidad.

—¿Cuál? —inquirí inclinándome hacia él.

—Podría dejarlo en un orfanato de aquí y luego llevar a cabo la solicitud de un huérfano. Iniciar el proceso del formulario I-600 mientras él permanece en un lugar seguro.

—¿Y eso qué es?

—El I-600 es una formalidad del INS. El estudio del hogar lo lleva a cabo la agencia de adopción que usted elija —dijo Omar—. Ya sabe, es para asegurarse de que usted y su esposa no están locos de atar.

—No quiero hacer eso —repliqué mirando de nuevo a Sohrab—. Le he prometido que no volvería a enviarlo a ningún orfanato.

—Como acabo de decirle, puede que sea su mejor posibilidad.

Estuvimos hablando un rato más. Luego lo acompañé hasta su coche, un viejo escarabajo. El sol comenzaba a ponerse en Islamabad, un halo rojo que llameaba en el oeste. Omar logró colocarse airosamente detrás del volante y el coche se hundió bajo su peso. Bajó la ventanilla.

—Amir.

—Sí.

—Quería decirle una cosa... Creo que lo que usted intenta hacer es grandioso.

Se despidió con la mano al alejarse. En el exterior del hotel, mientras le devolvía el saludo con la mano, deseé que Soraya pudiese estar allí junto a mí.

Cuando volví a la habitación, Sohrab había apagado el televisor. Me senté en mi cama y le pedí que se sentase a mi lado.

—El señor Faisal cree que hay una manera de que pueda llevarte a América conmigo —le dije.

—¿Sí? —repuso Sohrab, que por primera vez sonreía débilmente en varios días—. ¿Cuándo podemos irnos?

—Bueno, ése es el tema. Puede que nos cueste un tiempo. Pero ha dicho que es posible y que nos ayudará.

Le puse la mano en la nuca. En el exterior, la llamada a la oración resonaba en las calles.

—¿Cuánto tiempo? —me preguntó Sohrab.

—No lo sé. Un poco.

Sohrab se encogió de hombros y sonrió, una sonrisa más ancha aquella vez.

—No me importa. Puedo esperar. Es como las manzanas verdes.

—¿Las manzanas verdes?

—Una vez, cuando era muy pequeño, trepé a un árbol y comí unas manzanas que aún estaban verdes. Se me hinchó el estómago y se me puso duro como un tambor. Mi madre me dijo que si hubiese esperado a que madurasen, no me habrían sentado mal. Así que ahora, cuando quiero algo de verdad, intento recordar lo que ella me dijo sobre las manzanas.

—Manzanas verdes —dije—. *Mashallah*, eres el pequeñajo más listo que he conocido en mi vida, Sohrab *jan*. —Se sonrojó hasta las orejas.

—¿Me llevarás a ese puente rojo? ¿El de la niebla?

—Por supuesto. Por supuesto.

—¿Iremos en coche por esas calles en las que lo único que se ve es la punta del capó del coche y el cielo?

—Por todas y cada una de ellas —dije. Se me llenaron los ojos de lágrimas y pestañeé para librarme de ellas.

—¿Es difícil aprender el inglés?

—Yo diría que en un año lo hablarás tan bien como el farsi.

—¿De verdad?

—Sí. —Le puse un dedo debajo de la barbilla y le obligué a volver la cara hacia mí—. Hay otra cosa, Sohrab.

—¿Qué?

—El señor Faisal cree que sería de gran ayuda si pudiésemos..., si pudiésemos pedirte que pasaras una temporada en un hogar para niños.

—¿Un hogar para niños? —dijo, y la sonrisa se desvaneció—. ¿Te refieres a un orfanato?

—Sería sólo por poco tiempo.

—No. No, por favor.

—Sohrab, sería sólo por poco tiempo. Te lo prometo.

—Me prometiste que nunca me llevarías a un lugar de esos, Amir *agha* —dijo. Se le partía la voz y sus ojos se inundaron de lágrimas. Yo me sentía un mierda.

—Esto es distinto. Sería aquí, en Islamabad, no en Kabul. Y yo te visitaría todo el tiempo hasta que pudiéramos sacarte de allí y llevarte a América.

—¡Por favor! ¡No, por favor! —gimió—. Me dan miedo esos lugares. ¡Me harán daño! No quiero ir.

—Nadie te hará daño. Nunca más.

—¡Sí que lo harán! Siempre dicen que no lo harán, pero mienten. ¡Mienten! ¡Por favor, Dios!

Le sequé con el dedo pulgar la lágrima que le rodaba mejilla abajo.

—Manzanas verdes, ¿lo recuerdas? Es como lo de las manzanas verdes —le dije para calmarlo.

—No, no lo es. Ese lugar no. Dios, oh, Dios. ¡No, por favor!
—Estaba temblando, en su cara se confundían los mocos y las lágrimas.

—Shhh. —Lo acerqué a mí y abracé su cuerpecito tembloroso—. Shhh. No pasará nada. Volveremos juntos a casa. Ya lo verás, no pasará nada.

Su voz quedó amortiguada en mi pecho, pero me di cuenta del pánico que ocultaba.

—¡Por favor, prométeme que no lo harás! ¡Oh, Dios, Amir *agha*! ¡Prométeme que no lo harás, por favor!

¿Cómo podía prometérselo? Lo abracé contra mí, lo abracé con todas mis fuerzas, y lo acuné de un lado a otro. Lloró empapando mi camisa hasta que se le secaron las lágrimas, hasta que los temblores finalizaron y sus súplicas frenéticas quedaron reducidas a murmullos indescifrables. Esperé, lo acuné hasta que su respiración se tranquilizó y su cuerpo se relajó. Recordé algo que había leído en algún lugar hacía mucho tiempo: «Así es como los niños superan el terror. Caen dormidos.»

Lo acosté en su cama y lo tapé. Después yo me acosté en la mía de cara a la ventana, a través de la cual se veía el cielo violeta sobre Islamabad.

Cuando el teléfono me despertó de un sobresalto el cielo estaba completamente negro. Me froté los ojos y encendí la lámpara de la mesilla. Eran poco más de las diez y media de la noche; había dormido casi tres horas. Cogí el teléfono.

—¿Diga?

—Conferencia desde Estados Unidos —anunció la voz aburrida del señor Fayyaz.

—Gracias —dije.

La luz del baño estaba encendida; Sohrab estaba disfrutando de su baño nocturno. Un par de clics y luego la voz de Soraya.

—*Salaam!* —exclamó; parecía emocionada.

—Hola.

—¿Qué tal la reunión con el abogado?

Le conté lo que me había aconsejado Omar Faisal.

—Ya puedes ir olvidándote de todo eso —dijo—. No tenemos por qué hacerlo.

Me senté.

—*Rawsti?* ¿Por qué? ¿Qué sucede?

—He tenido noticias de Kaka Sharif. Me ha dicho que la clave está en introducir a Sohrab en el país. Una vez aquí, hay formas de evitar que lo expulsen. Así que ha hecho unas cuantas llamadas a sus amigos del INS. Me ha llamado hace poco y me ha dicho que está casi seguro de poder conseguir un visado humanitario para Sohrab.

—¿Bromeas? —repliqué—. ¡Gracias a Dios! ¡El bueno de Sharif *jan*!

—Nosotros tendremos que actuar como patrocinadores o algo así. Todo tendría que ir muy rápido. Me ha dicho que le concederían un visado de un año, tiempo suficiente para solicitar la adopción.

—¿De verdad, Soraya?

—Parece que sí —dijo.

La notaba feliz. Le dije que la quería y ella me dijo que también me quería. A continuación colgué.

—¡Sohrab! —grité saltando de la cama—. Tengo noticias estupendas. —Llamé a la puerta del baño—. ¡Sohrab! Soraya *jan* acaba de llamar desde California. No será necesario que vayas a un orfanato, Sohrab. Nos iremos a América, tú y yo. ¿Me has oído? ¡Nos vamos a América!

Abrí la puerta. Entré en el baño.

De pronto me encontré de rodillas, gritando. Gritando entre dientes. Gritando hasta que pensé que se me rompería la garganta y me estallaría el pecho.

Posteriormente me contaron que cuando llegó la ambulancia aún seguía gritando.

25

No me dejarán entrar.

Veo cómo pasa la camilla entre un par de puertas de vaivén y los sigo. Atravieso corriendo las puertas. El olor a yodo y a agua oxigenada me tumba: sólo tengo tiempo de ver a dos hombres con gorros de quirófano y a una mujer con una bata verde inclinados sobre una camilla. Por un lado cae una sábana blanca que acaricia las mugrientas baldosas. Por debajo de la sábana asoman un par de pequeños pies ensangrentados y veo que la uña del dedo gordo del pie izquierdo está partida. Luego aparece un hombre alto y corpulento vestido de azul que me pone la mano en el pecho y me echa a empujones; siento en la piel el tacto frío de su alianza. Arremeto empujando hacia delante y lo maldigo, pero me responde que no puedo estar allí. Lo dice en inglés, con voz educada pero firme. «Debe usted esperar», dice, conduciéndome de nuevo hacia la sala de espera; las puertas se cierran tras de él en un suspiro y lo único que veo a través de las estrechas ventanillas rectangulares que hay en ellas es la parte superior de los gorros de quirófano de los hombres.

Me abandona en un pasillo ancho y sin ventanas que está abarrotado de gente sentada en sillas metálicas plegables dispuestas a lo largo de las paredes; hay más personas sentadas sobre la fina alfombra deshilachada. Quiero volver a gritar, y recuerdo la última vez que me sentí de esta manera, cuando estuve con Baba en el interior de la cisterna del camión de gasolina, enterrado en la

351

oscuridad junto con los demás refugiados. Quiero alejarme de este lugar, de esta realidad, izarme como una nube y desaparecer flotando, fundirme con esta húmeda noche de verano y disolverme en algún lugar lejano, por encima de las montañas. Pero estoy aquí, mis piernas son como bloques de hormigón, mis pulmones están vacíos de aire, me arde la garganta. No puedo marcharme flotando. Esta noche no habrá otra realidad. Cierro los ojos y la nariz se inunda de los olores del pasillo, sudor y amoniaco, alcohol y curry. En el techo, las polillas se pegan a los tubos grises fluorescentes dispuestos a lo largo del pasillo y escucho el ruido de su aleteo, parecido al del crujir del papel. Oigo charlas, sollozos sordos, sorber de mocos, alguien que gime, otro que suspira, las puertas del ascensor que se abren con un «bing», la megafonía que busca a alguien llamándolo en urdu.

Abro de nuevo los ojos y sé lo que debo hacer. Miro a mi alrededor, el corazón me martillea el pecho y la sangre resuena en mis oídos. A mi izquierda hay un pequeño trastero oscuro. Allí encuentro lo que necesito. Funcionará. Cojo una sábana blanca del montón de ropa de cama doblada y me la llevo al pasillo. Veo a una enfermera que habla con un policía cerca de los baños. Agarro a la enfermera por un codo y tiro de ella, preguntándole dónde está el este. Ella no entiende nada, las arrugas de la cara se le pronuncian más cuando frunce el entrecejo. Me duele la garganta y me escuecen los ojos debido al sudor, cada vez que respiro es como si inhalase fuego y creo que estoy llorando. Vuelvo a preguntárselo. Se lo suplico. Es el policía quien me lo indica.

Arrojo al suelo mi *jai-namaz* casera, mi alfombra de oración, y me arrodillo, bajo la frente hasta abajo, mis lágrimas empapan la sábana. Estoy en dirección al oeste. Entonces recuerdo que llevo quince años sin rezar. Hace mucho que he olvidado las palabras. Pero no importa, murmuraré las pocas que todavía recuerdo: «*La illaha il Allah, Muhammad u rasul ullah.*» No existe otro Dios sino Alá, y Mahoma es su mensajero. En este momento me doy cuenta de que Baba estaba equivocado, de que Dios existe, de que siempre ha existido. Lo veo aquí, en los ojos de la gente de este pasillo de desesperación. Ésta es la verdadera casa de Dios, aquí es donde los que han perdido a Dios vuelven a encontrarlo, no en la *masjid* blanca, con sus resplandecientes luces en forma de diamantes y sus elevados minaretes. Dios existe, así tiene que ser, y voy a rezar, voy a rezar para que me perdone por haberlo olvidado durante todos estos años, para que me perdone por haber traicionado, mentido y pecado con impunidad, y por volver a Él sólo en los momentos de necesidad; rezo para que sea tan misericordioso, benevolente e indulgente como su libro dice que es. Me inclino hacia el oeste, beso el suelo y prometo que practicaré el *zakat*, el *namaz*, que ayunaré durante el ramadán y que seguiré ayunando después de que el ramadán haya pasado, me comprometo a memorizar hasta la última palabra de su libro sagrado y a peregrinar hasta aquella ciudad abrasadora en medio del desierto y a inclinarme delante de la Ka'ba. Haré todo eso y pensaré en Él a diario a partir de este instante si me concede un único deseo: mis manos están manchadas con la sangre de Hassan; rezo a Dios para que no permita que se manchen también con la sangre de su hijo.

Escucho un lloriqueo y me doy cuenta de que es el mío, de que las lágrimas que ruedan por mis mejillas me dejan los labios salados. Siento fijos en mí los ojos de todos los presentes en el pasillo y sigo inclinándome hacia el oeste. Rezo. Rezo para que mis pecados no se hayan apoderado de mí como siempre temí que lo hiciesen.

Sobre Islamabad se cierne una noche negra desprovista de estrellas. Han pasado unas horas y me encuentro sentado en el suelo de un minúsculo salón junto al pasillo que desemboca en el pabellón de urgencias. Delante de mí tengo una fea mesita de centro de color marrón atiborrada de periódicos y revistas sobadas: un ejemplar de *Time* fechado en abril de 1996; un periódico pakistaní donde aparece la cara de un niño que murió atropellado por un tren la semana anterior; una revista con fotografías de sonrientes actores de Lollywood en la portada a todo color. En una silla de ruedas, enfrente de mí, echando una cabezada, hay una mujer mayor vestida con un chal de ganchillo y *shalwar-kameez* de color verde jade. Se despierta de vez en cuando y murmura una oración en árabe. Me pregunto, agotado, cuáles serán las oraciones que se escucharán hoy, las suyas o las mías. Me imagino la cara de Sohrab, la protuberancia puntiaguda de su barbilla, sus orejitas en forma de concha, sus ojos rasgados como una hoja de bambú, tan parecidos a los de su padre. Me invade un pesar negro como la noche y siento una punzada en la garganta.

Necesito aire.

Me pongo en pie y abro las ventanas. El aire que entra es húmedo y caliente..., huele a dátiles demasiado maduros y a excrementos. Lo obligo a entrar en mis pulmones dando bocanadas, pero no consigo eliminar la punzada que siento en el pecho. Regreso al suelo. Cojo el ejemplar de *Time* y lo hojeo. Sin embargo, soy incapaz de leer, soy incapaz de concentrarme en nada. Así que vuelvo a dejarlo en la mesa y fijo la vista en el dibujo zigzagueante que forman las grietas en el suelo de cemento, en las telarañas que hay en los rincones del techo, en las moscas muertas que cubren el alféizar de la ventana. Sobre todo fijo la vista en el reloj de la pared. Son las cuatro de la mañana y llevo cerca de cinco horas encerrado en la habitación de las puertas de vaivén. Y aún no he tenido noticias.

Empiezo a sentir que el trozo de suelo que ocupo forma parte de mi cuerpo; mi respiración es cada vez más pesada, más lenta. Quiero dormir, cierro los ojos y apoyo la cabeza en ese suelo frío y sucio. Me dejo llevar. Tal vez cuando me despierte descubra que todo lo que he visto en el baño de la habitación formaba parte de un sueño: el agua del grifo goteando y cayendo con un «plinc» en el agua teñida de sangre; la mano izquierda colgando por un lado de la bañera; la maquinilla de afeitar empapada de sangre sobre la cisterna del inodoro... La misma maquinilla con la que yo me había afeitado el día anterior; y sus ojos, entreabiertos aún, pero sin brillo. Eso por encima de todo. Quiero olvidar los ojos.

Pronto llega el sueño y se apodera de mí. Sueño en cosas que cuando me despierto no puedo recordar.

Alguien me da golpecitos en un hombro. Abro los ojos. Un hombre está arrodillado a mi lado. Lleva un gorro igual que el de los hombres que había detrás de las puertas de vaivén; tiene la boca tapada por una mascarilla de papel... Se me encoge el corazón cuando veo una gota de sangre en la mascarilla. Lleva la fotografía de una niña de ojos lánguidos pegada en el busca. Se quita la mascarilla y me alegro de dejar de tener ante mis ojos la sangre de Sohrab. Su piel es oscura, del color del chocolate suizo que Hassan y yo comprábamos en el bazar de Shar-e-Nau; las mejillas son regordetas, el cabello empieza a clarearle, y sus ojos, de color avellana, están rematados por unas pestañas curvadas hacia arriba. Con acento británico me dice que es el doctor Nawaz, y de repente siento la necesidad de alejarme de él porque no creo que pueda soportar escuchar lo que ha venido a decirme. Dice que el niño se ha hecho unos cortes muy profundos y que ha perdido mucha sangre. Mi boca empieza a murmurar de nuevo esa oración:

«La illaha il Allah, Muhammad u rasul ullah.»

Han tenido que hacerle varias transfusiones...

«¿Cómo se lo explicaré a Soraya?»

Han tenido que reanimarlo dos veces...

«Haré el namaz, haré el zakat.»

Lo habrían perdido si su corazón no hubiese sido tan joven y tan fuerte...

«Ayunaré.»

Está vivo.

El doctor Nawaz sonríe. Necesito un momento para asimilar lo que acaba de decirme. Sigue hablando, pero no quiero escucharlo. Porque he cogido sus manos y me las he llevado a la cara. Lloro mi alivio en las manos pequeñas y carnosas de este desconocido y él ha dejado de hablar. Espera.

La unidad de cuidados intensivos tiene forma de L y está oscura; es un revoltijo de monitores que emiten sonidos y máquinas zumbantes. El doctor Nawaz va por delante de mí. Avanzamos entre dos filas de camas separadas por cortinas blancas de plástico. La cama de Sohrab es la última, la más cercana a la enfermería, donde dos mujeres con batas verdes anotan datos en pizarras y charlan en voz baja. Durante el silencioso trayecto que he realizado en el ascensor con el doctor Nawaz he pensado que me echaría de nuevo a llorar en cuanto viese a Sohrab. Pero me he quedado sin lágrimas y no afloran cuando me siento en la silla a los pies de su cama. Miro su cara blanca a través de la confusión de tubos de plástico brillantes y vías intravenosas. Me invade un entumecimiento especial cuando observo su pecho subir y bajar al ritmo de los silbidos del ventilador, el mismo que se debe sentir segundos después de evitar por los pelos un choque frontal con el coche.

Echo una cabezada y cuando me despierto veo, a través de la ventana que hay junto al puesto de enfermería, el sol en un cielo lechoso. La luz entra sesgada en la estancia y proyecta mi sombra hacia Sohrab. No se ha movido.

—Le iría bien dormir un poco —me dice una enfermera.

No la reconozco... El turno debe de haber cambiado mientras yo dormía. Me acompaña a otra sala, esta vez justo al lado de la UCI. Está vacía. Me da una almohada y una manta con el anagrama del hospital. Le doy las gracias y me tumbo sobre un sofá de vinilo que hay en un rincón de la sala. Caigo dormido casi al instante.

Sueño que estoy de nuevo en la sala de abajo. El doctor Nawaz entra y me pongo en pie para saludarlo. Se quita la mascarilla de papel. Sus manos son más blancas de lo que recordaba, lleva las uñas muy cuidadas, el cabello perfectamente peinado, y entonces veo que no se trata del doctor Nawaz, sino de Raymond Andrews, el hombrecillo de la embajada y la tomatera. Andrews inclina la cabeza. Cierra los ojos.

De día el hospital era un laberinto de pasillos que parecían hormigueros, un resplandor de fluorescentes blancos. Llegué a conocer todos los rincones, a saber que el botón de la cuarta planta del ascensor del ala este no funcionaba, que la puerta del lavabo de caballeros de ese mismo sector estaba atrancada y que para abrirla era necesario darle un empujón con el hombro. Llegué a saber que la vida del hospital tiene un ritmo propio: el frenesí de actividad que se produce justo antes del cambio de turno de la mañana, el bullicio de mediodía, la quietud y la tranquilidad de las altas horas de la noche sólo interrumpida ocasionalmente por una confusión de médicos y enfermeras afanados en reanimar a alguien. Durante el día velaba a Sohrab junto a su cama y por las noches deambulaba por los pasillos, escuchando el sonido de las suelas de mis zapatos al pisar las baldosas y pensando en lo que le diría a Sohrab cuando despertara. Siempre acababa regresando a la UCI, sentándome junto a su cama, escuchando el zumbido del ventilador, y sin tener la menor idea de qué le diría.

Después de tres días en la UCI le retiraron la respiración asistida y lo trasladaron a una cama de la planta baja. Yo no estuve presente durante el traslado. Aquella noche, precisamente, había ido al hotel a dormir un poco y estuve dando vueltas sin parar en la cama. Por la mañana intenté no mirar la bañera. Estaba limpia. Alguien había limpiado la sangre, colocado nuevas alfombras en el suelo y frotado las paredes. Pero no pude evitar sentarme en su frío borde de porcelana. Me imaginé a Sohrab llenándola de agua caliente. Lo vi desnudarse. Lo vi dándole la vuelta al mango de la maquinilla y abriendo los dobles pestillos de seguridad del cabezal, extrayendo la hoja, sujetándola entre el pulgar y el índice. Me lo imaginé entrando en el agua, tendido un momento en la bañera con los ojos cerrados. Me pregunté cuál habría sido su último pensamiento antes de levantar la hoja y llevarla hasta la muñeca.

Salía del vestíbulo cuando me tropecé con el director del hotel, el señor Fayyaz.

—Lo siento mucho por usted —dijo—, pero tengo que pedirle que abandone mi hotel, por favor. Esto es malo para mi negocio, muy malo.

Le dije que lo comprendía y pedí la factura. No me cobraron los tres días que había pasado en el hospital. Mientras esperaba un taxi en la puerta del hotel, pensé en lo que el señor Fayyaz me había dicho la tarde en que estuvimos buscando a Sohrab: «Lo que les ocurre a ustedes los afganos es que... Bueno, su gente es un poco temeraria.» En aquel mometo me reí de él, pero ahora me lo cuestionaba. ¿Cómo había sido capaz de quedarme dormido después de darle a Sohrab la noticia que él más temía?

Cuando entré en el taxi, le pregunté al chófer si conocía alguna librería donde tuvieran libros persas. Me dijo que había una a un par de kilómetros en dirección al sur. Nos detuvimos allí de camino al hospital.

La nueva habitación de Sohrab tenía las paredes de color crema descascarilladas, molduras gris oscuro y baldosas vidriadas que en su día debieron de ser blancas. Compartía la habitación con un adolescente del Punjab que, según me enteré posteriormente por las enfermeras, se había roto una pierna al caerse del techo del autobús en el que viajaba. Tenía la pierna escayolada, colocada en alto y sujeta por pinzas unidas mediante correas a diversos pesos.

La cama de Sohrab estaba junto a la ventana; su mitad inferior quedaba iluminada por la luz del sol de última hora de la mañana que entraba a través de los cristales rectangulares. Junto a la ventana había un guardia de seguridad uniformado mascando pipas de sandía tostadas... Sohrab se encontraba bajo vigilancia las veinticuatro horas del día por su intento de suicidio. Normas hospitalarias, según me había informado el doctor Nawaz. Al verme, el guardia se llevó la mano a la gorra a modo de saludo y abandonó la habitación.

Sohrab llevaba un pijama de manga corta del hospital y estaba tumbado boca arriba, con la sábana subida hasta el pecho y la cara vuelta hacia la ventana. Yo creía que estaba dormido, pero cuando arrastré una silla para colocarla junto a su cama, parpadeó y abrió los ojos. Me miró y apartó la vista. Estaba extremadamente pálido, a pesar de las transfusiones de sangre que le habían hecho. Donde el brazo derecho se doblaba tenía un cardenal enorme.

—¿Cómo estás? —le pregunté.

No respondió. Estaba mirando por la ventana un recinto de arena vallado y los columpios del jardín del hospital. Junto a esa zona de juego había una espaldera en forma de arco a la sombra de una hilera de hibiscos y unas cuantas parras de uva verde que se enredaban en una celosía de madera. En el recinto de arena había niños jugando con cubos y palas. El cielo estaba completamente azul, sin una nube, y pude ver un avión minúsculo que dejaba atrás una columna de humo blanco. Me volví hacia Sohrab.

—He hablado hace unos minutos con el doctor Nawaz y cree que podrá darte el alta en un par de días. Buenas noticias, *nay?*

De nuevo el silencio por respuesta. El chico con quien compartía la habitación se agitó en sueños y murmuró algo.

—Me gusta tu habitación —dije intentando no mirar las muñecas vendadas de Sohrab—. Es luminosa y tienes buena vista. —Silencio. Transcurrieron unos cuantos minutos más de incomodidad y noté que el sudor aparecía en mi frente y en el labio superior. Señalé el plato con *aush* de guisantes intacto que había sobre la mesilla y la cuchara de plástico sin utilizar—. Deberías intentar comer algo. Recuperar tu *quwat*, tus fuerzas. ¿Quieres que te ayude?

Me sostuvo la mirada y luego apartó la vista. Su expresión era imperturbable. El brillo de sus ojos seguía sin aparecer; tenía la mirada perdida, igual que cuando lo saqué de la bañera. Busqué en el interior de la bolsa de papel que tenía entre los pies y saqué de ella un ejemplar de segunda mano del *Shahnamah* que había comprado en la librería. Le mostré la cubierta.

—Esto es lo que le leía a tu padre cuando éramos pequeños. Subíamos a una colina que había detrás de la casa y nos sentábamos debajo del granado... —Me interrumpí. Sohrab estaba de nuevo mirando por la ventana. Me obligué a sonreír—. La historia favorita de tu padre era la de Rostam y Sohrab; de ahí viene tu nombre. Ya sé que lo sabes. —Hice una pausa; me sentía un poco tonto—. En su carta me decía que también era tu historia favorita, así que he pensado que podría leerte un trozo. ¿Te gustaría?

Sohrab cerró los ojos. Se los tapó con el brazo, con el del morado.

Hojeé el libro hasta dar con la página que había seleccionado en el taxi.

—Veamos —dije, preguntándome por vez primera qué pensamientos habrían pasado por la cabeza de Hassan cuando por fin pudo leer el *Shahnamah* por sus propios medios y descubrió que le había engañado tantas veces. Tosí para aclararme la garganta y empecé a leer—. «Presta atención al combate de Sohrab contra Rostam, a pesar de que es un cuento lleno de lágrimas —comencé—. Resultó que un día Rostam se levantó de su cama con la cabeza llena de presagios. Recordó que...» —Le leí el primer capítulo casi entero, hasta la parte en que el joven guerrero Sohrab se dirige a su madre, Tahmineh, princesa de Samengan, y le exige conocer la identidad de su padre. Cerré el libro—. ¿Quieres que continúe? Ahora vienen las batallas, ¿lo recuerdas? ¿La de Sohrab encabezando su ejército para asaltar el Castillo Blanco de Irán? ¿Sigo leyendo? —Él movió lentamente la cabeza de un lado a otro. Guardé de nuevo el libro en la bolsa de papel—. Está bien —repuse, animado al ver que al menos me había respondido—. Tal vez podamos continuar mañana. ¿Cómo te encuentras?

Sohrab abrió la boca y salió de ella un sonido ronco. El doctor Nawaz me había advertido que sucedería eso debido al tubo para respirar que le habían insertado entre las cuerdas vocales. Se humedeció los labios y volvió a intentarlo.

—Cansado.

—Lo sé. El doctor Nawaz dice que es normal...

Sacudía la cabeza de un lado a otro.

—¿Qué, Sohrab?

Cuando volvió a hablar con aquella voz ronca, en un tono apenas más alto que un suspiro, hizo una mueca de dolor.

—Cansado de todo.

Suspiré y me desplomé en la silla. Sobre la cama caía un rayo de sol y, por un instante, la cara de muñeca china de color gris ceniza que me miraba desde el otro lado fue la viva imagen de Hassan, no del Hassan con quien jugaba a las canicas hasta que el *mullah* anunciaba el *azan* de la noche y Alí nos llamaba para que entrásemos en casa, no del Hassan a quien yo perseguía colina abajo mientras el sol se escondía por el oeste detrás de los tejados de adobe, sino del Hassan que vi con vida por última vez, arrastrando sus pertenencias detrás de Alí bajo un cálido aguacero de verano y colocándolas en el maletero del coche de Baba mientras yo contemplaba la escena desde la ventana empapada de lluvia de mi habitación.

Movió lentamente la cabeza.

—Cansado de todo —repitió.

—¿Qué puedo hacer, Sohrab? Dímelo, por favor.

—Quiero... —empezó. Esbozó una nueva mueca de dolor y se llevó la mano a la garganta como si con ello pudiese hacer desaparecer lo que le bloqueaba la voz. Mis ojos se vieron arrastrados otra vez hacia una muñeca escondida bajo un aparatoso vendaje de gasas—. Quiero recuperar mi vieja vida —afirmó con un suspiro.

—Oh, Sohrab...

—Quiero a mi madre y a mi padre. Quiero a Sasa. Quiero jugar en el jardín con Rahim Kan Sahib. Quiero vivir otra vez en nuestra casa. —Se restregó los ojos con el brazo—. Quiero recuperar mi vieja vida.

Yo no sabía qué decir, dónde mirar, así que bajé la vista. «Tu vieja vida... —pensé—. Mi vieja vida también. Yo he jugado en el mismo jardín, Sohrab. He vivido en la misma casa. Pero la hierba está muerta y en el camino de acceso a nuestra casa hay aparcado un Jeep desconocido que deja manchas de aceite en el asfalto. Nuestra vieja vida se ha ido, Sohrab, y todos los que en ella habitaban han muerto o están muriendo. Ahora sólo quedamos tú y yo. Sólo tú y yo.»

—Eso no puedo dártelo —dije.

—Ojala no hubieses...

—No digas eso, por favor.

—Ojalá no hubieses..., ojalá me hubieses dejado en el agua.

—No digas eso nunca más, Sohrab —le exigí inclinándome hacia él—. No puedo soportar oírte hablar así. —Le rocé el hombro y se estremeció. Se apartó. Alejé la mano, recordando con pesar cómo los últimos días antes de que yo rompiese mi promesa se había familiarizado por fin a mis caricias—. Sohrab, no puedo devolverte tu vieja vida, ojalá Dios pudiera. Pero puedo llevarte conmigo. Eso era lo que iba a decirte cuando entré en el baño. Conseguiremos un visado para ir a Estados Unidos, para vivir conmigo y con mi esposa. Es verdad. Te lo prometo.

Resopló por la nariz y cerró los ojos. Deseaba no haber pronunciado la última frase.

—¿Sabes?, en mi vida he hecho muchas cosas de las que me arrepiento —dije—, y tal vez no haya otra de la que me arrepienta más que de no haber cumplido la promesa que te hice. Pero eso jamás volverá a ocurrir y lo siento con todo mi corazón. Te pido tu *bakhshesh*, tu perdón. ¿Puedes dármelo? ¿Puedes perdonarme? ¿Puedes creerme? —Bajé el tono de voz—. ¿Vendrás conmigo?

Mientras esperaba su respuesta, mi cabeza regresó un instante a un día de invierno muy antiguo, cuando Hassan y yo nos sentamos en la nieve bajo un cerezo sin hojas. Aquel día le hice una jugarreta cruel a Hassan, le pedí que comiera tierra para que me demostrara su fidelidad. Sin embargo, ahora era yo quien se encontraba bajo el microscopio, quien tenía que demostrar su valía. Me lo tenía merecido.

Sohrab se giró, dándome la espalda. No dijo nada durante mucho rato. Entonces, cuando ya pensaba que se había quedado dormido, emitió un gemido:

—Estoy muy *khasta*, muy cansado.

Seguí sentado junto a la cama hasta que cayó dormido. Algo se había perdido entre Sohrab y yo. Hasta la reunión con el abogado Omar Faisal había ido entrando poco a poco en los ojos de Sohrab, como un tímido invitado, una luz de esperanza. Pero la luz había desaparecido, el invitado se había esfumado, y me preguntaba cuándo se atrevería a regresar. Me preguntaba cuánto tiempo pasaría hasta que Sohrab volviese a sonreír. Cuánto tiempo pasaría hasta que confiase en mí. Si es que llegaba a hacerlo.

Así que salí de la habitación para emprender la búsqueda de un nuevo hotel, sin saber que tendría que pasar casi un año hasta que volviese a oír una palabra en boca de Sohrab.

Sohrab nunca llegó a aceptar mi oferta. Ni a declinarla. Pero sabía que cuando le quitaran los vendajes y los pijamas del hospital se convertiría simplemente en un huérfano hazara más. ¿Qué otra alternativa le quedaba? ¿Adónde podía ir? Así que lo que interpreté como un «Sí» por su parte fue más bien una rendición silenciosa, no tanto una aceptación como un acto de renuncia de un niño excesivamente agotado para decidir y demasiado cansado para creer. Lo que anhelaba era su vieja vida. Lo que obtenía éramos América y yo. No era un mal destino, teniendo en cuenta las circunstancias, pero no podía decírselo. La perspectiva es un lujo que sólo pueden permitirse las mentes que no están atormentadas por un enjambre de demonios.

Y así fue como, aproximadamente una semana después, nos encontramos en una pista de despegue negra y caliente y me llevé a Estados Unidos al hijo de Hassan, apartándolo de la certidumbre de la confusión y arrojándolo a una confusión de incertidumbre.

Un día, entre 1983 y 1984, me encontraba en la sección de películas del Oeste de un videoclub de Fremont cuando se me acercó un tipo con una Coca-Cola en un vaso de un Seven-Eleven. Me señaló una cinta de *Los siete magníficos* y me preguntó si la había visto.

—Sí, trece veces —le dije—. Muere Charles Bronson, y también James Coburn y Robert Vaughn. —Me miró con cara de malos amigos, como si acabara de escupir en su refresco.

—Muchas gracias, tío —replicó, y se marchó sacudiendo la cabeza y murmurando algo.

Allí aprendí que en Estados Unidos no debe revelarse jamás el final de una película, y que si lo haces, serás despreciado y deberás pedir perdón con todas tus fuerzas por haber cometido el pecado de «estropear el final».

En Afganistán, sin embargo, lo único que importaba era el final. Cuando Hassan y yo llegábamos a casa después de haber visto una película hindú en el cine Zainab, lo primero que querían saber Alí, Rahim Kan, Baba o cualquiera de la miríada de amigos de Baba (primos segundos y terceros que entraban y salían de casa) era lo siguiente: ¿acabó encontrando la felicidad la chica de la película? ¿El *bacheh film*, el chico de la película, se convirtió en *kamyab* y alcanzó sus sueños, o era *nah-kam*, estaba condenado a hundirse en el fracaso?

Lo que querían saber era si había un final feliz.

Si alguien me preguntara hoy si la historia de Hassan, Sohrab y yo tiene un final feliz, no sabría qué decir.

¿Lo sabe alguien?

Al fin y al cabo la vida no es una película hindú. *Zendagi migzara*, dicen los afganos: la vida sigue, haciendo caso omiso al principio, al final, *kamyab*, *nah-kam*, crisis o catarsis; sigue adelante como una lenta y mugrienta caravana de kochis.

No sabría cómo responder a esa pregunta. A pesar del pequeño milagro del domingo pasado.

Llegamos a casa hace siete meses, un caluroso día de agosto de 2001. Soraya fue a recogernos al aeropuerto. Nunca había estado tanto tiempo lejos de Soraya, y cuando me abrazó por el cuello, cuando olí su melena con aroma a manzanas, me di cuenta de lo mucho que la había echado de menos.

—Sigues siendo el sol de la mañana de mi *yelda* —le susurré.

—¿Qué?

—Nada —contesté dándole un beso en la oreja.

Después ella se arrodilló para ponerse a la altura de Sohrab. Le dio la mano y le sonrió.

—*Salaam*, Sohrab *jan*, soy tu Khala Soraya. Todos estábamos esperando tu llegada.

Cuando la vi sonriendo a Sohrab con los ojos llorosos, percibí un atisbo de la madre que habría sido si su vientre no la hubiese traicionado.

Sohrab cambió de posición y apartó la vista.

Soraya había convertido el estudio de la planta superior en un dormitorio para Sohrab. Lo acompañó hasta allí y él se sentó en la cama. Las sábanas tenían estampado el dibujo de unas cometas de colores vivos que volaban en un cielo azul añil. En la pared donde estaba el armario, Soraya había dibujado una regla con centímetros para medir la altura del niño a medida que fuese creciendo. A los pies de la cama vi una cesta de mimbre con libros, una locomotora y una caja de acuarelas.

Sohrab iba vestido con una camiseta sencilla de color blanco y unos pantalones vaqueros nuevos que le había comprado en Islamabad antes de nuestra partida... La camiseta le quedaba un poco grande y colgaba de sus hombros huesudos y hundidos. Su cara seguía pálida, excepto por los oscuros círculos que aparecían bajos sus ojos. Nos observaba con la misma mirada impasible con que contemplaba los platos de arroz hervido que le servían regularmente en el hospital.

Soraya le preguntó si le gustaba su habitación y me di cuenta de que intentaba evitar mirarle las muñecas y que sus ojos se desviaban sin querer hacia aquellas líneas serradas de color rosado. Sohrab bajó la cabeza, escondió las manos entre los muslos y no dijo nada. Se limitó a reposar la cabeza en la almohada y, menos de cinco minutos después, Soraya y yo lo veíamos dormir desde el umbral de la puerta.

Nos acostamos. Soraya se quedó dormida con la cabeza apoyada en mi pecho. Yo permanecí despierto en la oscuridad de nuestra habitación; el insomnio una vez más. Despierto y solo con mis propios demonios.

En algún momento de la noche salté de la cama y me dirigí al dormitorio de Sohrab. Me quedé de pie a su lado y al bajar la vista vi algo que sobresalía de su almohada. Lo cogí. Se trataba de la fotografía de Rahim Kan, la que le regalé a Sohrab la noche en que nos quedamos sentados junto a la mezquita de Sah Faisal. Aquélla en la que aparecían Hassan y Sohrab el uno junto al otro, entrecerrando los ojos para evitar la luz del sol y sonriendo como si el mundo fuese un lugar bueno y justo. Me pregunté cuánto tiempo habría estado Sohrab acostado en la cama contemplando la fotografía, dándole vueltas.

Miré la foto. «Tu padre era un hombre partido en dos mitades», había dicho Rahim Kan en su carta. Yo había sido la parte con derecho, la aprobada por la sociedad, la mitad legítima, la encarnación involuntaria de la culpabilidad de Baba. Miré a Hassan, cuya sonrisa mostraba el vacío dejado por los dos dientes delanteros; la luz del sol le daba oblicuamente en la cara. Él era la otra mitad de Baba. La mitad sin derecho, sin privilegios. La mitad que había heredado lo que Baba tenía de puro y noble. La mitad que tal vez, en el lugar más recóndito de su corazón, Baba consideraba su verdadero hijo.

Devolví la fotografía al lugar donde la había encontrado. Entonces noté algo: que ese último pensamiento no me había producido ningún tipo de punzada. Mientras cerraba la puerta de la habitación de Sohrab me pregunté si el perdón se manifestaría de esa manera, sin la fanfarria de la revelación, si simplemente el dolor recogería sus cosas, haría las maletas y se esfumaría sin decir nada en mitad de la noche.

Al día siguiente vinieron a cenar el general y su esposa. Khala Jamila, que se había cortado el pelo y se lo había teñido de un rojo más oscuro, le entregó a Soraya una bandeja de *maghout* cubierto de almendras que había preparado como postre. En cuanto vio a Sohrab exclamó:

—*Mashallah!* Soraya *jan* nos había dicho lo *khoshteep* que eras, pero en persona eres incluso más guapo, Sohrab *jan*. —Le entregó un jersey de cuello alto de color azul—. Lo he tejido para ti —aclaró—. Para este invierno. *Inshallah* que te vaya.

Sohrab cogió el jersey.

—Hola, jovencito —fue todo lo que dijo el general, con ambas manos apoyadas en su bastón y mirando a Sohrab como si estuviera inspeccionando un objeto decorativo exótico en casa de alguien.

Respondí y volví a responder a todas las preguntas de Khala Jamila con respecto a mis heridas (le había dicho a Soraya que les contase que me habían atracado), tranquilizándola y asegurándole que no sufría ningún daño irreparable, que me quitarían los hierros en unas semanas y que después podría volver a comer todas sus comidas, que sí, que me frotaría las heridas con jugo de ruibarbo y azúcar para que las cicatrices desaparecieran antes.

El general y yo tomamos asiento en el salón y nos servimos una copa de vino mientras Soraya y su madre ponían la mesa. Le expliqué lo de Kabul y los talibanes. Él me escuchaba y asentía con la cabeza. Tenía el bastón apoyado en el regazo. Cuando le dije que había visto a un hombre vender su pierna ortopédica puso mala cara. No mencioné las ejecuciones del estadio Ghazi ni a Assef. Me preguntó por Rahim Kan, con quien dijo haber coincidido en Kabul varias veces, y movió negativa y solemnemente la cabeza cuando le conté lo de su enfermedad. Mientras hablábamos, sin embargo, vi que su mirada se desplazaba una y otra vez hacia Sohrab, que dormía en el sofá. Como si estuviésemos retrasando lo que en realidad él quería saber.

Los rodeos llegaron a su fin durante la cena, cuando el general dejó el tenedor sobre la mesa y dijo:

—Y bien, Amir *jan*, ¿vas a explicarnos por que has traído contigo a este niño?

—¡Iqbal *jan*! ¿Qué tipo de pregunta es ésa? —repuso Khala Jamila.

—Mientras tú estás tan ocupada tejiendo jerséis, querida, a mí me toca lidiar con la percepción que la comunidad tiene de nuestra familia. La gente preguntará. Querrán saber qué hace un niño hazara viviendo con nuestra hija. ¿Qué quieres que les cuente?

Soraya soltó la cuchara y se volvió hacia su padre.

—Puedes decirles...

—No pasa nada, Soraya —dije tocándole una mano—. No pasa nada. El general *sahib* tiene razón. La gente preguntará.

—Amir... —empezó ella.

—De acuerdo. —Me giré hacia el general—. Mire, general *sahib*, mi padre se acostó con la mujer de su criado. Ella le dio un hijo que recibió el nombre de Hassan. Hassan ha muerto. Ese niño que duerme en el sofá es el hijo de Hassan. Es mi sobrino. Eso es lo que le dirá a la gente cuando le pregunten. —Todos me miraban fijamente—. Y una cosa más, general sahib. Nunca volverá a referirse a él en mi presencia como el «niño hazara». Tiene nombre, y es Sohrab.

Nadie volvió a abrir la boca durante el resto de la cena.

Sería erróneo decir que Sohrab era tranquilo. Tranquilidad es paz, calma, bajar el «volumen» de la vida.

El silencio es pulsar el botón de «off». Apagarlo. Todo.

El silencio de Sohrab no era el silencio que alguien se impone a sí mismo por determinadas convicciones, ni el de los manifestantes que reivindican su causa sin pronunciar palabra. Era el silencio de quien se ha refugiado en un escondrijo oscuro, de quien se ha hecho un ovillo y se ha ocultado.

Tampoco ocupaba apenas espacio, aunque vivía con nosotros. A veces, en el mercado o en el parque, me daba cuenta de que los demás ni lo miraban, era como como si no estuviese allí. Yo levantaba la cabeza del libro que estaba leyendo y de pronto veía que Sohrab había entrado en la habitación, había tomado asiento delante de mí y ni me había enterado. Caminaba como si le diese miedo dejar huellas a su paso. Se movía como si no quisiera desplazar el aire que había a su alrededor. Básicamente dormía.

El silencio de Sohrab también se le hacía difícil a Soraya. Cuando me llamó a Pakistán, Soraya me había contado todas las cosas que estaba planeando para el niño. Clases de natación. Fútbol. La liga de bolos. Pero cuando pasaba delante de la habitación de Sohrab y veía de reojo los libros sin abrir en la cesta de mimbre, la escala de crecimiento sin marca alguna, el rompecabezas sin montar, cada uno de esos objetos era un recordatorio de una vida que podía haber sido. Un recordatorio de un sueño que se marchitaba aunque estuviese floreciendo. Pero ella no estaba sola. También yo tenía mis propios sueños con respecto a él.

Y mientras Sohrab permanecía en silencio, el mundo no lo estaba. Un martes por la mañana del pasado mes de septiembre se derrumbaron las torres gemelas y el mundo cambió de la noche a la mañana. La bandera estadounidense apareció de repente por todos los lados, ondeando en las antenas de los taxis amarillos, en las solapas de los peatones que caminaban por las aceras con paso ligero, incluso en las gorras mugrientas de los mendigos de San Francisco que se aposentaban bajo las marquesinas de las galerías de arte elegantes y los escaparates de las tiendas. Un día pasé junto a Edith, la mujer vagabunda que toca a diario el acordeón en la esquina de Sutter con Stockton, y vi una pegatina con la bandera norteamericana en el estuche del instrumento que tenía a sus pies.

Poco después de los ataques Estados Unidos bombardeó Afganistán, la Alianza del Norte subió al poder y los talibanes desaparecieron como ratas en las cuevas. De pronto la gente hacía cola en la tienda de ultramarinos y hablaba de las ciudades de mi infancia, Kandahar, Herat, Mazar-i-Sharif. Cuando éramos muy pequeños, Baba nos llevó a Hassan y a mí a Kunduz. Recuerdo poca cosa del viaje, excepto que nos sentamos a la sombra de una acacia a beber zumo fresco de sandía de una vasija de arcilla y jugamos a ver quién escupía más lejos las pepitas. A partir de entonces Dan Rather, Tom Brokaw y otros hablaban de la batalla de Kunduz, el último reducto de los talibanes en el norte, delante de una taza de café con leche en Starbucks. En el mes de diciembre pastunes, tayikos, uzbecos y hazaras se reunieron en Bonn y, bajo el ojo vigilante de Naciones Unidas, iniciaron el proceso que tal vez algún día acabe con veinte años de infelicidad en su *watan*. El sombrero de piel de cordero caracul de Hamid Karzai y su *chapan* verde se hicieron famosos.

Sohrab pasó como sonámbulo por todo ello.

Soraya y yo empezamos a involucrarnos en proyectos afganos, más que por un sentimiento solidario por la necesidad de tener algo, cualquier cosa con la que llenar el silencio que vivía en la planta de arriba y que lo absorbía todo como un agujero negro. Yo nunca había sido un hombre comprometido, pero cuando me llamó un tal Kabir, antiguo embajador afgano en Sofía, para preguntarme si deseaba ayudarlo en un proyecto hospitalario, le respondí que sí. El pequeño hospital estaba instalado cerca de la frontera entre Afganistán y Pakistán y disponía de una unidad quirúrgica donde atendían a refugiados afganos heridos por las minas antipersonas; pero había cerrado por falta de fondos. Me convertí en director del proyecto y Soraya en mi ayudante. Pasaba los días en el estudio, enviando mensajes por correo electrónico a gente de todo el mundo, solicitando donaciones, organizando actos para recaudar fondos. Y repitiéndome a mí mismo que traer a Sohrab conmigo había sido lo correcto.

El año terminó y nos sorprendió a Soraya y a mí sentados en el sofá, con una manta sobre las piernas y viendo a Dick Clark en la televisión. La gente empezó a gritar y a besarse cuando cayó la bola plateada y la pantalla se inundó del blanco del confeti. En casa, el nuevo año comenzó prácticamente igual a como había acabado el anterior. En silencio.

Entonces, hace cuatro días, un frío y lluvioso día de marzo de 2002, sucedió algo pequeño y maravilloso.

Fui con Soraya, Khala Jamila y Sohrab a una reunión de afganos que tenía lugar en Lake Elizabeth Park, en Fremont. Finalmente el general había sido llamado para un puesto en el ministerio y hacía dos semanas que había volado a Afganistán... dejando atrás su traje gris y su reloj de bolsillo. El plan era que Khala Jamila se uniese a él en cuestión de pocos meses, una vez se hubiera instalado. Ella lo echaba muchísimo de menos (y le preocupaba su estado de salud), por lo que insistimos en que pasara en casa una temporada.

El jueves anterior, el primer día de primavera, había sido el día de Año Nuevo afgano (el *Sawl-e-Nau*), y los afganos residentes en Bay Area habían organizado diversas celebraciones en East Bay y por toda la península. Kabir, Soraya y yo teníamos un motivo de alegría adicional: nuestro pequeño hospital de Rawalpindi acababa de abrir la semana anterior, no la unidad quirúrgica, pero sí la clínica pediátrica. Todos coincidíamos en que aquello era un buen principio.

El tiempo era soleado desde hacía varios días, pero cuando el domingo por la mañana puse los pies en el suelo, oí el sonido de las gotas de lluvia que aporreaban la ventana. «Suerte afgana», pensé. Reí con disimulo. Recé mi *namaz* de la mañana mientras Soraya seguía durmiendo... Ya no necesitaba consultar la guía de oraciones que había conseguido en la mezquita; las suras me salían con total naturalidad, sin el mínimo esfuerzo.

Llegamos allí cerca del mediodía y nos encontramos con un puñado de gente que estaba cobijada bajo un gran plástico rectangular sujeto por seis postes clavados al suelo. Alguien había empezado a freír *bolani*; las tazas de té humeaban como una cazuela con *aush* de coliflor. En un radiocasete rechinaba una vieja canción de Ahmad Zahir. Sonreí levemente al ver que los cuatro corríamos por la hierba empapada de agua, Soraya y yo en cabeza, Khala Jamila en medio, y Sohrab detrás de todos con la capucha del impermeable amarillo botándole en la espalda.

—¿Qué es lo que te resulta tan divertido? —me preguntó Soraya tapándose la cabeza con un periódico doblado.

—Tal vez los afganos abandonen Paghman, pero es imposible que Paghman abandone el corazón de los afganos —dije.

Llegamos a la tienda improvisada. Soraya y Khala Jamila se dirigieron hacia una mujer obesa que freía espinacas *bolani*. Sohrab permaneció bajo el toldo durante unos instantes y luego salió bajo la lluvia. Llevaba las manos hundidas en los bolsillos del impermeable y el cabello (que le había crecido y era castaño y liso como el de Hassan) aplastado contra la cabeza. Se detuvo junto a un charco de color café y se quedó mirándolo. Nadie pareció darse cuenta. Nadie lo llamó para que regresase. Con el tiempo, las preguntas sobre nuestro pequeño adoptado y decididamente excéntrico habían cesado por fin, lo cual, teniendo en cuenta lo poco delicadas que pueden resultar las preguntas de los afganos, fue un alivio considerable. La gente dejó de preguntarnos por qué nunca hablaba. Por qué nunca jugaba con los demás niños. Y, lo mejor de todo, dejó de asfixiarnos con su empatía exagerada, con sus lentos balanceos de cabeza, con sus malas caras, con sus «*oh, gung bichara*». «Oh, pobre mudito.» La novedad se había agotado. Como un papel pintado soso, Sohrab había acabado confundiéndose con el fondo.

Le estreché la mano a Kabir, un hombrecillo de cabello blanco que me presentó a una docena de hombres, uno de ellos profesor retirado, otro ingeniero, un antiguo arquitecto, un cirujano que en la actualidad regentaba un chiringuito de perritos calientes en Hayward. Todos afirmaron conocer a Baba de los tiempos de Kabul y hablaban de él con respeto. Él había entrado en la vida de todos ellos de una u otra manera. Los hombres me dijeron que tenía mucha suerte por haber tenido como padre a un hombre tan grande como él.

Charlamos sobre la difícil y tal vez ingrata tarea que Karzai tenía ante sí, sobre el próximo *Loya jirga* y sobre el retorno inminente del rey a su patria después de veintiocho años de exilio. Recordé la noche de 1973, la noche en que el sah Zahir fue derrocado por su primo; recordé los disparos y el cielo iluminándose de plata... Alí nos protegió a Hassan y a mí entre sus brazos y nos dijo que no tuviésemos miedo, que sólo estaban cazando patos.

Entonces alguien contó un chiste del *mullah* Nasruddin y todos nos echamos a reír.

—¿Sabes?, tu padre también era un hombre con sentido del humor —dijo Kabir.

—Sí que lo era —repliqué sonriendo, y recordé que, poco después de nuestra llegada a Estados Unidos, Baba empezó a despotricar sobre las moscas americanas.

Se sentaba a la mesa de la cocina con su matamoscas y observaba cómo los insectos se precipitaban de una pared a otra, zumbando de un lado a otro, molestas y excitadas. «En este país hasta las moscas viven apresuradas», gruñía. Yo me reía. Sonreí al recordarlo.

Hacia las tres dejó de llover y el cielo, cargado de grupos de nubes, adoptó un color gris hielo. En el parque soplaba una fría brisa. Aparecieron más familias. Los afganos se saludaban, se abrazaban, se besaban, intercambiaban comida. Alguien encendió el carbón de una barbacoa y muy pronto el olor a cebolla y a *morgh kabob* me inundó los sentidos. Se oía la música de algún cantante nuevo que yo no conocía y risas de niños. Vi a Sohrab, todavía con su impermeable amarillo, apoyado en un cubo de basura y mirando a lo lejos el área de bateo del campo de béisbol, que estaba vacía.

Poco después, mientras el ex cirujano me explicaba que Baba y él habían sido compañeros de clase en octavo, Soraya me tiró de una manga.

—¡Mira, Amir! —Señalaba hacia el cielo. Media docena de cometas volaban en lo alto, un grupito de motas amarillas, rojas y verdes que resaltaban en el cielo gris—. Ve a ver —me dijo Soraya, señalando esa vez a un tipo que vendía cometas en un puesto cercano.

—Sujeta esto —repuse, y le pasé mi taza de té.

Me disculpé y me dirigí al puesto de cometas. Los zapatos se me hundían en la hierba mojada. Le indiqué al vendedor una *seh-parcha* amarilla.

—*Sawl-e-nau mubabrak* —dijo el hombre cogiendo el billete de veinte dólares y entregándome a cambio la cometa y un carrete de madera con *tar* de hilo recubierto de vidrio.

Le di las gracias y le deseé también feliz año nuevo. Comprobé el hilo como lo hacía Hassan, sujetándolo entre el pulgar y el índice y tirando de él. La sangre lo tiñó de rojo y el vendedor de cometas sonrió. Le devolví la sonrisa.

Me acerqué con la cometa al lugar donde seguía Sohrab, apoyado aún en el cubo de basura y con los brazos cruzados sobre el pecho. Miraba el cielo.

—¿Te gusta el *seh-parcha*? —le pregunté sujetando la cometa por los extremos de las barras cruzadas. Sus ojos pasaron del cielo a mí, luego a la cometa, luego otra vez al cielo. De su cabello descendieron hacia la cara varios riachuelos de agua—. En una ocasión leí que en Malasia utilizan las cometas para pescar —dije—. ¿A que no lo sabías? Les atan un sedal y las vuelan hasta las aguas profundas para que la sombra que proyectan no espante a los peces. Y en la antigua China los generales volaban cometas por los campos de batalla para enviar mensajes a sus hombres. Es cierto. No bromeo. —Le mostré mi pulgar ensangrentado—. Este *tar* tampoco es de broma.

Vi por el rabillo del ojo a Soraya, que nos observaba desde la tienda. Se la veía tensa, con las manos escondidas bajo las axilas. A diferencia de mí, ella había ido abandonando gradualmente sus intentos de animarlo. Las preguntas sin respuesta, las miradas vacías, el silencio, todo le resultaba excesivamente doloroso. Había decidido aguardar a que Sohrab pusiera el semáforo en verde. Esperaba.

Me humedecí el dedo índice y lo alcé al aire.

—Recuerdo que tu padre a veces comprobaba la dirección del viento levantando polvo. Daba una patada en la tierra y observaba hacia dónde la arrastraba el viento. Sabía muchos trucos —dije. Bajé el dedo—. Oeste, creo.

Sohrab se secó una gota de lluvia que le caía por la oreja y cambió el peso del cuerpo a la otra pierna. No dijo nada. Pensé en Soraya, cuando unos meses atrás me preguntó cómo sonaba su voz. Le contesté que ya no la recordaba.

—¿Te he dicho alguna vez que tu padre era el mejor volador de cometas de Wazir Akbar Kan? ¿Tal vez de todo Kabul? —dije, anudando el extremo suelto del carrete de *tar* al lazo de hilo sujeto al aspa central—. Todos los niños del vecindario estaban celosos de él. Volaba las cometas sin mirar nunca al cielo, y la gente decía que lo que hacía era seguir la sombra de la cometa.

Pero ellos no lo conocían como yo. Tu padre no perseguía ninguna sombra. Sólo... lo sabía. —Acababan de emprender el vuelo media docena más de cometas. La gente empezaba a congregarse en grupitos, con las tazas de té en la mano y los ojos pegados al cielo—. ¿Quieres ayudarme a volarla? —le pregunté. La mirada de Sohrab saltó de la cometa a mí y volvió luego al cielo—. De acuerdo. —Me encogí de hombros—. Parece que tendré que volarla *tanhaii*. Solo. —Mantuve en equilibrio el carrete sobre la mano izquierda y solté cerca de un metro de *tar*. La cometa amarilla se balanceaba en el aire justo por encima de la hierba mojada—. Última oportunidad —dije. Pero Sohrab estaba observando un par de cometas que se habían enredado en lo alto, por encima de los árboles—. Bueno. Allá voy.

Eché a correr. Mis zapatillas deportivas salpicaban el agua de lluvia de los charcos. Mi mano derecha sujetaba el hilo de la cometa por encima de mi cabeza. Hacía tanto tiempo que no hacía eso que me preguntaba si no montaría un espectáculo. Dejé que el carrete fuera rodando en mi mano izquierda mientras corría; sentía que el hilo me cortaba en la mano derecha a medida que lo soltaba. La cometa se elevaba ya por encima de mi hombro, levantándose, dando vueltas, y corrí aún más. El carrete giraba más deprisa y el hilo abrió un nuevo corte en la palma de mi mano. Me detuve y me volví. Mire hacia arriba. Sonreí. Allá en lo alto mi cometa se balanceaba de un lado a otro como un péndulo, produciendo aquel viejo sonido de pájaro de papel que bate las alas que siempre he asociado con las mañanas de invierno de Kabul. Llevaba un cuarto de siglo sin volar una cometa, pero de repente era como si volviese a tener doce años y los viejos instintos hubieran vuelto a mí precipitadamente.

Sentí una presencia a mi lado y bajé la vista. Era Sohrab. Continuaba con las manos hundidas en los bolsillos del chubasquero. Pero me había seguido.

—¿Quieres intentarlo? —le pregunté.

No dijo nada. Sin embargo, cuando le acerqué el hilo, sacó una mano del bolsillo. Dudó. Lo cogió. El ritmo del corazón se me aceleró cuando empecé a enrollar el carrete para recuperar el hilo suelto. Nos quedamos quietos el uno junto al otro. Con el cuello hacia arriba.

A nuestro alrededor los niños se perseguían entre sí, resbalando en la hierba. Alguien tocaba en aquel momento una melodía de una antigua película hindú. Una hilera de hombres mayores rezaba el *namaz* de la tarde sobre un plástico extendido en el suelo. El ambiente olía a hierba mojada, humo y carne asada. Deseé que el tiempo se detuviera.

Entonces vi que teníamos compañía. Se acercaba una cometa verde. Seguí el hilo hasta que fui a parar a un niño que estaría a unos diez metros de distancia de nosotros. Tenía el pelo cortado a cepillo y llevaba una camiseta con las palabras «*The Rock Rules*» escritas en grandes letras negras. Se dio cuenta de que lo miraba y me sonrió. Me saludó con la mano. Yo le devolví el saludo.

Sohrab me dio el hilo.

—¿Estás seguro? —dije, recogiéndolo. Entonces él sujetó el carrete—. De acuerdo —añadí—. Démosle un *sabagh*, démosle una lección, *nay*?

Lo miré de reojo. La mirada vidriosa y vacía había desaparecido. Sus ojos volaban de nuestra cometa a la verde. Tenía la tez ligeramente sonrosada, la mirada atenta. Estaba despierto. Vivo. Y me pregunté en qué momento había olvidado yo que, a pesar de todo, seguía siendo sólo un niño.

La cometa verde avanzaba.

—Esperemos —dije—. Dejaremos que se acerque un poco más. —Hizo un par de caídas en picado y se deslizó hacia nosotros—. Ven..., ven para acá. —La cometa verde se acercó hasta situarse por encima de la nuestra, ignorante de la trampa que le tenía preparada—. Mira, Sohrab. Te enseñaré uno de los trucos favoritos de tu padre, el viejo truco de «sustentarse en el aire y caer en picado».

Sohrab, a mi lado, respiraba aceleradamente por la nariz. El carrete seguía rodando entre sus manos; los tendones de sus muñecas llenas de cicatrices parecían las cuerdas de un *rubab*. Pestañeé y durante un instante las manos que sujetaban el carrete fueron las manos callosas y con las uñas melladas de un niño de labio leporino. La multitud runruneaba en algún lado y levanté la vista. La nieve recién caída sobre el parque brillaba, era tan deslumbradoramente blanca que me quemaba los ojos. Caía en silencio desde las ramas de los árboles, vestidos de blanco. Olía a *qurma* de nabos. A moras secas. A naranjas amargas. A serrín y a nueces. La calma amortiguada, la calma de la nieve, resultaba ensordecedora. Entonces, muy lejos, más allá de esa quietud, una voz nos llamó para que regresásemos a casa, la voz de un hombre que arrastraba la pierna derecha.

La cometa verde estaba suspendida exactamente encima de nosotros.

—Irá a por ella. En cualquier momento —dije. Mi mirada vacilaba entre Sohrab y nuestra cometa. La cometa verde dudó. Mantuvo la posición. Y se precipitó hacia abajo—. ¡Ahí viene! —exclamé.

Lo hice a la perfección. Después de tantos años. El viejo truco de «sustentarse en el aire y caer en picado». Aflojé la mano y tiré del hilo, esquivando la cometa verde. Luego se produjo una serie de piruetas con sacudidas laterales y nuestra cometa salió disparada hacia arriba en sentido opuesto a las agujas del reloj, trazando un semicírculo. De pronto era yo quien estaba arriba. La cometa verde se revolvía de un lado a otro, presa del pánico. Pero era demasiado tarde. Había caído en la trampa de Hassan. Tiré con fuerza y nuestra cometa cayó en picado. Casi pude sentir el contacto de nuestro hilo, que cortaba el suyo. Prácticamente sentí el crujido.

En ese mismo instante la cometa verde empezó a girar y a dar vueltas en espiral, fuera de control.

La gente gritaba a nuestras espaldas. La multitud estalló en silbidos y aplausos. Yo jadeaba. La última vez que había sentido una sensación como ésa fue aquel día de invierno de 1975, justo después de cortar la última cometa, cuando vi a Baba en nuestra azotea aplaudiendo, gritando.

Miré a Sohrab. Una de las comisuras de su boca había cambiado de posición y se curvaba hacia arriba.

Una sonrisa.

Torcida.

Apenas insinuada.

Pero sonrisa.

Detrás de nosotros se había formado una *melé* de voladores que perseguían la cometa sin hilo que flotaba a la deriva por encima de los árboles. Parpadeé y la sonrisa había desaparecido. Pero había estado allí. La había visto.

—¿Quieres que vuele esa cometa para ti? —Tragó saliva. La nuez se le levantó y descendió acto seguido. El viento le alborotaba el pelo. Creí verlo asentir—. Por ti lo haría mil veces más —me oí decir.

Me volví y eché a correr.

Fue sólo una sonrisa, nada más. No lo haría todo mejor. No haría nada mejor. Sólo era una sonrisa. Algo minúsculo. Una hoja en medio de un bosque, temblorosa como un pájaro asustado que emprende el vuelo.

Pero la recibiría. Con los brazos abiertos. Porque cuando la primavera llega, la nieve se derrite copo a copo, y tal vez lo que acababa de presenciar fuera el primer copo de nieve que se derretía.

Corrí. Era un hombre hecho y derecho corriendo junto a un enjambre de niños alborozados. Pero no me importó. Corrí con el viento en la cara y con una sonrisa en los labios tan ancha como el valle del Panjsher.

Corrí.

Epílogo

Desde hace casi tres décadas, la crisis de los refugiados de Afganistán ha sido una de las más graves del planeta. Guerra, hambre, anarquía y opresión obligaron a millones de personas a abandonar sus hogares y huir de Afganistán para establecerse en el vecino Pakistán e Irán. En el punto álgido de este éxodo, ocho millones de afganos vivían en el extranjero como refugiados. Hoy en día, quedan más de dos millones de refugiados afganos en Pakistán.

Desde 2002, casi cinco millones de refugiados han regresado a sus hogares con la ayuda del ACNUR. En septiembre de 2007 visité a algunos de los que habían regresado al norte de Afganistán. Conocí a familias que subsistían con menos de un dólar al día. Pasaban inviernos enteros encerrados en agujeros que cavaban en la tierra. Visité aldeas donde las familias perdían normalmente de diez a quince niños por culpa de los rigores tanto del invierno como del verano. Las personas a las que conocí bebían agua de ríos fangosos y morían de enfermedades fácilmente evitables. Vivían en refugios precarios y no tenían acceso a instalaciones sanitarias, escuelas, comida o empleo. Quedé completamente deshecho.

La Fundación Khaled Hosseini fue la consecuencia de aquel viaje que cambió mi vida. Con esta fundación esperamos realizar una contribución significativa y duradera. En 2009, la fundación colaboró con el ACNUR y financió la construcción de casas de acogida para 71 familias sin hogar en el nordeste de Afganistán, y se están proyectando nuevas casas de acogida para refugiados que han regresado al país y carecen de hogar. Nuestros fondos servirán para financiar especialmente aquellos proyectos que beneficien a los refugiados y a las mujeres y los niños, dos grupos que han sufrido más que ningún otro en un Afganistán devastado y que constituyen la columna vertebral del futuro del país.

Afganistán necesita una ingente labor de reconstrucción, y aliviar el sufrimiento humano de sus habitantes es una tarea de dimensiones hercúleas. Si desea saber más sobre su situación o sobre la Fundación Khaled Hosseini, visite www.khaledhosseinifoundation.org.

Gracias.

Khaled Hosseini

Agradecimientos

Estoy en deuda con los siguientes colegas por su consejo, ayuda o apoyo: el doctor Alfred Lerner, Dori Vakis, Robin Heck, el doctor Todd Dray, el doctor Robert Tull y la doctora Sandy Chun. Gracias también a Lynette Parker del East San Jose Community Law Center por asesorarme sobre los procedimientos de adopción, y al señor Daoud Wahab por compartir sus experiencias en Afganistán conmigo. Agradezco la tutela y el apoyo de mi querido amigo Tamim Ansary, y el ánimo y el intercambio de ideas de la pandilla del San Francisco Writers Workshop. Quiero dar las gracias a mi padre, mi amigo más antiguo y la inspiración de todo lo noble que hay en Baba; a mi madre, que rezó por mí e hizo *nazr* en todas las fases de la escritura de esta novela; y a mi tía, que me compraba libros cuando yo era joven. Gracias también a Ali, Sandy Daoud, Walid, Raya, Shalla, Zahra, Rob y Kader por leer mis historias. Asimismo quiero dar las gracias al doctor Kayoumy y a su mujer —mis otros padres— por su calidez y apoyo incondicional.

Debo dar las gracias a mi agente y amiga, Elaine Koster, por su sabiduría, paciencia y gentileza, así como a Cindy Spiegel, mi atenta y juiciosa editora, que me ayudó a abrir muchas de las puertas de este relato. Y también me gustaría dar las gracias a Susan Petersen Kennedy por arriesgarse con este libro, y al equipo de Riverhead por trabajar con él.

Por último, no sé cómo dar las gracias a mi maravillosa mujer, Roya —a cuya opinión soy adicto—, por su gracia y bondad, y por leer, releer y ayudarme a corregir todos los borradores de esta obra. Te querré siempre por tu paciencia y comprensión, Roya *jan*.

ISBN: 978-84-7888-885-6
Depósito legal: B-22.738-2015
1ª edición, junio de 2004
33ª edición (primera reimpresión), diciembre de 2019
Printed in Spain
Impreso y encuadernado en:
RODESA - Pol. Ind. San Miguel. Villatuerta (Navarra)